U0466932

散文家文丛

酬爱 CHOU AI

时代出版传媒股份有限公司
安徽文艺出版社

作者简介：

　　姚育明，中国作家协会会员，曾任《上海文学》编辑。曾出版作品《另一种睡》《速读当代文学大师——朱自清卷》《手托一只空碗》《心门》《猫眼》等。

散文家文丛

赵焰 主编

酬 爱
CHOU AI

姚育明 / 著

时代出版传媒股份有限公司
安徽文艺出版社

图书在版编目（CIP）数据

酬爱/姚育明著.—合肥：安徽文艺出版社，2022.7
（散文家文丛）
ISBN 978-7-5396-7431-5

Ⅰ.①酬… Ⅱ.①姚… Ⅲ.①散文集－中国－当代 Ⅳ.①I267

中国版本图书馆CIP数据核字(2022)第006523号

出 版 人：姚　巍
责任编辑：宋晓津　　　　　　　　装帧设计：徐　睿

出版发行：安徽文艺出版社　　www.awpub.com
地　　址：合肥市翡翠路1118号　　邮政编码：230071
营 销 部：(0551)63533889
印　　制：安徽新华印刷股份有限公司　　(0551)65859551

开本：880×1230　1/32　印张：13.25　字数：270千字
版次：2023年7月第1版
印次：2023年7月第1次印刷
定价：48.00元

（如发现印装质量问题，影响阅读，请与出版社联系调换）

版权所有，侵权必究

总序

散文的魅力

说散文,是老话重提,也是旧事重提。有些话,避不开,躲不掉,说千道万,也必须说。

仓颉最初造字,惊天地,泣鬼神。文字,那时候是用来通神的,文章自然也是。甲骨文不是文章,最早的散文集,应该是《尚书》,都是上古的文字,正大庄严,有万物有灵的意义。之后,青铜器出现,文字,也带有青铜般神圣的意味。先秦人作文,刀砍斧劈,铿锵有力,凡事都要说一个理来,列举寓言,也是说理。理直气壮,哪怕是歪理,也显得振振有词。那时凡文字成篇,皆是文章,由心而生,不玩辞藻,不是"诗言志",就是"思无邪"。《道德经》高蹈玄妙,神出鬼没,把世界的至理都讲透了;《论语》诚恳实在,雍容和顺,平易中可见性情;《庄子》恣意汪洋,风轻云淡,最可贵的是难得的自由;《孟子》灵活善譬,多辞好辩,有凛然之威慑力;《韩非子》辞锋峻峭,雄奇猛烈,有强词夺理之急切。

先秦文章,如文字附诸甲骨、青铜之上,电光石火,意在不朽。有金石之音、风云之气的,是《左传》和《国语》。据说左丘明眼睛出问题了,孜孜于《左传》;双目失明了,仍不放弃

《国语》。左氏有力杀贼，无力回天，笔下的每一个方块字，都是刀剑淬火。不仅仅是左丘明，那时候的知识人，晋之董狐、齐之太史兄弟等，都是以文字为金石，视文字为重器。他们落下文字，是以天地为鉴，想着石破天惊的千古之事。

重剑无锋，大巧不工。文章，以此风格慢慢延续。后来，凡刻在竹简上、写在纸上的，都被视为灵魂的祭奠，是用来封印的。文章，更被视为跟生命同质，甚至比生命更加永恒。

那时候的文章，最可贵的品质，在于真与朴，在于是非的坚守，以气节和热血激扬文字。字词落下，熠熠生辉，感天动地的是作者的诚意。以真心做文章，文章不一定见真理；可是一定比假话作文要好，用假话写出来的，一定不见真理。那个时代的文章，足以惊天地泣鬼神。

先秦人写作，也遇到烦恼。烦恼是什么？如老子云：道可道，非常道；名可名，非常名。表达不好把握，写着写着，偏离本来，或者言犹未尽，不敢多说。文章的游离和不确定，让人们更惧怕和敬畏，文字因此更生神性。人们不敢多说，也不敢多写；不敢乱说，也不敢乱写。

秦汉时期，文字如长城的砖石一样，沉重古朴。司马迁的《史记》，是其中的典范。《史记》就是无形的长城，黏合字词文章的，是无数的血和泪。欲知司马迁对散文的态度，看看他那篇千古雄文《报任安书》就知道了：

……草创未就，会遭此祸，惜其不成，是以就极刑而无愠色。仆诚以著此书，藏之名山，传之其人，通邑大都，则仆偿前辱之责，虽万被戮，岂有悔哉！

司马迁视自己惨遭宫刑为奇耻大辱，悲恸欲绝，欲哭无泪。《史记》寄托了司马迁的生命，也延长了他的生命。司马迁唯个人良知为天理，宁死而不肯妥协。以"成者为王，败者为寇"的惯例，只有帝王才能入列"本纪"，可是修史的司马迁不买账，因崇敬项羽的英雄气概，将项羽列入了"本纪"系列，文字中不吝赞美，相反，对胜利者沛公，常有贬损。司马迁如此做，将一切置之度外。汉武帝想必十分恼火，却也无法，不好干涉太多，因为那时候的史志，尚不是官史，个人评藻中，尚有自由。

与《报任安书》一样铁血侠气的，还有李陵的《答苏武书》、杨恽的《报孙会宗书》，这些文章的好，在于真意畅达，以热血为文字书写。箭镝破空，真意畅达，行文自然旷远；万千沟壑，聚云成雨，落笔自成文章。那时的社会，尚没有文人这种狭隘的职业。只有士，上马杀贼，下马作文；仗剑夜行，又能变身为行侠仗义的豪杰。

顾随说中国历史上最好的文章，都不是文人所写。好的文章，一定是情思哲思喷薄而出；也是"飞蛾投火"，不是烧没了，而是烧出生命的气息。好的文章之中，一定有一种大于文学的精气神做支撑，不是就事论事，或者单纯地叙述，而是以全部的生命能量，去拥抱作品，成就华美的篇章。

《离骚》的伟大，是屈原"长太息以掩涕兮，哀民生之多艰"

的叹咏；《史记》的伟大，是司马迁"究天人之际，通古今之变，成一家之言"的悲怆；后来杜诗的伟大，是有着"致君尧舜上，再使风俗淳"的情怀。

汉朝出现汉赋这种东西，华丽铺陈，可以视为文字的卖弄和游戏，也可以视作语言文字的技术拓展。贾谊、枚乘、司马相如、扬雄的文辞，各有各的华美。可是华美过了，华而不实，就成问题了。曹氏父子，是另类。曹操不是文人，他的风流高旷之气，让一般人难以望其项背。曹操的好，在于有大性灵、大胸襟、大气魄、大悲悯、大境界，有强烈的个体自主意识。魏晋文章，曹操排第二，谁也不敢称第一。"三曹"当中，曹操排第一，曹丕排第二，曹植排第三。曹植才气第一，为什么作文第三？因为胸襟太小，文人气太盛。曹操的文章、曹丕的论文，兼有文采和性情，有大认知，都不是胸无韬略的文人可写就的。

魏晋南北朝时期，可视为"第二次百家争鸣"。外部文化传入，自我意识增强，产生了诸多有趣的灵魂。灵魂有趣，文章自然有趣。从王羲之的《兰亭集序》就可以看出，魏晋之时知识人生命意识的觉醒。文章开头，是雅集呼朋唤友的轻松，可是写着写着，文字变得伤痛，沉郁而浩渺的悲伤出现了。这种悲情，不是传统的家国情怀，而是对人之为人本质感到的凄凉。王羲之的心境，比《观沧海》时的曹操更为孤独，也更为柔软。他其实是把自己的心灵一层层地剥开，深入最脆弱的内核了。

从魏晋开始，本土的儒家和道家受佛家影响，生命意识觉醒，思维打开，聪明转为智慧，智慧连接虚空，转成艺术哲学。

地理学著作,有张华的《博物志》、郦道元的《水经注》;医药方面,有张仲景的《伤寒杂病论》、葛洪的《抱朴子》;文论方面,有曹丕的《典论·论文》、陆机的《文赋》、刘勰的《文心雕龙》、钟嵘的《诗品》、谢赫的《古画品录》等。至于好文章,就更多了,除了左思的《三都赋》、陶渊明的《桃花源记》外,还有杨衒之的《洛阳伽蓝记》、刘义庆的《世说新语》、沈约的《宋书》、庾信的《枯树赋》等——这些文章,天朗地阔,荡气回肠,如秋雨后的蓝天白云。

一些志怪类文章也好,比如干宝的《搜神记》等,鲜活灵动,充满着生命的活力、想象力,体现了自由意志,是"天人合一"理念的延伸。

魏晋文章,堪称高妙。这高妙,跟东西方文化的碰撞有关,跟佛学的渗入有关。外来思想,激活中土,释放的能量有点超出人力范畴,随处都是鬼斧神工,随处都是余音三匝。

宗白华语:"晋人向外发现了自然,向内发现了自己的深情。"这一句话,异常体贴到位,是今人对晋人的懂得。诸多魏晋名士的无情,有时候是深情,是对世界的深情,也是对人性的深情。

魏晋文章,还有音乐性——文字语言之间,有节奏变化的神韵,有内在的纹理,有数理的神妙。这些,都可以视为文字本身具有的神性,被发掘出来了。魏晋文章,在这方面有很好的探索,它是以字词为手指,触摸神秘的领域。

魏晋南北朝之后是唐朝,唐朝有胡风,就文化上来说,走的是"天苍苍，野茫茫，风吹草低见牛羊"这一路，有元气饱满、云开日出的浩荡，也有化繁为简的力量。唐初，诗歌是主流。唐诗，以废名的说法，是散文化的。唐诗，其实是韵文，不倾向于说理，而是情感的滥觞：一往情深，触景生情，情真意切，因情生韵，万物皆性，普天同情。到了中唐之后，韩愈实在看不过去了，这才站了出来，强调文章内容的重要性，提倡文章要言之有理，言之有物。韩愈等人倡导的古文运动，是将高飞的纸鸢，用线拴在手指上。文章因而变得更安全，也更踏实了。

与韩愈的格局严整、层次分明的特点相比，另一个同时代大家柳宗元，走的是幽峭峻郁一路。他的文章，多是情深意远、疏淡峻洁的山水闲适之作，结构精巧，语言轻灵，是唐宋文章中的另类。

"唐宋八大家"是明初的总结和提倡，带有强烈的专制文化气息，是对旧时的"封神"。将天上飞翔的、地上奔跑的、悠闲旁观的文章，全都变成了正方步的标准。"唐宋八大家"指的是唐代的韩愈、柳宗元，以及宋代的欧阳修、苏洵、苏轼、苏辙、王安石和曾巩。八人所作，当然是好文章，可也不能代表唐宋的全部，此提倡还是意在说理，意在策论，带有强烈的先秦风，此后基本被固定为中国文章的圭臬。可是此一时彼一时，明清之风哪是先秦之风？先秦是"百家争鸣"的自由和探索；明清呢，是高压之下的雷同和桎梏。如此作为，早已南辕北辙，不是一回事了。

明清，制度以"明儒暗法"为标准，文章，也是以"明儒暗法"为标准。这一点不似书画——一直以来，书画相对超脱，评价标准,不是儒法,依旧是佛老。

"唐宋八大家"中,唯一带有佛老气质的,是苏东坡。苏东坡堪称儒释道俗四位一体。他的《赤壁赋》,如拈花微笑、羚羊挂角。文章好就好在天地彻悟,有清风明月境界,以有限连接无限:

> 清风徐来,水波不兴。举酒属客,诵明月之诗,歌窈窕之章。少焉,月出于东山之上,徘徊于斗牛之间。白露横江,水光接天。纵一苇之所如,凌万顷之茫然。浩浩乎如冯虚御风,而不知其所止;飘飘乎如遗世独立,羽化而登仙。

魏晋之后,中国文章大都端正肃穆,笔法精练,大多时候,难得真谛,难得幽默,难入众妙之门。《赤壁赋》悟出了天地之道,也悟彻了人生之道,寥寥数百字,是大文章。《赤壁赋》的好,还给文章一个情感和哲思结合的示范,如洞开了一个大窗口,让人目睹了最大的可能。文章本身,有通透的彻亮,由于承载了大内容,文字也被激活,有了弦外之音;如玉石包浆,有了光泽,成为美玉。

宋文化,跟唐不一样,风格上清正风流、沉静安稳,接的是南朝的风格,相对雅致明理。唐宋文章,是拼命增加厚度,可是文章光有厚度不行,还得有高度和宽度,有灵性,有通孔。文章,当然可以格物致知,可是若隐去头顶上的月明星稀,也摒除身边的滔滔江水,缺少生命意识和自由意志的注入,肯定会变得呆滞沉闷，如死面团一样无法拿捏。

文学和艺术低劣的时代，很难说是好时代。元朝是这样，明朝前期也是这样。明代中期之后，社会相对稳定，经济快速发展，人有觉醒的愿望，有自由的意识，春意萌动之下，文学如春花沐雨，尽情开放。这一段历史，有文艺复兴般的意义，资本主义也好，人文精神也好，初具萌芽。相对自由的状态下，知识人个性十足，唐寅、李贽、董其昌、徐文长、金圣叹、李渔等都是"奇谲"之才。人有了自我意识，性灵回归，自然活过来了，成为独一无二的存在；文章有了性灵，也活过来了，融乐趣、情趣、风趣、志趣为一体，也是如花朵一样自在绽放。

文章跟人一样，需内外兼修。外在，是语言；内在，是情怀、学问、趣味和思想。晚明众多文人，寄情于山水和风物，文字中注入了生命意识，活力无限，生机勃发。晚明文章的好，最主要得益于人的解放——人性得到释放，有自由的心灵，文章自然而然就好了。好的文章，永远有着人体温度，甚至至情至性，是天地自然熏陶的结果，也是性灵悠游的一团雾气。

清军南下，国破家亡，大好的文艺局面也被毁。明末清初，傅山、王夫之、顾炎武、黄宗羲、方以智、冒襄、张岱等人，既有"国破山河在"的孤愤，也有杜鹃啼血的伤痛。他们后来写出来的文章，冷风热血，洗涤乾坤，是千年的哀愁，也是千年的惆怅。

清代统治，钳制刚硬，在"文字狱"的背景下，文章分为两派：一派为文选派，一派为桐城派。文选派以《昭明文选》为圭臬，讲究文采；桐城派呢，以承接传统为己任，讲究义理和文气。可是义理也好，文气也好，桎梏过多，拓展跟不上，气韵也接不上。义理追求，若难破禁区，下行为循规蹈矩；文气倡导，若没有自由，扭曲为装腔作势。

民国文章，重点在破，不在建。民国这个时代，承前启后，知识人有大使命，文章也好，文学也好，都是如此。以文章来破道统僵死的"神"，也破社会僵死的局，责任重大。

民国文章，是中西融会，试图打通东西方文化。短短的民国，为什么出现了很多大师？是"旧学邃密"和"新学充沛"交融的结果——民国之初，全方位开放，东西方文化交流，几乎无障碍。优秀知识分子相对独立，做的又是不破不立的事，大气象自然形成，大格局自然养成，大师也纷然呈现。严复、胡适、林语堂等等，都是以这样的方式被激活的，是时势造大师，也是大师造时势。

陈独秀、胡适、鲁迅一班人，以文字揭竿而起，引导民众探索前方道路。路在何方，很多人不知道，若论清醒者，胡适绝对算一个。民国腔调的好，在于自由度，敢讲敢说，切中时弊，妄自菲薄。民国之初，各方面是很宽松的，言论相对自由，没有"文字狱"，没有精神桎梏，人们的创造力得到了激发，相比之前二百多年的严酷统治，最大程度上激活了社会的创造精神和自由精神。

民国文章，最精彩处，是真挚、高贵、尊严和趣味，最突出的，莫过于真挚。真挚，最基本的，是讲真话。文章，最可贵的,还是"真"吧,一"真"遮百丑,一"假"毁百优。以真为基础,讲真话,说人话,是做人作文最重要的东西。真话,不一定是真理,可是假话一定不是真理。真话,有美的光泽。假话,没有美的光泽,只有铜锈的青绿,泛着难看的死色。

文章之背后,实是人心,是思想的突破,以及意志的艰难前行。人心软弱,难成黄钟大吕。

真挚、高贵、尊严和趣味,这四个词后来为什么屡屡让人缅怀?是因为中国历史上,能体现这四点的时代,是少而又少。

民国历史太短,万象伊始,尚未深入,就已结束。民国文章也是这样,若论深厚,暂且不足;若论广博,也嫌不够。民国以文字承前启后,继往开来,无论对现代汉语的确立,还是对时代精神的探索,都立下了汗马功劳。可是文学单骑突进,文化没有系统改造,国民性整体没有跟进。到了最后,不免雷声大雨点小,声嘶力竭中,性命孱弱,最终还是坍塌下来。

民国破了文化的"神",也破了文章的"神"。文章破"神"之后怎么办?有的堕落下行,沦为工具;有的依旧坚守,寻找新的神灵。民国白话文,尚未从古典文字中走出来,思想尚未成熟,精神尚未深入。不过那一段时间的文章认识格外纯真,表达极有诚意,好似当时女大学生所穿的白衣蓝裙,清纯是清纯,积极归积极,却有些呆板,难得有老到圆熟的认知和智慧。

试着总结一下:先秦文章,有思想,有力量,有风骨。魏晋文章,有真谛,有才华,有趣味,有风云气象。唐宋文章,成为历史上的一个高峰。之后,文章写着写着,格局越来越小,横里也变小，竖里也变小；横的是文采，竖的是思想……从总体上来说，中国文章，强在形式，强在音韵，强在风华……弱在思想，弱在哲思，弱在幽默……文字与思想，一直是血肉和筋骨的关系，概念上是可以分割的，事实上却是无法分割的。好的文章，一定内在带动外在，以性灵和思想带动语言文字，绽放出迷人的自由光华，蕴藏着对众生的安抚和拯救，并以与社会的连接，点亮精神的闪光点。

文字，若能够找到与天地、自然、社会与人心的连接，不断地发掘它们之间的关系，绝对是好文字；若以文字的功效，不断地探索世界的本质，也是足够光彩的好文字。

以我的认知，散文，或是思想的光华，或是文字的魅力，或是意志的前行，或是情趣的表达，或是禅意的隐约……好的散文，一定是生气勃勃的：它是清风明月，是葳蕤生长的植物，是田野氤氲的岚烟，是柔情摇曳的花朵，是夏夜小河边的萤火闪烁，更是头顶上璀璨无比的星辰河汉……文章，还是清妙的福音，如《奇异恩典》般的歌唱，有自上而下的恩泽和光亮。以我的观点，《圣经》也好，佛经也好，都是最美的文章。那种文字中蕴藏的般若性，那种腔调中的善意，那种虔诚的态度，那种圆融芳香的气息，那种清静恍惚的圣洁，都是叙述和表达的绝美体现。如此文字，字里行间，静谧空灵，仙乐飘飘，有内在的韵味，有永恒的诗意。相反，那种故弄玄虚、故作姿态、装腔作势、无病呻吟的东西，都不能称为好文章。

强调一下，稳固常识——散文如花，花朵呈现的光泽中，一定要是真的，唯真才是生命。真是通灵的，是善与美的基础。没有真，不是善也不是美，只是如塑料花一样漂亮，也如塑料花一样虚假。

闲语不赘，言归正传。这一套安徽文艺出版社的"散文家文丛"系列，旨在以丛书的形式，努力推出一些能够进行内外探索的好文章好作者。文章以美为表，以真为骨，以趣为气，以好读和耐读为基本要求。我们一直以这个标准看待文章，也是以这个标准来选择作者的。对于散文的定义，我们延续化繁为简的说法：诸多文体中，小说，占了一个山头，绿树成荫；诗歌与戏剧，又分别占了一个山头，枝繁叶茂；山头与山头之余，是大片郁郁葱葱的草地，它们叫作散文。散文很大，它是文字最原始最茁壮，也是人心最辽阔自由的地带。

孔子说："质胜文则野，文胜质则史，文质彬彬，然后君子。""文"，是文采，是外在的；"质"，是内里，是内在的。此语可以形容君子，也可以说文章——好文章，也是"文质彬彬"，其美如玉。顾随说："中国文学、艺术、道德、哲学——最高之境界皆是玉润珠圆。"这一个标准，是通感，也是天道，是客观存在的。好的散文，浑然天成，如同美玉，那一抹无比迷人的润泽，是天地之灵光，也是迷人的人情之美。

赵焰

2019 年 7 月

自　　序

　　虽然动物和人类在生老病死以及觉受上相似，但毕竟生命形态还是不同，按照约定俗成的标准划分比较妥当，由此分为两大章。我所写的都是亲身经历的，读者不必质疑是否真实，但可以否定我所作出的结论，大千世界的相貌就是由万心组成的。

　　起书名颇费劲，先后起过《世间妙高聚》《妙心深处》《梦中的眼睛》《入双界门》《我们的爱和被爱》《心相》，甚至想直接采用单篇名《昨夜谁叫我》《在这里找不到悲伤》《就做陈钧德第一》，其间编辑宋晓津反复与我沟通，为起书名也是绞尽脑汁，最终没有一个书名能使我们同时叫好。好长一段时间，在起书名这个问题上我陷于一种无望的状态。

　　2020年9月，我和张鑫去杭州，先爬雷峰塔，继而在西湖边散步。西湖十景原本都有康熙皇帝和乾隆皇帝的题字石碑，可惜"文革"中被毁了，只从湖里捞出一块破裂的，但一些历史故事却保存了下来。比如"花港观鱼"这块石碑，据说最初是康熙皇帝题的字，和爷爷一样信佛的乾隆帝游西湖时把"鱼"字的四点改成了三点。在汉字中，往往两点水为冷，三点水不冷不热恰好，四点水则过热了，比如与火相关的"煮、蒸、烹、熟"等字。从这个细节中不但可以看出乾隆帝喜欢研究汉字，也能窥见他崇尚"好生之德"的品性。我们临水而行，不时朝湖里看，不见鱼的身影，但肯定有乾隆帝眷顾过的鱼类子孙，否则不会有西湖垂钓者。我因关节痛，走一会儿就累了，张鑫建议歇一会儿。停下脚步，我就掏出一块龙王坛城，为水族众生祈愿。龙王坛城是莲花生大师传下的一个法门，用通俗的话说，是对龙族与鱼类的解脱祝福。因为我深信其不可思议的境界，所以投出后感到极大的喜悦。我发现张鑫有些胆怯，刚到岸边就将手里的龙王坛城迅速地一扔完事，仿佛怕别人发现一样。但她不认可我的形容，说自己只是有些紧张，像初次上运动场，手脚没长在身上，不料坛城滑溜溜的，一下没抓住，它就自己跳进去了，扑通一声，溅起的波纹像数不清的弯眉，感觉有好多眼睛在看着我们。我差点夸张地喊一声，这个感觉太童话了，龙王鱼虾目光炯炯啊。

随后我们坐上环湖游览车，整个人顿时放松了下来。这时我才听清堤岸上播放的是西湖掌故，那个悦耳的男声正讲到乾隆帝在西湖中心岛游玩那一段，说他酒酣耳热之际大笔一挥，写下两个字，群臣都不知什么意思，只有纪晓岚悟出其意……我先是疑惑，"酾爱"，这么好这么明确的意思，为什么群臣会看不懂呢？继而我激动起来，这不是为我准备的书名吗？！这正是"踏破铁鞋无觅处，得来全不费工夫"啊！我忍不住问张鑫，你听清乾隆题的字了吗？她说没注意，正满脑子缠着方增先说的西湖是"天白云白水白，就长堤一痕"的形容。

为了再次确认乾隆帝题的俩字，我特地上网搜查，结果吃了一惊，根本不是什么"酾爱"，而是"虫二"。这是个文字游戏，是繁体字拿掉边框，取了里面的部分，意思是风月无边。我先生分析说，因为我普通话不标准，耳朵又有些背，误听属于歪打正着。

偶得的背后是我无数的思虑，感恩西湖边神奇的一遇，仿若金笔点睛，所有的文章都开窍通气了。我在此记录下的种种生命，无论老幼，无论有着怎样的境遇，都在以自己的方式爱着这个世界，又以本性的善美反馈出自己的爱意。酬爱，怀着感恩的爱啊。

姚育明

目录

自序 / 001

人物

 隔世亦天真 / 003

 都是橡皮筋 / 010

 深山香影 / 017

 在这里找不到悲伤 / 025

 猪八戒吃西瓜 / 041

 沸腾的铜 / 053

 就做陈钧德第一 / 063

 一世糊涂乃真糊涂也 / 077

 石相 / 088

 大鱼天地 / 095

 我知道牛有多少块骨头 / 111

 你父母好吗 / 122

只讲好看 / 131

起跑线 / 141

行行复行行 / 153

分杯汪曾祺 / 162

坐行风火轮 / 191

人杰 / 205

洞中老妇 / 217

疙瘩先生 / 225

孤寡男女相邻 / 235

我叫百鸟炒饭就炒饭 / 242

一个人的春天 / 261

我有一个梦想 / 274

动物

五百罗汉救小鱼 / 285

香樟花落了一地 / 291

昨夜谁叫我 / 304

"汪星人" / 312

飞去又飞来 / 322

猫头鹰的眼 / 326

给大龟起名 / 336

老甲鱼 / 341

金鼠 / 348

毒蛇咒语 / 352

德国兔小西 / 361

龙虾 / 364

香港小鸟 / 368

母鸡精神 / 372

泥鳅专场舞 / 377

中头彩的蟹 / 380

蚌蛤 / 384

蚯蚓 / 388

蓝世界 / 392

太平有象 / 399

人　物

隔世亦天真

经常有人说我心不在焉，一半魂不在身上，而家人又总说我的心长不大。现在想起来，可能是遗传基因在起作用，我父亲就经常神思飘浮。

过去我问父母自己是什么时候出生的，母亲说是白天，父亲说是晚上，两人相争，最后父亲得胜，因为他形容得真切，那天好看啊，一轮月亮又圆又大，所以给你起这个名字。父亲去世后，我发现了他的一本小手册，上面清清楚楚地写着我白天出生的时间，也不知他那个月亮是怎么升起来的。

父亲是上海中学食堂的膳食管理员，可在我眼里，他是食堂最忙的人，采购、记账、检查食品卫生，还常常掌勺、擦洗灶台等。我每次去食堂打菜都见他忙得满头大汗，而别的炊事员大多在轻松地聊天，见着我才浮上掺着讨好的亲切笑容。我如果要一份菜，他们一定是打一份半，其结果是爸爸一本正经地在自己名字后记上两份菜的价。当他在黑板上书写时，旁人尴尬，我也暗暗抱怨，这样不是反而吃亏了吗？爸爸不愿占公家便宜，也不肯占别人便宜。他去世后我还看到一本小簿子上记着谁送了什么礼物，值多少钱，这是他要还人情的备注。有一年我母亲住院，邻床一个人凑巧是上中的毕业生，说起食堂工作人员，他感慨地说，我们那时喜欢给人起绰号，比如管食堂的人叫范乌龟、王乌龟、沈乌龟、朱乌龟，一个也逃不掉，唯独没给你爸爸起绰号，我们都尊敬你爸爸的，他公平，对我们学生就像对老师一样好。我听了感动，把这些话转告给家人，让大家在忆念中得到些安慰。

父亲对我们很严肃，但又经常露出天真的一面。他也有自己的兴趣，比如热爱手工，虽然手艺粗糙，却自制了不少东西，比如床和五斗柜。柜子抽屉纹饰不同，拉手也不一样，是他淘来便宜货再改造成统一尺寸的。他还不知从哪里弄来粗大的毛竹，做成摔不破的碗，上面用刀刻了简单的线条，表示花朵。最具力量的手工活是一把木尺，上面一本正经地刻画着黑线，厘米、寸、尺，丝毫不差，但毫米的单位太小了，他略去了。这把木尺说是给我母亲做针线活用，可事实上又常常挪作他用。比如趁我写毛笔字时，鬼一样溜到我的背后，出其不意地把毛笔往上一抽，一旦抽走，我的掌心就被他翻开了，一般情况下父亲抽打三下，每抽一下便问一句，你的耳心呢？手心吃痛仍止不住我内心的反驳，耳朵里有心吗？！有时好事做得不全也会挨尺子，比如他叫我帮农民推菜车上桥,农民哎呀嗨哟地吃力呻吟,我在后面边推边学,回家就倒霉了,照样尺子侍候。而冬天我受他指令去扫路桥上的雪,因为拿的是芦花扫帚而非竹扫帚,还用脚尖踢除桥面上的冰疙瘩,这把直尺又一次发挥了威力,理由是我干活不动脑筋,且加速鞋尖的磨损,不懂得惜物。面对父亲的吹毛求疵,我真想大吼一声,爸爸的耳心怎么听不到小孩子的疼痛?!

放寒暑假,我玩耍的时间也要比同龄孩子少,因为父亲心狠,他会给我增加作文,比如老师布置写三篇,他定会让我写五篇以上,没什么理由,就是一句,作文就是要多写。终于我在箱底发现了一个秘密,父亲虽然数学成绩不错,可语文很差,作文经常不及格,我恍然大悟,难怪呀!

母亲有时抱怨,说我们家怎么能不穷呢?你爸爸把钱全寄到乡下去铺路了。我们一旦跟着发牢骚,他就举起尺子威胁,上海的柏油马路精光平整,你们还不舒服啊?!不知道农民走烂泥路摔跤苦啊!

无常像贼,也会偷偷地溜到我们背后,悄悄抽走我们的时光。不知什么时候起,父亲的训诫代替了尺子。又不知什么时候起,我和他平起平坐地打起了嘴仗。直到有一天,我和他位置颠倒,我讲话像一个长辈,他听话像一个孩子,一旦家里碰到难题,他不是手足无措地干站着,就是硬撑着面子撒赖。

一个夏日,他坐在院子里吃西瓜,汁水滴到腿上,一只蚂蚁爬上来品尝甜味,他顺手一捺,蚂蚁瞬间就死了。我急了眼,你干吗弄死蚂蚁啊?!父亲孩子气地说,蚂蚁是坏东西,它咬我!

我说，那么小一个东西，咬你一下，一点点痛，马上就过去了，你却要它死。它的命和你的痛哪个要紧？父亲笑了，嘿嘿，这我倒没想到。没过了几天，一只蚊子叮在他手臂上，眼看着皮肤上鼓起一个包。邻居着急地提醒他，老姚老姚，一只花脚蚊子！父亲看了眼笑着说，它肚子饿了，又没别的东西吃，让它吃几口有什么关系？邻居瞠目结舌，我也惊讶，没想到父亲生起的慈悲心如此迅猛。

父亲晚年不幸患上了肺癌，人渐渐变得衰竭，连上厕所都没力气。为了他的方便，我把所有头发拢在脑后，扎了一根粗大的辫子，我和他面对面，他用力揪住我的辫子，我自然就仰起了下巴，于是家里上演一场活报剧：我仰头抱着他的腰一步步后退，他揪着我的发辫呵呵笑着前进，欢乐的气氛油然而生。父亲有时变得昏沉，说话也不用脑子。有次登记什么表格，明明出生于1924年，他却硬说是1942年，我大笑，小爸爸哎，你10岁就有我啦？！但看得出，清醒时，他内心是无助的，经常紧握着拳头。我安慰父亲，身体是房子，灵魂才是主人，危房是不能久住的，到时候就要去极乐世界住新房子。别害怕，我早晚也会去，以后我们全家在那里团圆。

父亲认真地说，可是我不认识路呀，怎么去？我说，你放心，佛菩萨会来接你的，你跟着走就是了，到时候你别奇怪啊，接你的队伍中有个童女，和我的面孔一模一样。

父亲很惊讶地说，真的吗？然后幸福地微笑。也不知道追究一下，你没死，怎么从那里过来接我？父亲的信赖让我感到责任的深重。

我伸出食指说，我们约定，到时候你也要出现在接我的队伍中哦，我们互相帮助。

父亲郑重其事地伸出小指，我们紧紧钩着晃了晃，他双肩一松，神情明显松弛下来，还对母亲说，等一会吃过饭，我要去植物园兜一圈。当然，他的兜风不用脚，我们用轮椅推他。父亲走的前一年，去植物园兜得最多，几乎所有的地方都轧上了他的车辙。

过去我们没有意识到父亲的有趣，他的有趣往往突如其来。比如他跟人学习健身操，为了记住程序，他画下了每一步的动作。那些不甚圆的脑袋和变形的身体，以及各类动作，惹得我们哈哈大笑，觉得像儿童画一样稚气。当时我们并不重视他的画作，竟然随意丢弃，等到我开始学习画画，才发现那种自我谦恭和天然的画趣是我怎么也模仿不来的。还有洗澡间放肥皂的小平台的积水流淌到地上，父亲的补救办法竟然是用水泥在外侧捏一道微型防汛墙。至少你弄得整齐些呢，他不，歪歪扭扭，好像故意显丑。不过，这丑挡水有效，也给我们制造了一种娱乐心理，一进洗澡间我就要拿这细节说笑。

父亲是 2004 年 12 月 12 日 12 时走的，他走得非常安详，充满不可思议的瑞兆：氧气瓶不推自倒，屋内异香扑鼻，像雨过天晴数以万计的鲜花怒放，一扫通常死亡带来的凄惨。一团明亮而又和煦的光照在他的头部，父亲嘶哑的念佛声在屋内轻轻飘荡，不是耳闻目睹我们是不会相信的。父亲安静地躺在床上，跪在床前的我突然失声而笑，连笑了几回，大妹惊恐地看着我，以为我过于悲伤发疯了。我心里说，爸爸，你不要和我开玩笑了！可是没用，胸襟里有股不可抑制的气体，伴着笑声喷出来，如此地自然强大，是我从未体验过的。是啊，他离开了危房，摆脱了羁绊，我应该欢喜才对。

次日，父亲脸上的皱纹消失，花白胡子全部变黑，原先蜡黄的脸也泛出润色，唯有右手指甲全部变黑——之前弟弟梦见父亲紧握着他的手，用力过猛，五指突然冒出血来。36小时后，我们给他换衣，又一次触到他的游戏"神通"——生前他病得骨节僵硬，此刻四肢却极其柔软。更让我们震动的是父亲的骨灰，再一次显示了一个普通人的不凡境界——在那些碎骨上，布满了美丽的色彩，湖蓝色、玫瑰红、橘黄色、翠绿色、墨黑色，仿佛印证着父亲做过的各类善事，虽微小细碎，但同样充满纯粹的人性之美。

感恩母亲，随顺了我对父亲身后事的一切处理。我把父亲留下的钱捐了一部分出去，把破旧的衣物烧掉，新衣物分别寄给贫困山区和贫困寺院。同时我给自己留下两件父亲的背心，一件新的，一件旧的，这么多年过去了，它们仍陪伴着我，父亲的体温似乎仍散发着热量。

父亲离去后头两年，本能还在起作用，忧伤郁积总也不去，我做什么事都提不起精神。晚上做梦，总是父亲突然病危，我像抱孩子一样抱着他变冷的身子，孤立无援，五内俱焚。

父亲离世后的第二个重阳节，大妹特地去了百草园，她的心全在那座凉亭上，当年父亲坐在那里看我们放生龙虾和青蟹。天色阴沉,大妹格外忧伤,她举起相机拍了凉亭,在按下快门的刹那,阳光突然从云中喷出,凉亭上方一片耀眼的紫金色。我久久凝视着照片,这也是父亲的光芒啊!我后来照着这张照片画了几次,却怎么也画不好那束阳光,但由于反复看照片,那束阳光深深地印在心头了。以后画艺提高,我会在凉亭边上抹上一笔红色,它当然不具龙虾的体形,它只是色彩,它是爸爸坐在凉亭里看见过的红。

这束阳光安慰了我,之后,父亲在我的梦中开始变得健康,而且越来越光彩照人,直到与图画中的佛菩萨一般无二。我终于感应到了永恒的父亲之爱,它完美无缺。

去溧阳给父亲的骨灰盒正式下葬,乡下的亲戚非要为他放鞭炮,我试图说服他们,我们不信这个,不如用这点钱去放生鸟兽鱼虾,让它们自由自在地飞,快快乐乐地游,多好啊。人们不理我,公墓四角挂上了粗大的鞭炮,炸声震耳,硝烟弥漫,如同一场战争。我心中抱怨,一生俭朴的父亲,从没为自己这么铺张过,太浪费了!他们以爱的名义糟蹋我们的钱财啊!

突然我的腿部一烫,随后一痛,这才发现一颗火星溅到了皮肤上。我先扞后弹,继而捉去了这颗紧粘的火星,皮肤灼热处已经变色。我似乎看到了父亲挥下来的木尺,伴随着一声呵斥,你的耳心呢?

父亲总是让我为别人着想,即便知道对方有错。这就是我亲爱的永远牺牲自己的父亲!父亲啊,您不是绝尘而去,由您带来的痛和想都是如此真实。隔世无障碍,我们之间依然是父女关系。

都是橡皮筋

最后一次去母亲家，是小年夜的前一天，她睡在床上，说我这几天困，只想睡觉，怎么办？我说那就睡吧，明天上午我来给你洗澡。母亲说不用，等你来洗时间太晚了，我自己行。

半夜里，母亲永远地走了。她竟然预言了自己的离去。

我们平时一直不重视母亲的言论，她因肝性脑病讲话总是颠三倒四的，逻辑性不强也就罢了，认知也与他人不同。比如她把沙发扶手说成耳朵，沙发的一对大耳朵；经常闭一只眼睁一只眼，理由是没重要事不必两只眼睛一起用，这样可以省点力气；脑袋撞了一下则表示，紧张什么？不就是个头嘛，又不是重要的东西。她形容童年时在外面躺在竹榻上乘凉，看到日本人进村庄，端着枪，脸是平的，像一扇扇木门，啪啪啪地从她身旁走过，却没有脚，以为是鬼，直到他们放火杀人，才吓得躲到庄稼地里。只要有人上门，不管是干什么的，她都热情地端出茶水、点心，上门送货的师傅放下东西都走出门了，她还会让子女拿瓶水追出去。我们都害怕她上当受骗，她一个人在家时，弟弟就将门反锁。有一次一个人敲门，说是来登记人口信息的，她隔门老老实实告诉对方家里就她一人，那人就开始撬门。母亲说你不要把门锁弄坏了，到时候我家小人叫你赔，也要不少钱呢，我来给你开。幸亏她搞了半天也没搞清楚。她还向对方道歉，说明天子女休息，让他再辛苦跑一趟。后来没声了，估计骗子都不忍心再骗这样的老人家。母亲看见小区树林里杂草丛生，说是有妖女住在里面，让钟点工去将长草缠在树干上，说妖女的长发绑住了，就不会让路过的人摔跤了。熟人们说起自己的母亲，都很骄傲，教授、医生、革命干部，差一点的也是技术工人。我们的母亲呢？比正常的普通人都差，我们都羞于提自己的母亲。忘了有一次填什么表，工作人员指着母亲的名字对我说，你母亲厉害，太平天国大将！回去讲给母亲听，她不知道自己和历史上的名人同名，却说这有什么，都是人。有时想想，她的疯言乱语竟像含了禅机。

母亲体虚，多次被医生怀疑癌症，什么肝硬化转为肝癌，头顶鳞状上皮细胞癌，鼻息肉癌变，脸部皮肤癌。有一个医生甚至说，手术后需要割她手腕上的皮肤修补脸上的大洞，我们做不了，找华山医院去。母亲听医生讲话，表情从来没有变化，我们都以为她太糊涂听不懂那些术语，好多年后，她说了一句：你们不要一碰两碰就相信医生说的,我不是一直好好的吗?!我大为惊诧,没想到母亲心里全明白,却从来没有透露。但母亲真的不紧张吗?未必。母亲的大便一直不正常,不是腹泻就是便秘,每天观察马桶里的内容物是她的必修功课,她还整天追究食物的过错,弄得我很头疼。后来才知道她得了肠易激综合征,但也没办法,医院只是对症下药。现在我才明白,母亲悄悄地承受着一次次的心理压力,这些都是疾病诱发之因呀。可笑的恰恰在这里,是我们糊涂,却以为母亲糊涂。

我们永远无法弥补自己的疏忽了。更让我心痛的是,原来她早就意识到自己即将走向归程,她独自体验并承受着这巨大的压力却不让子女分担。

整理母亲的床头柜,发现里面竟然摆放着五六个整整齐齐的小袋子和信封,她生前没有任何叮嘱,却用物品分类法告诉子女,物归原主了。我的心又一次受到震动,一直被我们认为思绪混乱的母亲,却在留下的小袋子分类上,表现出了严谨的思维方式,小袋子里的内容丝毫不出错,无声胜有声。

其中两个小袋子一看就是给我的。一个缀有红色玫瑰花的小布袋里装着一条黄金项链、一条白金项链、一只黄金十字架、一只白金十字架、一只银手镯、一串珍珠手链、一只戒指。除了戒指,那些小物件都是我以前送母亲的,可我完全不记得戒指的事了,也不认识戒指的材质,但我相信她不会搞错。母亲是个知恩的人,一辈子念着人的好,哪怕别人对她道一声辛苦,她都会记在心里,子女的孝心当然也不会忘记。另一只小塑料袋里装着15

根淡黄色的橡皮筋，弟妹们觉得莫名其妙，只有我知道这些普普通通的橡皮筋是怎么回事，在拿到手里的那刻，我差点流泪了。

小时候我们爱跳橡皮筋，这种淡黄色的质量最好，弹性足，不容易断；次一点的就是用废自行车内胎剪出来的圈，两种颜色相比较，黑色的又比红色的弹性足些。那时候女孩子双脚都十分灵活，几乎都会在橡皮筋上翻出各种花样，两头抻拉橡皮筋的人也不是枯木桩，手势从触地到膝盖到腰部再随衣服纽扣一步步升高，然后是脖子、头顶，而最难的高度则是把手高举起来，个子矮的还会拼命踮起脚尖，增加跳者的难度。

跳橡皮筋很有幸福感，配套的儿歌也不少，它们大多没有逻辑，但很好玩，比如："小皮球，架脚踢，马兰开花二十一，二五六，二五七，二八二九三十一，三五六，三五七，三八三九四十一……""黄鼠狼的屁震天地，透过铁丝网，飞到意大利。意大利的国王正看戏，闻到臭屁很生气，原来是个秘密武器。他号召全国来放屁，谁放得响，当校长；谁放得臭，当教授；谁放得不响也不臭，说明谁的思想最落后。"我常常跳得忘了时间，直到母亲叫我回家吃饭。

母亲常听我念唱，根本搞不清那些儿歌，倒是把最短最正经的那首记牢了："马兰花，马兰花，风吹雨打都不怕，勤劳的人在说话，请你马上就开花。"只是她把最后一句念成了"请你妈妈就开花"，她的错误总令我捧腹大笑。

那时候女孩子多用橡皮筋扎小辫子，有心的女孩会用毛线替代而省下橡皮筋，一串橡皮筋往往五颜六色新旧不一，而且还打着不少结，谁也舍不得随意扔弃断掉的橡皮筋，那时橡皮筋两分钱三根，在我们眼里也是昂贵之物。谁如果拥有一根三米以上且是双股的橡皮筋，那就是我们拥戴的中心人物，可以赢得羡慕甚至讨好的眼光。

我们家条件不好，我要积很久才能结成一根羞于拿出手的很短的橡皮筋，大多数还因断裂后打了结，看上去有点像软荆刺。为了增加它的长度，我还在两头结了布条。有一回我把这根可怜巴巴的橡皮筋绑在两只凳子上，虽然独自一个人，却跳得认真，点拨、钩进、搅拌、盘绕、踩踏等等，只是身体时不时地碰撞到凳子，有点不爽。这时母亲下班了，手里拎着一只包走过来，轻轻地说，育明，我给你看样东西。

她从包里掏出来一截咖啡色橡皮管。这是在一处露天水龙头那里捡到的遗弃物，很硬，弹性微乎其微，比自行车内胎还差。尽管如此，我还是欢叫起来，谢谢妈妈。我一截一截地剪，母亲在一旁指导我不要剪得太细，太细容易断，也不能太宽，太宽弹性更差。有了这几十根咖啡色的橡皮圈，我的橡皮筋变长了一截，虽如此，我还是忍不住说了一句，捡到黄色的就好了。母亲安慰我，随便什么颜色，都是橡皮筋，总比没有好。

成人后我对橡皮筋依然怀有感情，曾经买了不少结成一根双股的橡皮筋，兴致上来我就将它绑在双树上跳上一阵。有了女儿后我还很当回事地送给她，结果女儿毫无兴趣。我这才发现，不仅仅是我女儿，所有的女孩都不跳橡皮筋了。我们小时候的游戏都带有运动性质，而现在的孩子坐着游戏，激烈复杂的运动都是虚拟人物的,他们只是动动手指,身子是不动的,脚也像锈住一般。

那根长长的橡皮筋经过两个盛夏终于粘连在了一起,模糊了我少女时期的美好记忆。随着自己年龄的增长,再看到橡皮筋,心不痒痒了,腿脚也无感觉了,过去那种跃跃欲试的冲动消失得无影无踪。

我的母亲也很快老了,那回我帮她老人家下厨,我将捆扎蔬菜的橡皮筋一一取下,顺手塞进口袋。母亲问我是不是留给女儿的,我说,她哪用得着?母亲继续推断,等月月结婚有了小孩再用?我笑了,妈妈呀,你怎么都想到第三代身上去了?我这是给阿蓝用的。

母亲又开始了她的奇怪思路,老猫也会跳橡皮筋了?你帮它牵着?

我得意地告诉母亲,给阿蓝铲的猫砂包装好后,用橡皮筋扎紧再扔,不至于散落弄脏了环境。母亲恍然大悟,原来是废物利用啊。我赞她,思路正确。

真没想到母亲自此帮我存留橡皮筋了。她突然地离世,使橡皮筋的数量在第 15 根时戛然而止,只有我的想象没有停止,我完全能够想象妈妈把每一根橡皮筋放进抽屉时的心情。母亲对女儿的爱从小到老都不会变。我的母亲啊,你是我们不可缺又不得不缺的大恩亲人,我将永远在心中供奉你。

我小心翼翼地使用这 15 根橡皮筋,用断了打个结再用,那种珍惜就像小时候给橡皮筋打结一样。过去是出于贫困,现在则是出于不舍。我舍不得母亲留下的东西在我眼前消逝。

但是,世上有不灭的物质吗?15根橡皮筋终于离开了我的视线。

它们的离去使我对橡皮筋的感情更加深厚了,只要经过我的手,它们都会被反复地利用,它们和那15根橡皮筋没多大区别,每一次利用都让我产生一种美好的错觉,好像是15根橡皮筋的魔术,永远也使用不完。

深山香影

那年我们自由组团游天目山。我们先来到了昭明寺下院，看到供奉的韦陀菩萨塑像非常俊美，当地百姓说这是他18岁的儿郎相。据说昭明太子是韦陀菩萨的化身，塑像就是按昭明太子的形象塑造的。这位太子归隐山林的情致，以一种文本样式存在于他编辑的《昭明文选》之中，而他向佛的情操，又遗存于山水之间，让我产生了寻觅的兴致。在这之前，我知道今人所见的《金刚经》与昭明太子有关，但不知道三十二品就是在天目山分的。听说由于心血耗尽，他的双眼生翳失明了，是一位山僧用天目山的两泓泉水治好了他的眼疾。

听说其中一眼天然水池就在昭明寺上院附近，它清明如镜，不见泉眼，但池中水永不干涸。我和几个亲友决定上山去找这眼泉水，没想到我们在深山中迷失了方向，竟然走到一条布满蜘蛛网的狭隘山道上了，周围竹林遮径，光影斑驳，鸟声婉转，仿佛入了王维的《鹿柴》之境，远处似有似无的人声仿佛是自己想象出来的，我们一片恐慌。气喘吁吁中，我大声喊道：有人吗？

奇迹出现了，一位30多岁的僧人应声而现。他相貌堂堂，人略清瘦，却有着一双粗大的手。他的右手攥着肩上的米袋，左手持着一本书，书是打开的。我们居高临下地看着他，他则一边看书一边登高，扎着灰色绑腿的下肢显得轻快利落。这条高低不平的小道不足60厘米宽，有些地方崎岖得简直不能称作路，一看就没几个人走，可他每一步落地都非常准确，好像脚底长了眼睛。我们全看呆了，一时疑为天人。

当时《西游记》正在全国红红火火地播映，演员的俊逸和淡定可以乱真，却无法模仿这位僧人的气质，他不仅潇洒自在，还有一股自然的庄严相。大妹赞叹说，真像电视剧里的唐僧啊！少年丁丁纠正说，不，他比唐僧还要好看。

这位僧人的法名很奇特，也很文气，叫"香影"，他出生在中医世家。他的声音很轻柔，讲话充满诗意。经他指点我们才知道，我们寻找的方向完全背离了那眼泉水，但是，歪打正着，原先问了许多人都未打听到的"分经台"就在他的闭关处，正好随他而行。

行走中，不知怎的我和他讨论起草药问题来，他不时地用脚尖拨弄一些岩石间的草药，一一说出它们的名字和药性。这些草药有的我认识，有的不认识，我很兴奋，第一次碰上不是讲佛法而是讲草药的僧人。谈得兴起，我问能不能以后来他的闭关处学习草药知识。他说不行，半山腰有空房子，专供一些参访者安歇，你可以住在那里，早上再上山来交流佛法、草药。

在山林的清幽处突然见到三间平房，我有些恍惚。在我的认识中，垒石为室、结茅为庐是古人的修行方式，而当代苦志修行的又多是藏人，没想到汉僧也会猫进深山。更没想到的是，平房周围竟有回廊，木窗结构也具古色，但它显然很旧了，带着沧桑的感觉。这些平房仿佛突然冒出来似的，这又一次让我想到了正在播映的《西游记》。

当中那间平房一分为二，前面客堂间，后面灶火间，左右两间则是寮房。客堂中只有一张粗糙的木桌，桌子靠墙处供着一本《金刚经》。这是我第一次看到僧人不供佛像而供经书。他微笑着让我上香，于是我第一次不是向佛像而是向经书奉上了一支清香。

一位老僧正在门前浇地，他手持长柄木勺从露天大缸里舀水，白花花的水，亮晶晶的抛物线，瞬间菜田润绿一片。缸边有块破损的石碑，内容我忘了，只记得是块标标准准的古碑，时间久远。老僧脸有苍色，袈裟打着好几块补丁，像一个贫寒的老农。我们向他双手合十，他微笑着点头致意，非常地质朴。香影法师和这位老僧已在此闭关两年，除了下山买些生活必需品，就是过着与世隔绝的生活。

昭明太子伏案处"分经台"就在菜田的小径旁，很普通的样子。山石长一米多，宽约半米，厚大概十厘米，石面较平坦，上面晒着一捧树枝,这是两位僧人的柴火。

香影法师目光平常淡然,见我们恭敬地摸这块石头,也禁不住轻叹一声:哎,不容易啊!

我们站在野地里、木廊下继续着途中的话题,山野的鸟在四处叫,风也如被过滤过似的,柔和得都感觉不到了。我们不知不觉地收敛了歪脖子斜肩的放逸状,在香影法师面前,自觉地端正了身形。我发现我们的衣服也很飘逸,那是无形的山风吹的,而我们的心境更是雅安,个个君子淑女相。香影法师并没有刻意地说法,却照样影响了我们,多么巧妙而不着痕迹的转化力量啊!

我的一位同行朋友身有疾患,向他请教如何调身。他说:世人光知道滋补,不知道泻除,若不先行排毒,反而补了邪气。他当场赐予朋友一方子。事后听朋友说方子太神奇了,她用药后很快痊愈了。当时我也向香影法师谈起身体虚弱浑身是病的母亲,他虽然没赐什么秘方,但也轻轻念了几声佛。

香影法师讲话非常有特点,音调缓缓的,像水流一样自然,很柔和淡定。他令人亲近,却又透着一种类似于清高孤傲的气息,我们都和老僧合影了,他却微笑着坚守原则不和我们合影。

多年后我才知道,香影法师是位有修证的高僧,经常被全国其他寺院请去开示《金刚经》。当时虽然不知道这些,却能在他营造的轻松氛围中感受到一种非同寻常的力量。

临走时,我蹲下来摸灶间地上的一截老松树疙瘩,真没想到松明子还能长得这么大。香影法师说,这是我们当榔头用的,你喜欢就送给你。油润发亮的大圆疙瘩酷似金刚力士手持的神锤,我如获珍宝，喜欢得心都热起来。

没想到神奇的缘分还在后头。回上海后我去看母亲，见她精神少有地好，一见面她就惊悸地告诉我：前几天做了个梦，梦见一座深山，山里出来两个男人，好像没穿衣服，是从石头里走出来的，给我一碗绿莹莹的菜汤，好像是草药，吃了很舒服。我不好意思还人家脏碗，就四下找水，结果发现附近有两摊浅水，我这里舀一点，那里舀一点，才把碗洗干净了。这时他们又贴到山壁上了，才看清他们穿了衣服的，衣服上有一条条纹路，像佛教里的人穿的。他们大概是和尚吧？

香影法师为我母亲念佛的情景浮现上来，太不可思议了，原来修行人的"神通"是建立在慈悲众生的情怀上的啊！我给香影法师汇去了几百元钱，表示供养之意。不久他寄来几十盒磁带，内容是一位大德对《心经》的详尽分析。完全是香影法师的做派，不肯占人便宜。

他对我说过：我有个不好的习气，喜欢闭关，过清闲自在的日子。多年后听说，这位不愿跑闹市只爱荒山野岭的法师最终还是被浙江佛协请出山了。我在网上查找过他住持的寺院，同类的论坛热热闹闹，他的寺院却一片静寂，三言两语的地理位置介绍，干净的禅室的照片，再无其他内容，一如他闭关绝缘的淡定。面对如此简单的介绍，我耳边却响起他柔和而真切的语声："佛法是活泼泼的，般若智慧如大海般深广啊！"

转眼20年过去了，其间我对好几个朋友谈到香影法师，大家都按捺不住地想见他，我却总是因故不能成行。突然有一天，一位医生朋友邀我进一个中医基础知识群，我有些犹豫，因为上微信太费时间了，我已经狠心删去十几个群了，从初中同学群到大学同学群，从上海插队群到黑龙江插队群，从一日一善群到护持寺院群，从救狗护猫群到放生蛇类等慈善群，从陈氏太极群到瑜伽健身群，从国画群到油画绘画群，从以各种名义卖货的所谓扶贫群到各种福利直播群，无数的不断生出来的群，哪怕不发帖不回帖，光是点开看就觉出了压力。没想到医生朋友说了群主的名字，我的态度马上发生变化，毫不犹豫加入了。群主正是香影法师，他竟到网上开了一个传授中医知识的群。这是目前为止，我接触过的最大的一个群，五百人，这是网络限制，到顶了。

我以为可以学到什么便捷的中医药知识，比如什么草药可以治什么病之类，结果发现中医其实很难，一个病的方子基本是复方，极少单方。太深奥了！但是我还是每天耐着性子看，感觉香影法师还是和我那年看到时一样，有修行人的庄严法相，但有时会突然看到他对某个问题的回答，实在是妙。我看到他不但传授中医基础知识，还解惑，解惑的方式主要是转发，基本都是古僧的修行故事和义理，偶尔是自己的话，那就是很罕见的金玉良言了。我感到香影法师不太与时俱进，他有着很自觉的担当意识。我看到不时有人退群，能够理解，坚持读古圣贤也不是什么轻松快乐的事情，但一旦空出一个名额，马上就有人填补进来了，进来的人都是冲着香影法师而来，人数永远保持着五百。

我完全是为了香影法师才进的这个群，我始终待在里面也是为了这一个人，哪怕好长时间才听到一句妙言，也受用好久。但看的时间长了,感到非常不忍心,因为这个群变成了网上门诊,人们不断地咨询香影法师,有的毛病太平常太微小了,甚至连做个噩梦也要来咨询。现在医学这么发达,看病也不算难,却偏偏来麻烦眼力已开始衰退的和尚。他呢,有问必答,答不了的也会坦言,比如不了解西医的术语不能妄说。大病小病重病轻病甚至疑似精神病,反正天天有人诉说病情,香影法师一如既往地开出方子,认认真真,分文不取。我看着都累,隔着手机屏幕我都能感到他的辛劳,怎么说他也是肉体凡胎啊,怎么经得起这样的辛劳?看他们恭敬的语言以及合掌的手势,我忍不住想,如此占用一个出家人的时间、精力,慈悲心何在呢?我每天进去大量地删帖,这些充满病气的帖,这些一字一句缠着法师慈悲自己却不慈悲法师的文字让我郁闷。

我和丈夫说起这个事,丈夫说,你得提醒他,这叫无证行医,一旦有人举报就是麻烦。我加香影法师好友,想私下提醒他一下。结果他不加我,就像那次不同意我住到闭关处,不同意和我合影一样,香影法师也不私聊。

我在网上搜他的消息,极少,总算看到几个,其中一个是赞他古佛再来,一生低调,根本没有自己,什么派都和他无关。还有一个是另一位僧人送他的对联,上联是"似香润心化烦恼",下联是"如影随形度众生",横批是"我之愿"。我像夏天喝了口清茶,在刹那感到了舒服。疫情暴发以来,民间对中医越发有好感,加上国家的正面扶持,香影法师的处境应该好一些了。虽然他喜欢山林野地,乐于静修禅坐,但他的心一刻也没有远离大众。我也祈望受益的大众能体谅并祝福这位慈悲的修行人。只是在群里看不到这种趋势，似乎病人越来越多了，我真害怕自己哪一天也加入他们的队伍，多少次我想退群，结果看到他的名字还是下不了手。

　　庆幸的是，在这篇文章即将结束之际，我竟然看到香影法师出了个声明，因为眼力不济，更因为寺院要进行建设，已没充足的时间待在这个群了。我大大地松了口气，早该这样了。

在这里找不到悲伤

  1977年我从上海戏剧学院毕业,进入上海美术电影制片厂工作。初次见吴应炬是在厂传达室。那天好像是国庆节,吴应炬代一生病的同事值班,他身着蓝灰色的中式棉袄,端坐在传达室里。文学组同事姚忠礼正和他说着什么,他微笑着倾听,脸上挂着几近羞涩的笑。姚忠礼是《葫芦兄弟》的编剧,有才气,又热情,立即为我们做了介绍,我心里一阵激动。知道并喜欢吴应炬不是因为他的一大串名衔,而是因为对小时候看的动画片《草原英雄小姐妹》的记忆,即使我们去黑龙江插队,也依然在列车里大唱《草原赞歌》,它给我们带来多少慰藉啊!

  初见吴应炬,印象十分深刻:他当即站起来,高高的个子轻微一晃,右手顺势撑上椅背,定格成一种略微倾斜的拘谨姿态。

他还没开口,脸膛先红起来,普通话带着广东腔,呜哩呜哩的,他说得吃力,我也听得吃力。这真出乎意料,一个话也讲不清的内向之人,怎么会创作出那样畅快的歌曲?

那段时间厂里做业务总结,大礼堂回放不少老片,我欢快极了。厂里的职工大多熟视无睹,坐在观众席上响亮地嗑着瓜子,甚至有人对着银幕做开枪状,戏谑声不时响起。只有我被银幕上的内容吸引了,全身肌肉跟着跳,甚至笑出泪来。其实"煞风景"的不是我一个,后排也有人发出短促、哧哧的笑声。我忍不住回头,只见吴应炬笑得像个憨厚的孩子。我好像遇到了同类,感到自己的笑声不那么突兀了。当然我也感到一些意外,职场新人少阅历易失态,一个老作曲家怎么还保持着新鲜感?和他熟悉之后,我才知道他是沉浸在耳目并用的音乐世界中了。他早在二十多岁时,就有与众不同的表现,影院播放的美国音乐片《幻想曲》、贝多芬的《田园交响曲》、柴可夫斯基的《胡桃夹子》、杜卡的《小巫师》等,令他心醉神迷,尤其是舒伯特的《圣母颂》,他竟闭着眼睛连听了五场。他是当时电影院中唯一闭着眼睛看电影的观众。

在补看了大量的美术片后,我对他的崇拜更加深了。尤其是《大闹天宫》上下集,使我整个人沉浸在壮阔嘹亮的声乐中,唢呐、笛子、扬琴、琵琶、板胡、高胡、小三弦、圆号、大管、木琴、广东大鼓、大镲,好家伙,几乎所有的民族乐器全上场了!当时我不但眼识与耳根通用,连意识也发挥了作用,好像看到音符们忽隐忽现,以光和色彩的变化组成了看得见的节奏。这种京剧配乐的浓烈民族特色和戏曲风格，令我兴奋得几乎手舞足蹈。我发现《大闹天宫》的音乐和美术一样，竟然也具装饰性，像独具中国特色的年画，是真正的国粹了。是的，我在这种充满色彩的声音中进一步认识了吴应炬。

后来发现，吴应炬善用民乐，却不陈旧。比如《牧笛》具有浓烈的江南风格，但还借用了西洋音乐的某些表现技巧，比如自然音响，那模拟的瀑布声，时沉时浅，千变万化，初始虚云缥缈，轻纱笼罩，继而阳光明媚，万物苏醒。笛声变化，旋律和谐。全片没有一句台词，全部依赖配乐，梦境世界在心灵的牵引下生发出动听的音乐，不仅仅表现了人与动物之间的眷念之情，也让人在淡泊而又深远的意境中感受到一些哲思。难怪美国音乐评论家斯通女士称，《牧笛》是她在中国听到的最美妙的音乐。连喜爱音乐的西哈努克亲王听后也流泪说，这完全是天上的曲子。艺术无国界，《牧笛》在世界童话大王安徒生的故乡荣获国际童话电影节金质奖，这是迄今为止中国动画片获得的最高奖项。老吴给《牧笛》装上了音乐的翅膀，使它飞向了灿烂的高空。

其实获奖的不仅仅是《牧笛》，《大闹天宫》《小蝌蚪找妈妈》《草原英雄小姐妹》《天书奇谭》《一幅僮锦》《火童》《猴子捞月》《葫芦兄弟》等19部由他作曲的美术片也先后荣获各类国际、国内奖。

吴应炬不但在美术片的配乐上卓有成效，还创作了故事片《大李小李和老李》《断肢再植》《大有作为》这些我们耳熟能详的故事片、科教片、纪录片的配乐。另外，他还创作了声乐套曲《侨声曲》，由冰夫、姚忠礼作词，朱逢博演唱并录制了磁带，出版了歌集；另有《祖国恋歌》《云岭行》《心灵在呼唤》《红河散曲》声乐套曲以及《夏天在青岛》《小熊组曲》等管弦乐曲。从他退休前六七年，也就是1979年开始，老吴致力于美术片配乐的电子音乐化。我不知道，也不懂，有一年去他家，看到多了台电子琴，他女儿小燕正在那里乱拨弄，说这是她爸爸新买的。原先那台铺着绣花布的钢琴此刻靠着墙壁，看上去有些闷闷不乐，好像提前退休了，没想到接班的竟然是简单的玩具一样的电子琴。我有些诧异，我娘家一位总在追求时尚的邻居也在玩这个东西，只是看上去更简陋一些，怎么老吴的爱好和这类老阿姨一样了？过了好长时间我才知道，这种新乐器的标准称呼是电子合成器。那个时期，上海著名的音乐家屠巴海等人受欧美音乐家的影响，开始了对合成器的钻研。作为中国唯一的一家美术电影制片厂，上海美影厂开始合成器配乐实验也顺理成章。吴应炬创作的《人参果》以相同的旋律不同的音乐演奏展现了合成器的魅力。屠巴海先生的合成器演奏也受到广泛的赞扬。同为中国一级作曲家、中国轻音乐泰斗的屠巴海发自内心地赞叹同行吴应炬，说他是个真正的艺术家，具有超级丰富的想象力和脚踏实地的精神。屠巴海没有虚夸，创作期间，吴应炬的眼白经常是红的，一个音色，往往试验了百种声音后才最后选出来。吴应炬就这样成了中国电音的先驱。

　　我和吴应炬很快混熟了，没接触几次，就直呼他老吴了。他看上去一点也不像毕业于中央音乐学院作曲系，他总是带着谦虚的笑。他的音乐大多来自中国民间，很容易让人下意识地将他视为民间艺人。有人说他木讷，有人说他懦弱，有人说他老实，反正是不强壮不强劲不强悍的。只有他的楼下邻居周老师称老吴为"谦谦君子"，其实老吴生前与她来往甚少，她只是凭着感受到的点滴得出了这个结论。我觉得这个结论比较接近事实，但我自己另有一番感受，也只是一种直感，觉得他的性情像他的为人，站立时是弯曲的，几个极小的弯，弯得令人感动甚至心痛。那站姿不是什么骨病引起的僵涩，而是一种本能为人着想的随顺反应，如同一种柔韧的材料，以一种弹性的方式融入千奇百怪的世态之中。其实老吴是矫健的、灵活的，一起在四楼平台上跑步，我跑不过他，持久力同样不如他，他可是父辈的岁数啊。

我在上海美影厂工作了八年，几乎每天都能看到老吴，我们文学组在三楼，四楼是音乐组。姚忠礼和音乐组很熟，受他影响，一有空我就往四楼跑。不知道那个四楼是不是后来搭出来的，只记得三楼到四楼的楼梯是在室外的，一架简陋的铁皮楼梯，台阶没有侧立面，是透亮悬空的，走在上面，那感觉就像登云梯。最初上去我本能地紧张，右手紧握着铁扶手，脚落地很轻，生怕用力会把楼梯踩塌，可不知为什么，再轻的脚步都会发出咚咚的声响。时间长了，不害怕了，有时故意重重地往上跑，自我欣赏着咚咚的声音。这种新鲜感有增无减，这一生好像就没走过如此令人爽快的楼梯，因为老吴在上面。

音乐组有四间办公室，每间办公室一架钢琴。办公室在四楼占了三分之一的地盘，还有三分之二是个大大的露台。露台的三分之一又给了鸽子棚，三分之二空地成了音乐组放风的场所，他们在这个露台上跑步或者做操。我们和老吴也常靠在围墙上聊天。那时候不但年轻人喜欢和他交往，一些老编辑也不例外，比如诗人冰夫就是他的座上客。他给我们放吱吱啦啦质量欠佳的唱片，教我们十个指头弹琴，还从瓶瓶罐罐里掏出些酸酸甜甜的东西给我们解馋，于是我们更加长不大。我还记得姚忠礼班门弄斧地对老吴大谈和弦、音阶，老吴几近谦恭地微笑着，如同学生聆听师训。而我为他试唱小狗小猫的歌曲，也不断地得到他的赞扬，我由此信心大增，还真以为自己有一副金嗓子。

老吴对我进行了音乐启蒙教育，在这之前，我对外国歌曲所知甚少，除了小时候学过的几首儿歌外，所熟悉的也只是样板戏了。老吴让我听到了那么多奇妙的歌曲，令我耳根洞开。他弹那些歌曲给我听，并耐心地一句句教我。八年里，我从他那里不知学了多少外国歌，如《我的太阳》《桑塔·露琪亚》《多年以前》《啊，约翰，这可不行》《鸽子》《重归苏莲托》《老黑奴》《魔王》《苏丽珂》等。我跑四楼其实没有规律，想起来就往上走，真正的"无政府主义"，一进他的办公室我就无心无肺地说，老吴，今天教我什么歌啊？他从来没有不耐烦的时候，连犹豫的神态也没有。他会马上停下手头的活，坐到钢琴前，略想一想，然后弹出几句，问，喜欢吗？没有我不喜欢的，那些歌都充满了魅力，深深地刻进了我的脑海。姚忠礼也曾经说过，老吴对他很溺爱，像宠儿子一样。我完全相信这一点，他对小辈太好，好到有求必应，无论事大事小，常让诸如我这样的小辈忘乎所以。记得有一次，我正兴味盎然地唱着，作曲组另一成员探进头来，戏谑地说，老吴，又收了一个徒弟啊？作为作曲组组长的老吴只是嘿嘿一笑，没有应答。我生怕老吴受人议论不再教我，结果老吴依然没有放弃这种随意的教学方式。

不知什么时候开始，作曲组的其他成员也像老吴一样，在创作了新歌后，为了听取效果叫我上去试唱，他们说我的歌喉具有童声的音质。我受宠若惊，也更加感谢老吴，每次都卖力地放声大唱。那时候，我根本不懂什么发声，老吴对我也没这方面的要求。不像上海作协，为了春节联欢会上的节目，特地请来音乐学院的专业老师教我们唱歌。如果时光倒退，我用学到的那一丁点儿发声技巧去唱动画片的歌，恐怕都找不到什么感觉了，那时候我凭的只是真切的感情。

老吴不但教我唱外国经典成人名曲，也教唱了不少中外儿童歌曲，其中有三首我特别喜欢，它们是《难忘的童年》《我乘上小马车》《太阳照耀着金色的沙滩》，歌词朴素天真，曲调抒情，带有西洋情调，唱的时候我会忘乎所以，心情既辽阔又微醺。只是那首《我乘上小马车》我总是找不准感觉，那句欢快的歌词"在这里找不到悲伤"，我总是唱出了相反的味道，尤其是"悲伤"两个字，完完全全地体现着它们本有的情绪，怎么改也改不过来。现在想来，这关乎作曲的专业技巧问题，也许老吴的潜意识也起了作用？他出身富商家庭，童年生活并不快乐，如同他后来家庭生活的波折，有精神障碍的妻子给他带来深深的痛苦和压力。那种挥之不去的经历所造成的心灵阴影，即便是一个再善良再内敛的人，也会无意中泄露的。

我一直以为这几首儿歌和《牧童》《母亲教我的歌》《摇篮曲》一样都是外国歌曲呢，直到 2020 年 6 月的一天，我在网上观看了 1958 年出品的木偶片《谁唱得最好》，才知道这部取材于西方国家荒谬故事的作曲正是老吴。我在心里惊呼一声，天哪！我怎么这样糊涂！难怪这些歌曲那样别致深情！那时候老吴为什么不告诉我这是他的作品呢？也许他觉得我喜欢就够了，没必要强调自己的成绩？

老吴对人之好是公认的。病妻钟阿姨在世时，脾性暴烈古怪，老吴是真正的逆来顺受，从不对她凶声恶气，实在憋得要崩溃了，就工作到很晚回家，或者干脆睡在厂里。厂里值夜班的人都知道，音乐组晚上的灯总是一夜一夜地亮着，他睡不着，就作曲。画家金柏松那时候在三楼工作，有一天做了一个梦，梦见老吴妻子年轻时的一张照片，照片有些发黄，短发的她穿着旗袍。第二天他上楼去对老吴讲，老吴笑笑，拉开抽屉，金柏松惊讶地发现最底层果然藏着一张发黄的照片，正是金柏松梦见的穿着旗袍的吴太太。对于做梦者来说，只是觉得太神奇了，至于老吴的心理状态，外人只有猜测了。谁都能看出来，他已经无法与太太过下去了，连女儿小燕都对我说她爸爸可怜，可他却在办公室珍藏着太太年轻时的照片，可见他是个多么珍惜过往的温良者。大家只看到他把单位当家，没看到这背后的无奈和痛苦。他夜以继日的工作态度受到一致的赞叹，先后被评为厂先进工作者、上海电影局先进工作者、上海市文教先进工作者、全国先进儿童工作者、全国侨务先进工作者等等。最初我有不恭的想法，认为这是钟阿姨无意间促成的，逼迫也会变为动力。我忽略了根本的一点，其实这是他的天性使然，他从来对己认真对人宽容。他对孩子也好，从来不强迫他们学钢琴或外语，他只是为了帮瘦弱的女儿从三班倒调到常日班，才笨拙地去厂里说情，结果也是无用。那时我看到的只是他的放任和溺爱，却没看到他获得了儿女发自内心的爱戴和亲热。我一直记得小燕曾经对我说过的生活细节，坐饭桌上他要求每个人都要吃饭，不能挑食，吃得好他会奖励他们故事，到了晚上他一定兑现，但那是鬼故事，而且老吴会把灯关了，让他们体验黑暗中的恐惧。现在小燕头发花白了，对我说起她父亲，依然是小孩子的亲昵口吻。老吴对我同样好，为了帮助我结束与丈夫两地分居的局面，他主动带我跑上海电影局，甚至跑到厂长特伟家，虽然最后没起作用，但他的心意让我非常感动。他对一切人好，认识的不认识的，他都施与自己的关怀，从不索取回报。他同样善待自己，累了乏了，他会犒劳自己小零食小点心，橄榄、糖果、饼干等，每次品尝，他都频频点头，发自内心地说，好吃，真好吃。一旦他觉得尝到了美妙的滋味，就会和家人朋友分享。我不知吃了他多少美味小点，几乎有了看见他口中就会生津的条件反射。他对这个世间如同一个天真的孩子，喜欢自制玩具送人，也能感恩地接受他人的礼物，摔跤了爬起来再投入游戏。

终于我明白了这一点：一个真正的艺术家，不管他（她）的性格举止是怎么样的，心地一定是柔软的。无嗔恨无怨言无抱屈，如此柔软，才是我爱戴老吴的真正原因。

庆幸老吴在晚年的时候遇到了罗允丰女士。这是人们通常的称呼，我很不习惯"女士"两个字。实际上她岁数比我还小，但一见之下毫无陌生感，好像遇到了故知，我们相谈甚欢，每次见面都有说不完的话。她家先祖是朝廷三品武官，正宗的八旗子弟。祖孙三代有八个教书匠，她自己也有过一年的教书经历，她玩笑地说，我也算是"书香门第"了。我们都跟着老吴叫，称呼她毛毛。我喜欢毛毛，她五官分明，耐看，和老吴一样，也喜欢民乐，喜欢摄影。毛毛一开始跟着老吴学琴，渐渐地由师徒关系变成了恋爱关系，直至成为一家人。

我是1985年调到《上海文学》杂志社的，那时女儿尚小，只有三岁，丈夫还未调回上海，闲暇时间甚少。虽然我一直没时间回上海美影厂玩，但已得知合成器在美术片中广为使用，直到现在人们还是对这种既传统又时尚的电子音乐赞不绝口。不久老吴也退休了，但还是回聘继续为美术片做贡献。我一直怀念那段美好的时光，隔一段时间就会去老吴家看他，我的记性不太好，但复兴西路34号却一直没有忘记。我明显感到，自从毛毛来了，这个家就变得干净有条理了。她把地板擦得油光发亮，使得照进来的阳光也受了影响，屋里呈现出一派橙红透亮感。不像钟阿姨在世时，屋里黯淡杂乱，床上地上堆满了东西，令人无处下脚；也不像钟阿姨走后，房间充满了寂寥——虽然老吴有猫陪伴。我后来才知道，老吴先后养过两只猫，可那时候我同猫没深入的接触，根本看不出它们的区别，一直以为是同一只猫。只听小燕讲过两次事故：一次猫溜出去，老吴怕它回来找不到家，竟然一夜敞开家门，终于有一天，瘦得皮包骨头的猫蹲在了十一楼某户人家门口，方向是和他们家一样的，猫误记了楼层；还有一次，门外老有母猫来勾引这只公猫，它为了恋爱自由跳楼自杀了。我敢肯定，是猫扑拿小虫或睡觉翻身不小心从阳台上掉下去的。如果是现在，我肯定会竭力动员老吴把阳台封了。那时候我不懂老吴，也不懂猫，还觉得老吴对猫好过头了。他的猫是上桌吃饭上床睡觉的，他的墙上贴满了猫的照片，他给猫梳毛，和猫讲话，用手指逗猫，亲昵地叫着它的名字。从他那里我知道了猫笑的方式是眼睛一眨一眨的，身体蹭人或尾巴扫人都是一种亲热的表现。老吴手上老是有伤，小燕说是被猫抓伤咬伤的，他却为猫辩解，那是它和我玩嘛。我走的时候，他一厢情愿地送我猫照，一沓。这是他亲手拍摄亲手冲洗亲手上色的猫照，每张照片都凝聚着他的热情和心血，就像有一年我和他一起去内蒙古采风，他认真地用彩笔给我的黑白照片涂色一样。

现在他们屋里没有猫了，房间里显出了日常的秩序和家庭气氛。我问毛毛对老吴的印象，她一口气说道，是一个不断进取、接受新鲜事物、有创新意识、敢为人先、古道侠肠的大男孩。老吴也告诉我，他们俩是无话不谈，政、经、文、体各抒己见，毫无禁忌。其实他们不说我们也看得出，这是一对情投意合、相处和谐的夫妻。但在80年代，人们对相差几十岁的婚恋现象不理解。正因如此，毛毛一直处于隐身状态，就是怕被人误读误解。

也许是为了避开世俗偏见吧，我都不知道他们是什么时候领证的了。他们太低调了，婚前婚后没有什么大的变化，连房间里的摆设似乎都没有动过。

但最初老吴的心情还是有些沉重的，他对我说，我已经到这个年纪了，随便人家怎么想，但我不想伤害到她。他交给我几张纸，说那是他的简介，让我留着，什么时候搞创作可以参考。

我感觉老吴虽然抱着不在乎别人的态度，其实心里还是有些忐忑，他或许想通过我的文字为他们的感情做些说明？但我想来想去都觉得为难，我不善处理这类题材，也怕因文字搞出什么纠纷。这一放就是多年，之后我没向老吴做任何解释，老吴也不提。时间具有调控力，他们顺利地越过了这个坎，在思想上完全解缚。他们很相爱、很自在，子女也理解、接受并支持了，一切都没问题，已用不着任何形式来为自己证明了。

老吴的最后几年，因为陈旧性的"腔梗"，说话功能有所减退。有一天他给我打电话，说得很慢，停顿，迟疑，很抱歉的口气：我不知道和你讲什么好，我怕自己讲不好。我说：老吴没事，你慢慢讲。老吴说：没有什么重要的事，就是毛毛鼓励我给你打电话，让我多和你聊天。毛毛的用意令我感动，于是我就和他闲扯起来。我告诉他，在我对上海美影厂的美好回忆里，大多数是乐音和声响，包括有一次我们在平台上时，正好鸽子从大铁笼里放出来，它们带着哨声从我们头顶飞过。我问他：你还记得吗？老吴嘿嘿地笑着，笑声也有些拖沓迟缓，但说得很有意思，他说鸽子飞的声音听上去很自由。他在上海大半辈子，始终没学会上海话，他的普通话里总是掺着含糊的广东腔，可是他说的意思我们全懂。我说老吴，你唱粤语歌曲很有味道哦，你不是在火车上教过我吗？可惜我忘光了，你好好休养，下回去听你唱。听到毛毛在边上插话：他自己还录了磁带呢。快结束时我对老吴说，我好久没唱歌了，现在想唱一首你教我的歌，看看是不是有错。老吴很开心地说：好，我听着。我毫不犹豫地唱起了《我乘上小马车》——

> 昨夜我进入梦乡
> 一辆小马车飞驰到我身旁
> 我乘上马车
> 撒开了缰
> 飞呀　飞呀　马车上了天堂
> 在这里有无限的快乐
> 在这里找不到悲伤
> 把缰绳一勒
> 我下了马车
> 跳呀　跳呀　心情多么欢畅
> ……

没想到自己记得全部的歌词，一句也没唱错。我听到老吴也在轻声地断断续续地唱着，他唱得并不完整，声音也有些嘶哑，但他很郑重其事，仿佛在尽力守护我那段快乐的时光。有意思的是，我一直不知道，这首歌在20世纪的中后期，一直都是上海市少年宫合唱队的保留曲目。这也是毛毛告诉我的。

老吴有先天性心脏病，年轻时他随父亲在海防生活，当地的法国医生下过定论，说他活不过四十岁！结果老吴在八十二岁才因心衰离世。毛毛说他以自己的生命破了那个名医的预言。

老吴带病长寿绝对是好人好报。1991年底，他因病住进徐汇区中心医院，他在病房里和病友们一起聊病，聊得兴起，他便主笔创作了一首歌，歌为《糖尿病吟》，歌词是："一加，二加，三四加，千变万化，阴性，阳性，捉摸不定，阴盛阳衰，我的妈呀。听医生的话，掌握变化，阴阳协调，祝君健康，安度年华。啦啦啦啦，哈哈哈哈。"他偷偷溜回家，用电子琴弹奏了这首歌，并用录音机录下来。然后他又提着录音机回到病房，结果一房间的病号在电子琴的伴奏下有模有样地进行了大合唱，引得其他病房的病人拥来观看。医护人员连连摇头，说没见过这样的病人。

后来老吴手抄了这首歌送我。我发现，在这张纸的背面有另一首歌《梦——为什么》，作曲还是老吴，但作词者却是朱姓。这首歌与前一首的嘻嘻哈哈相反，有些忧伤。我不知道这首歌出自什么心境，没准只是受人所托帮着作曲也不一定。我能知晓的是，音乐对于他不可或缺，就是生病住院也不能将他阻止。

毛毛是离老吴最近的人，她看得很清楚，最后几年，老吴是活在自己的音乐世界里了。即使语言功能衰退，脸上表情也失去了生动，但一提到他的曲子，他张口就哼，一句也不会遗忘。我也亲眼见过，当老吴躺在病床上时，毛毛俯身哼唱几句，然后考他这是什么歌什么曲,前面还表情呆滞的老吴眼神马上灵活起来,脸上还露出一丝微笑。他创作过百余首曲子,但从来不会混淆记错,对这个现象只能用艺术根植于灵魂来解释了。

开追悼会那天,来的人很多,老吴平静地躺在鲜花丛中。大厅里回荡着《草原赞歌》,听着"天上闪烁的星星多呀星星多……",我的内心也激荡起来。最初对老吴的爱戴就是从这一首歌开始的。全中国有多少孩子用清澈的嗓音唱过这首歌呀!现在送别老吴,还是这首歌,我觉得有些悲伤,同时感到结识老吴是件非常圆满的事情。

老吴不在了,怕毛毛太伤心,我请她来松江散心,我大妹开车,我和妈妈陪着她在松江城兜着玩。晚上我们睡在各自的小床上,像过去一样闲聊着,我们甚至没多谈老吴,好像他还在家里一样。我越发感到老吴找到毛毛是一种幸福,她没有大起大落的激烈情绪,没有我们想象中的悲痛欲绝,她放下了给老吴织到一半的毛线衣,沉着地整理老吴的遗稿,生活节奏与老吴在世时一样。但她的话却透着深深的感情,她说老吴走了,我失去了最珍贵的陪伴,没有任何事可以弥补我余生的这个空缺。

时间过得真快,转眼老吴走了十二年了。毛毛给我发了一个电子链接,标题是《来一场穿越时空的打卡》,副标题是《寻找记忆中的乐趣童年》。原来这是老吴家乡的文化馆在"侨乡博物馆"搞的吴应炬动画音乐主题展。

我多么想去参观这个音乐展啊,可惜杂事缠身无法走开。我想捐一张老吴作曲、我作词、朱逢博演唱的唱片过去,却一时找不到了。但我由此记起，当年老吴带我去徐家汇衡山路的上海唱片厂，在底楼我见识了那个灌制唱片的录音棚，我想象着当年聂耳、冼星海、梅兰芳等前辈如何在这里录制唱片，心里充满了对老吴的感激，他让我开了眼。可是老吴没有察觉我心里的变化，他和这个人打招呼，和那个人讲话，身姿依然那样谦恭地屈几个小弯，还时不时地脸红，好像自己不是作曲家，而是一个见了名家的普通工作人员……

现在，这个旧址成为徐家汇绿地公园里的一家法式餐厅，据说每天只接待十个客人，而且需要预约。于我而言，它就是一幢陌生的和我没有任何关系的老洋房了。当我重新走进这块绿地公园时，在几百米的观景天桥上，我踩出了咚咚的脚步声，像来自作曲组的那架铁皮楼梯，仿佛穿越时光隧道，我又听见了过去的乐音。那是我平生最轻快的八年，几乎每天都在歌唱，我只要一想起便进入那个闪着星星之光的时间段。在那里找不到悲伤。

猪八戒吃西瓜

提起包蕾,我的嘴角就不由自主地往上弯,想不笑都不可能,即使他已去世。

第一次见到他是1977年10月的某一天,我去上海美术电影制片厂报到。文学组有四间办公室,三间朝南,一间朝北。组长张松林把我领到一间朝南的办公室,指着中间那张办公桌对我说,今后你就坐这儿。李绍然、顾汉昌、王文皓一起从自己的办公桌后站起来表示欢迎,他们不同的笑容我记忆犹新。然后张松林又对我说,走,带你去见一个老同志。

他带我走到北面那间办公室,门一打开我就觉出了一种山洞般的冷寂氛围。除了两架书橱,两张办公桌还拼在了一起,像个会议桌。桌面上参差不齐地堆了一些来稿,有的还没拆封。桌子靠窗的那一半落了不少灰，伏案部分还算干净。一个脸面略微白皙的老头神色自若地侧身坐着，手上端着一只茶杯，似乎正在休息。

领导说，包蕾，给你个徒弟带带。她姓姚，姚育明，小姚。他站了起来，说，好啊，请坐请坐。然后自己就坐下了。他站起来的短暂时间展现了整个形象，胖墩墩的矮个儿，滚圆的大肚子，外鼓浑圆的金鱼眼。那几秒钟的站完全是意思意思。张松林也是个好脾气的，半弯着单薄的身体，点着头说，就这样了，交给你了。

原来他就是写《猪八戒新传》的著名儿童文学作家包蕾啊！当时包蕾给我一种既重又轻的感觉。因为我以前学的是舞台戏剧文学，所以一走进上海美影厂大门就下意识地将眼前的一切当成了大舞台。虽然当时"四人帮"倒台了一年，但文学创作的"三突出原则"（在所有的人物中突出正面人物，在正面人物中突出英雄人物，在英雄人物中突出主要英雄人物）还未全部消除。也就是说，若以文学组作比，张松林就是最突出的一号人物，包蕾第二档也排不上，他算不上英雄人物，他甚至也不在最基础的"所有的人物"之列，因为他还没完全解放，属于可改造利用的创作人员，干着最不受重视的处理外稿的活儿。

而我这个新来的职工，当然要从学徒工干起，组稿、下生活、写剧本没有我的份儿，跟着包蕾看外稿是顺理成章的事情。我感到了小小的激动，心想：如果是自己上门求师，也不一定能成功呢！管他是看外稿还是干什么呢，包蕾能做我师傅可是意想不到的好事啊。

包蕾好像也很开心,在冷清清的朝北的办公室里,突然来了个徒弟,他的脸上也光亮起来,明显端了些师傅的架子,问了下我的简历,又问我读过些什么书,喜欢写些什么,然后说,拿个小本子,跟我走。

我以为他要教我怎么看外稿呢,谁知道他把我带下楼,跑到隔壁那幢楼的资料室里,指示我该看这书该读那文。我一一记下,并当场借了几本书。当时资料室里有好几个人,其中有人向包蕾打听我。包蕾眼睛亮晶晶的,欣喜地说,新来的大学生,学戏文的,我的徒弟,嘿嘿。他说的时候挺着肚子,显得有些骄傲。其实我是自作多情,后来我才发现,他的肚子是时时刻刻挺着的,并不为哪一个人哪一刻挺,他只为自己挺。但当时的错觉也真实,就是我自以为给包蕾带来了快乐,自己也跟着快乐起来。捧着书跟着他走出资料室,一路上,他挺着肚子继续关照要好好看书,空余时间再写些小品文给他过过目。我暗自觉得好笑,以为包蕾要审查我的文字,是为了过一过当领导的瘾。如井底之蛙的我哪知道包蕾曾经也有过官职,新中国成立前他就担任上海青年救国服务团宣传部副部长,新中国成立后他代表团中央接管儿童书局,后又在新儿童书局的基础上,联合其他儿童读物,成立了少年儿童出版社,担任编辑部主任——这个职位相当于现在的总编辑。后来他又领命策划创办了《少年文艺》,把新中国的第一本儿童文学刊物办得风生水起,以至于后来被誉为"中国儿童文学的摇篮"。他还曾任中国电影家协会第四届理事呢。用任溶溶的话来说，包蕾才子气太重，不太适合当行政领导。后来他在整风运动中下了台，连党籍也丢了。幸亏读到《猪八戒吃西瓜》的盛特伟惜才，把他调到了上海美影厂，使他又有了用武之地。

果然我是小人之心。包蕾看了我交的作业，笑呵呵地说，我只想知道你写到什么水平上了，还需要读些什么书。不错，写得不错。得到他的夸奖我很高兴，巴不得每天和他坐在一起。他的笑是那样亲切，眼神又是那样温和，说起笑话来都显得厚道。

没几天，上海静安区文化宫一位蒋姓老先生打电话找我，见面后告诉我，包蕾向他推荐了我的一个独幕话剧剧本，他读了后很有兴趣，准备组团演出，需要和我讨论一些台词问题。我这才知道这位高高大大的老先生是一位导演，也是包蕾的好朋友。其实这个剧本是我的毕业作品，当时上戏徐闻莺老师在小组分析剧本会上还表扬了我，说完全可以拿到北京人民艺术剧院（下简称"人艺"）去演。（后来她得癌症去世了，去世前不久还对我说："你要好好写下去，也怪我实在没精力把你的本子推荐给人艺。"）后来包蕾问我，已经演了三场了，你去看了没有？我说没有闲时间去看。其实我是把徐老师的话看重了，在心里有那个期盼，没怎么把一个区文化宫的节目当回事，说穿了就是有些看轻。我的看轻恰恰是一种小人心态，现在想来真是脸红，要好好忏悔。但当时，我对包蕾的抬爱还是抱有感激之心的，知道这是对我的文字的一种肯定和鼓励。以后上班，我总是先看看他在不在北面，只要在，我马上去自己办公室露一下脸再过去。在那间在药水瓶里,想起来就喝上一口,喝罢还冲劳动监管嘿嘿一笑。监管并不疑心,以为他在喝咳嗽药水。

还有一回,他和"靠边站"的厂长特伟一起修大礼堂的电灯,两人争相爬梯,只因他肚子碍事,落了个扶梯子的份儿。厂长正抬着头战战兢兢地爬着,包蕾突然笑了起来,他笑得太厉害了,以至梯子乱颤,把特伟吓得够呛。笑声引来造反派,包蕾先下手为强,大声报告,我揭发,你看这个平时点头哈腰的走资派想翻天,不低头认罪,反而仰着头高高在上,还以为在台上做报告呢。造反派忍俊不禁,一起大笑起来,自然两人都免了一顿皮肉之苦。

包蕾就是这样,靠着一份天性在苦难中保持着清醒的意识,淡化着皮肉乃至灵魂的痛楚。在日常生活中,无论人们对他怎样不恭,怎样拿他的身材开玩笑,他都用一张笑脸应对,犹如举着一面坚不可摧的盾牌。在特殊年代,他更善于佯痴装憨,既保护了自己,也不失为巧妙的抗争。其实每个人都有自己排遣痛苦的方式,包蕾用的是大肚能容的笑佛方式。

我结婚那年,同事们请我们夫妻去文艺会堂吃饭。包蕾在席间掏出一个精致的盒子,里面是两支金星笔,一粗一细。他温和地说,没别的送,希望你们好好写作,写出成绩。大家起哄,说小气鬼竟然送给小妹一盒好笔,我们要向你老婆揭发,你藏私房钱!

那时同事们为了区分两个不同的姚姓,管姚忠礼叫小弟,我则成了小妹。文学组一直充满着友爱的气氛。不过平心而论,我虽然我从包蕾这里没学到什么具体的创作套路，但从包蕾这里感受到他的人格，那是一种无形的教化。他幽默而又达观，不但不在乎别人的嘲笑，反而会借势快乐，弄得整个屋子嘻嘻哈哈。

没办法，他是一个除我之外谁都可以使唤的"基本群众"，而我，也只能眼睁睁地看着别人随意地叫他"包大肚""猪八戒""小气鬼"等外号。他的身材确实不敢恭维，结瓜似的长了个丰满敦实的肚子，引得别人无论高兴还是发火都会莫名其妙地把话题转移上去。可包蕾从无怒色或嗔怪，平时走道还总捧着肚子，很爱惜的样子。进我们办公室，第一桩事情便是靠到某张办公桌旁，把肚子端上去搁好，这个请桌子代劳的细节惹得我暗暗发笑。记得有次一位同事戏谑地问他是不是猪猡投胎，他乐呵呵地回答，猪认识我，我当过猪倌嘛，整整领导了它们三年。他指的是过去在农村养猪场的经历。一说起猪来他还神采飞扬，话里满是赞叹，说猪聪明，有灵性，碰壁会拐弯，见他会发嗲，在他身上拼命拱，一到饭点就会叫，时间观念强。

许多人在逆境中有度日如年的痛苦，包蕾似乎没有熬的感觉，他总是随缘运用自己的智慧去对症治疗，或者说，他天性就会应对。他对我说过好些好玩的事，比如在"文革"时期，他负责打扫厂区，但扫帚等公物经常不翼而飞，"坏分子"们只好忍气吞声自掏腰包了事。包蕾有办法，在工具上写了"牛鬼蛇神专用"字样，从此东西不再丢失。

包蕾爱喝几口小酒，为了能在被监视时过瘾，他竟然把酒装我看得出他的眼神里有不少内容，但最终只是呵呵笑了几声，说这是特伟的结论，但也是你表现出来的。没关系，沉一沉，以后再写，来日方长。那是我唯一一次对包蕾腹诽，觉得以前没完全看清他，他那呵呵呵的傻乐是表象，其实精着呢，任何地方都不得罪特伟大人。现在想来，我也有点高估自己了，当时我确实把注意力都放在情节动作上，而忽略了剧本可能带来的社会影响，也许自己都没察觉潜伏的消极心态在推动剧情吧。但要说我从包蕾这里没学到什么又不是事实，我从他过去和现在的美术片剧本中得到的愉悦、思索是有引导作用的。圈内人都知道，编剧要上一部片子很不容易，可包蕾的脚本却让人感到通过太轻松了，这可能是他深入浅出的哲理以及简洁、有趣的风格造成的错觉吧。其实他的剧本是多样化的，他并不僵化，在他安静地伏案书写时，他的大脑是个活跃的世界。我喜欢他写的美术片，比如他的《金色的海螺》（获第三届印尼亚非电影节卢蒙巴奖）、《三个和尚》（获第四届丹麦欧登塞城国际童话电影节银质奖、中国第一届金鸡奖最佳美术片奖）、《过猴山》都是我喜欢得不得了的片子。其实我喜欢的不止前面提到的几部，像《天书奇谭》《骄傲的将军》《真假李逵》《画廊一夜》等，都让我看得快乐、激动。这和他有很好的古文底子、很棒的文字修养、融会贯通的思维方式有关。他能成功不是碰运气，也没有人际关系上的任何便利，他的本子整体高水平，不佩服都不行。哪怕银幕上抹去他的名字，只要一看内容就不会搞错。1980年，包蕾获得全国少年儿童文艺创作荣誉奖，这是真正的众望所归。

朝北的办公室，我还认识了詹同渲，我发现他们俩很要好，总坐在一起交谈，一副心心相印的默契样子。他是詹天佑的孙子，同样没一点架子，大家都亲热地称他詹同。包蕾把我介绍给詹同时，他也是笑眯眯的，说，我听老包说了你的情况，很好，你跟着他好好学，包你进步。

可是包蕾教了我什么呢？除了说文字要让人看得明白这样的大白话外，就没什么新鲜的理论，我只是觉得和这样一个整天捧着大肚说笑话的老头在一起很快活，并不懂得久入兰室不闻其香的道理。其实哪用得着他来言说什么文学，他整个人就是文学，我们天天面对这个文学却木知木觉。

我们文学组的编务老吕是个认真的人，她很少言笑，每天表情冷峻地把外稿分成两摞，我和包蕾分别看，我们各看各的，也没这方面的交流。她肯定暗地里同情包蕾，有一天郑重地对我说，你年轻，多看些吧。我说没问题。我知道包蕾一直没有放弃创作，他需要更多的时间。而我那时没有多少创作经验，也缺乏太大的创作冲动，偶尔搞成的三个本子自己都懒得提，不是改编就是别人命题，连主题都违背我的认知，唯一的原创还是和凌纾合作，他是存心帮我，把我的名字放在前头，想起来也是惭愧。倒是搞过一个自以为得意的，是完全的原创，却被特伟"枪毙"了。他说，你这是宣传无为思想，就是什么事也不要干反而会成功？我虽然尊敬厂长，但还是被他打蒙了。说实在的，我根本没有这个哲思，我脑子里全是一系列的搞笑动漫。我在包蕾这里发牢骚，说特伟上纲上线，我哪有这个意思？包蕾很认真地听着，

045

觉得大家对我的照顾超过了对包蕾的，也许包蕾太皮实了，就像他自己写的猪八戒踩西瓜皮，怎么摔跤都无妨。

最后几年，包蕾明显体虚，虽然领导照顾他，他不用天天来上班，但一周总要来几次，轮到和导演谈剧本，就得连着来。办公楼又没电梯，每次包蕾爬上三楼都累得气喘吁吁，就这样还不忘开玩笑，他对同事们说，今天有什么要说的全说了，你们欠我的饭菜票赶紧还，我也不赖你们账，大家一分一厘要算清，说不定明天我就爬不上来了。大家都不把他的话当真，他也像说开心事一样，笑得嘴巴合不拢。

认识包蕾的人都不会忘记他的笑，太包氏化了：满脸笑意，连眼睛都喷着笑，嘴更夸张，张得很大，最初没一丁点声音，但你分明能感到那笑声在他肚子里汹涌澎湃，随着他有节奏的点头，笑声在他体内无声地进行着，直到他自己收住，收住时反而会出声，是往里吸的一声"啊"，偶尔笑的时间过长，他还会有笑累了的情状。他的笑颜纯粹得一塌糊涂，完全不是他这个年龄段的。我和他相处八年多，从来只见他大笑、微笑、嬉笑、憨笑、无声地笑，却没见过他假笑、奸笑、怪笑，连冷笑都没有。他真诚、大度，笑容极具魅力，远超美女的笑靥，我永远忘不了他的笑颜。

1989年的一天，我无意中听到谷白在对别人说，包蕾走了。我失声道，啊，他走了?！他刚70出头吧？谷白问我，你认识他吗？我说，岂止认识？谷白说，我正要去他家，你去吗？

我心情沉重地跟着他走。当时我住在普陀区沪太路，上班算得上路远,丈夫刚调回上海,女儿也好不容易托人进入幼儿园大班,除了工作,操心的全是家里的琐碎之事。自 1985 年调到《上海文学》杂志社后,我忙得和上海美影厂文学组的人都不来往了,除了特意去探望一次李绍然,安慰他失去妻子之痛外,都没意识到包蕾也需要及时探望,失去以后才明白。我暗暗谴责自己,我太欠他的情了。

我不记得当时是否看到师母了,我只记得进入那个房间,感觉房间空空的,四周皆是木质,我被一种冷冷的暖意包围着。木墙壁上挂着包蕾放大的照片,他正张着嘴笑,还是那种无声的笑。下面的花篮里放着白菊和黄菊,洁净明亮,衬托着他亲切到绚烂的微笑。平时在我眼里有些清高、张狂的谷白双脚并立,深深地鞠了一躬。我也跟着恭恭敬敬地鞠了一躬。我在心里说,老包,对不起!老包,我爱您!

追悼会上,人们都痛惜包蕾的离去。他浑然不知,却还是保持着生前的样貌:半张着嘴,无声地笑,并且毫不羞愧地挺着明显消瘦下去的大肚,像过去一样,两手仍珍重地捧着肚子,好像捧着一堆来不及抖出的充满幽默的笑料。

不久,上海作协召开了一个包蕾追思会,或者研讨会,我不太清楚会议的具体内容,只记得参加会议的一个人告诉我,詹同在会上发言,其中提到我,还说请包蕾的学生姚育明站起来。大家面面相觑,詹同有些尴尬,他大概没想到就在同一个楼的我没有参加会议,不知他会不会认为我是个薄情的人?我不是因为没人邀请而不去参加,事实是我根本不知道有这样一个会议。不过我无任何怨言,如果组织者知道我曾经被包蕾领导过,可能也会请我参加的吧。不过是从三楼跑到一楼,算不了什么特别破格的事,我遗憾的是失去了和詹同见一面的机会。他六年后也去世了,走时更年轻,才63岁。他的夫人金凤和我通了电话。我们一起在电话中怀念了包蕾和詹同。他们俩合作了许多有影响的佳作,祝愿他们在天堂相逢,心心相印地忆念人间美好的童话。

包蕾创作的作品风格各异,有的富有情节,有的注重意境,有的单纯明快,反正都是根据题材需要,在我看来,不管哪一种风格都能将人紧紧摄住。但也有人认为包蕾的文字太浅显,是那种寓教于乐的文字,属于讲大道理的一类,只适合小学生看。可我是那样喜欢,我就爱听大道理,因为一切小道理都归大道理管。我也不管有人说我的文字越写越像小孩(意思越来越退步了),正如我丈夫说的那样,我的心有一部分一直没有长大。反过来说,或许正是由于这个因缘,我才得以遇到包蕾这样的恩师并终身受其影响。

包蕾天生就是一个出色的童话家。他与陈伯吹、贺宜、严文井、叶圣陶、张天翼、叶君健、洪汛涛、葛翠琳、金近一起,被誉为中国老一辈十大童话大家。所谓大家就一定没有小家子气。

只要喜欢儿童文学的,几乎无人不晓包蕾,由他编剧的剪纸片《猪八戒吃西瓜》承载了几代人的童年记忆。在我心里,他的大肚形象和他创作的大肚猪八戒形象总会相叠在一起。

我在头发花白的时候,重新去读他的文字,竟然有了新的喜欢。这种喜欢是需要品的,不能一溜而过,不信大家和我一起读上两段,看它多么富有情趣,并且满含着古文韵味,非出声不能体会——

  八戒坐在树下,虽没甚吃喝,却也闲适自在,胜似在庙里听师父使唤。正待闭目养神,打个盹儿,忽地眼前一亮,定睛看去,只见近处山崖之下,枯藤乱草之中,露出个绿油油的东西,阳光照得闪闪发亮,十分可爱。
  八戒赶忙起身,迎上前去,仔细一看,却是个斗大的西瓜。不知是哪个急性的庄稼汉忘了收摘,也许原就是野生野长。且不管怎样,这无主的瓜儿,像是天上掉下来的一般……

我想起了包蕾的大肚和亲切的笑容,也像天上掉下来一般不可思议。

沸腾的铜

某一年的端午节,一个老奶奶在一个小男孩的额头上涂了雄黄,那是一个金灿灿的"王"字。谁都知道中国人喜欢借助百兽之王的威风给孩子避邪,可敬的是这位老太太不一般,她立意高远,叮嘱的竟是:宁做站立龙舟的少年狂,也不学屈子投汨江,不管今后岁月怎样变幻,贫不失脊梁,富要胸襟广大,不要怕任何诽谤,你只管做一个王者。

这番激励对一个少年来说似乎太超前了,然而他做到了。我也有幸认识了这位曾经额头闪光,如今气度超脱、冠绝当世的王者。他就是中国当代铜建筑之父、铜雕技艺国家级非物质文化遗产唯一传承人、中国工艺美术大师朱炳仁。

初识他是在上海第十六届艺术博览会上,朱炳仁作品专场外的"中国唯一可和达利对话的艺术家"的简介吸引了我。然后是他的作品《稻可道，非常稻》震撼了我。这是一块金灿灿的稻田，铮铮地林立着，散发着热烘烘的成熟气息。这是有别于米勒、凡·高的稻田，没有人在劳作，也没有乌鸦群飞，它们全被腐蚀过了，每一棵都不一样，每一棵都不完整，看不清稻穗，也找不准稻茎，但没有人认为它们不是稻子，它们甚至像人，每一棵都具有人的动态，众多的人披着金黄的外衣，展现着强健柔曼的躯体变化。它们一律地无芒，一律地丰盛，一律地抽象而又具象，真是"非常稻"啊，它们比实物更丰厚、更强盛、更妙不可言。朱炳仁的这件艺术珍品涵盖了中国人的生存之道与心理特点，我从来认为，真正的艺术佳作是同时具有形而上和形而下特色的。

我永远忘不了当时的感觉，自己被灯光笼罩着，也被铜稻反射着，恍惚间化成了融融金光中的一棵稻子，感动得久久不能言语。

而紧邻的空间则像凋零的秋末，几盏小小的顶灯直照着一铺残枝败叶，这就是朱炳仁的另一件作品——被"暮色"包围着的《荷塘》。

没有一朵盛开的荷花，全是倒吊着的荷叶，叶面布满大大小小疏密不一的窟窿，像一座座时光过久而腐蚀的铜钟。当我的视力渐渐适应这方空间的幽暗时，灯光变成了温柔敦厚的"月光"，荷叶则有了"舞裙"的袅娜、飘逸感。

灯光透过荷叶窟窿照出一地迷人的光影。优美的荷叶，连光影都妩媚。荷叶的底部并不因此而亮丽起来，反而更加幽暗含蓄。光影自成一体，像铺着另一件大型的剪纸作品。我下意识地想起那些睡着也醒着的水生物。

朱炳仁和达利风格虽然不同，却有一种见地上的相通：时间本身也有生命力，它像人类一样会老化。在达利，"时间"老化为瘫痪状，而朱炳仁的"时间"在斑驳变形中却不散架。达利以荒诞中的真实呈现了潜意识，朱炳仁则是以真实中的缺陷呈现了理性之美。甚至可以说，朱炳仁更胜一筹，他的作品巧妙地表现了时空的创伤以及人类不被创伤所击倒的坚韧。他们都是审美探索者，他们都通过物相走向了精神。但一定要说他们的精神有所区别的话，我只能说，朱炳仁的作品更具有中华民族刚柔相济、坚忍不拔的气概。

朱炳仁的作品，题材丰富，风格多变，称得上包罗万象。他拥有六十多项国家专利；在中国国家博物馆、人民大会堂、故宫、中央组织部、文化部、旅游部、中央广播电视总台、北京大学、杭州G20峰会场馆、厦门金砖五国峰会场馆、上合青岛峰会场馆、博鳌亚洲论坛、中国各大寺院都能看到他的铜艺作品，美国、德国、印度、新加坡、泰国等国也展出或采用了他的作品；他的一些作品被世界名人政要收藏，一些文创大作也作为国礼被赠送给外国元首；一些名人恭敬地拜他为师，连国外的艺术大师也上门求教学艺。他制作的灵隐铜殿是吉尼斯认定的世界最高铜殿。他为世界创作了无数个第一，仅我知道的就有第一座铜屋、第一座铜牌坊、第一座铜桥、第一座铜殿、第一座铜塔、第一幅多彩铜壁画、第一扇铜门、第一套青铜藏书生肖票、第一帧熔铜画、第一只庚彩铜瓶、第一座大运河主题邮局、第一座观音圣坛、第一幅叠镶高浮雕铜壁画、第一个熔铜印章、第一个以铜艺参加的威尼斯双年展等等，他是真正的铜雕领域全方位艺术大师，没有之一。连他在铜世界之外的书法、诗歌都非常杰出，情感丰沛，又潇洒豪迈不拘于物象。他是个超人，也是真正的劳碌命，要怎样地牺牲自己的休息，一分钟当一小时用，才能爆发出如此的生命能量？

想要表述朱炳仁其人其艺，一篇文章甚至一部书稿根本不能够道尽。我欣赏过朱炳仁的一些作品，每一件都令我心神激扬，我曾试图描述自己的感悟，发现怎么也结束不了，变得越写越长。况且他的作品一件接一件如金流汹涌而来，比我写作的速度都快，简直魔幻了。

我感觉到了一丝疲累，决定放松一下，至少先了却参观朱炳仁铜雕艺术博物馆的心愿。这是一座真正的铜屋，世界上绝无仅有的博物馆样式，地砖、墙壁、门窗、房梁、桌椅以及塑像等所有的饰品、摆件全是铜制。三千平方米的铜制大宅散发着浓郁的明清建筑遗风，每一个角落都紧紧抓住了我的视线，我甚至不忍踩踏花纹铜砖，好像会立即产生磨损，每一块都是艺术品啊！最让我感动的是第一进，过去叫作客堂间的正中，摆放着朱德源先生的半身铜像，他是第三代朱氏铜艺术传人、著名书法家、朱炳仁的父亲。人们都赞叹朱炳仁的聪明才智，却可能忽略了他对传统文化的守护和传扬，他是个值得赞叹的孝子啊！紧接着的是别致的佛堂，藻井美丽透光，佛像庄严动人。对面则是送给台湾中台禅寺的同源桥的模型。然后，"请全国老百姓来坐一坐"的铜龙椅，各种不同技艺的铜艺术品、铜生活品、铜建筑构件缩小版，传统风的、现代风的，真是一场格局开阔、气度恢宏的铜艺术聚会。

之后去爬了久仰的令世人惊叹的"雷峰塔"，这座朱炳仁用280吨铜重新建造的彩色铜雕塔，不仅美丽端庄，而且永绝火患，且能防雷防蛀，真正做到百年不受风雨侵蚀。同样，在欣赏整座"雷峰塔"时，铜塔底基的设计也把我感动到了，作为总工程设计师，朱炳仁不仅仅展现新塔的美丽恢宏，还保护和展示了旧塔的古砖。从诗句"上苍无意留古砖，盛世有心铸新瓦"就可以看出朱炳仁的心迹，他的心里同时容纳着古泥砖和新铜瓦，真正的大师胸怀啊。

从杭州回来不久，"一带一路"艺术上海国际博览会在沪举行，里面有朱炳仁铜艺的展位，四百多平方米的面积，有一系列基于中国传统绘画与雕塑的铜雕艺术品，还有充满现代意识的铜艺术品和铜生活品，比如各式各样的铜壶铜摆件。五头大铜牛门神似的守在入口，与铜牛合影的观众无法如意，观者太多，挤挤挨挨地擦身而过，也无法长时间站在朱炳仁的某个作品前静静欣赏，哦，不对，应该说欣赏朱炳仁和朱军岷的作品。作为朱炳仁的儿子兼事业伙伴，朱军岷的铜艺也好生了得，他和父亲一起创立"朱炳仁·铜"品牌，在故宫博物院设立文创艺术馆，提出让铜回到人们的生活里。他设计的一些铜日常用品也充满了现代艺术性，在某些地方还显示了后来者居上的征兆。记得2012年我第一次看朱炳仁的《稻可道，非常稻》时大受震动，从此迷上朱炳仁铜。那时上海知道他的人似乎还不多，不像现在，参观者络绎不绝，人们争相和朱炳仁合影，央视两个摄制组密集拍摄着朱氏父子的铜艺术品，三十多家媒体轮流采访，自媒体无数，都各管各地拿着手机言说。为了应各种媒体的要求，父子俩一次又一次地揭红布。一次又一次的开幕式，让我想起那句"是金子总会发光"的名言。说句不怕得罪别的艺术家的话，朱炳仁铜展位气场强大，压倒性的氛围，令其他展位黯然失色。

我不想过多地打扰朱炳仁，抽空和他合拍了两张照片。让我感动的又是一个小小的细节：他的一位助手看见了我，和我打招呼，请我到边上的小桌旁喝口茶，正好朱炳仁走过来，看得出他有一丝疲乏，虽然他比同龄人显年轻，但到底是古稀之年的人了，他坐到椅子上那种片刻放松的身姿令人心疼，偏偏那位年轻人好心，说朱大师，姚老师来了，你还没和她拍照吧？到牛那里去合个影吧？他没有解释说已经拍过了，反而站起来。他站起来的那刻我感应到自己的脚莫名地软了一下，感动之余我只好笑着说多多益善。于是我们又合拍了几张。

然后我告诉他，《跳舞的人》专题馆把我的眼睛晃花了。他笑着说，你慢慢看吧。

是的，我是在慢慢地看，并且反复地看，刚到展馆门口时，我就有眩晕感，蒙太奇啊！《稻田》穿过八年时光突现眼前，在被慑住的刹那，丰盛的晚稻突然变为眼前一群舞者。这个感觉于我来说太强烈了，我都有了个错觉，仿佛这些艺术铜人是单为我展出的。

这是一个金灿灿的抽象人体结构的群体，猛一看，竟然有太湖石的奇崛之感，群体的气势，个体的独一无二，像稻田中的每一棵稻一样，相似却绝不相同，看上去毫无规律，又分明留有条分缕析的心迹，如水墨流动，如油画厚重，典型的现代美感。

第一次见到这样的人体，不规则的镂空，如人到处开窍。仔细看，每一个舞者造型不同，襟飘带舞的、披甲持剑的、挎篮撒花的、芭蕾旋转的、虚实转换做太极步的、雷霆万钧做金刚舞的，甚至摇滚到变了形的，它们变化多端，各跳各的，每一座都充满了力度、动感和韵律。

我围着每一个舞者慢慢转一圈，它的舞姿就在我的移动中变化了，铜疙瘩忽闭忽开，线条或曲或直，灯光从顶上、壁上照过来，在舞者身体的各个突出点上反射过来，仿佛游走循环的能量，把这个展馆烘托得热烘烘的。灯光同时进入玲珑穴窍，光照如水游走，躯体由此产生一种微妙的动感，人体结构自然变动成另一番模样。这是灯下的效果，如果置于山野，你就想吧，风从四面来，还是能无碍地穿过这繁简相融的人体，凹凸不平的肌肤与迷人的镂空处都会发出细微的风的不同声响。

在朱炳仁展位的入口处左侧还有一面影视屏，播放着金星铜业的一些成就。其中有感人的一幕，那就是朱炳仁和朱军岷决定向世人公布熔铜技艺的过程，从中也可以推断这些舞者是怎样诞生的。当厚重坚硬的铜在烈火中熔化成灼人的铜汁，朱炳仁的手便将它引导进神妙的造势之境，刻意地疏通、阻断，在不可知中成形，金光灿灿的舞者是人与物之间既合作又自主的产物。

我相信，每一个舞者的产生，都会使朱炳仁激动。从孕育的意义上来说，朱炳仁既是它们的父亲，也是它们的母亲，他赋予它们中性的特质——男性的刚强勇猛与女性的温柔细腻。他看它们的眼光定是深情的，而我看到的则是一种开放的不拘于形式的人生，通透的、灿烂的、蓬勃向上的生命情状。虽然有的舞者还有孤傲之感，但我以为那是遵循了自己的处世原则。每个舞者的立足点都那么小，仅比身形略宽一些，但那是根植于现实的厚土。

说起来很有意思，初见《稻田》，我就感觉这些金稻特别像人，仿佛是人的幻化，这个感觉竟然被这些金色的舞者印证了。世界上用铜雕塑人物的艺术家不少，但使用熔铜工艺的还是第一次见，因为熔铜工艺本就是朱炳仁独创的呀。朱炳仁多次以铜雕的方式向我国古人以及世界级艺术家致敬。贾科梅蒂也是他熟知且佩服的，这位瑞士存在主义雕塑大师也曾塑造过青铜人物，他的雕塑《行走的人》谁见了都难忘，太有标志性了，这些人物是细长单薄的，青铜肌肤是腐蚀状的，有点接近熔铜的感觉。它们虽然在行走，但看上去是一种恨不得离地的逃避，那是挽歌式的写照，艺术家真实地反映了第二次世界大战后人们内心的恐惧和孤独。它们和朱炳仁《跳舞的人》一样，足下也是一个微小的平台，但透出的含意完全不同，那是国不安定的薄土啊。

时代不同，感受不同，责任不同，表现方式自然也不同。同样创作单个的铜人，朱炳仁自创新意，他推出的是天地间敞开的舞者，不见皮肉，但见骨气，它们不是无望的想拔离世间的哀伤者，它们是依心的本性光明而起舞，每个舞者头顶有光，双足有光，全身有光，像无垠田野上长出的一棵棵金苗，迎风起舞。这是朱炳仁铜人的基调，哪怕它们一生磨难或坎坷，依然对世界抱有信心，哪怕千疮百孔，依然挺胸昂首在生死间歌舞。这是出于坚韧的本性和对善美的坚持，是不被岁月磨损的一种精神。在世界疫情肆虐、人心忧虑的当下，我尤为赞叹朱炳仁的敞开心怀舞蹈的精神，这不仅是一种审美趣味，还有着鼓舞世人的积极的意义。

《稻田》与《跳舞的人》都是熔铜艺术，这门艺术早就被行内评为"对世界已有的艺术流派的一种颠覆"。令人感慨的是，这个熔铜艺术不是他拍脑袋想出来的，而是缘于一场意外的火灾。时间要追溯到2006年5月25日，这是一个难忘的日子，具有特别的象征意义，这天他的孙子出生，正在建造的天宁寺宝塔即将竣工，没想到突然遭遇了一场火灾。朱炳仁仔细察看现场，他从发烫的烟灰中发现了烊化的铜，心不由得一动，继而发烫了。这些千姿百态的铜渣仿佛在高温的磨难中有了生命的觉受，它们消融了原先坚硬的肉身，成为淬火中的舍利。这是他从未见过的美，完全是一种抽象的当代艺术语言，无声地述说着待完成的故事。他蹲下身来，将这些铜渣一一收集起来。这些在别人眼里的铜渣垃圾很快变成了几件新的艺术品。

"铜，在沸腾；铜，在喷金；铜，在等待，一千年，两千年，五千年的等待。"朱炳仁在一首诗中这样写道。这是他心眼所见的真实写照。没有敏锐、独特的眼光是发现不了崭新的艺术语言的。怎么想5月25日这个日子都仿佛藏有神奇的预示,宝贝孙子与崭新的熔铜艺术同时降生,双喜临门。

　　他的熔铜不用模具,高温之下,一次成形,火的狂欢造就铜的自由表达,每一件都是孤品,不可复制。我在网上看到他炼铜汁的照片,专注的眼神已经凝聚成一股精神气了,我感到那一刻他的心识完全化进去了。魂魄与铜同熔,随后他加以引导、锤炼,最后出来的那个作品,就是朱炳仁的面目,他是千变万化的。

就做陈钧德第一

2019年整个9月，我的心都被陈钧德揪住了。9月13日，我在上海本年度的艺博会上看到他赴俄罗斯油画展中的两幅作品。同时，上海鸿美术馆从9月12号开始举办为期两个月的"海上·秋韵——陈钧德作品展"。我有点激动，不仅仅是因为这些越发纯粹的画作，还因为这些信息让我欣慰，他还在画，太好了！9月23日，我还将他的个展消息转发到朋友圈，并祝愿他健康长寿。谁知第二天就听到了他去世的消息。我关掉手机，静默地忆念着与他相识的六年时光，他的画作和画册也安静着，8月开始不停地往他家打电话始终没人接的担心还是成真了。我遗憾认识他太晚，也庆幸没有白认识他。作为一个受惠者，我不想写一篇忧伤的悼念文章，只愿将自己的感受与大家分享。

曾经，有朋友欲介绍一位女国画家，让我跟其学习，我谢绝，朋友很惊异，人家可是名画家，肯不肯收你还是问题呢。后又有一老画家通过这位朋友表达欲收我为徒的意愿，我仍回避。朋友不解，你不是想学画吗？我说喜欢色彩，想学油画。朋友挠头，我认识的大多是国画家啊。我说不用多，一个陈钧德就可。

话至此，我们一起笑起来，彼此明白，这是不可能的事。我图的只是个口头痛快，朋友则息了拉我学国画的念头。

我们都知道，不要说向陈钧德学习油画，连采访都轮不到我。据说他很孤傲，不苟言笑，不愿应酬，近年连电视台的拍摄都拒绝了（后来我才知道他视时间如命，一分钟也不肯浪费）。虽无法接触，但仍不碍我的喜欢，哪怕是个群体画展，我也会一眼认出他的画作。那时我还不明白什么道理，但直觉不会搞错，它具有纯粹、透明、干净的质地，可以迅速地将人摄住。我相信，一个人的心声完全可以通过文字或者画面透露出来。

想来也是奇怪，在许多人眼里，我是一个与海派文化格格不入的准乡下人，我也确实无法融入一些符号性很强的都市文化。而被人视为海派画家的陈钧德却让我觉得心灵相通，这恰恰说明以题材归类的标签化有其局限性。难道他画的水泥建筑没有高山的豪气与江海的畅快？他画的都市人不具有隐士的安静与自在？他画的花红草绿不具有乡野的旺盛与诗意？

一定是我的景仰之心感应了冥冥之中的命运之神，认识他的机缘来了。上海文史馆请我去采写陈钧德。因为那些传说，我内心多少有点紧张，事先给陈钧德打了个电话，电话里的声音很爽朗，令我放心不少。

永远难忘进入陈钧德画室的那个刹那：门一推开，极细微却富有激情的音乐骤然响起，好像谁在演奏什么弹拨乐器。随之，几面墙壁飞出一片鲜亮的色彩，明亮而和煦，它们完全是活生生的，脱离了画框的约束，半通透的色块和线条竟浮动在半空之中，我甚至感受到它们拂面而过的轻触感，那缥缈的音乐仿佛是被这些色彩奏响的。我看到的不是平面的五彩缤纷，而是多层次的立体花界，迅捷地展示出各自的空间以及延伸交叉的结构，恍惚间，陈钧德也被色彩遮挡了，他面目不清，只是个隐约的影子。我好像大脑缺氧，愣了好几秒才回过神来，刹那色彩、线条归位，细微的声音也寂然泯去。肤色白皙干净的艺术大师清清楚楚地站立着，他手里拿着一支画笔，眼神和蔼，眼眸深处却有一丝隐隐的锐气。他说，请进，不用脱鞋。

我还是换上拖鞋。只见满屋子的画，第一眼，西方风格，再一看，东方韵味，还想细品，不好意思了，七十七岁的陈钧德身上有着不亚于年轻人的干劲，他的举止不经意间透出对时间的珍惜。果然，在客厅给我看一本画册的间隙，他悄悄地回到隔壁画室。多么好的机会，正想看看他如何绘画呢。只见他拿着刮刀在一幅创作了一半的山水画上斜刮了一笔，他有些不好意思，呵呵，一画画我就忘了一切。

而在另一堵墙上，我看到了一幅 2 米乘 3 米的大尺幅油画，画的是山水，却奇幻美妙得无法言说。我又有些头晕了，禁不住赞叹，太美了，像做梦一样，天国的感觉。他站在一边微笑着说，是的，做梦的感觉。许多人要买我这幅画，我一直不愿意出手。

这就是他的大型油画《梦境》，后来在中国美术馆第一次展出时，引起评论家和观众的一片惊叹。没有人用这样的色彩画山水的，大块的粉色，竟是那样庄严而又空灵，陈钧德独一无二。相信所有的人和我第一次看到一样，心都会受到震动。

他还拿妻子的山水国画给我看，说是以前画的，他赞叹道，看，多么大气！随后发自内心地说，为了成全我，她放弃了自己的爱好，心甘情愿地操持家务，我对不起她。为了她这份心，我更要好好画画。

他的妻子身材挺拔，五官秀美。她不仅善良，还很聪慧，为了陪伴陈钧德去国外写生，她自学了多国语言。有了妻子的支持，陈钧德更没后顾之忧了。他对物质生活没有追求，钱全用在旅游上了。而他的旅游就是写生，他着迷于不同地域的色彩，几乎跑遍了全世界，有的地方会反复去，比如瑞士就跑了四次，有的地方会待比较长的时间，比如法国，一住就是半年。面对异国风光，他没有疏离感，但也不是当地人的熟视无睹，它们像镜子，照出了他的内心，仿佛他来此只是作一个印证式的会晤。每到一地，必以画作记录，他的画册上满是陈氏标志的世界风采。

他告诉我，刚从美国回来，像过去一样，这次带回了六张画。我一边看画，一边听他孩子似的快乐声调。他是我看到过的最有意思的旅者，我甚至认为他就是一名独特的旅游家。有人质疑他还原不够，不像实景，甚至有人当面对他说，你的写生不写实，你就是写意。他的回答充满豪气，我就是写意，写心中之意。他给我看好几幅经他改造实景的画，比如一棵左边的树移到了右边，他说树本来就是人栽培的，房子也一样，你是黑房顶，我画成红房顶也可以，因为房子也是人工的。

当我问他那种超写实主义，就是完全像照片的画作的意义时，他很不赞成，反问我，现在摄影都在讲艺术感觉，绘画的倒要去学摄影的形式？他也不赞成画面具有故事性、情节性的因素，他认为那是文学的任务，画画有自己的使命，画画就是单纯的色彩、线条。否则为什么要分文学、油画？我想起他喜爱的塞尚，也不讲故事，只让人看空间、体积、色块，我从陈钧德的画里看到他的观念，画是一个独立的生命体，它会自己表达。

陈钧德是个感恩的人，他告诉我，许多画家影响过他，塞尚、伦勃朗、凡·高、莫奈、雷诺阿、西斯莱、毕沙罗、马蒂斯、德朗、八大山人、石涛、黄宾虹等，他也与刘海粟、林风眠、关良、颜文梁等前辈结成了忘年交。当年有人对他说，你画得好，已经是刘海粟第二了。他说，我听了一点也不骄傲，反而有了警惕心，做刘海粟第二干什么呢？要做就做陈钧德第一。

相识六年，我和他见过五次，有两次还是他特地跑到莘庄来的。最后那次他带着朱屺瞻的印章谱，来鉴定我捡到的一张《春江连海》的真伪。我不忍心他跑那么远，他却孩子气地笑着说，你别放在心上，我走走路等于锻炼，而且我有老年卡，坐地铁不要钱。

那回我又带去自己的几张胡涂乱抹之作，请他指点。我还谈到想跟一个大学生学油画,他斩钉截铁地说,不要去学,你就自己画。国外某某女艺术家(忘了名了)原先也没有绘画基础,不照样成了大师?你可以去中华艺术宫看看,那里有几个画展不错。不懂没关系,你现在不是画水粉吗?和油画的区别就是一个用水调,一个用油调。你就买丙烯,它介于水粉和油画之间,它能堆砌,也能画布上,你想怎么画就怎么画,按自己的意愿,用欢喜心去画就好。他还说,绘画的派别层出不穷,一个个出来,是对前面的总结,不是完全的否定,文化不是一代代消失毁灭,而是发展,你要明白这里的道理。

我说有人说我的画拙,陈钧德说,拙也不一定不好。说着他朝《春江连海》一指,说朱屺瞻就画得很拙。我当时吃了一惊,这叫拙啊?那我就不是拙了,是愚。

我又谈起自己正在编写的一本关于流浪猫的书,有好几个人说我净写猫猫狗狗小动物,境界太低。他正色道,我不同意这种观点,物无高下,你对这样的生活熟悉,文字为什么要远离?我的老师闵希文,因为太太生病,他的静物画中有许多药罐,他接触的就是这些,他的生活就是在这些物件中打转。可我看到这些瓶瓶罐罐,一点也不觉得俗气,反而十分感动,从心里出来的东西才是有价值的。你可怜流浪猫,非常好,艺术家是最有同情心的,否则,从理论到理论是没有血肉的。

他说,别说是一个生命,就是一个小村庄,你也要真心对待。他举例,有一次在安徽的一座小山村前,晨曦中看到炊烟,听到鸟叫,他的心突然柔了,眼泪不知不觉地涌了出来。说到这里他还露出几分羞赧。他的那幅写生画我见过，宁静、丰富、大气。当时我认为他是感到环境之美，现在想来，是触动了生命意识，生命何其珍贵、何其敏感。难怪他多次提起王国维之言，说一切景语皆情语。

那次临分手，他对我说，最近我腰不舒服，走路腿有些发软，到底过八十了，没有以前的劲道了。这是我第一次听到他说自己的身体，以前他只说艺术。他身上永远散发着硬朗、坚韧的气息，突然说出身体不佳的话来，我本能地感到他的身体可能出问题了。我竭力劝他取消下一个行程，先休息一阵再说。

隔了段时间，张鑫打电话给我，说陈钧德的肾得了那个病。对于绝症，朋友们都不忍心说出那个字眼。我打电话过去，陈钧德声调不变，他说你放心，我是既来之，则安之。

在这之前，我们经常通电话，大多是陈钧德主动打过来，我不忍心多占用别人的时间，时间就是生命，何况陈钧德这样的大艺术家。后来我才知道，他不仅仅对我这样，一些晚生后学都得到过他发自内心的关爱。陈钧德完全不是传说那样的不苟言笑，他像在课堂上教书那样，婆婆心，善谈。但他却称我学友，多么谦下的平等心。他生病后，我们的交谈多了一个内容，除了谈对艺术的认知，就是他的病情和医疗情况。去年他还说碰到一桩巧事呢，一个学生的爷爷是美国的癌科专家，培养了许多优秀的学生，其中一个学生的妈妈在一个研究团体，正好有他的画册，得知他的病后要求传他的病历卡过去，最后判断他正在用的一种外来新药是对头的，可以缩小肿瘤。他再去中山医院抽血检验，完全符合她的分析。陈钧德有了信心，说他就坚持用这种药吧。谁会想到花了好多钱病情又急转而下了呢？

丁曦林称陈钧德是一个拒绝包装、拒绝炒作，不攀附权贵、不谄媚资本，坚持独立人格有激情的艺术隐士，我觉得归纳得太精确了。这位隐士其实非常坦荡，他对艺术、朋友是敞开情怀的。这位三十多年前就与刘海粟、关良等大师一起办展览的大艺术家，没有半点架子，还特别能照应人。他对我像上函授课一样，每讲一个艺术观点，都会旁征博引，打电话一小时或超一小时是常态。我既开心又不忍，他却说无妨，他也是和学友交流，他也喜欢文学。兴致上来时，他会背诵《约翰·克利斯朵夫》里的警句，他的激情让我有一种错觉，好像他就是克利斯朵夫的化身。2017年8月，他在中国美术馆个展上的简短发言就如此表达："画画其实是燃烧生命，这辈子就想做好教育和画画，没有其他想法。"他和克利斯朵夫的激情是如此相像。

每次接到他的电话我都异常开心，又可以享受一顿精神大餐了。他说话从不兜圈子，总是直截了当，比如他说我写他的文字实事求是，没有别人的添油加醋甚至夸张，一看就是姚育明风格，是自己写而不是为别人写，结尾却有些拘谨，一看就是应他人要求，甚至害怕他陈钧德会有什么想法。他说如果以后再碰到需要听命的文章，不要替他们写。他说刚从瑞典回来，在那里待了一个月不到的时间，女儿帮着安排的，去了三个地方，太好看了，画了12张画，回来以后要整理。他说在日本，在所有人都认为好的富士山对面画了两张，终因自己不感动而转移了地点。他说出国回来经常要倒时差，可能这个原因，导致睡眠不好。这次家人强迫他睡半个小时午觉，尝到了甜头，以后中午要倒一会。他说你被大家吸引是有道理的，大家之所以是大家，是因为有成就，肯定会吸引你，但吸引你的东西是人家的，不是你的。就像我喜欢关良，应该学的不是关良的风格，而是他的精神，一定要走自己的路，在艺术上，我就喜欢自由表达。他说要倾听心底的声音，观内心的光明。比如我过去画的《有过普希金铜像的街》并不在乎过去是什么样的，月亮下的街道、马上要沉下去的夕阳，那种诗意和没有普希金像的街道是一脉相承的。他说画画就是要个人化，你姓张，他姓王，我姓吴，各管各的，干吗要一样？他说你看素描室，很安静，只听见唰唰的铅笔声，到了色彩室，脏污成一片。到了画色彩的时候，你就是用色彩表示，哪还要去考虑素描关系？你要去考虑的话，就被拘住了。色彩是自然而然的。他说周六又要去香港。那里很有意思，每年举办一个画会，展出一个画家的作品。每家人家轮流做东，每个人带去一个礼品送人，比过去在那里开个人画展还开心。他说在台湾朋友家看到南亭大和尚的书法，抄的是《金刚经》，是正楷，看上去清爽得不得了，刚中带柔，很有灵气，只有清净的人才写得出来，不像现在有些书法家，他们只是表演，老和尚的高洁精神是自然流露出来的，叫人看了喜欢，有股超脱世间的力量。他说上戏舞美系有个好处，因为是综合艺术，不唯画画为最，所以，真正能出来的人，是自己要下了功夫的，吸取了戏文、戏曲等因素。他多次提起自己的学生陈正，极有才，他很喜欢陈正，可惜陈正得白血病死了。他说其实开个人展是有风险的。有时候一张画放在那里，觉得很好，但许多画放在那里，就会自己打架，自己把自己压下来了，你一直在向自己挑战。他说肾切了一只。你和张鑫年底又不能来了，过一阵再说吧。最近肺部又感染了。好不容易治好了，又尿酸高，得痛风了，大概吃得太好了。他说肺部也有几个结节，上次挖掉一小块，医生说不要紧。他还说一个病房两个人，同住的是个九十多岁的将军，来看的人多，自己休息不好，昨天回家了，等医生约谈时再回去。他说身体好转，原先一周一次局部化疗，灌一次，现在改为一月一次，以后会慢慢进行到半年一次。他说，等待的日子里又被家人拉去日本散心，三天，试一试，还是累，结果家人出去玩，自己在宾馆里画素描。他说现在吃得少，医生要求少吃多餐。你知道我喜欢吃粥的，吃粥补营养。唉，是有点奇怪，你梦见我请你吃粥，结果第二天我果然请你吃粥，那家人家粥烧得好，我常去吃。可现在我不能多吃了，多吃有负担。久坐也不行，腰不舒服。现在谁再来采访或者叫我干这样那样的，我更要回绝了，能多画几张画就算不错了。他很有耐心很细致地问我，你讲的在靠背椅上画猫，怎样处理四只脚的？扶手是前头两只脚，前头的椅子脚是猫的后脚，处理得天真，以后拍下来给我看。他说你讲的用抹布涂出线条是一种办法，还有人用丝瓜筋画呢。有时候画画会自然地出现新的东西，要提高自己的水平，将偶然变成必然。画画不是僵死的。他说这次中国美术馆个展太多人帮忙了，好几个学生来包装画作，有时六人，有时七人，一百幅画，整理了一周，卡车装满，小车也装了七辆。自己都没掏钱，费用都是别人出的（忘了谁），光是统一的镜框都要几十万块啊。他说不少人告诉他，以为他不行了，没想到画还是那么阳光，一点不像生病的人。他说静安寺请他画一组寺院风貌，儿女不想让他画，担心他的身体，但他不但接下了任务，还去实地考察了两次，在静安公园和马路对面的商店观察寺院，寻找到别致的角度。他没要寺院的酬金，还想无偿地为巴金故居画一张画，为此特地去那里看景，结果发现墙头拉有铁丝电网，觉得与巴金精神不符，虽然知道这是有关部门为安全而做的防范，但仍觉得画出来画风不好看。他说待有空还要去实地看一次，看看什么距离什么角度可以得到满意的表达（他在我面前说过好几桩要做的事情，此计划也是未完成之事之一）。他说有朋友想联系西藏的喇嘛，给自己做一场法会，需要知道生日时间。他说我连自己的生日都不知道，怎么做？都不用忙了，病的事情很简单，我把自己交给医生，只做能自主的事情。他说我为什么一再地对你提起塞尚？因为相比较一些大家，他的理论基础更扎实。他不愧是近代史上的绘画之父，他用几何形，绘画本质就这样激发出来。他小面积用大笔触，大面积用小笔触。受光面和阴暗面不是用寻常的明暗过渡，还有什么高光点。他是用冷暖色彩对比，比如墙的明暗不是用黑白的素描关系，而是用色彩过渡……

说到塞尚，牵出一件陈钧德与巴金的往事，很温暖，也很感人。那是"文革"后，大学刚毕业的陈钧德经常在外文旧书店淘书，有一次发现了一本日本印的《塞尚传》，里面有不少插图，其中有几张彩色画,颜色漂亮极了。这本书稀少珍贵,只印了 100 本,每本书都有编号,这本上印着 No. 9,也就是第九本。当时他激动坏了,虽然此书的价格相当于他一个月的工资,但他还是毫不犹豫地取下了它。店员却说,这本书已经被人预订了。陈钧德敬个礼说,我想买这本《塞尚传》,能不能和这个人商量商量?店员拿出一本册子给他看,上面一大批书名,满满当当,全标着"已订"的字样,《塞尚传》是其中之一,订书者是巴金。

陈钧德由此知道巴老买书很多,知识面很广。当时年轻气盛的陈钧德急切地需要这本书,没有什么顾虑。没想到几天后店员打来电话,说他们将这件事告知巴老,他同意出让了。陈钧德说直到现在还记得当时的心情,真是高兴坏了。他笑着对我说,那时候我们都穷,但对知识的追求却一直没有停过。这本书现在的价值,后面应该加个零。

我和李小林谈起这件事,说估计巴老不会提起这件事,也许在他看来,这类事太小了。李小林说是没听说过。她分析要么是"文革"前,要么是"文革"后,"文革"中不可能,母亲生病都没钱看病,根本就没有钱买书,自己家的书都被封起来了。

后来我打电话给陈钧德求证时间,他说年纪大了记性不好,只记得是"文革"结束后的几年。这么想来,那时候的巴老差不多也就是陈钧德现在的岁数,八十岁不到。

陈钧德一直想把这本珍藏的《塞尚传》捐赠给巴金故居,他说这也是自己对巴老的一种敬意和感恩。他托我做件事。2017 年 3 月,他把厚厚的书寄到了我家,我特地跑了一次,双手托着交给了巴金故居的工作人员。当时他们说会制作一个赠书纪念证，我转告陈钧德，他说有没有无所谓，只是了掉一个心愿。

我没有打听是否有陈钧德的追悼会，我近期因膝盖疾病疼得厉害，不想跛行着与他告别。但我一定会在他的个展结束前赶去，那个"秋韵"之地是他最后的教诲了。从微信的图片上，我看到那些画更纯粹了，纯粹到不像在蓝色星球上画的。那种光具有投射的力量，它不是外面赋予的，而是从内里透出来的。这些画全是他在生病期间画的，用的是油画棒。他曾给我看过那些画笔，是从国外采购的。我一直认为油画棒是小孩子用的，陈钧德却说是一样的，只要你用心画，所有的工具都会为你服务。陈钧德的毅力不是一般人所有的，病魔也不能使他退出美的国度。在癌症后期，他虚弱乏力，依然坚持外出，与上海多处的金秋之景呼应，他的这批写生用尽了他最后的生命时光。

去看画展那天，我拄着拐杖，过去的"插兄"现在的好友曹玉茂特地开车来接我，他初在网上看到陈钧德的画便被打动，也迫切地想一睹为快。而著名画家金柏松应邀相陪，他也是个疯狂的画人，一般不愿陪人随便看画，可是为了满足我学习的心愿，他一口允诺，也因此我更加珍惜这次机会。金柏松对陈钧德的三十几幅画赞不绝口，其中几句是：格调高，充满了哲理，值得研究。你没发现吗？其实颜色并不复杂，基本就是四色，红绿黄蓝，偶加白色，他会用色，有韵律，是真正的色彩大师。

2021年9月10日至10月7日，刘海粟美术馆举办了"海派油画大师陈钧德艺术与文献特展"，规模之大、规格之高超过了中国美术馆的"陈钧德绘画艺术展",将近一个月,从一楼到三楼,就是四楼刘海粟作品馆也开放了两幅馆藏陈钧德作品。这是一次面向大众的全面介绍,我去了两次,第一次与张桂兰和席琪同赏,第二次是在画展结束的前一天。第二次我独自带了折叠小凳,去重看几幅重要的作品:一幅是他和刘海粟同日同题材的写生,我作了细细的对照;一幅是没有完成的画,我曾在他家里见过,并在这幅画前留影,展出时仍未完成,但多了不少笔墨,借此可以了解到他的一些作画过程;一幅是他生前的最后作品《勿忘我》,在生命的最后时刻,他的笔墨丝毫不乱,完全没有一个病患的虚弱和忧情;一幅就是他的巅峰之作《梦境》。在这幅令无数人赞叹的《梦境》前,我又一次举起了手机,奇怪的现象发生了,整个画面波光粼粼,是几条活生生的长波浪,移开手机镜头,画面又静止了,我走上前,想拍局部,水波状又来了,只是横向波动变成了竖向波动。我大惑不解,是不是灯光的作用?于是我去拍有着同样光源的陈钧德自画像,不见异常。请身边的几个人用手机去看《梦境》,均没此波动。一个五岁的小姑娘见我困惑,竟对我说,阿姨,是你的眼光在波动,所以画才波动。说给鲍薇华馆长听,她则说,你带着感情看画,画也充满了灵性。

一世糊涂乃真糊涂也

按照朋友给的联系任书博的方式打电话过去,传来的声音中气十足,且吐字清晰:哪一个?明天吗?我想想,嗯,好的,你讲个时间吧。

我有些发呆,对方的声调和气息完全出乎我的想象,这哪像一个 91 岁的老翁呢?

次日去拜访他,发现朋友写的弄堂号看不太清楚,便打电话问任书博,最后那个数字是不是 9,他立即回答,不是,是 4。我多了句嘴,是 4 啊?怎么看着像 9?他明显犹豫了一下,马上说,哦,是 9。

结果表明"9"是错的,老先生一开始说的"4"倒是对的。顺着静悄悄的木楼梯上去,吃不准是哪一间,便叫了一声:任书博先生在吗?

二楼一扇门应声而开,任书博背光站在门前,他右手扶着门,左手握着拳,脸部肤色白净得异常。我有些惊讶,因为我曾在几位大修行者脸上看到过这种近乎半透明的肤色,它更像是一种气质的量化。我突然觉得哪里不对,原来是他的左嘴角,那里堆着一些黄白色的碎渣,随着他和我说话,碎渣掉下来,有几粒甚至落到了胸襟上。

等落座,他才松开了左拳,掌心里露出几粒南瓜子。原来我的造访打断了他的享用,于是我笑着说:对不起,请任先生继续吃南瓜子吧。

老先生手掌一翻,南瓜子散落到茶几上,他一边用手掌归拢一边轻笑:嘿嘿,挨挨时间。

书法、国画、篆刻皆一流的艺术家说出的却是最普通的家常话。我的心顿时轻快起来。环顾了一下房间,20平方米左右,一张大床占据了中心位置,被子叠得不甚整齐,床单也扯得不平;靠窗的一张书桌上堆满了画卷字幅;一个书橱和一个玻璃橱上亦堆满了书籍报刊以及一些杂物;好像还有床头柜之类的小件隐在阴影或遮掩中。任书博坐在沙发上,视而不见地面对着这个拥挤而略显杂乱的环境,表情从容自在。

我并不落座,想先参观一下他的画室"松竹草堂",谁知他用手指敲了敲茶几:就这间啊。

我一怔:啊?你的画室就是寝室啊?

他很快活地说:是呀,喏,我的画板——书桌抽屉一拉,搁在上面，另外一头架在床头，就好用了。

他说的那块略微弯曲的画板实际是装修房子剩下来的半块夹板。在这样悬空的夹板上作画写字，不弯曲也难。我有些感慨，他却说：不碍，照样用。

他的幼子——同为书画家的任德洪翻转夹板给我看，板面上尽是老先生画画写字时渗上去的斑驳墨迹，看上去就像一幅抽象的水墨画。它是主人的无心之作，亦像主人一样低调，悄然地靠在一隅。

在高楼林立、别墅群起的上海，这间集画室、寝室、客厅于一体的"松竹草堂"已不仅仅是主人的自谦了，它就是一个现实的对照。但主人并不自惭形秽，从他笔下的松竹就可以看到他的性情，没有生硬的豪迈或流俗的轻浮，它们自自然然，又不乏达观、清逸，兼有一种优雅之美。我的心被悄悄打动，在硬朗的松柏形象中，竟有着一种花草的柔曼，而挺立的竹林，也仿佛有隐隐的丝竹弦歌在响。这一定是主人既丰富又单纯的心起了作用。

这样一个恬淡温和的老人，似乎也没多少衰老的感觉，和儿子相处就像朋友一样，不久前还和任德洪一起在上海画院举办了父子书画展。墙上挂着任书博夫人遗照，表情极其温和，一看就是个知书达礼的贤妻良母，虽然已经离世，但仍能从这个家庭的宽松氛围中感受到她的存在。

我请教任书博有什么秘诀可以活得如此长寿且如此精神，他微微一笑，简短地说：没有什么好的锻炼方法，就是每天散步，长寿大概是不想事不记事的关系吧。说话间还不时拈起一粒南瓜子嗑嗑，那种自然绝对不带半点造作。

任德洪在一边补充：他说的是老实话。我爸天生糊涂，谁也学不会。如果知道明天地球爆炸，他晚上照样睡得着，他是个什么想法也没有的人。

先前任书博糊里糊涂顺着我把自家弄堂号说错，我还以为是自己误导了一个 91 岁的老人，偏偏没想到这是一个善良者的禀性在起作用——他容易相信别人。难怪儿子看到他去乌鲁木齐路散步就头疼呢，那儿的小商小贩都熟知他的性情，一见他就眉开眼笑，争先恐后地推销所谓的打折商品。他信以为真，结果屡买家人屡退。

任德洪摇着头对我说：没办法，难怪人家说他的画大气，和他的人一样，不拘小节，有时听到他画画时哎呀一声，就知道他图章又敲反了。过去他刻一个印章，"难得糊涂"，我们一看笑死了，你难得糊涂倒好了，他自己也笑了，接口说，糊涂真糊涂。于是改刻成"糊涂"两字，边款是"一世糊涂乃真糊涂也"。

任书博这一生不知帮助过多少人，从掩藏被追捕的中共地下党员，到生病的邻居、贫穷的学生，甚至特殊年代被打成"牛鬼蛇神"的画家陆俨少。他做好事从不图报，做过即忘，往往是当事人提起才被世人知道。有一个受惠者多年后上门致谢，他忘得精光，反问别人是不是搞错了。

他帮助别人完全是随机的。比如看到一个卖菜小贩被雨淋湿，他马上回家，很当回事地拿了件衣服送过去，他的目的是给她挡寒，否则风吹了湿衣容易感冒。谁知人家喷了一声，不但一句感谢的话也没有，眼神里还满是嫌弃。边上有人偷笑：老先生，人家嫌你送的衣服不好啊。第二天任书博散步，又一次走过那里，那个得了衣服的小贩竟然像不认识他一样，脸上毫无表情。家人笑他乱帮忙，他却为小贩辩护：干吗要人谢？一件衣服又值几个钱？不管怎样，她披到身上了。有意思的正在于此，受惠者还在那里挑剔贵贱，施舍者却没那么多杂念。别人知恩图报也好，忘恩负义也好，他都不放在心上。他的儿子告诉我，新中国成立之初父亲在银行工作，总经理携金条而逃，把一个烂摊子扔给了他，他竟然默默地用自己的钱给全体员工发了工资，其结果是自己彻底地破产。多少年后在一个公共场合遇到这个总经理，任书博不但没向人追讨，反而连一句恶语都没有。家人笑他既不谙人心的险恶，又不懂尔虞我诈的伎俩，根本不适合经商。

然而苍天有眼，国家看重他的艺术成就，他成了上海文史馆成员。曾有人问他吴湖帆最好的技艺是什么，这位 18 岁便拜在吴湖帆门下的弟子驴唇不对马嘴地回答：他什么事也不和人计较，肚量大得不得了。由此可见吴湖帆对任书博的熏陶，同时也证明了他是个得真传的慧性弟子。

吴湖帆不幸离世后，任书博一直不能忘怀恩师。他与俞子才、张守成发起和主办了"吴湖帆梅景书屋师生书画展"，又参与了吴湖帆衣冠冢的整个筹建工作。他觉得这是一种永久的纪念方式，是作为弟子的本分之事。

他对上海文史馆同样深怀感情。在他过 83 岁生日那天，他捐出了一幅张元济的四尺书法作品，人们赞叹之余问他何以捐此珍藏，他说：这是我们第一任馆长的墨宝，他恰巧在83岁时写了送我的，用这种方式纪念他，心里蛮舒畅的。后来，他又主动将珍藏了几十年的23枚秦汉时代印章捐给了文史馆。捐赠缘起竟十分简单，就因为他看到文史馆没有印章，为了让馆藏丰富，便有了此举。有人为他可惜，他却笑着说：可惜什么？眼睛一闭都不是我的。

苦中作乐也是任书博的一个显著特点。他喜欢大自然，经常看风景看得发呆，家藏的国画山水也是他经常揣摩的对象。酷爱名山大川的他为了看黄山风景，竟然在身无分文的情况下向同事借钱，丝毫不顾日后每个月扣工资还债引起的生活拮据。那次从黄山回来，搭乘的是县城厂家的大卡车，后车厢空空荡荡，连个顶篷都没有，任书博花一元钱买了把竹椅，一路颠簸着回了上海。他将此视为美事，既解决了车费问题，又给家人带去了礼物。

即便在特殊年代受到冲击，他也依然保持着淡然的心态，眼开眼闭心不动摇。有时被人斗到半夜，回到铁窗内，他照样能在狭窄的长凳上安然入睡。他说不做坏事，鬼神来了也不惊。最难忘的是那个下午，造反派在弄堂里焚烧了他珍藏的画作，整整燃了四个小时，那些价值千万元的明清印谱以及吴湖帆画作在火焰中化为乌有。家里的人全吓坏了，心疼得不知如何是好，他却坦然地说：烧了就烧了，命中不是我的。

他就这样随顺了厄运。只有爱妻患病离世对他造成了沉重的打击，这位贤妻自与他结发以来，几十年患难与共，为夫君、子孙含辛茹苦，如今撒手而去，任书博痛苦得把自己关在屋里，日日抄录陶渊明诗句。陶氏超然物外的淡然与任书博原本的安然相融了，他以这样的方式走出了哀痛。我看到了任书博在这个时期的书法，体会到他对于人生无常的体验与超越痛苦的智慧。

2007年2月份任书博打电话给我，说去百盛时摔了一跤，他说今年属蛇的人出门要当心。问他摔坏了没有，他很庆幸，说没有骨折。我从电话里听出，他其实很想念我，只是我妈妈三天两头病倒，我实在心有余力不足。好在任德洪老师对父亲挺照顾，他自己也有保健意识，我看到过他冰箱里放了一大碗山药泥，知道他每天要吃几勺，他说山药、豆沙补气补血，效果很好的，想到这些我还是比较放心。

11月某天，任书博又给我打电话，直截了当地说牵挂我，问我什么时候能去他家。我感到挺辜负老人家的，一晃九个月过去了，总是失言，便定下一个时间。其实我是有私心的，我想节约时间，出一次门同时看三个朋友，除了任书博，还有两个住在高安路的朋友，其中一个是当年在黑龙江插队的干部老刘，他和任先生一样，也打电话说牵挂我。我知道一个老人说牵挂一个没有血缘关系的小辈，那种感情是绝对不能轻视的。

那天看到他气色还可以，就是感觉他有些虚弱。阿姨开门晒衣服时，风吹进来我都觉得有些冷，他却不开空调，还说这样空气好。我理解老人，我母亲也常常不肯开空调，说透不过气来，但我知道另有一个原因，潜意识中怕浪费电，省惯了的。任先生身边开着电暖器，热力微弱，而且他在流清水鼻涕。我有点难受，也有点担心，他对别人那么好，自己却这么省。我特地提请任德洪老师关注他的取暖问题，并劝老先生，最起码三九天要用空调，天冷年轻人都吃不消的。他脾气很好地答应了。那天，他还为我的书《手托一只空碗》题写了书名，他像个孩子一样书写认真，写了横条，又写竖条，让我挑。第二天我特地去超市，给他挑了一双厚实的带跟的拖鞋、一副棉手套。怕快递误事，托弟弟下了班送去。任老师告诉我，其实父亲御寒用品齐全，东西多了反而不好找，所以有时父亲干脆不用，这次收到我送过去的棉拖鞋他马上穿上了，我听了很是高兴。

2011年11月，任书博又一次住进徐汇区中心医院，忘了是什么病引起的了，其实也是正常的衰老所致吧，毕竟90多岁的人了。我去看他，他还是乐观，告诉我出院后还要去街心花园散步。我鼓励他，静心养病，到时候我还要写字给他看。说到这个真是笑话，上班那阵我说要跟他学书法，他说好的，收最后一个弟子。我还说要有仪式，点蜡烛，奉清茶，他不允许，说免去仪式，讲定了就是了。我马上下跪叩了个头，老先生空扶了一把，连说不用不用，终于意识到我的认真，于是端坐着，满脸的师容。任老师在一旁解释说，父亲爱吃巧克力，不喝茶，下回我就带了巧克力去，结果很幽默，走的时候，他们回送我的巧克力更多更好。让我惭愧的不仅仅是这个，还有我每次去写不了几个字，回家也不好好练，还给自己找理由，说等退休了再好好学，到了退休，又有理由，杂事太多，等闲点再认真写。任先生并不呵斥，可能心里也不把所谓的弟子当真，但每次去他家，说不了几句话他就会拿出纸来,让我写几个字,然后耐心指出哪里不对,有时还亲自动笔给我做示范。我把那些字纸都带回了家,一直珍藏到现在。任德洪也有意思,在一旁观看,有时会指着我的字脱口而出:你看,你又不对了,最后一笔不要急。在他们家,很放松,也充满了浓厚的学习氛围。我记得最牢的是他不止一次地赞叹弘一法师,说他的字是真正的好,要我好好品。他还抄了弘一法师的格言做自己的座右铭:"以冰霜之操自励则品日清高,以穿隆之量容人则德日广大,以切磋之谊取友则学问日精,以慎重之行利生则道风日远。"我也将其视为他的传授。

最后那次和他告别,他靠在床头对我说:你放心,医生蛮好的,护士蛮好的,隔壁病人也蛮好的。我给他一串佛珠,他右手拿住,左手向我挥别。

他最终没走出医院。次年任德洪写信给我,父亲于 9 月往生了,终年 94 岁。

2017 年,为纪念任书博一百周年诞辰,上海文史馆和上海笔墨博物馆联合举办了"纪念任书博先生百年诞辰——松竹草堂书画篆刻展",展出时间为一个月。我觉得时间充裕,可以很笃定地挑个时间去看,没想到母亲在小年夜前突然去世了,等到忙完停下来,一看时间不由得一惊,第二天就是任先生展览的最后一天了,马上联系任德洪,告知第二天一定赶到,希望作品不要提前撤走。任老师叫我不急,说画展延续了一周。太好了,这样我可以从容安排。

那回,我看得非常仔细,也拍了不少照。他的字一如他的人，质朴浑厚，气象高古。看到他写的"心术求无愧于天地，言行留好样与儿孙"，我眼泪都流下来，这完全是他品性的写照。

那天我还在本子上记了不少感想，很遗憾后来弄丢了。好在当时有一位先生帮忙，给我在任老先生的大幅作品前拍了张半身照。那张照的背景是他的墨竹、松柏以及书法，"得授菩提记，安住广大心"的条幅如同他干净的面容，也如他对我的最后一次教诲。

我把那张噙泪的照片发给任德洪看，并告诉他，自己站在那里时，似乎感受到背后松竹在风中响动，巍巍然有人情味，心里非常感动。任德洪说父亲的竹不是无根之物，他师造化、法宋元，参以书法笔力，铢积寸累，遂得此貌。他对父亲的形容很专业：墨腴笔健，格高韵清，大得柯九思遗韵。

我准备好好写一篇老先生的作品展，至于从什么角度写，写了又找什么地方发表，我无法预期，只希望到时候能达成心愿。结果还是没有抓紧时间完成，好在新华社、《文汇报》、《解放日报》、《联合时报》、电视台都有专题报道，多少得些安慰。

2012年，任书博的《佛家警语印集》出版，该书于1991年在美国出版，这次是再版。当年，他怀着一颗童真之心，答应了美国青年佛教协会刻印的请求。这位不是宗教徒的老人满心欢喜地俯案劳作，极其精美且枚枚不同的印章一方方面世，整整半年的心血，且分文不取。我捧着任德洪寄来的印集，欣赏着108方印章图谱，既激动又陶醉。他的字，澄净空明，一股清气，真是美轮美奂，完全是骨子里透出来的美，想模仿也不可能。

画坛巨擘陆俨少评任书博人品为"醇厚真挚，始终如一"；印坛泰斗朱复戡称任书博艺术为"不求闻达独崔嵬"；而我只想说，仁者寿。即便他已离世，也依然活在我的心中，此寿无穷。

石相

4月份的时候，一位朋友发给我一个消息，"和而不同——首届当代海派艺术家十二人作品展"在 W SQUARE 公共艺术展馆开幕，展出时间十七天。"和而不同，卓尔不群"是最简洁的介绍。陈心懋是十二位画家之一，我大概有十几年没见他了。和朋友讲好一起看展，不巧的是开幕式前夜家人生病，只好放弃。

最后一次见陈心懋是在静安寺的一个饭局上，忘了什么由头了，他是东道主，七八个人，那次我们每个人都得到一张他的精制的印刷画，是灵石系列之一。之后也看到过他参加的群展、个展消息，但总是事后得知。其中一次他还寄给我一张请柬，但我收到时画展刚结束，我住的地方和市区不能比，信件延误不止一次，实在是遗憾。

这么多年来我一直牵挂着他，准确地说一直关注着他的绘画信息，比如最近的这次画展，虽然只从网上搜到四幅，但我一眼就认了出来，他的风格是独一无二的，辨识度极高。这还是2016年的灵石系列，第一幅是芝石图；第二幅是线条粗细不一、颜色深浅迥异的几块石头，右上角题有辛弃疾《摸鱼儿》中的一段宋词；第三幅是既像堵在门框间又像倚于楼梯旁的一块石头，这是刚完成的灵石画作；第四幅就是一块仿佛被风雨侵蚀过久的石头，它的造型和细部笔触更像一块石芽。

我看的时候很自然地想到，到底有多少人会欣赏这种画面呢？我是他父母家的邻居，早就知道他画画，也看过几场他的画展，印象最深的是《史记》系列，可真正走近并开始理解他的绘画大约在1996年。那时我对绘画产生了浓厚的兴趣，特地带着自己胡涂乱抹的画去找他请教，他很耐心，说了很多。漫谈中他谈起过一位画家，我忘了那人的名了，他说那位先生画画像掘地一样，越来越深入下去，离地面越来越远，对上面的事全然不顾，到最后，心里只有自己的地层世界了，别人也看不懂他的画了。我觉得陈心懋的状况也很相仿，他才情恣肆，又内敛沉稳，他的画似乎越来越简单，也越来越费思量。也许我这样说会产生歧义，从他的画面可以看出，再简单也是高度概括的，有结构，有造型。他有丰厚的传统文学素养，读小学前就开始背唐诗练毛笔字了，但现在出现在画面上的毛笔字经常显得毛糙、艰涩，至少对于我这个外行来说，猛一看像小孩子初习笔墨，甚至称得上丑。但理智告诉我，这是门外汉的浅表认知，一个始终对绘画艺术有研究有追求的画家，这样的呈现是有其道理的，在静心观画片刻后就能感受到诸多东西，如过去一样，他的作品里始终有一种精神样的东西。他的画作和书法很像一个旅人匆匆写的备忘录，只是提醒自己的行程所需，并不打算向外界展示，而陈心懋偏偏将其坦露于大众前，是不是表达人生的某种客观面貌？或者表示人生的心迹有时并不是美观的？陈心懋在艺术上的实验性是持久的，书籍、碑帖、丙烯、石膏、铁皮、纸灰、黄沙、石头、油漆、锄头等都可以成为他的材料。他一直在变动，吸纳诸多，无所不包。他有深厚的传统文化素养，同时也研读西方美学、哲学，他的心是打开的，既有学养，又有高度。他的每次探索都引起众人的关注，但评论家们很难将他的作品归类。很多年前就有画展策划人称陈心懋是一位令人难以捉摸的艺术家，他的艺术世界不但极为幽深，自我意识的维度也十分宽广。倒是《国家美术》编辑称他为一个豁达的古典主义者，同时又是当代水墨的积极开拓者，我觉得这个定义比较确切。他在读研究生时就已经思考、实践水墨改革了，我国20世纪80年代早期的水墨综合媒介的出现是少不了他的名字的。作为一个外行，我当然说不出什么专业的评介，我只是发现近些年，他基本专注于纯纸本了，就算画在纸盒子上，也是纸质。我也发现他的大多数作品中的形象符号，一种是印章或印章般的色块，一种就是石形。

比如他的《游园惊梦》系列，是纸本水墨、丙烯作品。近几年它们每岁一展，我只看到几幅。虽然没看全整个系列，但总体风格还是能感受到的，依然有各种山石以及印章般的存在，有几幅 2019 年未编号的，好像山的截断面，还能看到山坡上的花草，很是幽静秀美。而其中一幅（No. 26）则像大山内部，石头横的竖的，叠加着，浅色可看成空间，感觉也就是蝙蝠或小爬虫才能通过，也不知道美人怎样游园？但有几幅高山画面，则是人能行走，鸟也可飞过了，它们甚至可以拼起来看，每一幅画都像一段山路，从画名到孤亭、池水、白色山花，甚至隐隐可见的裸女细节，是水墨《牡丹亭》演绎了，可不知为什么，我却从画面结构的导向上，想到了但丁的《神曲》。虽然《牡丹亭》的后花园可能是有点丘陵起伏状的，也可能是平原稍带几座假山样貌的，反正杜丽娘是置身于春光缤纷中的，可陈心懋的画作却是幽深的山脉、盘根错节的色块，好像截取一个个时间段，在山间展示，又好像人心跳跃着向上。他的笔墨也出新，比如古典山水画里，水总是一条河，河里泊着或行着一只小船，小船载着人，人其实是浮于水面的。而陈心懋的水是断流的，一方方的，像泳池一样，人和塔、石头一样，直接立于水中，像一种洗礼，于是洁净簇新可期待了。这个系列也是写意的，画面曲折通幽与豁然开朗相间，朦胧恍惚的色彩，如印章的石块，如太湖的石块，凝重与透气兼具，尤其当人处于印章类的石块中时，竟然具有被封在琥珀中的效果。也可以说，我同时感受到石的母性，不同的山石孕育了不同的生命，梦游、寻觅、相合，可最终依然要分离。陈心懋的画笔改写了结局，他只是表现一部分情深状。在山的上半部分，我看到了一些大小不一的手印，还有"水中月""打通任督二脉""小周天"等字眼，肉体向气转化。这时候，男女相也不甚清晰了，相抱不离的线条只是一种神气结合，如中国结的云彩飘浮其上，甚至垂下，似乎更形而上了。我甚至想到人如地球，昼夜循环自转不停，或者绕太阳般的光明体而转，这时候就是个体对生命的追究了。总体而言，画面将历史故事演绎得悠远了，一种向上的韵律，一种人生如戏、大梦初醒的意象阐述，含着自然的庄严感，也就是说，爱情的酸甜苦辣一唱三叹也只是一场教化了。从绘画技艺上说，它已经超越了古典水墨、传统水墨的审美感知。这就是陈心懋，一如他的名字，极其地勤勉，极其地用心，具有强大的心力。

看他一路走来，实在是丰富多彩，记得最牢的是他的水墨与报纸错版的混合。错版是他特地找印刷厂做的，有构想，有文味，让我看到一种跨界的创新，这是真正的文人画了，还是当代性的。他曾笑对我说：学生很容易受老师影响，老师什么风格，学生出来就沾染上这种风格，我的研究生们也喜欢做这类作品，比如一把铁锹上绑着麻绳。其实我也受过他很大的影响，有一阵我也喜欢利用报纸上的色块或字样拼凑各种效果，甚至在一张纸上用不同的色笔反复地抄写《药师咒》，总之他启发我用艺术眼光看待自然、事物。记得我给他看出于游戏之心画的抽象线条，问能不能这样画下去。他说很有感觉，还打开一本画册给我看，说：国外某某画家原先也没经过专业训练，就是和你一样画抽象线条，比如就一根直线，在画面的几分之几处，摆置得特别有味道，别人想仿照都难，因为这是从他心里出来的。他说，最好的作品就是这样的，成人的思维，儿童的心。他还鼓励我，说我的画有自己的特点，比看他的研究生的画都有意思。他甚至提议和我交换一张画，我没同意，我舍不得自己的画作出手。夫君为此还嘲笑了我：陈心懋的画能卖大价钱，你能和他比？真是不识抬举！想起陈心懋，我的心里就充满了温暖和感恩，他对我的赐教极其珍贵，但他不肯收我为徒，只说我觉得怎样舒服就怎样画，怎样好看就怎样画。许多艺术大家都这样，就像后来认识的陈钧德，他也不肯收徒，他们都珍惜自己的创作时间。

　　陈心懋是当之无愧的全国性的当代著名画家，我们的一个共同的熟人说起他时用过这样的形容：陈心懋现在是名画家了。而我体会最深的是，一个人的成功不是"现在"偶成的，时间作用是连贯不可分割的，作为曾经的邻居，他的不断进步我是看得分分明明的。记得小时候，我还在捡别人丢弃的橡皮筋玩耍的时候，他已是大人口中的"别人家的孩子"了，盛夏去他家转转，看到他赤膊挥汗画画，记得那是方增先《说红书》一类的画风。"文革"中，我和伙伴东游西荡甚至参加所谓的"革命游行"，他已经徒步去市区拜访画画老师了；后来我们同在一个生产大队插队，我还在和当地农民斗嘴，辩论天上有没有龙时，他就经常关在屋里沉浸在自己的绘画世界中；我上了大学，只知道崇拜别人的作品，比如整章地抄写《十五贯》或背诵哈姆雷特是生还是死时，他已经有自己的独立主张，参访沙漠、藏地、村野，并开始探索艺术的性质了。相比陈心懋，我感到惭愧，自己虚掷了许多时光，但能得到他的真诚教诲、鼓励甚至批评，还是深感幸运。我很清醒，明白自己画画只是一种兴趣，没有什么成就的奢望，而对于陈心懋就不一样了,这是他心心念念的事业。相信他的笔墨如登山,虽然也是越来越远离世间相,但对宇宙真相、人生真谛一定是越来越接近的,慧心出妙笔,我坚信并期盼着。

大鱼天地

某日，一朋友拉我进一小群，在群里发现了金柏松，互相打了招呼，简单而又热情。这在微信世界很常见，一个人久久不见，哪怕不是朋友，但突然地在某个群里又遇到了，这时候首先感受到的是时间的流逝，它很快，比如金柏松，三十多年没见了。

那时我在上海美术电影制片厂编辑部工作，据说他的办公室和我的在同一个楼层，我却一点也不记得了，更不知道他的具体职业。只记得有一回在厂门口遇到他和姚忠礼，当时他胳肢窝里夹了幅油画。姚忠礼向我介绍金柏松，夸他油画画得好。金柏松微笑着向我鞠了一躬，说小妹，多多指教。我一向崇拜音乐家、油画家，照理说，受此绅士之礼，我不受宠若惊也应该立即生起好感，可是我却退避了。金柏松是个潜心于艺术不与世争的老好人，他也许没有洞穿一个刚从艺术学院毕业的年轻人对艺术家的浅薄定义。现在我发现了一个悲哀的人生现象：凡俗的外表和谦卑太容易遮掩一个人的才气了。金柏松在这一点上大概很吃亏。那时我不知道金柏松在厂里编动画杂志，还写了大量的艺术评论文章，也不知道他是中国第三代油画家，更不知道他被圈内人肯定的艺术成就。我不懂得璞玉之美在于无华。在业余时间比较充裕的时光，我偏偏忽略了这位低调的武艺高强的"双枪汉"。这是无知的代价。

　　这个微信群有个特点，有话不好好说，爱发戏谑之言。他们喜欢称对方为大，比如金柏松被称为金大，但他一点也没大的感觉，反被群友说成：金大永远笑嘻嘻的，永远对别人鞠躬，永远由人糟蹋，其实那都是假象。我忍俊不禁，问真相是什么，朋友说明明是地主，却要装贫农。我笑出了声，这位朋友的玩笑似乎苛刻，其实还是褒义，谦逊、谦卑、谦和确实是金柏松的特征；反过来说，在人们约定俗成的观念中，金柏松用不着这么低姿态，他完全有资格昂首挺胸。他毕业于浙江美术学院附中、北京电影学院美术系，电影《南征北战》的海报创作令他名噪一时，那张画在当年几乎到了家喻户晓的地步。多年前举办的中国首届世界顶级奢侈品消费峰会上，他是唯一被特邀展出的画家。他的油画《聂耳与抗战救亡运动》《我的老师和我的孩子》等大量美术作品和文字作品被刊登于各类报刊。他是中产委中国文化传播中心特聘画家，在上海举办过多次个人油画展，并参加美国、法国、朝鲜等国以及中国香港地区联展，曾荣获第八、第九届"中国海内外书画精品展"金奖。他的多幅画作被上海市历史博物馆以及中国鱼文化博物馆收藏。最近他的15张画作又被收进庆祝建党一百周年名家邮票收藏纪念册，真为他高兴。

我确实是真正的孤陋寡闻，自进了这个群才看到了他的作品。第一幅是他多年前的油画，是一大瓶鲜花。我当下就受惊了，鲜花油画很常见，但眼前这一蓬的色彩实在太饱满了，元气充沛到像喷出来似的，我好像闻到了扑面而来的花瓣气息。天哪，怎么能画得这么好?! 当即把这幅油画转发给我丈夫和女儿看，得到了一致的高度赞赏，丈夫甚至鼓动我买下这幅画临摹练习。我对金柏松说，很想知道其中几种颜色是出于什么道理安排的。他说：这幅画画了整整三个月，并不是所有的画都要画这么长时间，比如小风景，快时一小时甚至半小时一定要画完，要求不一样的。你也可以用自己的感受画你的花。无论是中国画还是西洋画，画好了就是画，画不好都不是画。画画就是拼各种不同的画法，不是拼精密，而是拼创造。真正的艺术就是内心的东西，是要靠你去意会的。探索细微，只是一种无谓的劳作。听了他的话我惭愧起来，同时肺腑也热起来，当即起了拜金柏松为师的念头。

正巧第二十三届上海艺术博览会开幕，这次我只邀请金柏松一起观展，目的非常明确。之前一段时间因为采风走路过多，我的膝关节伤着了，但真正的疼痛就是从这一次开始的。那天我从公交车上下来，腿脚莫名地沉重，过去一刻钟的路途走了半个小时。门口人很多，我到处看，毕竟几十年未见了，怕一时认不出来。片刻后看到一个人，摇着一把折扇，大摇大摆地从人群中走过来，那步姿和影视中的济公和尚不相上下，自在、潇洒。看着这张熟悉的脸，我下巴差点掉下来，他完全不是我印象中的金柏松啊。

时光一下回到过去，好像重新回到上海美影厂门口，他一看到我，恣意顿无，重新变得收敛，脸上依然是诚恳谦和的笑容。想起群友的戏谑之言，我又一次笑了起来，但我说的只是另一句真话：金老师，真奇怪啊，你怎么一点不老？

看展很费时间，站站走走看看几小时就过去了，而他兴致勃勃毫无疲劳之感。我不禁感慨画家就是和搞文字的人不同，他们经常站着画画，练就了强劲的脚力。

在众多的画作中，我们远远看见一幅，不约而同地叫出陈钧德之名。显然，我们对陈老师的风格都很熟悉。但是，我说不出所以然来，金柏松却用几句话归纳了陈氏的颜色特点，我过去并没想到这些，现场点评真是胜过书本教授。

正因如此，我和朋友玉茂兄去看陈钧德生前最后一场画展时，又邀请了金柏松。我承认自己又一次打了小算盘，我以为憨厚淳朴的金柏松不会察觉。谁知在去的途中，大家交流退休后的生活，玉茂兄问金柏松如何度日，他脱口而出：没有什么可说的，就是画画，一天不画难受，其实我很少看画展，有这点时间还不如自己画一幅呢。玉茂兄一阵呵呵笑，我有些窘，忙辩解：哎呀，金老师，我不请你请谁呀？好歹拜你为师了。这个昵称

"木头人"的画家好像醒悟过来，充满歉意地说：没关系没关系，我也喜欢陈老师，他的画展值得看。

金柏松坦诚，他告诫我，不可以随便看画展，质量不高的画展，会把眼睛看坏的。在那次看展中，他对陈钧德的画给予了具体的分析，能让人一下明白要领。比如他说：你看陈钧德画的城市里的树，很自然很和谐很好看，但你到生活中去找一找，有这样的树吗？他是放形放色，跳出了俄罗斯绘画模式的空间理念，成就了自己的艺术油画特色。他还特别让我拍下其中几幅，说：你以后可以试着用用他的办法。那一刻，我升起一种追根溯源的感恩之情，好像冥冥之中，陈钧德老师将我交到金柏松老师手里。

没多久武汉暴发了新冠肺炎疫情，我的腿痛也越来越厉害，以至于膝盖肿大变形，不吃止痛片无法睡觉。整个社会都在抗疫，医院除了急重症，普通门诊都不开了，腿痛累及心境，我难免焦虑。金老师不仅安慰我，还以他独特的教学方式，转移了我的注意力。他给我发来了一幅席勒的高清扫描油画。是这场疫情使金老师想起了这位死于一场流感病毒的德国画家吗？在这之前，我根本不知道席勒，看到他的画我真是震动。以前我们熟悉的人体之美大多是安格尔一类的，尤其是女人形象，肉体丰腴光滑，曲线流畅优美，神态安详而又含蓄，哪像眼前这幅，男女互抱，样貌奇怪，形体扭曲，双目像死鱼眼，然而有极强的独特的冲击力。要是在几十年前，我会觉得这位金老师猥琐，给我看的第一幅画竟然这么色情，可这一次，我却觉出他的郑重其事。我发现自己没有丝毫的羞涩，反而看出了席勒艺术表达的纯粹性，他的男女就是最赤裸的人，没有贵贱之分，也无社会身份的痕迹。艺术就是艺术，天才总是少数。果然，金老师说，席勒完美地结合了比例、色块、构成、情绪，尤其是经典的线条，成就了一座艺术的高山。他的画首先是线条，把线抽去，画就不存在了。

金老师说：你好好研究他这幅画，每天写十条认知体会，十天就是一百条，你研究透了，就会影响你整体的艺术眼力，以后自己画画，每一根线条也会变成金线条。光女人前面那条手臂就值得你写五十条认知。然后再过半年到两年，你再去回顾他的整体绘画风格，你会有新的发现，得到深度的认识。

他的话激起了我的兴致，我开始分析席勒的这幅画，每天写十条，发给他审阅。他赞赏其中几条认知，理由是技术分析到位，并鼓励说：你如果能这样深入下去，以后笔尖下出来的线条就如瑞士的手表、德国的机械、中国的书法、美国的电子工业那样棒棒的了，就能脱离"游击队"进入"正规军"了。可惜我最后还是达不到他的要求，写了八十九条认知就觉得没办法再分析下去了。但我记住了他所强调的：世上没有线条，线是人想出来的，只是为了表现实体。同时明白了，好的艺术一定是认知后的表现，再简单的画面，都是深思熟虑后的结果。

金老师同时亮出了他的部分绘画，原来他有那么多画：红色经典系列、经典电影海报系列、大唐仕女系列、人物肖像写生系列、鹅池系列、天马行空系列、金鸡系列、鹿群系列、仙鹤长寿系列、都市油画写生系列、都市青春系列、花卉静物系列、荷塘情趣系列、漫画系列、插图系列、大狗系列、水墨画静物系列、抽象画作品系列、油画创作系列等等，无论是油画还是水墨画，都极其大气，幅幅见精神，见灵性。

　　一个天天画画的人，有这么多画也是顺理成章吧，聚沙成塔啊。他的画有个特点：耐看。正因为耐看，才会让人看到一种变化，这种变化有整体的，也有局部的、细节的、结构的变化，线的变化，色彩的变化，甚至空白的变化。难怪他把自己的水墨画称为实验性水墨画，他说定位实验就没有思想负担，想到的瞬间就会能量爆炸，有多少认知都会在笔下流出。他每天都在变化，这太不容易了。比如马画，他表示要远离形的桎梏，加重色的分量，实物只是外壳的参考。他豪迈地说：我要画一万匹大马，才不辜负"万马奔腾"这个词。

　　就举一幅三马图为例吧，他用三种不同的画法和造型：母马只见大肚子，温暖而有力的符号；公马则突出脊梁，是一笔到底的强悍黑色；小马强调了橘黄的皮毛，稚嫩与被宠爱跃然纸上。谈到马的线条，他说这是中国式的线条，只有中国人有，其线条有一种特别的魅力，但用笔方式却是从德国席老师那里学来的。他说区别在于东方多是中锋式用笔，外国人大多是侧锋，哪怕他们画铅笔画、水彩画、水墨画也是斜着拿笔，都是涂，中国人是写。

　　说到写，不仅仅是毛笔字的事情了，还会联想到文人话题。金老师爱看书，也爱写文字。除了美术电影评论，他还写了不少短篇小说、散文、诗歌，仅诗歌就在全国各类诗歌大赛中荣获过金奖以及一等奖项十余种。他的《时间与空间的交响——金柏松诗集》很独特，异于专业诗人的诗集。有人说他的诗是大白话，也确实属于散文诗体，但他却发自内心，诗句充满激情，却质朴如同闲话，然而立意新颖，字里行间皆是活泼泼的生命气象，不少结尾有突然敲打的艺术效果。他的绘画和文学互惠着，甚至和玄学也攀上点关系，比如飞碟的来去，比如崂山道士的本领，比如人长寿到千岁这个世界会怎么样，等等。说实话我对这些话题的兴趣早过去了几十年，惊讶他怎么还有这份遐想。但可以肯定的是，到了这个岁数还能保持这样的天真是多么罕见的事情，难怪他的鱼好像刚从颜料缸里拎出来一样，完全是另一个世界的事情，说穿了这些鱼就是他当下的念头，每一条鱼都是他的一口气，他的时间空间在鱼身再现。

有一回看到他的两幅水彩画，透明感强，真正呈现了油画达不到的趣味。我问他多少时间画成的，他说十分钟一张，我听了头晕，又不是铅笔画，这也超快速了吧？金老师说就是要快，只有快才能出第一印象，捕捉主要的感觉，舍去没用的烦琐细节，就像契诃夫的手记，简洁明了，他的东西太有趣了，抓的就是第一眼的直接印象。我一想，还真是这么回事，绘画和文字确实有相通之处。

我不太懂绘画技术，但能感受到他心神融进画作的那个过程，那个过程绝对感染人。看到他在桌案上作画或在讲台上教授的照片，那真是激情满怀、神采飞扬，眉间勃发着一股英气，你就明白那些画中物之所以神气十足的道理了，那是两种生命全然的融合与相通，无论动物植物还是人，它（他）们和金柏松都是一回事，是不分彼此的肝胆相照。他的画中物只是形异而已，它们的精神气质都是相似的。最让我激动的是他的品牌"大鱼天地"，那些铺天盖地的鱼让我感觉撞进了龙宫，真正的目不暇接。在我眼里，他的鱼类全是龙族所化，龙族多变，真正的化境，在变的一刻恰到好处地呈现鱼形。

最初看他发来的一组鱼画，是水墨加彩墨的画法，有的形态很新鲜，笔触鲜明到好像闻到鱼腥；有的虚实结合充满个性；有的像照相机拍摄时快速移动，只看到拉出来的模糊色块；有的内里的淡墨溢出鱼身，像鱼的神思散发出去，叠加的彩墨或黑墨又强调了肉体的存在；有的大面积的空白，边沿一截韵味无穷的线条；有的像许多落叶浮在河面上；有的凝聚不动，虽有颜色，却带着陈旧的久远感，像鱼化石。我想不激动也不行，生活中的鱼看上去总是有些发呆，哪像眼前的鱼，变化多端。过去也看过一些艺术鱼，比如古今的一些水墨鱼画，以及古代陶器上的简单几笔，也有个性十足活灵活现的，或者精致得如同真鱼一般，都没有像金老师的画那样冲击到我。

究竟是什么冲击到我呢？是因为他是我的老师，感情因素在起作用？我一时也不明白。我还是习惯从艺术的角度来看，而且用的是一种赏玩式的眼光。因此，提问也像小儿科级别：金老师，那条红鱼的红很好看。您上了好几次色吗？要么您一笔蘸了几种颜色？

金柏松的回答很妙，表扬与自得兼有：你太敏感了！就这块地方不可言传！这条鱼的颜色是很微妙，红得丰富，一般画法根本不可能出现这种颜色。你发现了最深层的问题，但现在和你说不清，因为它是一个不同工艺的过程。没有人能明白，只有邵瑞刚能猜出来，他和我16岁同窗学艺，彼此了解，这是一种充满奥妙的办法。

金老师就这样，你提什么问题，他就在这个问题的层面上回答你。也许他没有意识到观者其实也在进行探索，一旦认真起来，也是需要透过画家的技法去寻觅大鱼天地的终极意义的。

之后，我就像天天对着满汉全席一样，观感很奢侈，嘴巴却无能了，不知道说什么才好。他画的鱼太多了，多到像大雨一样来不及数，它们遮天盖地地旋转着、飞溅着、穿梭着、奔涌着，连他自己都搞不清到底画了多少鱼了，只知道最大的鱼是10米乘2米的油画，小的也有尺长。它们出现在布面油画、纸面水彩画、水墨画上，与其说它们是游动的鱼，不如说是飞动的生命更为贴切。虽然有的鱼呈现出的是标本式的静止状态，但照样气场强大。

他曾在群里发了一张鱼图，说这张画整整陪伴了他二十年。他常修改这幅鱼图，对它情有独钟。那颜色真是妙，像龙宫的感觉。

他和许多撕毁自己不满意作品的画家不同，他说不应扔弃自己所有的画，人在长，画也在长。文物就是长成的。可见在他眼里，画是有生命的。

他笔下的鱼自然也是活着的。正因这样的思维，他会认真地回想某条画过的鱼，谁见过它？夸过它？"收养"了它？它"游"到新主人的家了吗？或者又出现在其他地方？仿佛这些鱼活了，进入了社会，开始了它们的漂泊生涯，它们会自我生长，甚至会有奇遇记。他决心为这些鱼建起档案，如同一个个孩子的简历，记录着出生年月以及来去。

鱼在东方文化中是一个吉祥的符号，"连年有鱼（余）""鱼跃龙门""吉庆有鱼（余）"等，所有的民间成语都充满了憧憬。金老师的"大鱼天地"完全可以追根溯源，在他幼年的时候，他就与鱼结下了不解之缘。他的老家在绍兴，那里布满了蜘蛛网似的河道，每条河都有鱼，是典型的鱼米之乡。且不说他家房前屋后净是河，美丽的鉴湖离他家也只有二十米的距离。他没事就到河边看鱼，看得久了，发现鱼的种类很多，像人类的家族一样，长着各种各样的面孔，身体也有长短胖瘦。水就是鱼的家乡和房屋，它们也是爷爷奶奶叔叔伯伯夫妻情侣哥哥妹妹一大帮。金柏松站在岸边，独自面对鱼群，渐渐地，他还发现了鱼的规律和现象，比如浮在水面上的都是没见过世面的小鱼，它们喜欢呼朋唤友，总是聚在一起，黑压压的一片，看它们的样子并不饥饿，没有觅食的迹象，只是在游着玩。有一次他甚至看到鱼围成一圈，直径有两米之长，大人告诉他，只要碰到这种情况，拿起叉子对着中心掷下去，就会叉中水底下的一条大鱼。也许鱼也知道人的心机，只要岸上传来人的脚步声，它们就会闪电般地一哄而散，没有一条会留下，统统潜入水底，水面连半点波痕都不留下。而那些大鱼，很少会浮上水面，它们比小鱼沉稳多了，除非人们下网捕捉它们，否则它们就一直处于安全之地。金柏松画过一幅像雁南飞的鱼图，那些鱼排列成了"人"字形，人们以为这是他的新颖构思，岂知这只是他过去观察到的景象之一。

金柏松观察鱼比他上学识字都早，开始思索鱼的问题也超越了他当时的年龄认知：人生人，千千万，鱼生鱼，也是千千万，人养鱼的经验以及捕鱼的办法同样是千千万，可鱼还是和人一样一代代繁衍下去，它们有首领吗？是谁下命令让它们进或者退？它们有集体意识吗？是过去的经验让大鱼对人类有着戒心吗？

看得久了，想得多了，那些鱼就像粘在他脑子里一样，让他欲罢不能，少年金柏松便用木炭在墙上涂鸦，一条又一条黑鱼像从墙体里钻出来似的，吸引了村民们的目光。他总是不满意自己的图画，画了擦，擦了又画。那时候他并不知道世上还有个神笔马良的故事，等知道了，他心中生起了一个欲望，也指望墙上的鱼活过来。懂事后知道这只是个童话而已，他并不沮丧，反而生起新的希望——要像马良一样把鱼画活。

现在，金老师已步入了老年，但对画鱼的热情还是有增无减。他对鱼的思考越来越理智，也越来越有质感。他说当年自己站在岸边观察鱼时，那些鱼是否也在观察他？它们会想到这个久久观察自己的人立志用画笔为鱼类立传吗？

金老师对鱼的总结和态度是：鱼世界有它自己的庞大和神秘，鱼们已经进化到智能的境界。我会用毕生的精力去研究鱼，它们一定经不起我的反复搅动，它们只能与我共生，同经磨炼。

也许这就是我所感受到他的鱼和我们眼中的肉鱼不同的地方

吧？或者说，鱼原本如此，它们不管顺逆，对这个世界还是有判断力的。

画纸上的鱼呈现了转身、跳跃、扭身、摆尾、静浮、互相交叉、并行、前后、大折角甚至对角呼应等转瞬即逝的美感，是生活与想象共同孕育的。他的水彩鱼虽轻盈却仍立体，水墨鱼大多抽象，如音乐一般悠扬，油画鱼则充满节奏和痛快淋漓的色彩。留白是他的主调，他几乎不画水，有鱼就够了，在大面积的留白中，他要的就是凸显线和色块的视觉效应。鱼的形象里也有许多留白，这些留白是从体积的构成中体现出来的，白这儿或者白那儿，造成了外形的虚实、色块的分布。这种设计感其实还是离不开形体特征，但他用轻松的写意方式处理了，当一缕鱼尾从空白中伸出时，那就是一笔诗意，完全能感受到一种细腻温柔的情愫。为了不重复自己，他用各种不同的手法，有时为了塑造同一群大鱼，他甚至舍去画面中的整体色调，数不清的鱼纠缠在一起，各种杂色前后叠在一起，就像童话世界的花在怒放一样。至于一色的素鱼，也是墨分五色充满诗意的。还有一点，他的鱼大多张着嘴，它们在说什么吗？反正不是吐泡泡，他的鱼都出神入化了。我们不知鱼的语言，看这丰富的"大鱼天地"，无声胜有声。

他写过一首《窗的神秘》："打开窗，涌进万道金光。如一群鱼，生命，灿烂，鲜活，跳跃，冲进我的房……"阳光与鱼同质，深入骨髓的感受，我也从他的鱼中感知到了这种灿烂和鲜活。又因为他的另一段文字"那一天，我画了一条鱼，与所有的过去，都同称为鱼。但那一天，画的却是似曾相识似是而非的一条陌生的鱼"，我竟生起一个疑问，他吃不吃鱼呢？他对鱼的感受太与众不同了！在看了他关于鱼的文字和画作后，我仿佛看到他当时的心境，他已化入鱼身，那一刻他在水中，他在游弋，他就像一条大头鱼张开了椭圆形的嘴，我听不懂他说的无声之语，只看到他在五彩缤纷或者淡墨之中，我明白自己终没开口的原因，太微妙了，这就像你问他会不会吃自己一样。这是两个世界，你不能用一个世界的疑惑去问另一个世界。

我一直觉得金老师的画画劲头是个奇迹，最近他又应邀画起了绍兴名人故居系列，每一幅都令他思绪飞扬。比如少年的他被日记本中的一页单色印刷品所激动，约了3位同学走30里路去大禹陵探险，现如今，他为这个文化工程又一次故地重游，他绘制的大禹陵油画，蕴含着历史传说以及他过去和现在的观感。这使我突然想到了环境的作用，绍兴是金柏松的故乡，也是先祖大禹、越王勾践、女杰秋瑾、文豪鲁迅的故乡，同样也是周恩来的祖居地、"书圣"王羲之晚年的隐居地，南宋诗人陆游、明代画家徐渭都在此留下过足迹，土地养人啊，被历史之风吹拂过的金柏松不可能得不到滋养，何况还有一群生活在水中与他生命休戚相关的故交也在激励着他。

疫情期间，有人传给我几个视频，说这儿那儿的水域鱼类发生异常现象，它们激烈地蹿出水面，无数鱼疯跳到岸上，人们可以随便地捉。我请教金老师，这种诡异现象说明了什么。他说可能有电线掉水里漏电了，或者附近有高铁开过鱼受惊了，反正有一种看不见的波在赶它们的命。这么熟悉鱼的人，在神秘和常识之间，用了一个似是而非的波做了解释，这么看来，金老师并非双脚离地之人，他的想象总在一定的范围之内，就像鱼儿离不开水一样。他由此还流露了一些担忧：如果我们的环保跟不上，水域污染，那么鱼类就完了。

在我这篇文章将要结束时，我听到了"喜马拉雅"网络平台认证主播阮虹艳朗诵的一首长诗，诗名《洄游》，作者是金柏松。

你从哪里来？
从太平洋、东海、长江？
从天边游过天边，
游过千万里大江大海，
为什么一定要游进我的故乡？
……

比起他那部诗集中的精彩诗歌，这一首称得上普通。尽管我读文字总是苛刻，但这首诗的立意还是打动了我，因为这位画家不是用文字来炫技，他只是借助文字用真诚之心来与鱼类沟通，说穿了，也是在与自己沟通。在后面的诗句中，他问鱼为什么要逆流而行，汹涌的海涛、急转的旋涡、追捕的帆船、不绝的钓鱼人，到处都是天敌，难道你们的洄游只是一种寻找，回归故乡的安宁才是终极目标？

我恍然大悟，这诉诸鱼的哲思其实投向了人类自身。"你从哪里来要到哪里去"早已成为人类的追究，当心量足够大时，终极关怀就包括了所有的生命，金老师的"大鱼天地"就是现象界中的一个特定的生命世界。

  原来我被"大鱼天地"打动的真正原因，正在于这种暗藏的回归精神，当目标确立时，一切的艰难痛苦、险境困厄都是必需的。对于我个人来说，还有一个意想不到的收获——金老师的线条、色块、文字帮我减轻乃至战胜了腿痛，我把拐杖扔掉了。

我知道牛有多少块骨头

这是松江的一个普通小区，粗看不见奇处，一拐弯便有了曲径通幽的感觉，想打听一下梁洪涛的住宅，却无问处，一声鸟鸣显得周遭更静，路上连闲人都不见一个。

某种意蕴和情调打动了我，干脆悠悠地边寻找边观赏起来。小区的树木谈不上繁茂，品种也常见，枝上绿叶正随风斑斓，其中的一簇簇枯色，像画笔着意的笔触，阳光穿过越来越稀疏的树枝，投下深秋和立冬交界的光斑，有着微微的温寒。河水泛青，点点银光，一个老头在垂钓，判断了一下，肯定不是梁洪涛，画家虽有闲情，却也是忙碌之人。数百米之隔，是一条人工溪流，不大，睡莲同样小小的，深绿与褐红混杂，古色古香的。让人不由得一声轻叹，国画家不住在这样的地方住哪里呢？

驻足仰望溪流旁的一排住房，造型养眼，俨然三层叠加的亭台楼阁，却没什么细枝末节，大块的粗线条，稳重地耸立着，边套的北门门楣上，心中念叨的那个门号赫然在目。马年将至，迎蛇年的对联依然很新，"抬头花开欢喜来，稽首经幡吉祥至"，令人忍不住微笑，而窗旁挂着的两只葫芦，完全像一幅情趣盎然的国画小品，也让我心生欢喜。

转至南门，只见一个不大不小的院落，院里的一架葫芦藤已稀了叶子，几只干枯的葫芦高低不一地垂挂着；一侧的旧木柱上挂着一只破损的牦牛头，那对牛角也怪，一只高一只低，右角正常，长在头顶，左角却从脸颊处倚出，倒像随意生长的植物，是因为骨骼折断被画家重新组合过了吗？

被圈内评为"大江以南唯梁牛也"的梁洪涛，画了数不清的牛，他画牛、师牛，那些大块面的牛令我说不出地感动。过去，我看到牛只有悲伤的感觉，以至于不忍心食用牛肉，梁洪涛的画救了我，让我从另一面看到牛的悠闲和大气，更看到牛与孩童之间的和谐与亲爱。

我在院门前停了几秒钟，然后轻轻推开矮小的木栅栏门，它无声地倒下了。它好像是撒娇卧下的，像一头小牛。其实这是个再正常不过的细节，铰链坏了，或者年久失修了，但因为看了梁洪涛的画，一物一景似乎也具有了灵性。我哑然失笑，仿佛虚空中一支偌大的笔刚从这些细节上收回去，墨香袅袅……

七年前，亲友们向梁洪涛推荐了好几处房子，浦东的、闵行的、青浦的，他都看不中。他偶然路过这个小区，当时小区烂泥粘脚，满眼黄沙水泥，房子还未完全造好，绿化也没成形，但他从小区的平面规划图上看出了立体的趣味与绿意，他以自己独有的艺术再加工能力，在心里为它勾勒出一派世外桃源的氛围。梁洪涛不善讨价还价，在同类的住房中，他出的价钱最高。即使这样他也不悔。当小区落成，呈现出他需要的幽静和相对独立时，梁洪涛感到了满足，这也是他人生规划中的一幅作品啊。

我因为记性不好，往往记不住别人的履历，比如眼前这位国家一级美术师梁洪涛的诸多获奖、展出成绩，倒是张鑫的一句话说得形象，梁洪涛是都市牧牛人。也不夸张，他在简介中自称梁牛，还有一段话："荒原需要耕耘，心田何能荒废？我也是一头牛，无时不在耕耘、调养，令其丰实厚重起来。"

初见梁洪涛，如遇邻家大哥，亲切随和，连鞋都不让我换就进了客厅。他背对着门坐在沙发上，脸部处于相对的暗色调中，但我看到的却是一个敞开的人，真实、透明，偶尔透出几分憨厚的自得之气。这样的画家很是少见，言谈不知迎合世风，也不懂得要择有利于自己的说辞，更不善于表现自己。正因如此，另一个问题出来了，我拟订的问题似乎总也不能达到预期目的，他好像不能理解我的用心。比如我想了解他的创作状态，问他每天是怎么度过的，他竟回答：我的生活不是以日计而是以年计的。

好像一对大牛角猝不及防地抵到我的面前，我不由得一愣。棒喝？禅语？后来发现什么也不是，暗藏机锋并不符合梁洪涛坦然的秉性。他似乎对文人关注的东西并不感兴趣，他不明白我为什么想知道琐琐碎碎的细节，他一定认为，年比月重要，比日更重要，与年相比，日这个单位太小了，他眼里的时间是大块面的。

他刚从郑州大学归来，在那次讲座上，他就是这样对学子们说自己的纪年史的——我的人生有三个阶段：读书七年（本来附中四年，大学五年，总共九年，因在中央美术学院华东分院附中学业优秀，跳了两级，直升浙江美术学院中国画系），工作二十年（美协十年，画院十年），退休十年……

我注意到他没有提少年时期，这意味着他的年代界定是以艺术内容为标准的。我一向对艺术家的少年时期感兴趣，因为能从中发现成才的轨迹。难道梁洪涛的少年生活真与"艺术"两字没有关系吗？

其实不然，他出生在山东省招远市北五里庄村。父亲远在上海一个商行里做账房先生，当时解放战争正激烈，邮路不畅，父亲杳无音讯，母亲终因积劳成疾，英年早逝。兄妹仨和奶奶相依为命，艰难度日。小小的他虽然不懂时局、家务、前途，但对亲人的离世却有着肝肠寸断的体悟。即便如此，孩童天真的本性仍未泯灭，他用小刀在木头上刻出手枪，用泥巴捏出手榴弹。他做得太逼真了，以至于小伙伴们总是问他讨要这些艺术品玩具。

奶奶见梁洪涛热衷于捏捏刻刻，呵斥他太顽皮。她当然想不到，一个孩子的创造能力，恰恰展示了艺术的本质，作为小孩子的梁洪涛也没有意识到，它们为苦难的生活多少带来一些乐趣。

1947年某日，梁父花钱请人将乡下的大儿子带到上海工作，当时二儿子梁洪涛正在奶奶身边玩耍，奶奶还没反应过来呢，来人就不由分说地把他抱上了自行车后座……阴差阳错，梁洪涛的命运由此改变。他惶恐地跟着这个陌生人，一路避战火、闯哨卡、扒汽车、睡草房，饥一顿饱一顿，过早地见识了世相的凶险。在一个叫赵格庄的地方，他被安排在染坊里吃住，人们忙着染布、晒布、运布，没人理他。梁洪涛虽然觉得无趣，目光又不得不定在那里，没染色的白坯垒堆着，染好的一匹匹挂着，蓝色、褐色，他被裹在单色调中，心却飞到了上海，在他小小的心眼里，大上海是五颜六色的。他自己也没意识到眼前所见的重要性——现在的客厅里，他的青花瓷瓶画以及挂着的蓝色调饰件是那样古朴，像少年颠簸途中之所见，深重厚实又恍若梦境的人生滋味早就沉淀于心中了。

梁洪涛的家在四川北路桥南一座大楼内。他目睹了四川路桥的巷战，最终国民党残军丢盔弃甲，乔装打扮，狼狈逃窜。战斗结束后，楼里楼外，弹痕累累，邮政大楼的窗户千疮百孔，国民党军队一辆小型坦克撞在电线杆上，像一只巨大的死龟。在这堆废铁边上，还摊着几具尸体。挤在人群中看热闹的梁洪涛心里激动起来，他奔回家，迅速地用铅笔勾勒了一幅上海解放的画面，它成了投考美术学院附中的答卷之一。

在他未受到正规训练之前，一些小画就显示了他的才气。比如他16岁时发表的处女作《为儿童的演出》，画面上共有十四个人，两个在舞台上演出，"来宾席"位置上坐着六个成人。儿童们全在后面的矮凳上，他们有的攀在成人椅背上，有的踮脚踩在矮凳上，有的单脚站立差点摔倒，还有一个因郁闷干脆把后脑勺

115

对着舞台。

多么敏锐，多么幽默，现实主义的批判都充满了趣味。我真想对梁洪涛先生提个建议，再加一个以年计的时间段吧，你的少年生活也有艺术价值。

和梁洪涛接触了四五次，很有收获，他轻松自如地谈自己的人物画、牛画、都市画、釉下彩绘等，也谈到这二十年研究的两个课题：城市绘画以及人与牛的关系。他的身姿、表情很少变化，低调，却又自信。

在学艺的路上，梁洪涛受过刘海粟、徐永祥、严友俊、唐和、朱恒有、宋忠元、李震坚、周昌谷、诸乐三、潘天寿等大师的教诲和鼓励。刘海粟曾赞赏过梁洪涛的作品，并赠送梁洪涛他家藏的英国水彩画纸和他的《群牛图》精制印刷品。这张图像灯火一样照亮了少年学子的心，这也是梁洪涛喜欢画牛的缘起之一。时隔二十二年，刘海粟又亲笔为已是画家的梁洪涛书写诗词："穿山透石不辞劳，地远方知出处高。溪涧岂能留得住，终归大海作波涛。"潘天寿也以自己的绘画艺术和人格魅力给梁洪涛留下深刻的印象，他在梁洪涛的毕业留言簿上赠词："洪涛研弟：在惊涛猛浪中，能做一个不迷方向的舵手。"梁洪涛手捧墨迹如获至宝。程十发同样赞叹他的牛画并写下"神牛"两字。大师们的赠词不仅使他感动，也给了他创作的灵感和无穷力量。

但真正打动我的心的不是这些响当当的大师、名家对梁洪涛的亲教和眷顾，而是梁洪涛对小学美术老师叶良富的启蒙和关爱产生的深重感恩，叶先生若还活着，当欣慰。

梁洪涛读小学时担任少先队的队报编画工作，受到画材的限制，多用黑白色进行制作，复制放大漫画作品，做抗美援朝的宣传。叶先生一眼看出了梁洪涛的潜力，不仅手把手地教他临摹和写生，还提请他不要满足于浓墨重彩的宣传画，要加强绘画的基础练习，学会色彩设置。他的引导在梁洪涛心田里植下了纯正的艺术种子。少年梁洪涛深深地依恋着这位可亲可敬的美术老师。突然地，叶先生莫名地不见了，梁洪涛不知道发生了什么事情，画画上没了依靠，他心里很彷徨。过了一段日子，班主任转来叶先生的来信。短短的两个月中，他给梁洪涛写了六封信，信封是用旧报纸糊好再贴一张可书写的白纸，信纸也是代用劣纸。可叶先生的信函没有半点自卑寒酸气，他一如既往地亲切，第二封信的开头还纠正了第一封信中的一个别字，并检讨自己的粗心。叶先生一丝不苟的治学态度，也为梁洪涛的读书作文做出了好榜样。叶先生在信中鼓励他要有计划有步骤地进行绘画。怕梁洪涛看不懂文字，他还用图解说明，如何打轮廓、涂明暗。他多次强调要向音乐家训练听觉那样训练视觉，平时要集邮、剪报，积累绘画资料。叶先生爱心深广，还让梁洪涛把信转给其他小朋友看，大家一起进步。叶先生还寄来自己喜爱的艺术书籍给梁洪涛参考。一个老师离开了学校还这样念及学生，使梁洪涛感动万分。他说叶先生的信极有水平，像《千字文》那样严谨，字体一点也不逊于名人手迹。

梁洪涛说直到小学毕业才知道，叶先生因个人感情受挫引起了精神分裂症，被学校遣送回家乡了。我听了也忍不住动容，太善良了，不懂得保护自己的心啊。

梁洪涛接口说：是啊，他命苦啊！就是在这一刻，一秒钟内，他的声音哽住了，脸突然涨得通红，鼻子也塞住了。之后他就有点坐立不安，不停地抽纸巾，擦鼻子，欠身扔纸巾又起身抽纸巾，他似乎因为克制不住自己的激动而显得有些无措。终于他镇定下来，给我茶杯里续上水，但看得出，他的心神仍有些激荡。我完全相信他发自内心的感受，叶先生不仅教他画画，也教他怎样做人。

他说工作后去外地找过一次叶先生，没有找着，但他一直不敢忘记叶先生的恩情，他已将叶先生写给自己的信整整保存了六十年。

周大融老师是他读初中时的美术老师，他也同样牢记在心。他说周老师水彩画顶级，还弹得一手好钢琴。周老师也喜欢梁洪涛，课余教他画水彩画，还传授了他许多美术知识，由此梁洪涛见识了齐白石、徐悲鸿、刘海粟和潘天寿等大画家的名字和作品。后来他报考美术学院附中，面试时轻车熟路、对答如流，这全得益于周老师平日的灌输。

还有另一类老师，与梁洪涛的生命紧紧相连，那就是牛类。说到它们，梁洪涛的脸上就流露出发自内心的微笑。他闭起眼睛都能看到牛的各种妙相，它们的眼神，以及身上的每一块肌肉。他说自己对牛太熟悉了，知道牛身上有多少块骨头。当有人不理解他为什么还画牛后背时，他正色道：牛屁股有什么不好看？它是整体的，每一部分都美。

梁洪涛不知画了多少头牛了，最大的丈二一头，最小一尺左右，画中牛所在的环境也变化多端，南方、北方、山水、花卉，牛们身置其间，自由自在。我初次看到梁洪涛的牛，心里有说不出的感动。文人以文字传达心声，画家以画表达情怀，梁洪涛的牛让我感受到久违的温情。过去，我一想到牛就是被宰杀的惨状，那类画面对我的心境造成了很大的伤害，我们太需要"梁牛"来慰藉受伤的心灵了。

其实梁洪涛不仅仅画牛，他还画人、画驴、画鸡、画虎，我看过他的一些画，画得非常有感觉。比如表现黄浦江畔的《上海滩》《金光四射》，化繁复为简略，却一点也不失凝重、高昂，而且有一种丰润和带点东方情调的异常风采；再比如草原之景，连随意摆在一边的一只水桶也仿佛沾了人气，造型充满趣味。但人们一想起梁洪涛的作品，脑海中总是先跳出牛的形象，也许是他的牛更具亲和力吧？

看梁洪涛的牛是一种享受，也是一种治疗。牛并不知自己的功能，就像梁洪涛并不觉得自己画牛有多么了不起。他和牛有些相像，对艺术的追求，几乎是出于本能。

他与牛最初结缘是在20世纪70年代，去金山卫下放劳动时。那里是一片破房，到处在挖管道，做基础工程，梁洪涛看来看去没什么好画的。没什么人，只看到牛，于是他钻进了牛棚，时不时地喂它们一把饲料。牛们很高兴，知道他不是来屠杀自己的，他一露面，它们就停止吃草，抬头望他，他则速写它们。大的、小的、公的、母的，一画就是三个月，牛成了他的模特儿。有时需要某个角度，牛的身姿需要动一动，梁洪涛就拍拍它的头，把它的脑袋扳过去一点，或身子侧过去一些，牛会很顺从他，配合着他的需要。梁洪涛感慨道，牛识人意啊。

牛是什么？牛是勤劳也是闲适，是忍耐也是平缓，是倔强也是温和，是踏实也是奋发，是厚道也是牢靠，是朴实也是安详，是无为也是奉献，是死心眼的执着也是大度的包容，梁洪涛喜欢的就是这些，他说现在也有不少人喜欢牛——吹牛皮。他说画牛就是画人，就是画情，他很乐意一生走在画牛、师牛、颂牛的路上。多年来，梁洪涛走遍国内外，足印四方土壤，与牛心心相印。

他的画里，全是鲜活的生命：黄牛铮铮骨响地走着，像一条条硬汉；牦牛温驯地披着长毛，向主人传达冬日的暖意；奶牛鼓鼓的乳房，奉献着绵绵深情；而乌牛沉着的一鸣，述说着丰富的内心。画中的善意、画中的真诚、画中的美意、画中的光明，这就是牛们存在的价值，它们都是梁洪涛的化身。那些和牛相依的少年就是他的心，手拂杨柳，或横吹竹笛，都市里一曲充满韵味的艺术牧歌，是异响，也是和谐。

人生苦短，丹青日长。在这桑榆之年，各种荣禄之事已不能吸引梁洪涛。他远离闹市，为自己选择了这样一处佳地，从此翻翻闲书、写写画画，平平淡淡、安安心心，心无旁骛地做自己的主人。他的画室里充满趣味，有捡来的做坏的窑坯，经他捏拿锻造成变形的牛笔洗；有从新疆沙滩上捡到的长扁石，经他以笔墨简单地点缀几笔后成为一只妙足；有一剖为二的葫芦水瓢，可舀水调和颜料。说起后者，他兴致勃勃，说夏天的时候，他种的葫芦挂满了整个院子。

　　一眨眼好几年过去了，一想起他眼前就走着一头头牛。牛年初，梁洪涛又一次在上海中国画院集中地展现了他的牛，80幅扇面，每幅都不一样。这一次我不像过去那样激动，我平静地观赏着，切实地闻到了清爽的春天气息。这些牛平日淡然不出，一旦蜂拥而来，便牛气滚滚。

你父母好吗

某年某日，冯骥才打电话给我，说不日要来上海，想找一个亲眷，但没他的地址，麻烦我打听一下。我脱口而出：胡建宁。

大冯哇的一声：小姚，你通灵啦？

我故作谦虚了一下，说：没这么复杂，你一说，我脑子里就自然浮出这个名字，没想到蒙对了。

我没有进行逻辑思维分析，是潜意识刹那完成的。之前，我根本不知道胡建宁是大冯夫人的舅舅，也想不到他们来上海要和他会面。但潜意识很厉害，它会根据印象产生对应。

胡建宁是个什么样的人呢？连亲戚都找不到他？这样说吧，他是个大收藏家、佛像设计大师、园林雕塑设计师，也是个为事业坚守独身的修行者。他在年轻的时候，整整十二年跟着颜文梁、张充仁两位艺术大师学习绘画和雕塑，后师从灵岩山方丈妙真法师，学习佛法与文物鉴定。他的设计作品遍及国内寺院，甚至美国、加拿大寺院。人们熟悉的灵山九龙灌浴太子、三亚南海观音、五台山大文殊菩萨雕塑等都出自他手。上海所有寺院的佛菩萨像，除了国外所赠之外，全是他一尊尊设计出来的。他心胸开阔，无有宗派对立之见，无论密宗还是净土宗，在造像上一律虔诚，他还为不少道观以及民间文化场所做设计修复工作，真正称得上"将此深心奉尘刹"了。

最初我还是从朋友小王那里知道他的。小王说：胡老师很忙，轻易不肯接待客人，但你应该去拜见一下，他有神秘的授学方式。

在小王的安排下，终于有了这样的机会。那幢洋房是二层楼，楼下是邻居，胡建宁住二楼，快到胡建宁家门口的台阶上拦着一道自制的小木栅栏门。

还没走到小木栅栏门前呢，一只狗就在里面狂吠起来，我的心咚咚乱跳，看门的不欢迎我总是大为不妙啊。小王捺了门铃，门呀的一声打开，胡建宁高大的身子出现在门口，果然相貌不凡，眼睛又大又圆，眼仁突出有力，像一对铜铃，和图画上的达摩像几乎没有差别。

我仰望着他，一时愣住，他却向我双手合十，又弯腰去摩那只狗的头顶，哄孩子似的说：好好，我知道了，不要闹，是朋友，我的朋友，你自己去玩。

狗果真安静下来，在他脚旁卧下，他这才声音洪亮地问我：

你父亲好吗？

我又一愣，随即回答：好的，谢谢胡老师。

他仍站着，不但没有让我进去的意思，还追加了一句：你母亲好吗？

我更加奇怪，但又不能表示什么，只是客气地答道：好的，谢谢胡老师。

请进。他这才闪开身，把我们让进屋里。他给我们倒了茶，请我们随意地看他每个房间里的收藏，然后坐下来匆匆忙忙地往嘴里扒饭，这样子让我忐忑不安起来，感觉是打扰了别人。好在从他的神情看他并不介意，我的心才渐渐得以平静。

他的家里堆满了古物，桌上、地上、楼底转角处，有佛教的，也有道教的，甚至是民间风采的，还有许多镜子、拂尘等奇奇怪怪的古物，我从来没见过谁有这么多样化的私家收藏。小王告诉我，胡老师经常跑古物市场，他不想让珍贵的东西流落到国外，他说要竭尽全力为国家收藏珍品。小王还悄悄告诉我，周围有便衣保护着这个住宅，因为胡老师的藏品珍贵得无法估价。

胡老师很快地吃完了饭，然后问我：我屋子里的东西多吗？

多呀。我一边欣赏着满屋的雕塑一边感慨，没想到会有这么多的雕塑，真让我开眼了。

小王在一边偷笑，他对我说：你应该回答胡老师没有看见，一屋子的空。

胡建宁朝他瞪了一眼：它们难道不是？

我说：是啊，一屋子的佛菩萨罗汉。

有吗？我怎么没见？胡建宁又瞪起了眼睛，接着他朝桌上一指：认识它吗？

我看了一下，是一碗红烧肉，不由得心中纳闷，他不是个素食者吗，怎么也吃起荤来？他好像看出了我的疑惑，朗声说：比如护法，他们虽然行善，甚至护持道场，但他们不是佛菩萨，他们仍要吃肉，你难道让他们饿着？就像你的父母，他们没有信仰，难道非要与你同步？

我更加疑惑，这么说，这碗肉只是一个供品，供那些泥胎瓷人的？

但我没有再问，胡建宁也没有深入解释。他的屋里有股匆匆的气息，令人久坐不住。告别出来，我心里仍有些疑惑，是胡老师事情繁重影响了记忆，以至于把我误当成稔熟的朋友？

第二回去还是那套程序，他站在楼梯口，迎面就问：你父亲好吗？母亲好吗？我也照样客气地回答：谢谢，都好。见面又是一通闲话，这回他已饭毕，只是空碗还在桌上，同样让我不敢久坐。

以后见面，我能坐稳了，因为我已知道，这位老师永远是忙的，你想等他空闲下来再讨教些什么几乎是不可能的。我在胡老师那里的受益真是金钱难买，他的解惑能力简单直接，令人心服口服；他的慈悲和智慧，都是通过一些善巧方便的话题反映出来的。比如有一次我告诉他自己莫名地被人造谣，甚至受到忌妒排斥，他说：很正常，你就像一盏灯，现在亮度不够，高度也不够，他们扔石子很方便。有两个办法可避免伤害：要么把自己这盏灯灭了，和他们混在一起；要么你把灯点得更亮，升得更高，高到他们扔不动石子为止。每一次的教诲都新鲜并令人心悦。只有见面不变，总是那么几句，好像他和我父母是熟人一样，而我也习惯了他的问询，只是随口应答，并没多想什么。

忘了哪一次，他依然站在门口，向正走上楼梯的我问道：你父亲好吗？你母亲好吗？我再也忍不住地低头笑出声来，说真的，我都不敢看他这种诚恳的表情，他不嫌重复我还觉得自己傻呢。可他却无笑容，执着地看着我，一副认真等待的样子。没办法，我只好草草说：好的，谢谢。完成这千篇一律的见面仪式后，我松了口气。

终于有一天，我生起了玩闹之心，不等胡建宁开始这千篇一律的见面仪式，抢先问道：胡老师，您父亲好吗？您母亲好吗？

他好像一点也不惊讶我的反客为主，反而很沉着地回答：好的，谢谢你惦记。然后仍是过去的口气：你父亲好吗？你母亲好吗？

还是绕不过去，我只好站定，老老实实地说道：还算好，只是母亲最近一直咳嗽，我心里放不下，她一身的病。

胡建宁点点头：在你供佛、养花、燃香的时候，在你做一切善事时，你心里想着她就好。

心一热，突然明白了什么，原来从第一次进他家门，他就向我教授了报父母恩法。你父亲好吗？你母亲好吗？多么亲切的教化！作为一个女儿，当然要以父母的安好为自己的头等大事。懂再多的道理，增长再多的见识，不孝敬父母等于火中取冰，所有的功夫都是白费的啊。

胡老师说，一肩担父，一肩担母，就是佛也是要报父母恩的啊。

时间过得太快了，我已经十多年没见他了。其间打过几次电话，每次打去他都不在，不是说去外地了，就是去龙华寺上班了。接电话的似是一个阿婆，估计是帮他料理家务的。感慨他还是这么操劳繁忙，确信他还是像过去一样，为了利益世间，完全没有自己。

2009年我和"插兄"们一起回黑龙江，在漠河胭脂沟山上，我看到了美丽的白桦林簇拥着一尊10.8米高的三面观音像，是胡老师设计的，看文字介绍，从地形上是与南海观音相对的，当年胡老师去海南设计那尊有名的南海观音，临走前告诉我时，我还特别振奋。回上海后我打电话给胡老师，虽然好久没见着他了，看到他设计的观音像就如看到他本人一样亲切。胡老师听了很高兴，问他身体情况，他说了一句：小姚，吃力啊。听了感到心疼，却不知道说什么劝慰的话，因为他不可能停下自己的脚步。

去年梦见他，一脸辛劳之色，拎着个油漆桶在刷一面墙。我忙上去搀扶，说：胡老师，你年纪这么大了，怎么还自己干活呢？他说：有些事必须得自己干。

算算胡老师也有90了吧？有些不放心，决定去看他，谁知再打那个熟悉的电话，竟然销号了。我便写信问大冯，大冯像那回一样，说他们也不知道胡老师的新址，反过来要我打听到后告诉他们。小王曾告诉我，胡老师的父母以及兄弟姐妹全在国外定居了，他不顾家人召唤，说要留在中国报国土恩。现在连他的外甥女都不知道，我要找到他更困难了。于是我向上海佛学书局的一位朋友打听，她下了一番功夫才听到一个消息，说胡老师把家搬到外滩了，具体地址只有一个人知道，而这位知情者也处于半隐状态，没有办法联系得上。

我觉得有些奇怪，一般情况下，这么大岁数就不会随意搬家了，一定有什么必须搬的理由，他才会有这个动作，光是他的两间半屋的古董搬动起来都是件麻烦事啊。

有一年 11 月 23 日，我想买龙华素月饼和木糖醇点心，弟弟开车带我们过去。谁知时节不对，龙华寺食品铺也没有素月饼了。我提议，已经来到门口了，干脆进去拜拜佛吧。一进去我就直奔胡老师办公室，谁知里面的人说，他早不在这里了，他已经去宁国禅寺上班了。

我一愣。这个夏天我因为怀旧，特地去即将化为乌有的朱行老镇一走。陪伴我的初中同学李新芳告诉我附近有一座宁国禅寺，兴致勃勃地去了，这一去就喜欢上了，它特别安静、干净，连素斋堂的环境都非常舒服，我们一人一碗罗汉面，吃得心满意足。我特地记下了地址和电话，还和另一位同学约好，等天凉快些来宁国禅寺聚会，一起上香、吃面。当时我做梦也没想到，胡老师竟然搬到这里来了。龙华寺是胡老师的"老窝"啊，只要去龙华寺，几乎都能碰到他。

更没想到的是，就在我向龙华寺打听胡老师的这一天，玉佛寺正在举行胡老师佛像捐赠和佛像艺术馆开馆仪式，他老人家当然参加这个捐赠、开馆仪式了。

我怀着遗憾在网上搜索胡老师的近况，又一次惊倒了——为了迎国庆，9月底宁国禅寺举办了胡建宁个人藏品捐赠暨铜镜展览仪式，那是数百件春秋战国、汉代、唐代、明清各类别的铜镜啊，捐赠的辽代砖雕及部分石刻也是价值不菲。在短短的视频中，我不但观赏到那些不同时期、不同风格、不同形制的铜镜，也看到了胡老师，他像过去一样，衣着简单，永远是一件宽大的圆领T恤。他很健康，不是我梦中的疲惫样子，但他站立的双腿明显弯曲了，像那些老人一样，需要用力才能支撑了。

宁国禅寺是座有八百多年历史的古老寺院，它与龙华寺南北相对，在上海地区非常有名。但在上海解放前夕，国民党部队将它毁损了，1958年仅存的寺院建筑又全部毁灭，到1969年废墟被平整成良田，它彻底消失了。直到2010后，才在政府相关部门支持下，在遗址上重建了宁国禅寺寺院。百废俱兴，要做的事还有很多，宁国禅寺仍在建设发展之中。

我一下明白了，如同装修工人的使命就是把简陋的毛坯房打造成漂亮舒服的住宅一样，最后的享受不是他们的。胡老师离开了条件甚好的古刹龙华寺也完全符合他的愿心和品格，哪里需要哪里去是他的真实写照。早年还是仓库状态的龙华寺恢复之际，是他全面设计的，包括追回、收集寺宝，而全国最大的比丘尼道场沉香阁的修复工程同样是他一手主持的。他生活极其简朴，甚至可以说清苦，我亲眼看到他的一顿午餐是米饭加豆渣，他把辛苦赚来的所有钱全部花在了收集古物上。现在，他将几十年珍藏的古物一批批赠送出去，是不是在有计划地做身后安排呢？

我心里微微地激动，再次打电话给宁国禅寺，他们却说，没有胡老师的私人联系方式，他来寺院的时间同样没有规律。我只好暗暗地祝愿，敬爱的胡老师啊，您毕竟90岁了，希望您为国家，也为我们这些惦念的人保重身体。

以后能不能见到胡老师全凭机缘了。如果见面，他会不会仍双手合十，认真地问我：你父亲好吗？你母亲好吗？

我还会一如既往地回答胡老师：谢谢，都好。

虽然我的父母大人都已离世，但因为我依然想着他们，他们当然都好。

只讲好看

对画家林曦明仰慕已久,去年初夏朋友去采访他,约我同去,便欣然共往。

还是在上一届的上海艺术博览会上,看到林曦明的一幅山水画,记得标价不是最高,好像六七千,而边上有不知名新秀,价钱都超过了他,当时心下就诧异:会不会搞错?

在我的印象中,林曦明博采文人画、民间画以及西洋画精华,独辟蹊径,以水墨大写意展示的作品境界天真,气韵生动,豪放又不失灵秀,充满了优雅的引人入胜的现代桃花源氛围。

因为林曦明画作溢出的蓬勃生气,我一直误以为他正当壮年,最多50多岁,见了面才知道他已经87了。这样的年纪还具有变革精神,确实令人赞叹。

这是林曦明外孙女的家，他一年中总要来住上几天。屋里开着微微的冷气，像林曦明的温度，不那么凛冽，却舒服放心。现在见多了那样的空调环境，热身子进入，全身大爽，汗一下收住，片刻之后生硬的冷便渗进骨头缝里，让人下意识地有不安全感。

林曦明身材颀长，脸庞清癯，普通话里透着温州腔，招呼也是家常的：这么热的天，快坐下，喝茶，吃西瓜。

我随着朋友称他"林老"。我想我的直感还是有几分道理的，他的画没有暮气，他的人也看上去年轻。他的穿着与这个季节更是合拍——一身的香云纱。我一直喜欢这种外黑内棕的绸料，它给人一种古朴的清凉感和柔软感，它仿佛珍藏着时光，非仙风道骨者穿不得这样的料子，气质不对一上身就像土地主。

偏偏朋友爱开玩笑：哎呀林老，你这一身，回头率绝对高，像个大地主。

林曦明嘿嘿一笑：风凉，也好看。

后来发现，"要好看"是他的生活原则之一。比如他的重外孙女庞思澄写下"我爱太公公"的字幅，他指导她在"爱"字上添了一横。这个三年级小学生不明白为什么要写错别字，他只有一句解释：多一横好看。

为了好看，他不时地改造现代汉字，这种改造经常是下意识的，并无"新、奇、特"的标新立异，而是带着孩童一般的天真。我以为这正是林曦明的可爱之处，他只是一种审美，心性使然，"好看"的观念起了作用，多一笔少一笔全在随心所欲之中。

"好看"其实就是他的审美取向。难怪说起过去他和前妻之间的矛盾，他会想到前妻穿旗袍戴草帽骑自行车的细节，不谐调不好看嘛。还有前妻的过于务实，也使他不太习惯，比如夏天她给上幼儿园的孩子送冷饮去，根本没有顾及别的孩子的馋相。照林曦明的意思，不能光让自己的孩子享口福，让别的孩子看了难受，要买就每个孩子都照顾到。林曦明说无法面对自己的孩子吃得欢快，其他孩子眼巴巴的神情，不和谐不好看嘛。虽然今日他也反省自己过于顶真，但骨子里的东西要改也难。

和重外孙女去超市，他拼命为她拿东西，好像不要钱，小孩子高兴，他更高兴。在他眼里，它们不是好吃的就是好看的。比如玩具上的图案，它好看呀。好看就值得买，弄得跟着他的小孩子欢天喜地。

好看的物事是愉悦心目的。林曦明自己也没察觉，他对待艺术的态度在日常生活中也潜移默化地发生着作用。

闲聊几句，言归正传，朋友问他：林老，你那么健康，平时怎么锻炼的啊？

唔？他朝沙发上一靠，想了几秒钟，有些不好意思地说，我好像不锻炼的……

朋友想当然道：林老腿脚不是很好吗？散步没问题吧？你是自己独自下楼的吗？每天出去走一走？

林曦明很老实地回答：下楼有些不方便的，上楼要拉着扶手，所以现在不出去散步的。

说至此，他突然有些凝神，仿佛刹那回到过去，他的脸上流露出一丝沧海桑田之感慨。岁月如梭啊！虽然这几年自己仍然到处跑，但人老先老腿还是体验到了。对画家而言，脚力实在太重要了。

青少年时，他跟随父亲学艺，绘制庙宇壁画、漆画，造泥塑和刻制剪纸，跑东跑西，登高爬下的，两腿多么有劲。就是十年前，他爬家乡的山路，也常常一个半小时。那条山路是他出钱修的，半山腰的亭子也是他建造的，为的是让打柴人和种田人有个歇脚处。有一段时间，他和当地一个退休的中学校长一起，顺着这条山路，上山下山，亭中小坐，像散仙一样快乐。要说那是锻炼身体，那无疑是最快乐的散步运动了。

朋友闲聊不离主题，她说：我好羡慕画家哎，画画开心，多长寿，写生什么的，跑来跑去，等于锻炼身体。

林曦明眼睛里浮上了笑意：是的是的，画画要重视生活，我爬过不少山，华山就去过三四次了。带上戏学生那几年，经常爬山，那些女学生脚发抖，爬不上去，我都要坚持爬到顶，呵呵。

朋友笑道：难怪画家都长寿呢，经常亲近大自然。林老，是不是画画时像练气功一样，要运气的？

林曦明点点头：是的是的，有点那个意思。作画、写生、拍照、收集材料，心里有准备，回来再画，像一个战役，完成后身心畅快，身体状态很好。

看他的表情，似乎又一次进入了当年愉悦的境地。可是除了画画的快乐外，林曦明究竟还有什么属于自己的养生之道呢？

林曦明见我们"纠缠"于这个话题，脸上露出一丝困惑的神情，他下意识地向外孙女看去，好像是求援。

外孙女有个好听的名字，叫夏泥。她很善解人意，坐在那里努力地回想，最后还是不好意思地笑了：唔……我也想不出，大概就是气量大的关系吧，什么都想得开，就是受骗也不影响心情。

夏泥指的是那些骗画的行径，什么手段都有，先把一只西瓜滚进你家，让你不好意思，然后和林曦明套近乎，或者拿一些假古董来换画，比如陶器、青铜器、碑拓等，还有的干脆胡编乱扯，比如"我是黄胄艺术馆的，特地从北京来取两张画"，可谓花样百出，强取豪夺。

林曦明虽然也不愿意被骗，但心胸还是豁然。面对交换来的假货，他会息事宁人一番，不是说这个颜色不错，就是说那个造型好看，可以充当他的创作素材。

但时间长了，老是被形形色色的骗子所扰，林曦明也感到不清净。他开始拒绝熟悉的或陌生的索画者。然而天生的仁心依然在起作用，比如一个曾骗过林曦明画的男子被拘捕后，他的家人上门哭哭啼啼，诉说生活困难，家中无米揭不开锅。林曦明心一软，又把自己的画作送给了她们。

我突然想起艺博会上的那张山水画，署名为林曦明，便问他是不是参展了。他淡然地说没有，都没有多问一句。夏泥在一边解释，骗子打着她外公旗号出售假画的事情已发生过几起，他已见怪不怪。

我发自内心地说：林老，你心量真大，脾气太好了。

他的外孙女突然快速地看林曦明一眼：也有生气的时候，比如看电视会动感情。上次那个什么电视剧，看到日本人打中国人，他坐在那里流泪，我对他说，这是电视剧呀，你不要伤心。他就生气了，不睬我。等到放广告，我想暂时换一个频道看看，他一下从我手里抢过电视遥控器，扔到地上……

林曦明像犯错的孩子被揭了短，竟有些脸红，随即又认真地反驳：故事是编的，历史是真的。历史上的黑暗、痛苦是假的吗？！

一丝感动从我心里生起。从林曦明的画中看不到痛苦，看不到颓废，也看不到忧郁一类的负面情绪，但这不表示他没有悲愤，也不表示他不懂爱恨，这恰恰说明他以自己内心的善美，隐蔽甚至化解了世间的不幸。

这种心愿不是暴风雨式的，而是细雨润无声，连画中的氤氲水汽也充满了温情和人性。比如《苦瓜》，即便苍老到爆出红色的瓜瓤，也给人一种苦尽甘来的欢愉；那老鼠啃咬《千字经》的画面，透着生趣，让人有烦恼即菩提的醒悟；还有那些在空蒙水天间划舟的白衣女子，个个洁净柔弱，却又坚韧不拔，似乎人人有着李清照式的柔婉与独立不羁。

我不由自主地赞叹：太好看了，太痛快了。

林曦明很高兴地说：是的是的，要好看，好看才痛快，我画得痛快，别人看得也痛快。如果我画得苦，别人看得也苦，为什么要叫别人苦呢？

这正是他"画家需要具有善意"的真实写照，他要让这个备受痛苦的人世多一点温暖和光明，他要把快乐传达给别人。

林曦明讲话慢声细语，但我发现，话题一涉及家乡的山水，他的声调就会明显畅快起来，那种欢欣几乎透明。

他说喜欢家乡的水，下雨天最好看，有瀑布，溪水也满，水面打着旋涡。他不能忘怀那条名叫仁溪的小河，轻风、芦荻、岸边的水牛蹄印，后者像一串串贝壳，浅浅地盛放着湿润的泥土，一切都富有诗意。这时候，喜欢光脚的他更是无所顾忌，感受着脚底泥土的坚实与湿润。

我笑着评论：嗯，好看，这个画面好看。

夏泥拍了下手：其实我外公从小就喜欢下雨，因为不用干活，可以名正言顺地画画，上海的画室起名"喜雨楼"，永嘉新造的艺术馆，也叫这个名……

这时候林曦明的神情轻松而又快乐，也非常——好看。

我想起来了，不知这个算不算养生？林曦明突如其来地坐直了身体，右手抚着脑袋，声调里有着如释重负的轻松，我喜欢泡脚，不泡不爽，老寒腿嘛。我一天最起码泡五回，早上起床第一件事就是泡脚，最多的时候一天泡七回。

如果这时候有个漫画家在现场作画，我们又有幸入画，我们脸上肯定是一大滴汗。

难道林曦明的双足需要水做导引，帮助潜意识一次次返回故里？如果心里没有对应的东西，水怎么一次次来到他的脚下？

很自然地，林曦明的话题由泡脚转到了赤脚上：我很喜欢赤脚，脚踩在泥地上，不是一般的舒服。我觉得自己很适合做农民的。

　　他又一次进入过去的日子，少年赤脚行走犹如昨日。就是后来去五七干校，苦中也有甘甜，比如与林风眠相遇相知，还有光脚踩在地上。他像给人做报告一样，郑重其事地强调：奉贤那里是沙土，踩在上面那个舒服！在那里用不着洗脚，赤脚在外面走，回去用水冲一冲就行了。

　　凑巧我也是个赤脚爱好者，甩开鞋子后的那种自在，不赤脚者不能知，尤其是脚底板接触泥地的透气感，那种享受，更是非亲历者不能体悟，在细腻地感受到泥土的抚慰与妥帖外，还有一种解缚的痛快感，有一种做主人公的自豪隐伏在其中。

　　林曦明眼睛亮晶晶起来，透出一种遇到玩伴的快乐。他的口头语又出来了：对的对的，赤脚实在太舒服了，我做梦也赤脚，在地上走来走去。

　　我的心中突然响起老子的话语："上善若水，水善利万物而不争……"

　　是的是的，对的对的，好的好的。慢声细语的林曦明总这样回应我们，他的口头禅令人亲切，遗憾认识他太晚了，若早一些，或许自己也会"是的是的对的对的好的好的"而少与世界冲突。

　　任何事，做千万遍，甚至想千万遍，都会入阿赖耶识。林曦明与水如此亲近，他的心波自然不阻不塞。人的生命有限，没有谁可以超越时间，因此一般观者看着流水很易生出感伤，林曦明却截取一段最美的流水，让它在画卷上静止，他健康美好的心灵折射其间，波光粼粼。

第二年开春，我们又去看望林曦明，他家离我家很近，一站多路。这次我们遇到了他的爱人，一位40多岁的年轻女子，和林曦明配套似的细长身材，五官和谐，气质优雅，笑起来有一分妩媚的甜和诚挚。我忍不住盯着她看，实在好看。

对于林曦明的"好看"原则，她是符合的了，不仅仅是长相，还有衣着打扮，更重要的是，他们之间有一种默契。这种默契从举手投足与待人接物中就可以看出。

记得上次林老说过，"我和她感情很好"。现在看来，确实是好。他写字作画，她在一旁研墨递笔侍奉；林老的客人来了，她端上水果又不失分寸地退下。

我们唤她一起闲聊，她微笑着参与。席间谈起，知她也是喜习字画之人，更知她是个贤妻，承包了家里的一切家务，包括林曦明的三顿饮食。

他们的家并不大，两室两厅。厅其实也不大，隔成两个区域，一待客，一写字作画。创作的地盘被一张大案桌占满了，仅留一窄窄的走道。大案桌上堆满了画纸，还有几十方印章，背后的墙上挂着备忘录。备忘录上的文字也是用毛笔写就，看上去就像一件作品。

林曦明告诉我，市区还有一套房，很大的，可以把画纸一类东西摊开来，它有一百零几平方米大呢。夫人委婉地纠正，是一百二十几平方米的三房。

我不由得笑了，一个名画家，连自己的房子有多少平方米都记不住，真是有点糊涂。不过，我也有几分感动，他的口气是多么满足，一百多平方米的房子在他看来非常大了，不知几百平方米甚至上千平方米的住宅于他是个什么概念？在上海这个一线城市，许多无名之辈住着大他几倍的房子也不像他这样感到幸福。

没见林曦明以前，想当然以为他住在豪宅之中，没想到只是一户普通人家，言谈举止也是最普通的家常风格。

那天，林曦明给我们写字，先给我写"上善若水"，然后给朋友写"随缘"。给我写时，他的脸部表情有点严肃，我甚至觉得他的手腕也有点僵硬，毕竟很晚了，连我们都觉得有些疲乏，何论八旬老翁。轮到给朋友写时，好像坚冰融化春意顿生，他的手腕具有了弹性，拂袖之间仿佛带了风势，连神情也轻快几分，然而一笔落下他不满意了：不好，这一笔化得太开了，不要了，放在地上。

我捡起来，说：我要，林老的字没有废了的。

他脾气很好地说：好的好的，那你要不要补上什么字？

我说：不用了，这两个字就很好，"随缘"。他却坚持添了几个字，他说：光这两个字不好看，还是要讲布局。

我暗自窃喜，莫名其妙地就多了一幅字。回到家，丈夫评价道：这幅写坏的字比一本正经写给你的更好看。

我也这样认为，也许一本正经地写字等同于穿鞋，多少有点约束，而写坏的那张心境放松，类似于光脚，透气的结果总是好看的。

起跑线

20世纪90年代初的一个秋日，我顺着巨鹿路往东走。巨鹿路不算长，两千多米，被人称为上海最有小资情调的文艺马路，曾是法租界所在地。其实它的风格也不尽是洋气的，南北穿越的陕西路如同分界线：往西尽是法国梧桐和红色斜坡顶的花园老洋房，优雅的贵族气；往东的巨鹿路就有些冷清了，房子类型也杂，除了石库门房子，还有两层或三层的砖木结构的旧式里弄。再穿过瑞金路没多久就到巨鹿路菜场了。

我曾来这个有着顶棚的大菜场买过盆菜，这个生气勃勃的几千平方米的菜场给我印象很深，现在它沉寂了。市政要搞拆迁，菜场何去何从不得而知，作为巨鹿集团图书管理员的张寿椿已无具体工作可干，但他没有闲着，把菜场仓库当成了画室，每天早出晚归,自得其乐。

我小心地走进去,地上堆满木板、破车、绳子、铁丝之类的杂物,光线很暗,总算在尽头看见一扇关闭的小竹门,张寿椿就在里面。五六平方米的空间,油毛毡为顶,竹篱笆为墙,塑料纸代替了玻璃窗,一张书桌、一把靠背椅子、一条长凳、一只书橱,塞得满满当当。东西放得有些乱,显得没有秩序。张寿椿撑着双拐,把我迎进屋。他个子不高,长相普通,但气质硬朗,不卑不亢,也许双腿残疾令他懂得如何和世界保持一种合适的距离。

但是这个空间有个亮点,就是墙上挂着的几幅水彩画,是红瓦坡顶的老洋房以及光影斑驳的花园,画面某些局部像融化了一样,呈现出一种朦胧美,如梦似幻的老洋房和这个简陋的环境显出了很大的反差。不过,注意到画家的签名是张寿椿时,我就觉出了某种内里的和谐,应该说是他的心境协调了这个环境,同样也决定了他的画风,那种简约、淡雅到几近透明的色调,现实里的憧憬以及自身的尊严,它们以美的形式隐现出来。

他请我坐靠背椅子,说这是朋友送的,但他不坐,认为会坐出懒骨头。我也没坐,我坐那条长椅。他正在吃饭,午餐是一只面包和一杯清茶,用一般人的眼光来看,就是不讲究,吃到嘴里的都是好的。

一只可爱的小老鼠窜出来,它的尾巴长过身体,好像一个小姑娘拖着一条细长的辫子。张寿椿捏了块碎面包喂它,小老鼠用小爪子捧起来吃,还钻进他的书包玩。他用手指拨动着书包说,捣蛋捣蛋。他说下雨天它会来，野猫、黄鼠狼也会来，大概它们经过了协商，躲雨时互不侵犯，讨食时它们的眼神和小孩讨好大人没什么两样。我想象这个情景，似乎触摸到一颗温暖的怜悯之心。

外面不断地传来小孩子玩耍喊叫的声音。张寿椿轻微地叹口气说，自己从没尝过正常走路的滋味，小儿麻痹症令他从小认命。6岁时同学们都戴上了红领巾，他没有，回家向奶奶诉说，奶奶就用红布给他做了条"红领巾"，结果他戴到学校，老师要求他摘下来，说不可以自己制作，就这样小小年纪的他也没有哭闹。他说对社会没要求，只调整自己。可能奶奶都没意识到，当她给孙子自制"红领巾"时，也给了他自助、自尊的精神激励。20世纪70年代，没美术班，也没石膏像，他就临连环画。70年代末，他对水彩画有了浓厚的兴趣，用他的话来说，无知者无畏，凭着十几年的素描基础，开始了水彩画的探索。如同天遂人愿，80年代初的一天他去福州路旧书店淘书，没买到中意的，却意外地得到一辆手摇残疾人轮椅车。虽然车子又老又旧，但车轮子的转动毕竟胜于双拐，他的路程被有效地拓展了。就是在这时候，他发了一个大愿：要用水彩画记下上海风貌的变迁。从此他开始了上海街景写生，他的轮椅车几乎走遍了上海的主要街道，甚至远涉浦东川沙。

他的宿命感不是通常人们认为的消极、悲切甚至忧愤，他追求精神生活，绘画是一个支撑点。他深切地认识到，真正接纳他、理解他、支撑他的是大自然。它无造作，无晦涩，无排斥，一切都是鲜亮的、坦荡的，他的心与其相应。燕子、蜜蜂、农田、苗圃、农屋、小河都那么养眼，若在河边看到小虾跳起来，他会高兴好一阵。他说，如果盛夏画植物的投影，会看出不同的颜色，绿灰、蓝灰、紫灰，你会照画吗？你肯定会根据自己的感受添加别的颜色。还有农舍前乱蓬蓬的旺盛竹子，你也不会照搬，所谓胸有成竹，是对大自然的无序作有序的取舍。他就这样画啊画，画到手麻掉、木掉，伸一伸甩一甩再画；寒冬季节，纸上的颜色都结冰了，冰融化出水了继续画。画画就是一个完全忘记自己的过程。就这样，一次比一次走得远，最远一次到达了陶家宅。那时候浦东冷清，陶家宅也没什么游客，谁会想到，几十年后，这座工业园区中的"世外桃源"成了人山人海的网红打卡点。我说：真羡慕你，自己双腿好好的都不及你跑得远。他淡淡地笑着说：轮椅车是我最好的位置，没人忌妒，更没人和我抢，自从得到了它，我当然跑得更远了。

之后，只要提到这辆旧手摇车，他总是用"得到"的字眼，二十年后的今天，我实在忍不住了，在微信上提出了自己的疑惑：这辆车是残联送的吗？他这才回答：在弄堂口碰到一位妇女，问有辆旧的手摇车要不要。我以前没有用过，就想着试试看吧。没想到花几十元收下的旧车太好了。

这次他没说"得到"，而是很自然地说"收下"，但听上去更郑重其事了。要知道那是 80 年代初，人民币还是很值钱的，比如现在一元五到两元的一块大饼那时候只要四分钱，几十元差不多是一个家庭一个月的菜钱。张寿椿从不说"买下"的字眼，正在于他的知足与感恩情怀，他完全视它为人生的重要礼物啊。

那天我们正聊着，突然下起了雨，张寿椿下意识地把一只靠墙的面盆移了移。我抬头看看屋顶，上面明显留着一大摊水渍，水渍不止一处，这真是个上漏下湿的陋屋呀。他说还好是阵头雨，不过大雨也不怕，有它们。他指的是放在角落里的几只脸盆。他又说，雨大的时候到处是叮叮当当的滴水声，也蛮好听的。

我恍然大悟，难怪墙上的画挂得毫无章法，桌上堆得也不规则，椅子放这儿放那儿都是遵循着避雨的原则，原来杂乱无章的空间自有它的秩序。

说到下雨的事他脸上绽开了笑容——前不久他出去写生，刚画好一幅画，一场大雨下来，来不及躲开，画就被雨淋湿了。雨水不均匀，水滴有大有小，重的地方把颜料洇化了，凭空开出一朵朵白色的大花，他顺势用手指画了几道，看上去像地上流淌的雨水，虚实相间的效果实在太好了。雨水晕染溶化水彩这个细节富有象征意义，他接纳了老天爷的点拨，从此不但注意水量的变化，更是放胆利用水势，使得画作有了天工的成分。

雨水总是和他有着交集。有一次他画马路拓宽改造，车停在路中央时遇到滂沱大雨，不得不用大雨披，可视线却被雨遮挡了，几乎看不清眼前之境。雨景给他带来困难，也提供了各种不同的体验。

我喜欢他的水彩画可能也有爱屋及乌的因素吧。一个平民百姓，又是残疾人，面对那些美观宽敞的花园豪宅，无丝毫的垂涎、醋意甚至嗔恨，只有满心的赞美和妙不可言的领受，在他忘我地扑在画作上时，身心就在这些景致中了。我问他为什么不用油画去表现上海街景，他说水彩的颜料便宜些，更重要的是他和画画的朋友都有这个体会，水彩颜料的浓淡和渗透最适合表现上海街景。他的回答给人一个错觉，似乎水彩画容易上手。很多年后我才知道，其实恰恰相反，看上去很薄很唯美的水彩画需要更高的掌控能力，不像水粉、丙烯之类易于覆盖修改。张寿椿没在我面前强调技艺，这很符合他的性情。

其实对艺术追求的人不少，身残志坚的人也多，为什么我对张寿椿特别有好感呢？也许一开始我就被他的心平气和摄住了。张寿椿不是不知道贫富差距，不是看不到不公现象，可是他坦然、安然地接受客观现实，甚至淡然地说道：为什么要妒忌花园洋房里的人呢？那是人家的福报，福报也不是天上掉下来的。张寿椿的谈吐像他的画一样平静、简约，一句是一句，清清爽爽。仅此一次长谈，我便视他为投合的朋友。

过了段时间，我再过去，看到了新娘子杨小琴。这个湖南妹子太朴实、爽朗了，她正拿着一堆小百货从搭建的"新房"里出来，说天不对，她得赶紧去摆摊，以防下雨。衣着明显整洁的张寿椿笑着说：我们小杨没有虚荣心，她说赚来的都是干净的钱，没什么见不得人的。夫妇俩互相欣赏的恩爱眼神，让这个简陋的场所有了一种悦目的光芒。

隔了一年，他们添了个儿子，同时添了台冰箱，墙上依然挂着画。空间比以前拥挤了，但欢乐气息也更浓烈了。顽皮的小儿蘸了父亲的颜料涂在脸上,像唱戏一样对着我嘻嘻笑。张寿椿告诉我一个好消息,单位准备分他一间房子。他说:单位不容易啊,这么困难还想到我。

家庭生活使张寿椿时间紧张了,但他一天都没停止绘画。张寿椿总能在不经意间转动朋友的心境,他的作为让人觉得生活美好。他说最近正在抓紧画南市,那些老房子快要拆掉了,再不画就来不及了。

我见过一幅很有特色的画,那是张寿椿在黄浦区旧校场路和方浜路口画的街景。平时不管在市区还是郊区,停车总是没商量的余地,很难随自己的心意。那天他的轮椅车靠在天裕楼下,那个角度也不是最好,加上这天特别闷热,画得就有点别扭。总算完成了,趁画面没全干,他就把剩下的清水全浇上了画面,结果干的部分留下了,湿的冲掉了,他又加了几笔,老街就有了烟雨的味道。几块冲掉的部分呈浅银灰,似留白非留白,极有味道。我一时觉得画画很像玩儿,完全是一念之间的事。但我心里也明白,没有基本功的人想玩也玩不起来。

张寿椿画街景,总有人围观。人最多的一次是在复兴公园写生,正是下雪天,他画得过于专心,没有注意周围的变化,等他画完抬起头一下惊住了,只见几十个照相机镜头对着他,他第一次感到异样,好像自己变成了一个什么了不起的大人物。随着时间的推移,很多画家不上街写生了,他们绘画开始考虑商业因素,只有他继续履行着自己的誓愿。不管是有名的街道还是无名的街道,只要具有艺术感,具有特色,他都会在拆迁之前赶过去。不是所有的人都具有欣赏眼光的,比如当张寿椿紧急写生泰安路、武康路交界处的一幢老房子时,正提着大锤拆迁的工人还来开导他:画这个干吗?我们以后造出来的新房比它更好看。用一个朋友的话来说,张寿椿有历史责任感,他是用水彩为历史存档,以自己的方法护住上海的根。

1999年,张寿椿给我发了个请柬,他的水彩画个展将在淮海路环球广场进行。据说政府部门惜才,直接关怀支持了这个画展。我想,这不仅是对一个自学成才的残疾人的鼓励,也是对张寿椿作品所具有的价值的肯定,更是对上海文化发展多样化的一个倡导。

开幕式上主持人是这样定位张寿椿作品的艺术性的:作品风格清新流畅,简约隽永,其自然的书写性和一定量的未完成性表现了作者对水彩画本体语言的理解和追求。

那天展厅里人很多,韩副市长、张区长都来了。大家都在认真地看张寿椿的画,别墅、石库门、老城厢、老城墙、亭子间、弹硌路、老虎灶、公园、商店、娱乐场、车水马龙、广场、行人等,每幅画都有自己的表情,有岁月的留痕和隐藏的故事,真是越品越美。

看到我,他撑着拐杖过来打招呼。我说有好多南京路的老房子呀。他说是的,南京路的建筑高低起伏,有独特的旋律,好看。有些代表老上海市民风俗的老房子也耐看,只要错落有致就有味道。

不断地有人来和他打招呼,一个熟人甚至拍着他的肩膀说:

哎哟，你现在不一样了，成名人了。张寿椿神色不变地说：我和你有什么两样？我和过去又有什么两样？过去画画，现在还是画画，和那些修棕绷、补鞋子的没什么两样，和打牌、下棋的也没什么两样，都是出自一种自愿，自己觉得开心就可以了。

他和人相处依然坦荡，也依然随顺并怀有感恩之心。比如和公司同事外出，同事会很热情地将他的轮椅车推到自以为好的风景处，好方便他画画，同事不知道他写生要转很多时候才能找到一个入画的角度，但他领悟别人的好心，并不说破，而是尽量采用腾挪、借景、变形画出自己的感觉。

张寿椿的成功是自然而然的，之后他的作品频频出现在群展中，并被各类杂志以及电视台、电台报道。连着两年，台湾的出版社和电视台都做了张寿椿的专题，介绍他的经历和作品。

2002 年，张寿椿在上海艺术街泰康路 328 号韵画廊举办题为"延中绿地今昔"的第二次个人水彩画展。他的系列很多，比如《思南路花园》《老城厢记忆》《石库门的日子》等。听说他有一张瑞金路题材的水彩画被一位日本藏家收藏了。事后张寿椿感到后悔，发誓再也不卖了，因为缺一幅系列就不完整了。

一晃二十年过去了，我竟这么长时间没见着他了。这么多年来，我一直牵挂着他，却总是琐事繁忙，落实不了见面机会。有时想起他，就到网上搜搜，这才发现韵画廊是张寿椿水彩画工作室，同时兼水彩画会友、作品展览之用。画廊宗旨为普及推广上海水彩画在上海、国内其他地区及至海外的影响。

张寿椿的理想其实与我们也有关联，因为我们的记忆借着这些水彩画被有效地激活。历史可以用照片、文字记录，也可以用画记录，张寿椿画的基本都是即将拆除的老房子。数百年后，人们欲了解、理解逝去的上海百年建筑文化，岂不是多了一个渠道？

互联网就这点方便，虽然久不见张寿椿了，但只要搜索还是可以看到他的近况。有几个视频特别让我感动，它们是《不悔初作》《一地鸡毛》《用我一生画出你消散的模样》，他神情依旧，却掉了几颗牙齿。我惊觉时间的飞逝，可不是吗？我们都走进老年了。有人问他：你画了多少上海街景了？他说没数过，大概一万左右了吧。

我听了都震动。他不是唯一一个画街景的画家，但几十年如一日地扑在这个题材上的却是凤毛麟角。难怪有人要问画了这么多街景怎么办，过日子需要钱啊。他平静地回答：如果国家看中，我就捐献；如果企业看中，就是货币形式。过日子当然需要钱，我卖山水画之类。我发现他坚定、淡泊的眼神里闪过一丝淡淡的沧桑，虽是刹那，我却捕捉到这份真实，人生历练，甘甜自知啊。

视频使我一步跨过了二十年。除了画作，我还看到了他在奉贤的新居。这是临海的一个别墅区，我看到院子里的几棵果树，以及豇豆、刀豆、西红柿、辣椒、紫苏；看到了一个椭圆形的水塘，疏密相间的白色睡莲开在绿色的圆叶间，鱼游来游去，青色的、红色的笔触，岸边的芦苇长得也美。我看到他夫人小杨朗笑着从橱顶上给他拿下画夹；我看到张寿椿坐在海边堤岸上写生，一艘很大的渔轮呈几何形图案停泊在浅水中；我看到小杨推着轮椅走在海堤上，她的风衣和裙子在海风中飘拂，一条褐色的中华田园犬忽前忽后雀跃着；坐在轮椅车上的张寿椿侧脸看着大海，字幕打出他的一句话："奉贤也有蓝的海水。"我的心被这些片段深深打动了。三十年前，张寿椿摇着那辆破旧的手摇车瞭望东海，如今，杭州湾的海水在他眼里泛着微光，这是同一流域的水啊。三十年如一日地履行责任，自觉自愿，无怨无悔，如海水般坚定与包容。此刻，我分不清是看到张寿椿的心境还是自己在体验这种心境了。

很有意思的是视频上方滚动的弹幕，从口吻判断大多是年轻人："太棒了！""自学成才的典范啊！""张老师，你是完整的。""祝老爷爷长命百岁，永远幸福下去。"80后、90后都看哭了，连我的眼睛也热辣辣起来，张寿椿是以自己的画作和生活态度感染了众心啊。

虽然近几年他的作品还是现实主义的风格，但有了明显的变化。许多画把一些背景和细节简化了，从笔触上看，似乎不像最初那样细腻淡雅了，却另有一种俊秀感。这种俊秀是大气的、流畅的，带着大自然的韵律，他的画技越发成熟也越发随意了。不知为什么，看他的近作，我竟然想起了东山魁夷和列维坦，当然，论风格，那是日本的情调、俄罗斯的诗意，张寿椿的则是东方虚实相融的意境，共同点是自然景物中美的人格幻化。他的水彩画令人意识到，上海的繁华、时尚里，有一种从历史中生长出来的稳固、静美。如果说，张寿椿初期的水彩画如珍珠般晶亮细腻，是出于他的欣赏的立场，现在的变化则是他对天地万物的一片殷重之心。画上海，却不囿于上海这个地理概念，不仅仅是老建筑，天地间的一沙一花一叶一水皆平等，这种平等性在他笔下露出其本来面目，一切被感知的皆美。

我在微信上问他是否对水彩画有新想法时，他正和小杨在如皋游玩，小杨喜欢盆景，那里的盆景全国闻名。而他就是写生，收笔后才顾上回我：现在画画没有功利目的了。以大自然为表现对象，以轻松、简约为行笔宗旨，没有什么大目标，有兴趣就画画，没兴趣就不画。

我还喜欢他发的一则微信，是两张铺路石材的照片，石材有着天然的颜色，深浅不一的橘黄，然后是他简单的一句话："顺着画看下去，看到地面，坐在艺术的大地上找艺术。"我又一次感到心灵相通，我也经常看石纹、木纹，比如家里的地板，越看越着迷。大自然本有的艺术之美太不可思议了。

文章快结束时，视频《张寿椿的山乡与水乡》刚刚被我打开，伴着张寿椿山水的是一个天真动听的童声，那是国人都熟悉的《歌唱祖国》，我的血液像海浪一样有了节奏，我的心刹那童真。一个少年，即使和同伴们在一起，也没办法站到起跑线上，但是，心力的强大战胜了命运的挑战，他另辟蹊径，手摇车是他的航船，艺海是温柔的回报。看到的、画出的，都是他内心的投射，一个静谧的、安宁的、和谐的诗意世界。

行行复行行

没见着方增先之前，就似乎很熟悉他了。他的名字常见于各类画展开幕式和各画册序言，他的那些文学性甚好的专业用语，令我感受到一种权威性。

印象最深的是自1996年开始的上海双年展，连续六届，参展的是国内外有代表性的艺术家，油画、国画、版画、雕塑、摄影、装置艺术、录像艺术、媒体艺术和建筑等各种艺术样式，全散发着强烈的当代气息，被人们视为一个具有国际性的艺术展。方增先为双年展艺委会主任，是具体的策划人和主持者，他的推进不但增进了中国艺术和西方艺术的交流，而且方便诸如我这样的外行借此知晓一些前卫的理念与表达。

这位享誉海内外的杰出画家，不但没有在双年展上放进自己的作品，也没有偏重浙派人物画作品，他是兼容并包的。参加过双年展的画家陈心懋曾对我说过：方增先这个人心胸特别宽大，并不因为自己是搞国画的，就排斥西画。他不但积极引进西画各种流派，也为我们这类搞实验水墨的画家搭建了平台。

　　作为一个组织者，他的豁达与以艺术为重的正直禀性，使人产生敬慕之情。但是，对于他本身的创作我却没有多少概念。无意间得知《艳阳天》的插图就是方增先画的，惊叹之余便是亲切，原来我在20多岁时就欣赏过他的作品了。20世纪六七十年代，文学作品匮乏，作为一个文学爱好者，我记住了作家浩然的名字，却忽略了画家的名字。当年我读这部被人们称为"描写中国农民生活绝唱"的长篇，不但感受到一种英雄主义，而且对书中的几十幅精湛插图同样叹为观止。世事浮沉，观念变迁，撇去时代对文学艺术的诸多影响因素，以艺术的眼光来单纯地欣赏这些水墨人物，仍然能看出极高的绘画造诣，人物的眼神、动态乃至衣服的皱褶，都是活的。这么多年过去了，这部长篇的内容我已经淡忘，那些水墨人物却记忆犹新。

　　在上海，人们蔑视对方，或者轻视他人，往往就是一句约定俗成的嘲笑：你这只乡下人！方增先好像不通晓这种世风，他经常告诉别人：我是农民，乡下出来的。当年之所以应邀为《艳阳天》创作插画，就是觉得浩然熟悉农民，写的许多细节准确，比如农民在阳光下干活，头发一闪一闪地亮，所以他就愿意去画。

　　后来北京、上海、河北三地的出版社为这些插图出了四个不同版本的单行本，影响极大。不少画家用它做范本临摹。

同时期，他还写了《怎样画水墨人物画》一书，出这本书时他32岁，可在许多学水墨人物画的人眼里，他就像祖师爷一样。可以说这本书影响了整整一代人，直到现在，依然有着指导作用。那时候学水墨画的人几乎人手一册，不少名画家当年都是看这本书入门的。这本书让他们知道了国画并不只是临那些老先生的工笔，也不仅仅是《芥子园画谱》，他们第一次看到可以把国画人物画得这么厚这么准，也因此意识到用国画画现代人物也是需要造型的。

方增先重视传统，却又不断地超越自己。当年受命为学院画教材，他特意去浙江医学院，在那个充满福尔马林气味的解剖室里，整整研究了一个月的人体。他把那些人骨手腕或膝关节拿在手里，把玩古董似的盘来盘去，然后仔细地摹下尸体的一骨一肉一腱，带着图纸到天目山的一间旧屋中，闭关修行般远离世事，整整半年多就做一件事：将不同部位的不同体块和运动态势所形成的不同体积状态画出来。方增先过于专注以致无暇照顾幼子，结果在用晒图法晒出草图之际，玩耍的幼子跌入废弃的油池，常年积蓄的脏水和垃圾淹没了他，差点就出人命，幸好一个当地的老汉发现了，才捞起他紧急送入医院。因为缺氧，还落下了后遗症。花了这么大的代价，那份草图却被一个非专业的合作者用钢笔临摹后署名发表了，它成了别人的作品。更遗憾的是他在政治形势的动荡中被调离了教学岗位，那批原图也不翼而飞。知情人感慨方增先太吃亏了，可他却说，不管怎么样，这项工作没白做，书出来了。

据我所知，类似这样的事不止一起。比如他画的 30 幅《孔乙己》插图原画，在人民美术出版社存档后被人盗走，20 年的追究纯粹只是为画，却从来没有高额索赔一类的要求。还有"文革"中他画的《唤起工农千百万》，也是安源题材，原本是学生的稿子，但要求将 70 岁的毛泽东画成 30 岁的模样，学生无法完成，这项任务就落到他的头上。而他也没有参照物，只能按照结构法和自己的理解，慢慢地改，光一张脸就画了半个月。画成功后出版了，同样没有署他的名，算集体创作，这幅画贴在墙上展出，结果风吹掉在地上，被人捡走卖到香港。原画不见了，但他却在大英博物馆的展出中看到了一本台湾收藏家杂志，封面上用的就是这幅画。许多业内人士认为这幅画的艺术成就在同类题材中当属首位。他的家人还说过一桩遗憾的事，是当笑话说的：方增先有一回画画，觉得画得不好，扔到了地上，有人捡了起来，结果拿到拍卖行卖了 80 万元。方增先听家人说时，脸上的表情淡淡的，只说了一句话：那幅画画得不理想。

方增先在任上海美术馆馆长期间，并没利用职务之便为自己办过任何个展。其实他一直在画，但一生只办过 3 次画展，皆在退休之后：78 岁在上海美术馆举办第一次画展，之后几年又在浙江美术馆、中国美术馆举办了个展，简洁地点出了他的艺术生命历程以及艺术价值。其中 20 米长的《祭天》完全是他精神世界的写照，画面既雄强粗犷电闪雷鸣，又激浊扬清富有气韵，与他那耄耋之年的瘦小身躯形成强烈的对比。

这幅画的缘起是感人的。方增先一直把水墨人物画当成一项巨大的工程，他的积墨法早给传统的中国画添加了厚重的色彩。难怪他说过，他的国画厚度同样敢比油画厚度。可即便成绩惊人，他仍长期地分阶段地为之奋斗。60多岁时，他想画藏族人，一开始的意图是单纯的，藏族人大多穿黑袍，那是大面积的色块，水墨很有表现力。没料到进入藏地后，他遇到了一场祭天活动，场所在4000多米的高山上，山风很大，天气寒冷，他不会骑马，喘着爬上了山顶。在山顶他看到一种人与神相通的气势，感受到强大而又纯粹的精神力量，他决定在画中再现这个场景，他要把今人带进以藏族人祭天为参照的完全区别于向自然开战与天地为敌的习惯性思维。

有人劝方增先巩固已有成就，不必再作可能失败的尝试，毕竟上岁数了，又体弱，要掌控如此巨大的画面有点勉为其难了，何况他又不是时间富裕的专业画家，繁忙的公务活动已经占据了他大量的时间，何必自找苦吃呢？有着踏实基本功和创新能力的方增先并不反驳他人，他不但没有停止构思，反而决定以一比一的比例呈现画面。为此，他特地给自己造了间100平方米的大画室。22年后，一张大画震动了整个画界。

这就是《祭天》。我从没见过用整整一面墙代替画板的，从一头到另一头整整10米，就这样方增先仍叹惜不够大，20米的画是分两半画好再拼起来的。登高一览众山小，方增先敢于攀登绝顶，他俯视一切的雄心和气概令人敬重。他的想象力也如画中飘飘的风马旗，在艺术的空间飞扬，这幅画是他内心的真实写照，行行复行行啊！

真正近距离接触到方增先还是 8 年前的事情，我有幸接到上海文史馆对方增先的采写任务，当时我家住宅紧邻他生活的小区，走过去非常方便。他家的住宅混在周围的别墅之中，粗一看并不突出，相比较一些金色银色的西洋式建筑，方宅还显得有些低调，但细瞧还是别具一格。首先是它的外墙，全部用大块的文化石砌成，高低不平的块面，15 年前这种岩石墙饰还是少见的，他儿子方子虹说石材是特地从外地拉来的。院内有一方种有莲花的小池塘，因我曾梦见方家养有螺蛳，便加以询问，回答池塘内确有螺蛳，还有鱼——有一年发大水，小区的路变成了河流，他们抓到漫游过来的鱼，将其养在池塘之中。池塘的南侧还有几秆稀疏的芦苇棕叶，小路旁散落着几棵普通的树和小灌木丛，像随意的国画笔触。

院内还有两只大狗，一只叫泰戈尔，一只叫杜尚，都是方增先起的名。狗与诗人、画家同名与方增先的喜好有直接关系。方增先文学底子非常好，每画之前必写一诗。看到他的一些诗，我只有惊叹，一般搞文字的人也未必能写出那样有力度有神韵的诗来。

院内的主体是两幢别墅，并不高，都是两层楼，东面那幢是生活起居室，西面那幢就是为创作《祭天》造的大画室。两幢别墅之间由一天桥联结着，这也是方增先的设计。天桥的栏杆是纯天然木材，不涂油漆，只上清漆，随着时间的变迁，它自然变色，非常耐看。方子虹说，他们还经常把陶罐坯子放在院子里，让时间给它上色。

别墅的房顶，高低错落，像一幅有结构的图。当年买下地皮后，方增先花钱请设计人员设计房子，结果换了两个人他都不满意方案。方子虹说，父亲这样审美的人，没人能使他满意，除非他自己设计。最后全家合力，方增先出想法，儿子构图，做雕塑的太太卢琪辉也不停地出谋划策，结果设计出来后工人挠头了——他们从没造过这样的房子，且不说那几何图形的造型，整个房顶全是木结构，不漏才怪呢。于是方子虹的搞数学的夫人进行了精确计算，终于搞出了天衣无缝的设计。

为了防备万一，平顶是现浇的，上面再架空房顶。我顺着梯子爬上去看，整个木板屋顶，干燥无半点雨痕。现在的水泥民房，哪怕是别墅，顶部漏雨是常见现象。他们家的房屋设计，竟然连雨水渗透都没有，此奇迹体现了全家人的智慧。

方增先的客厅墙壁，有一面完全是用乡下的木门拼组而成，木质不算上乘，且色泽黯淡，造型普通。他不是要刻意创造什么独特的风俗背景墙风格，仅仅是怀念小时候生活过的场景——那是他老家拆除的门扇，留着他过去的生活气息，他将它们无一遗漏地全部运到上海。

在我东张西望之际，方子虹指着二楼窗口的一个小木制品问我：知道这是什么吗？我没把握地说：是鸟屋吗？他说：不是，是我叔叔做的蜂屋，他把野蜂全招来了。果然发现有野蜂在小门口爬进爬出。

想起方增先说的，弟弟厚道，做小生意经常受骗，生存艰难，他就叫弟弟一家全住进来了，大家互相照顾，相处甚好。方子虹说：叔叔原先是木匠，也有艺术细胞呢，他很懂得欣赏。

蜂屋这个细节确实说明问题，在一般上海市民眼里，蜜蜂很可怕，打电话叫消防队摘除蜂窝是经常的事情，连一棵很高的树端的蜂窝人们都容不得它，而方家却主动地接纳野蜂。它们或许也能感受到方宅里的祥和氛围吧。

通过方增先的画，能够看出他的格调，而通过他居住的环境，则理解了艺术是无处不在的这个道理。

去年年底，方增先去世了。我心里非常难受，也觉得寂寥。记得一次交谈，我谈到他一幅画的迷人之处，他很高兴，说这幅画他个人很看重，在浙江美术馆的个展中展出过，但是评论家们都赞别的画，对这幅没有提及。他说：你懂画，你会看，所以你下笔准确。我听了很受用，这或许是他满意我写他的文字的一个因素。方子虹说过：爸爸不想让人写他，写得越多他越累，因为每次他都要在别人的稿子上改动，你是第一个写他一稿通过不用修改的人。

那次我和方增先坐在他自己设计的西式造型中式榫卯的餐桌前，他对我讲起小时候的事情。少年的方增先喜欢挖黏土做雕塑，捏一尊菩萨像，再捡些石头搭一座庙，让菩萨坐在里面。最后他又和小伙伴们一起在壁立山体的泥巴墙上挖了个中空大洞，藏进泥菩萨，再用砖头和石头封好。过了十几天，方增先想去看看泥菩萨是否安好，刚把墙挖开，菩萨眼里便蹿出两只"手"来，张牙舞爪地向他伸来。方增先吓了一跳，原来用黑色小豆做的菩萨眼睛，经湿土包裹后发芽了。这个细节太逗人了，百分之百的当代艺术感觉，与当今的行为艺术不谋而合。他还说起在藏区山顶上当地人怎样从怀里掏出彩色的风马向空中抛撒，说当时感受到的就是人与神相通的气势横贯整个天地，有一种纯粹而强大的精神力量喷薄而出。他讲的时候眼睛笑眯眯亮晶晶的，我完全能感受到这个瘦小老人的巨大能量，好像有热气在源源不断地散发出来。方子虹给我们拍了合影，那张照片拍得很理想，我和别的艺术家的合影都没有那张拍得好，简直称得上完美。方子虹说：多好，你们两个都笑得那么开心、自然。遗憾的是我误操作电脑，弄丢了。后来我在 QQ 上请方子虹再发我一遍，没得到回音，记得他说过，他对电脑操作并不熟练，是学生帮着弄的，我只好算了。

我最后一次听到方增先的消息是他荣获第二届中国美术奖终身成就奖。最后一次看到的照片是他仰靠在椅子上吸氧，他瘦骨伶仃，据说是小辈怕他血糖升高，不给他吃主食只给他喝果汁而致。我不忍听，也不愿相信，我宁可认为是岁月将他抽空了。那天我走过他们小区围墙，朝他家那个方向看去，我看不到那座天桥，但心幕上却升起《祭天》的画面，那些人物此刻像众神一样，骤然缩小的方增先参与进去，他行走其间，隐隐约约，渐渐地与这片厚重的水墨融为一体。

分杯汪曾祺

　　1985年7月，我从上海美术电影制片厂调到《上海文学》杂志社，为了让我尽快地了解文学界，编辑部主任杨晓敏立即带我去北京熟悉情况。走得急我没来得及换全国粮票，杨晓敏说没关系，去问钟阿城讨。阿城是刚崛起的青年作家，他的处女作《棋王》一面世便惊倒众人，全国编辑都紧着向他索稿。阿城家门虚掩着，睡在地席上的阿城坐起身，摸过身边眼镜戴上，开口就是玩笑：小姚你是上了贼船，北京的稿子可不好组。果然，我没组到他的稿。但他着重提出，拜码头首推汪曾祺老头。

　　自从见了汪曾祺，才知道这个"码头"不知吸引了多少自傲、自谦、自恋甚至自卑的"船只"，而我这只小"破船"也因机缘泊岸得以拾级而上。蒲黄榆路9号楼1201室，多少编辑、文友喜爱的地址啊！1983年至1996年间汪曾祺就居住于此。7月的北京充满了生活气息，人们穿着随意、行走悠闲，看上去很舒服、透气。印象最深的是大街上一位摆摊的大娘，一本正经地穿着白围兜，戴着白圆帽，大白木箱上写着大红的"冰棍"两字，人和物都那么普通，却搭配得跳跃，充满了清凉舒适的童趣。细想起来，这个场景几乎成了我认识汪曾祺的一个暗示，我将以自己的眼光和喜好印证众口赞美的好老头形象。从初次见面到汪曾祺1997年离世，中间隔着十一二年的光景，去他家的情景也只能忆起几次，电话、书信的联系也记不全了，但对他的认知却清晰可辨：如同仰见一座宫殿（中国式的），直至走上高处，才发现只是一座戏台，角色杂多，几乎都是平民百姓，或穿行或盘桓，情状万千，布景也是浩瀚多变，有山有水，有庙有摊，有船有田，还有鸡鸭茅草牛粪饼子等等，万物全闪着宝光。汪曾祺迈着不快不慢并不矫健的步子，隐隐约约地从幕侧走出来，穿着一件紫色的夹克衫。他太不起眼了，走路又沉浸在自己的心中（就如某次我和他窄路相逢，他竟视而不见地擦身而过一样），轻易地就隐入幕的另一侧了。看不到他的脸没关系，舞台上的一切角色都带着他的部分表情，他的表情万寿无疆，直至今日，时光的舞台幕布依然未落（难怪有人发问，"汪曾祺热"为什么一直不减）。

　　说来惭愧，在见他之前，我的阅读范围狭窄，关注的多是少儿作品，不知道汪曾祺的《受戒》《异秉》《大淖记事》已经在社会上大放异彩。幸亏我在上海美影厂时，一个偶然的机会，读到了《故里三陈》中的《陈小手》，极短，千余字，但已雷霆般地震撼了我，仅结尾那句"团长觉得怪委屈"就让我五体投地，把人生的差异和人性的复杂写到这种地步，真是一句顶一万句啊。

杨晓敏的小本上记着作家们的联系方式，她读着蒲黄榆路时，就产生了一个咒语似的效果。当时，我只是很自然地联想起河边如蜡烛的蒲黄和缀满疙瘩的老榆树，一个古老乡镇的林木水草风貌围绕着汪曾祺，至今日，这个路名在我心里完全为汪曾祺一人占有，如同他的影子不可分割。

第一次进他家，有些意外，虽然是三室一厅，但感觉小，（属于"麻雀虽小，五脏俱全"那类），更想不到的是他的样貌，黧黑，却不魁梧，是混入民工队伍就不见的那种。这是第一眼粗感，需再看第二眼、第三眼，细心地看，汪曾祺就长得有味：他五官耐看，眼眶大，眼仁黑而有力，微微一转便生精神，更不说那大眼仁黑漆漆的，带着光，是暗暗地燃烧，更奇的是抽烟的他竟然有一口整齐的好牙，白净闪亮，完全可以为牙膏做广告。不过，禁不住进一步细看——几颗门牙边镶着细细的烟痕，虽如此，还是真实，属于瑕不掩瑜。

当时他正在饭桌前拿着毛笔写大字，我有些拘谨，又不懂书法，只好傻乎乎地站在一边，杨晓敏则大声叫好。汪曾祺放下笔，收起字，招呼我们落座。杨晓敏指着门口堆着的书说：汪老，送我们签名书啊。他脾气很好地说好好，转身要找笔，杨晓敏掏出自己的笔递过去，他弓腰曲背，认真地一一签字。就这样，我得到了他的第一本赠书《晚饭花集》。我很兴奋，因为里面就有《故里三陈》。

非常奇怪，想起汪宅，总是离不开餐桌上的印象。那次杨晓敏一口答应留下吃饭，这个一向礼貌的女子连客气话都不说，多少让我感到意外。吃饭时我眼睛一直随着汪老师转（不知为什么，我开口就称他汪老师，之后一直如此称呼，想不到像别人那样尊称他汪老）。他问我们会不会喝酒，我说不会，杨晓敏却说色酒、白酒都行。他立即兴高采烈起来：好，有酒伴了。当杨晓敏欲与他碰杯时，他摆了下手：换碗！（是要换他自己的酒杯）汪师母（施松卿）在一边显得有些紧张，可又碍于客人面，只能轻轻地提醒一句：曾祺，少喝两口。汪老师眼睛朝她一乜，带着一丝"这时候你不好管我了吧"的得意。那时我倒是替杨晓敏担心，却不知道汪老师竟有着和我母亲一样的门静脉高压，那是肝硬化引起的疾病，酒是大敌。在我们家，连酒酿圆子都不敢给母亲多吃的，可想汪师母的担心了。当时汪老师和杨晓敏频频碰杯，我惊讶他的随意，杨晓敏的笑颜也让我惊奇，她在单位似乎严肃有余轻快不足。这是一个新发现，似乎和汪老师一起喝酒，不但能壮大酒力，还能激发出潜伏着的活力。

第二回我独自去北京，与一作者谈稿子的修改问题。当时《青年文学》的何志云在一旁，听说我次日要去汪曾祺家，表示要和我同去，说久没见好老头了，老想他的。何志云是拎着一瓶什么酒去的。这次见面好像是上次酒席的延续，他和汪老师交谈甚欢，汪老师好像也没说什么特别搞笑的话，偏就将何志云逗得前俯后仰。我本能地感到，到这里的人都是寻快乐来的。

那天不知怎么说到气功的话题（正是全国"气功热"的时代），我把铁发夹拿下来放到桌上，隔着十几厘米将它移动。何志云对我的小节目没太大的意外，好像他那时候也处在什么禅坐的兴趣中。汪老师咦了一声，有些惊讶。连师母也说，有点道理哎。我更加起劲，连说了几个打坐时看到的"异境"。汪老师笑起来，说：你这个气功呆子。这一声呆子就把我叫开心了，汪老师没把我当外人哎。

后来我再去蒲黄榆路，也熟门熟路了，我不再和人同去，为的是独占和汪老师相处的时间。我也学别人的样，提上一瓶酒，再带上点水果或者糕点。他会说破费破费，眼神只是一瞥，却是落在酒上，他对这种液体真是有特殊的感情啊。

去汪老师家，讲起来是去约稿，可一坐下就是海阔天空。也许这是我的失策之处，他欠稿多，我这样不逼迫的编辑或许使他没有紧迫感。印象中他给我的文字就少，只记得他在给《北京文学》几篇新编聊斋之后，才给我们几篇新笔记小说，还是他的语言风格，只是写得好玩极了。不知道这算不算他的"衰年变法"？他的作品不少，我看来看去的，记忆都混乱了，明明不是在我们这里发的，因为太契合自己心境，隔一段时间竟以为自己责编了。但他根据高邮传说故事改编的短篇小说《鹿井丹泉》我却忘了，可能出家人和鹿之性爱这一笔使我本能地在记忆中抹去了。其实他写得很美，最重要的是他处理这个细节更真实，也具有逻辑性，但我的认知是有阶段性的，看稿很容易有分别心，好长一段时间我竟以为这篇小说是发在其他刊物上的。我的糊涂也是出了名的,或许我做文学编辑是一个误会。

有一次(不知道是第几次)我去汪老师家,席间我谈起一个类似于《第二十二条军规》的黑色幽默:我曾下乡插队的那个队分配到一个上大学的名额(70年代中期),进步知青报名受到质疑,你种"扎根树"是假的吗?没种过"扎根树"的知青同样没有资格,因为政治思想不过关,结果名额白白浪费了。对我而言,这是个现成的故事:知青们各显神通,最后没人能打破这个悖论,在共同的竞争中,每人都缺乏对他人的怜悯,都希望他人受到限制,其结果是人人逃不出这张荒诞之网。汪老师沉吟片刻才说:现在很少有这种正视内心的忏悔意识,不是对个人,是对一个群体,这是很难得的,值得写。他又想了一会(也许担心我没这个能力):但这个题材难度大,要好好想一下。你写,写好给我看看(似乎怕给我的积极性泼冷水,最后又用定心丸来稳住我的心)。

为了启发我,他说了一些写作时要注意的问题,可惜我都忘了,但他说的这句话我牢牢记住了:有时可以描写一个和整个故事不搭界的细节,造成一种特殊的味道。他举了个例子,说国外一小说写到一个饭馆,进来一个人,和饭馆里的任何人都没关系,这个人嘴里叼着一枝花。太奇特了,我的手指瞬间抽了几下,好像过了电一样,心里充满了想知晓的强烈愿望,只是我当时傻透,只知道沉浸在这个新鲜的感受之中,不知道问问是哪一篇小说(有谁知道的,麻烦相告),就这样轻易地丧失了一次阅读的机会。

他后来对我的小说提的一条意见就体现了那种主张:"割破树干吮吸树液这个细节极好,如果樟子松也有树液,为什么不吮吸樟子松的树液?不一定要写树液是甜的不是苦的,可以写出一种特殊的味道。"

说起这件事我还出了个洋相。那年王安忆正要去京开一个什么会,说能遇到汪老师,我就让她捎带这篇小说初稿。在信里我还写上一句:附上回寄邮票。王安忆回来对我说,汪曾祺掏出信,正反面看看,抖抖,说邮票呢?我一下闹了个大红脸,哎呀,忘了放了。王安忆笑着说,他很好玩,挥了挥手说:算了算了,我写了你带回去,不用邮票。

汪老师在信中告诉我,当天就匆匆看了一遍,第二天又仔细地看了一遍。表扬的话就八个字:"不错""很好""觉得很好。"(还是分三次说的)。批评的话就多了,首先表现在建设性意见上:"可以进行再加工,有些地方语意已足,不必再描,叙述语和对话都可以用一点上海话和东北话。句子奇峭一点,味道会更深长。"更多的是逐字逐句的改动和质疑,比如:小说名《代价》把意思限制住了,还是用《扎根树》或《扎根林》有新鲜感。"从不落伍"意思含糊,可加一句东北话"办什么事都能赶趟"。把树木被伐、新植的"一贬一褒"改成"一个受抬举,一个遭折磨"。菜墩不能"包"一层猪皮,只能钉一圈猪皮。"嗲妹妹"这个外号大柱知不知道?他懂不懂?问过众知青没有?他能不能发出这个字音。改了几处标点,这样可以造成情绪的间隔。写风声"抑扬顿挫"好,但"以歌代哭"似多余,也浅。可惜这篇被汪老师直接注明和修改的草稿连同几封信都被某先生借去了,他说要编一本名家信笺汇集,被借的信件不止汪老师一人的,直到此先生去世都没归还……那时我领略文字三昧的能力不如现在,否则再对照着看会更有收获。好在我由此注意了准确表达,也重视了标点符号的运用,更养成了写好文章自己先读一遍听听节奏品品味道的习惯。

小说在《萌芽》上发表了,次年杂志社欲在《新人新作评介》中发相关文字,我告诉汪老师要用他的信作为附录,他回复没有意见,只是稍稍有些后悔,早知如此应该再细看一下,把意见也再推敲一下。不过他觉得这样也有好的地方,就是真实,否则就会像李慈铭写日记一样,变得不自然起来。然后他这样说道:"创作能不能指导,或者更直截了当地说,能不能'教',这是个世界性的有争论的问题。我以为,不是完全不能教,只是这得'手把手',不能靠上大课,讲空道理。具体办法大概只能是就青年作家的作品提一点实实在在的意见,加以批注甚至修改。我的老师沈从文对我就是这样做的。这样做比较实惠。作为一个有点经验、知道一点创作的甘苦(评论家往往不知道搞创作的人的甘苦)的上了岁数的作家,都应该有这种责任。只是我已经71岁,多看青年作家的作品,实在有点吃不消。你,是例外(希望不要有很多例外哦)。你说你忽然于一日间顿悟了写散文之道,我想看看你得道之后的散文是啥样子。"

我很惭愧,当时也不知道为什么那样轻狂,竟用了"顿悟"

的字眼，之后没敢再请他看稿，包括已发表的散文。倒是他自己在后来的信中说看到我近期写了不少东西，还赞了一句"了不起"，还说听别人讲，我现在已经不练气功了，他不太相信我会一下子放弃，他甚至说练了这么久丢下了太可惜。我不记得自己是怎么回复汪老师的了，我只是庆幸这种放弃，但也不悔曾有的经历，不同的阶段我有不同的心得体会。写到这里我突然兴起，几十年没玩小游戏啦！谁知铁夹、别针都不听我指挥了，纹丝不动，一声笑当即从胸口蹿了出来，我发誓那是自然的笑声。也许是我的心力和意志力转移到别处所致，总之，我毫不遗憾。而汪老师对我的影响却在不断增长，因此有两年我给某校高中学生上散文课时，用的也是汪老师的这个办法，逐字逐句地标注，以及提出修改的方向，校方和学生反应俱佳。借机在这里得意一下，也多少对得起汪老师的关怀。

最难磨灭的是1994年5月赴汪老师家宴的印象。之前的一天，我打电话给他，告诉他已到北京，他竟在电话里和我闲聊起来。他从来没有这样说个不停，而且说得杂七杂八，几乎没有什么重要的内容，他的声调显得格外欣快，像个饶舌的老天真。汪老师并不是个善言者，平时我看他基本上是听别人讲，轮到他开口，一大半仿佛经过了思索。他不开口时，眼神却在那里起伏，通常三种：含笑、发愣、锐利。估计他刚喝过酒，很高兴他有这个醉意，让我近了一步。

汪老师总算回到了正题：明天下午你早点来。我一听明白了，他要请我吃晚饭，于是我直言不吃荤。原以为说吃素可以不太麻烦别人，谁家饭桌上没有素菜？倒是一般人待客总要弄些大荤奇腥，费下不少心思。谁知到了他家才发现，更加添了麻烦。

师母一开门我就感到了很正式的气氛，满鼻子菜香味。汪老师在围裙上擦着手，示意我看书橱里的一本书，他说：去年出了本新书，他们把我装到酒葫芦里去了，随便喝，不限量（感觉是故意调侃师母的）。

这是沈阳出版社出的"当代散文大系"汪曾祺卷。封面上画着一个酒葫芦，里面一个双手交叉抱腿而坐的老头，身旁歪着一只空杯。虽然画面简洁，但一看就是内行所画。不知为什么，这幅画没把我逗乐，汪老师的话也没使我发笑。我正探头想看仔细，汪老师打声招呼又去厨房忙了。汪师母给我泡了茶，坐下来要陪我说话，我说：师母你去休息，我自己在这坐一会。

他们家的厨房似乎是玻璃幕墙，开面大，有点像马路边卖肉肠的那种熟食店，里面的情况一目了然。汪老师表情严肃，双手或左或右，厨房案板上摆满了各种生菜或半成品。

我正跪在椅子上看墙上的一幅什么图（忘了是什么字画），厨房传来砰的一声，把我吓了一跳，探头一看，只见汪老师横握菜刀，脸上肌肉收紧着，那块老姜已被刀拍成碎渣。一会儿，又传来一阵有节奏的剁切声，越来越铿锵有力，仿佛反复阐述着他对烹调的热爱。我忍不住走过去，推开门：汪老师，我来帮忙吧。他眼睛一睒：去坐着，随便拿本什么书看。

他提醒得好，我返回去打开书橱，取出那本书，翻开浏览了目录，卷四是《五味》，有萝卜、豆腐、荠菜等文章。我心里想，嗯，这些菜他正在做。然后我又重新去看封面，这才明白为什么笑不出来，很明显，这个老头仿佛被酒葫芦囚住了，这个看上去有股憨劲的老头显然生趣不够，他的五官明显挂着愁闷和无奈，没有一丝酒后的畅快，完全不是汪老师的气质。不知为什么，汪老师也会顺着出版方的意图自认代表了自己。我把书塞回书橱，看看餐桌上的菜有好几个了，觉得汪老师可以住手了。然而他决意要让我难受，他俨然的神情和枪林弹雨般的声响令我坐立不安，我不时从椅子上惊起，在客厅兼餐厅那个空间团团转，感觉自己像个傻子。现在想来可能是我福报不够吧，承受不了汪老师一番精心的厨艺。在汪老师这一面，这些有限制性的食材使他无法施展几只拿手的荤菜，得意、快意也是要打折扣的吧？

汪老师总算收工了，满满当当一大桌，那么多食材，香菇、豆角、木耳、土豆、番茄、茄子、蒿菜、莴笋、白菜、卷心菜、海带、菠菜、菜花、芹菜等（是不是把菜摊上所有蔬菜都买来了？），或单拌，或这个配那个混炒，不但有煮的，还有炸的，连那碟切得很细的豆腐干都很艺术地淋着深色的浇头，真是又素又花。

汪老师解下围裙，半斜着身子朝椅子上一靠（太累了呀！），郑重其事地说：看，没一样荤的，连油都是素的。又瞥一眼师母：她说不好意思，请你吃尼姑菜。我说：没关系，权当小姚进了一次家庙。师母摇着头说，越说越离谱了。我笑着说：没关系师母，我是进家庙拜佛。汪老师这才将两只手乱摇：担当不起，担当不起。

汪老师筷子伸到一只碟前，撮了一口尝尝道：这只菜烧咸了，你口味清淡（其实味道醇厚，调料都渗透到菜梗菜叶的缝缝隙隙里去了）。凡是品尝过汪老师菜肴的人皆发赞美之声，大概我是第一个不恭者，竟然不识相地说：是咸了些。

汪老师一点也不计较我的粗笨，说包涵包涵，又对师母说：小姚来了，今天开恩吧？

师母拿起一个酒杯，往他面前一放：早给你准备好了，花雕，也得限量。

汪老师刚坐下又站起来：哎，女儿红呢？

师母指着另一瓶酒：在呢在呢，你以为我给你喝两种酒啊？说着师母把酒放到我的面前。

汪老师兴高采烈地说：来来，喝，进了我的家怎么喝都可以，黄酒不是酒嘛。

我站起来给他倒了酒，自己却坚持不喝，理由是受过不酒戒。汪老师深深地叹了口气：唉，这是我特地为你备下的女儿红啊，你就不肯陪我喝一口？（好在师母陪着喝了点葡萄酒。）

丈夫对此事有个形容：老顽童遇到佛呆子，不对机。

汪老师不愧为大度的长辈，很快和我开起了玩笑，问我什么时候剃头受戒，还说出家前一定要告诉他，作为长辈，他要为我好好备一份礼物，说他们家乡是有这个传统的。阿弥陀佛！他曲着手指双手合十，双肩一耸，背还拱起来，像个猴子。（对不起，汪老师，不是我要糟蹋您的形象，您当时的猴性实在太足了。）师母担心地朝我看了一眼，忙不迭地给我夹菜，还对汪老师说：

你也多吃菜，少说疯话。

汪老师满眼笑意：其实我和佛门也有缘分哪。小时候大人为了小孩好养，喜欢到庙里取个法门，也算拜了师父。我那时候有个法名，海鳌，还挂在墙上呢。

我感到新鲜：真的？是那个遨游的"遨"吗？

不是，是这个"鳌"，下面是个"鱼"字。他拿起筷子，在空中一横一竖地比画着。又补充说：我也不知道为什么叫这个名字。

据我有限的见闻，这个法名属于"海"字辈，后面那个字才真正属于个体。这个名字给我的印象太深了，这种传说中的古代巨兽早已销声匿迹了，但汪老师用筷子在虚空中书写的一幕，使我产生了一种非常奇特的联想，这似乎是个象征，家乡大淖虽大，仍属湖泊，当从这个水域游进无边的大海时，一个巨兽成就了。

这个"巨兽"好酒，酒后的呼吸更加浓郁，全是对民间的关爱和宽容。他的文字是爱的武器。他的《幽冥钟》让我感动，每一下都震动心灵，那么慈悲、温暖，令人看到苦难中的希望和救赎。我一厢情愿地认为这个和我坐在同一个餐桌前的好老头，其实是佛门来慰藉我鼓励我的一个化身。

这桌素餐其味无穷，我深信这顿饭的作用，是嘴吃、眼吃、鼻吃，心灵一起品尝，每一筷我都吃出不一样的滋味。汪老师看着我吃，一脸的满足，他疼爱的眼神更令我停不下来，一个饕餮之徒的形象很快形成。汪老师对师母说：挺好，小姚胃口不错，能吃这么多。我下意识地脸红了：哎呀，我好像吃多了。好在师母立即来化解我的难为情，说：多什么多，素的再多也不算多。

他们要我多吃，自己却吃得很少。他们才是真正的素净，衬出了我贪爱的食欲。那天我真是昏了头，不但吃得多，还把那顿宠爱大餐吃成了话宴，这个话宴持续了好几个小时……

当时我根本没想到汪老师在厨房忙了半天，又陪着我吃饭多累啊，偏偏又被我的唠叨套住（人不到老不知老滋味）。一开始师母还陪我坐着，后来就悄悄离开去打盹了。我马上意识到了：哎呀，汪老师也累了吧？汪老师却说：不要管她，你往下说（他一定看出了我没有尽兴）。我竟然没有客气，还真往下说，说个不停。现在我都想不起来说了些什么废话。多年后看到汪朝的文章，提到一个女编辑，说完妈妈说外婆，说完外婆说奶奶（这个形容接地气，不愧为汪女），等她走了，父亲扑到床上说：累煞我也。我顿时心虚起来，是说我还是另有一个和我一样不知趣的？

多年后从苏北处得知那个谈天说地的女编辑就是本尊，我脑子顿时乱成一团了。苏北又说了一次他和龙冬去汪家的情景：汪老师正打电话，打好后趴在桌上打了一会瞌睡，那睡状像个小孩子。然后留他们吃饭喝酒，吃完后愣了会神，抱拳说了一句"我要去睡一会"，他们就由他去睡，自己继续坐着聊。这一说我愧疚更深了，他们并没有揪着好老头拼命聊，好老头对他们也是开诚布公，怎么轮到我就例外了？

我说那么多，只是乘兴。这点像我妈，话多，小时候我还能忍受我妈，越大越不能忍，没油没盐的话，太浪费我的时间了，到我老了更不行了（当然母亲也更老了），我完全是为了照顾她的病体才克制着听。有一次她连讲了四个小时，我只是嗯嗯啊啊地应付着，结果嘴唇当场起了个大疱，上火立竿见影。其实自己和妈妈比，有过之而无不及。想想汪老师怎么受得了？猜想可能自己长相年轻，让人误会了。比如第一回李陀请我和杨晓敏吃饭，他就猜小了我十岁（在各种文字测试游戏中，我的心理年龄也被一次次划入低龄之列，有一次做题都说我比女儿还小，受到众人的一致嘲笑）。汪老师对我没有一抱拳而撤走，可能也是认为我还小而产生了惜爱之情吧？

2020年是汪老师一百周年诞辰，浙江文艺出版社出版了《汪曾祺别集》。主编汪老师之子汪朗和几个编委来上海参加书展，我去了单向书店那一场见面会，终于有机会清洗内心的惭愧了。我请汪朗坐好，让他在此刻代替一下汪老师，然后我深深地鞠了一躬，说：对不起汪老师，我不懂事，让您受累了。汪朗先是一愣，随后上身往上一耸，又把胸一挺，笑着眼睛朝上翻，说：这我可得端着架子。他这一翻眼，足以让汪老师过去的这个表情再现，我不由得乐了，人顿感轻快了不少。

主持人金马洛请每个编委从别集中推荐最值得读的三本书，编委们推荐得不尽相同。汪朗在边上插言：其实好办，左边一本，右边一本，中间一本。我想不笑也不可能，这是得真传的自然流露啊。虽如此，我还是想起了汪曾祺的一条语录：我活了一辈子，我是一条整鱼（还是活的），不要把我切成头、尾、中三段（赞同，所以我将第一批别集全部买下）。

再回到多年前的那顿素宴，师母歇了一会又来客厅陪我，我问他们是不是每天锻炼身体，他们说不，汪老师是借买菜出去散步。我就问附近有什么公园没有，说有个体育公园，他们不久要搬到那里，不算远。我就和他们约定，下回来京，一定陪他们去公园散步，然后就在外面吃一顿（他们这样宴请我，我也得回请一顿吧？没想到最后成了虚诺）。临告别时汪老师问我认识回去的路吗，我说还得去看张洁，她说白天不在家。汪老师把师母拉到一边嘀咕了几句（难忘他嘀咕时的眼神，眼白多于黑眼珠），然后叫我别坐公交车，省得换来换去的迷路。我以为他们要为我叫车，正想着怎样谢绝时，师母已把我的胳膊一挎引出了家门，我还没来得及转身向汪老师告别，他就砰的一声关上了铁门，让世人互道再见的程序不得完美。

北京的傍晚很清凉，师母陪着我走了好长一截路，在一个高出路沿的小土坡上立住了脚，她朝远处张望车辆。风把我们俩的头发都吹了起来，师母问我冷不冷，又用双臂拢着我的肩，像抱小孩子一样对我说：你不坐出租我们不放心。汪曾祺赚了些稿费，你别放在心上。

俗称"面的"的一辆小车停在了我们面前，师母报了地点，递给司机十元钱还问够不够，司机说就十元。我夺下来，将钱塞回到她口袋，她又掏出来，我们两个人推来推去。师母急得声音都有些颤了，说：不成，你一定要收这个钱。我只好接受下来。车子启动后，我向车窗外的师母挥手，她也向我挥手，这个略显单薄的身影仿佛在夜风中轻晃。

司机说：老太太有钱，你客气啥！我给司机简述了汪老师家的情况，他感慨地说真没想到大作家家里都没老板台。

车至半途，我把手中攥着的钱放到司机座旁，这才发现是一张崭新的两元钱。司机笑起来，说老太太眼力不济了。我跟着笑，原来师母口袋里还有两元钱，这真是家人式的疏忽。司机说：我也做下好人，免费拉你一趟。我谢绝了这位好心的司机，小心地把两元钱夹进了笔记本中。（之后我一直没动用它，将它留作了纪念。）

北京的路灯亮起来了，从窗外一一闪过，既温暖又清凉。心中突生愧悔，你真不像话，让老头做饭，老太太陪着一格格走过天桥，他们陪你吃素，你却不肯陪他们喝上一口酒，还老师、师母地叫呢，整个一个呆子！自私自利！

那天晚上，我被自责的情绪扰得睡不着，就躺着看刘庆邦送我的一本书，里面有篇汪老师的小说《复仇》，我太孤陋寡闻了，才看到他的这篇早期小说。谁说汪老师只会写散文般淡泊的小说，其实他在很年轻的时候，已经很好地掌握现代派手法了，而且写得那么漂亮。那个欲去替父亲复仇的主人公一路寻觅着未谋面的仇家，那一路所遇所思，真如化境啊！宝剑、野蜂、山花、虫蛀的老楝树、酸性石头、浪花沫上飞着的鸟、移他人形象自造成憧憬中的妹妹、停留在时间里不变的从没见过的白发的母亲、敲着磬的和尚、在相同的时间里变化的不同的自己、黑暗化成的莲花，温暖又恍惚的人生。叮！一个火花。叮！又一个火花。这篇小说在我脑海里激荡出无数的火花，我想不喜欢也不行，想忘记它也不行，我知道自己日后会一遍遍地读它，哪怕大家说汪曾祺已经返璞归真离弃华丽和虚幻了。

我为这篇超越私仇的小说感动。两个仇人，全是道中高手，若遵从最初的心愿去相拼，定然血雨腥风，可最终他们齐心协力地去凿山洞，为后人开条方便之道。双方凿透通道所透进来的第一道光线，不就是他们开发出的内心之光吗？多么豪情，多么大气，立意高远啊！不是功夫不够，不是忘了世仇，而是将功夫用在了更高的境界，他们一起走出了寻仇的黑暗，找到了自己。如同汪老师本人，不是不懂社会，不是没有应对功利社会的能力，而恰恰是不屑入流，他舍弃种种心机，保一份真性情以待人生。

曾有刊物约我写一下汪曾祺，我就写信采访他，主要问了喝酒和画画两个问题。他回答得认真，从中我了解到他从十六七岁即开始喝酒，黄酒、白酒、中国酒、洋酒。白酒从茅台、泸州大曲到北京小酒铺里一毛三一两的，都喝。甚至在张家口喝过兑了水的纯酒精。黄酒爱喝花雕、加饭、善酿。不爱喝香雪，太甜。他感慨洋酒太贵，说自己喝威士忌不加水，更不加苏打，只加冰（据说这是不想降低酒精刺激，又不想用水稀释的酒客的另一种选择，诸如汪老师这样的）。又总结自己喝酒不挑，在什么情形下喝什么酒都行。

他说年轻时有时会纵饮，岁数大了，喝至微醺即止，这样不致失态。在家里喝了酒话较多，有时打电话给老朋友骂骂人（我笑起来，没见他喝酒后骂人，不过听到过他非议某人，就一句话,还很雅)。

汪老师说家里人其实并不赞成他喝酒,但他酒后挥毫时有佳作,老伴便准许他给人写字画画前喝一点了。他对苏东坡写字前喝到"酒气拂拂从十指间出"深有同感,觉得喝点酒笔下放得开。

他说有一碟茴香豆就可以喝酒。有好菜,更要有酒,否则吃不出什么滋味。有时参加什么宴会,没有白酒,只有饮料,就觉得扫兴。他说,喝酒是为了好玩,没有借酒浇愁的时候,至少现在没有。我觉得这是汪老师对喝酒最要紧的态度,人们定论他为"中国最纯情的作家""中国最后一个士大夫",他却不入"何以解忧?唯有杜康"的酒徒式浇愁之道,更无喝醉后的狂妄之态,他自谦为"写作颇勤快,人间送小温"(为《中国作家》画水仙所题之诗),他酒后出来的文字和绘画,总是那样醇香、温补。

至于画画,他说是写意花鸟,曾经画过一个八尺中堂,墨荷,画得很累,以后就不再画这样的大画,何况他也没有这样大的画案,他现在画的多半是小条幅,四尺宣纸一裁三。他说一直喜欢徐青藤和陈白阳,很受他们影响,春天的时候画了一条屏梅花小鸟,却似华新罗(我怎么感觉这不是自嘲呀)。再看后面的说法,作小幅时,以墨水线快速勾成;有时彩墨淋漓,水汽泱泱,有点现代派。看到这句我就笑,有点小得意呀,虽然没看到他的这幅梅花小鸟,但相信一定与他的文字一样,充满意趣,却无矫揉造作。

汪老师在信中说了一些自己的生活状态,其实就是一种大家熟悉的闲散,做做饭,逛逛小菜场,看看应时当令的新鲜蔬菜,听听菜农和主妇为几分钱的争执等,总之,这些都是生活,都是乐趣。

最好玩的是信的结尾:"你的这篇采访等于是我替你写了。但你要重新组织一下,不要照抄,把第一人称改为第三人称,否则人家看了,会觉得我自己吹牛皮。"(用汪朗的话说,"父亲有时蔫儿坏",这个形容在我听来是一种亲昵。)

汪老师经常会这样幽上一默,比如某年的年初三,他写信告诉我在年初一写了首打油诗,嘱我万万不可发表,说只是录供一笑。我遵嘱一直没说出去,心里却有些疑惑,是因为身体断酒、戒荤了?后来看到什么人写文章提到他又喝酒的事,便放下心来。去年在网上看到他书写的一首诗,怎么这样熟悉啊?马上找出那首打油诗对照,果真一模一样:

宜入新春未是春,残茶宿墨隔年人。
屠苏已禁浮三日,生菜犹能簇五辛。
望断梅花无消息,看他桃偶长精神。
老夫亦有闲筹算,吃饭天天吃半斤。

我笑着在心里说,汪老师,你说话不算数啊,不让我说,自己却广而告之了。继而好奇心上来了,他是什么时候写成书法的呢?落款是"新未新正",我特地查了天干地支表,才知道是1991年正月初三。这个时间也具有文学意味:"新"通"辛",

万物初新皆收获；"未"是"味"，万物皆成有滋味也。

　　我还发给苏北看，苏北也证实了这个时间。我问：他写了送人啦？苏北说是家里拿出来的，已经收进第一次（2000年）出的书画集里了。我松了口气，小心眼里觉得汪老师还挺守诺的。

　　说起他的书画，除了花卉，他还画鸟，用他女儿的话说，全是长嘴大眼鸟。我后来也得到了一幅，大眼长嘴。其实在他的文字里也写到过（可我忘了是哪篇文章了），长嘴大眼，是家乡的鸟。

　　那是1992年3月的事，汪老师给我寄来了一张大信封，里面有两张画，一张是给我的，一张让我转王安忆。同一个内容：一张荷叶，一只小鸟。王安忆的小鸟躲在荷叶下，我的小鸟站在叶梗上。小鸟嘴有点长，但不过分，眼大偏圆，像汪老师的眼。

　　给我的这张画着两条长梗：一条顶着一张巨大的荷叶，翻卷如花；另一条梗向右上方斜出去，没有叶子，却有鸟，身色与荷叶同，若不是那尖嘴，看上去就是一片未完全绽开的嫩叶。小鸟身子略前倾，盯着大荷叶看，它的眼神是探究式的，好像面对着一个新鲜的还未看透的世界。

　　两张画都没题词。给我的只写了三个字"给小姚"（给王安忆的好像是"给安忆"）。

　　那几年，我无意中得知有不少人得到过汪老师的画，许多人的画都题词了。他曾说过一句，有时题诗是为了略有寄托。大概视当时心境决定题不题的吧？想来画这两只小鸟时心情平静、闲适且开放，没有什么好强调补充的。

听汪朗说，汪老师很喜欢给人送画，却舍不得送书，他认为父亲要看人头，有的人未必理解、喜欢他的文字。我另有想法，猜测主要原因还是文人的窘境，稿酬太低了，样书没几本，送人还得买。对于汪老师来说，可能觉得画画成本低——他画画用的是普通的墨汁，瓶装的，没有古人磨墨之类的雅致，画好了连画笔都不洗，下次接着画。家人说他太不珍惜自己，画送多了不值钱。他不管，想起来就画，画了就送。从另一方面说，不是反证了他的画技纯熟，画画不是件难事？倒是有一人寄过十元钱请他作画，他清高劲上来了，我的画只值这点钱？退回！听说还有些人，到了汪宅就翻他的书柜顶（据说他画好一幅画就朝上面一扔），只要熟门熟路加上脸皮厚就一定有收获。用汪朗的话来说，那些循规蹈矩毕恭毕敬一口一句"汪老"的人就拿不着画。我从没乞画的企望，庆幸汪老师没忘记我，主动送了我一幅，否则我要遗憾死了。

想起他画画的一些细节，我会发自内心地微笑，比如挤些菠菜汁充作淡绿，或者用牙膏涂成另一种白。没有书画印章，弄点红颜色画个印章之类。有一次和一位也爱画画的作家谈起汪老师的画，他虽对汪老师同样敬仰，对蔬菜汁却不认同，认为那根本就不是颜色。其实汪老师对色彩的感觉是自然而然的，从他的小说《异秉》中就看到许多色，比如："烟是黄的。他们都穿了白布套裤。这裤也都变黄了。下了工，脱了套裤，到处是黄的，他们身上也是黄的。头发也是黄的。手艺人都带着他那个行业特有的颜色。染坊师傅的指甲缝里都是蓝的，碾米师傅的眉毛总是白蒙蒙的。"汪老师的生活也是浸润在颜色中的，他爱烧菜，很熟悉菠菜、青菜，挤点它们的汁出绿色效果也顺理成章；同样，牙膏也是天天用的，需要在画纸上涂白时也非钛白不可。汪老师用颜色是有自己想法的，也是随性的，从他画画这件事来说，只是出于一种逸兴，在自创的颜色运用上，他没准还有些得意呢。

果然，汪朗揭父亲老底，说那些菠菜汁现在都褪色了，牙膏干结，白色还在。我理解汪老师，我也有过类似的行为，比如捣碎土三七的果实，以紫色的浆液在纸上涂抹出愤慨和哀伤——因为小区的流浪猫被人毒杀了。我用色是被情所牵，很一本正经；汪老师用色具游戏精神，更单纯更豁达。结果一样，我的浆果紫两年后也褪色了，奇怪的是它褪成了又脏又丑的浅土黄。

我仔细研究过汪老师送我的这张 27cm×33cm 的小画，是不是里面也有嬉戏的成分，结果没闻到什么蔬菜的气味，也没有清洁用品的痕迹，却发现那荷叶的颜色是被覆盖过的，原先用的色较鲜艳，好像翠绿里掺了丁点湖蓝和粉绿，后来覆盖了深浅不一的墨色，和鸟的颜色达成了一致，总之，整张图看上去很和谐了。

这张画我一直卷放着，直到他老人家去世，我才上裱装框挂到墙上。多年后我又有了新发现，在这张荷叶下面，有七个淡化的墨点。不是才发现这七个小点，从一开始我就知道这是露水的意思，也能感悟到它们高低不一的排列具有旋律的艺术效果，我的新发现是，这七颗露珠不是从荷叶上自然滑下的，它们是被小鸟摇动着震落的。

啊，汪老师的幽默是通过这个动感体现出来的，这么多年过去了我才体会出来。这只小鸟还挺大胆的呢,即使看不透眼前这个世界,也敢将它摇上一摇呢。我的心微醺了,好像闻到了女儿红的酒香。愿我亲爱的汪老师在下笔点出这七滴露珠时,是沉浸在最醇厚的酒味之中的。

我一而再再而三地提到那件抱憾的往事,几乎是不由自主的。我想说的是,这个好老头不仅仅是大家公认的淡泊、简朴,其实他也有违心和笨拙的一面,比如有人装傻,趁他喝酒"勾引"他说许多话,他不知道中了套,反而甘之如饴,恨不得向人掏心——当然,我这样的真傻也不值得称道——话说回来,谁让他充当陪坐陪聊的角色呢?汪老师欠稿多,非常忙,没有多少时间给别人看稿提意见,但碰到有人缠着他也只好顺从。比如他对我说过,一个文学爱好者不停地上门,让他看稿提意见,每次来都提着老醋,他无奈地说,吃了人家几十斤醋了,怎么办呢?不看也得看了,还得好好看。

汪老师是 1997 年 5 月 16 日在医院离世的,还是那个病,肝硬化引起的门静脉高压出血。收到北京京剧院关于汪老师去世通告后,我整个人木了,虽然依然坐在那里看稿,但整整半天就像看白纸一样,一个字也没看进去,脑子里尽是他的形象。第二天我特地去了一次龙华寺,将当年师母给我的两元钱投进了功德箱,我意念汪老师亲自做了这个动作,并虔诚焚香点烛,伏身祈请观音菩萨护持他去往莲国。

谈到汪老师,"酒"字是绕不过的,他本身就像一个永不枯竭的大酒罐,分杯汪曾祺是许多人的愿望。就我所知,他使多少人产生了快乐,龙冬、苏北等后辈与他一起喝酒叙谈,那快乐延续至今。我虽然不喝酒,但他做的那顿素宴我回味至今。而他留下的文字百味也依然飘香,越来越多的人参加了品尝。在他老人家去世后,我特地买了《榆树村杂记》,为的就是一种怀想,此书中的文章都是他在蒲黄榆路9号楼1201室完成的。

　　作家金宇澄有一次对我说:我觉得汪曾祺这个人很有意思,你去看别人写他的文章,十篇十个样子。十个汪曾祺,不重样的。是的,他太丰富了,丰富到没有定式,丰富到每个认识他的人都有自己的话题,比如对他的文字的欣赏,我们都能领略到真情、简明、平淡、灵动、诗意,甚至书香气、泥土味等。我还能感受到他的平淡里隐藏着的尖锐,最有感触的是汪曾祺的文字能给人以代入感的愉悦,它是通过一种诵读性达成的。我和丈夫在家里经常会随口诵读他的几句话,我们都不会因为无数次的重复而打断对方,反而会像第一次听到那样兴味盎然,比如:"我就开始画薯块。那就更好画了,想画得不像都不大容易(这一句我们往往重复两遍)。画完一块薯块,我就把它放进牛粪火里烤烤,然后吃掉。""树干近根部已经老得不成样子,疙瘩瘤球(这句也必重复两遍),用手指搔搔它的树干,无反应。它已经那么老了,不再怕痒痒了。""她们嘴里不忌生冷,男人怎么说话她们怎么说话,她们也用男人骂人的话骂人。打起号子来也是'好大娘个歪歪咧——歪歪子咧(最后四字要重复地念才爽)'。""詹大胖子是个大胖子,很胖,而且很白,是个大白胖子。尤其是夏天,他穿了夏布的背心,露出胸脯和肚子,浑身的肉一走一哆嗦,就显得更白，更胖。他偶尔喝一点酒，生一点气，脸色就变成粉红的，成了一个粉红脸的大白胖子。"（每句都形象，都值得乐）"他说话有个特点，爱用成语，而且把成语的最后一个字甚至几个字'歇'掉：'同学们，你们都是含苞待，将来都有锦绣前。练功要硬砍实，万万不可偷工减。现在要是少壮不，将来可就老大徒了！踢腿！——走！'（之后往往引发起我们对那个特殊年代的回忆，一些当时令人生畏现在令人发笑的小人物形象顿时重现）太多了，不能一一举例，何况直到现在我还没把汪老师所有的文字读完，我一点也不急，从小就有一个习惯，好东西要存着慢慢享受。

但不是所有的人都能欣赏汪曾祺的文字。我就遇到一位大学毕业生，她问我：汪曾祺的东西究竟有多么好？太简单了，这样的文章我一天能写三篇。我一愣，随后有些情急地说：他能在平常语中出新意呀。她说：这我也做得到。我憋了一下，又举了个例子，说他的行文常常妙不可言，比如《受戒》中的一段："就像有的地方出剹猪的，有的地方出织席子的，有的地方出箍桶的，有的地方出弹棉花的，有的地方出画匠，有的地方出婊子……"说到这儿我停了一下：你不觉得他突然从画匠跳到婊子很意外又很有情趣吗？更搞笑的是汪曾祺在这当口并没嘲笑之意，反而一本正经顺理成章似的解释道："他的家乡出和尚。"我这样说着又忍不住笑起来，可是姑娘不笑，她大概觉得我是盲目崇拜，太容易被浅显的东西逗笑了。

我承认，我对汪老师的文字确实也有一种爱屋及乌的情感，老人家太可爱了。他说的有些话，可能别人也会说，但由他说出来，就像有椒盐味。比如他回答别人为什么写作，看上去很谦虚："我事写作，原因无他。从小到大，数学不佳。"（还挺押韵）完全可以想象出他的眼神，那黑漆漆的眼仁，闪着调皮和自得的光。

喜爱一个人最初可能是出于本能，随着自己年龄和阅历的增长，喜爱不减而且越来越深就一定有原因了。苏北曾谈过自己的体会，他说，因为我们对汪曾祺的理解一直在增长，因此才会觉得他也一直在成长，活得越来越好（大意）。这真是对"活在心里"的最好注释了。

听说汪老师生前曾有办一场画展出一本画册的愿望。他去世后三年，他的子女为他选编了画集，而画展不止一场。2020年是他老人家一百周年诞辰，这一年竟然有四地举办汪曾祺画展：高邮博物馆（一百幅）、浙江美术馆（一百六十幅）、贵阳孔学堂（六十多幅）、中国现代文学馆（六十二幅）。这种频率，恐怕专业画家也少见。汪老师如果在世，也会惊得瞪大眼睛吧？出版人李建新对我说，如果不是疫情，会更多。

我完全相信。在疫情依然没有消停的情况下还有那么多人去看他的画展就说明了问题。我和张鑫就是特地开车去杭州看他的画展的，要知道浙江美术馆可是重量级的国家专业展馆啊。一楼是当代"一带一路"群体油画，二楼是齐白石、黄宾虹的画作，汪曾祺的"岭上多白云"则在三楼整整独霸了一个层面。入口处是他老人家的一张大幅照片，稍过去一些是他的几十张中小型照片，几乎挂满了整堵墙，其中不少我也是第一次见。过去，我想不到和北京的作家老师合影，当然也从没和汪老师一起合影，这一次，我和这些熟悉或陌生的"汪曾祺"合了影。

这个画展使我改变了一个看法，过去我觉得汪老师的画非常有味道，精神气十足，技艺也不比专业画家差，没必要非把自己归入文人画（是我无知地将作家画等同于文人画了），它就应该是一幅单纯的画，也用不着在空白处题字作诗的，减轻绘画的元素。

没想到不论年长的还是年轻的，都很仔细地看汪曾祺画中的题词，有的还诵读出声。原来大多数观众是先喜欢了他的文字才对他的画感兴趣，我这才承认他的画和文字是相辅相成、相映成趣、浑然一体的，那些简朴生动的题词像他的文学作品一样，为画作增添了无穷的魅力。我自己也不知不觉地读起了画上的文字，它们好像活的一样，比如《千山响杜鹃》那个"响"字还是繁体，像繁密的花瓣，真是响得多笔多画声波浓重啊。过去我习惯用文本方式看画，现在看汪老师的画，更成了一个全面进入他的精神思想和画技的一个途径，他是多么自然地浸润在中国文化的文脉中啊。

在展厅遇到的大多是年轻人，汪曾祺的画如此受年轻人欢迎我确实没有想到。其中一个赵姓小伙子是第二次来了，这次他还特地带了长焦相机，说要拍下汪曾祺所有的画作。我和他交谈了几句，发现我们的喜好非常接近。小伙子加了我微信，说到时候会把所有的照片发给我。

作为一个"猫奴"，我对画展中的一个细节特别敏感，就是有五张画上有猫的形象，大多待在葡萄、紫荆上面。没见猫喜欢这类植物啊。我提出自己的疑问，张鑫的反应还要奇怪，她说：我还以为这毛茸茸的东西是狼呢，原来是猫。我很纳闷，她怎么会看成狼？相差也太远了。

回上海后，无意中在网上看到汪老师的一幅画，一只小东西蹲在插着柳枝的花瓶前，文字注明是松鼠，我就开始怀疑自己在画展上的所见，特地将小赵发过来的所有汪画重看了一遍，果然，那几幅我认为是猫的形象与这只小东西造型相似。太奇怪了，松鼠怎么会鼓着脸，像猫的胖腮？还有猫一样的长须？我便对小赵说：明明是猫脸嘛，他自己画过的昆明猫也是这样一张脸，这是猫脸松鼠。小赵说：可能地域不同，他看到过的松鼠和我们熟悉的不同吧？我还是有些疑惑，在网上反复地查，这才知道松鼠吃东西时脸蛋会一动一动地鼓起来，而且脸上也有胡须。原来汪老师一点没错，他的文字和画作都是从细致的观察中来的呀。我同时怀疑自己耳背或者误听了张鑫的话，没准她说的是黄鼠狼，黄鼠狼和松鼠倒是有点接近，她比我错得有谱些。

永远难忘走出浙江美术馆的那一刻，天下起了细雨，整个世界湿漉漉的，我们在西湖边等车，空气中飘荡着时浓时淡的桂花香，如同汪老师的气息，似有似无。他的眸子映在水面上，如幻似真，过去接触时的片段和刚才看到的画全混在了一起，像一张不确定的照片在寻找一个凝聚点稳固下来。我知道，就像过去看到他就高兴，看到他就透气一样，日后回忆起这个特殊的感觉，也一定是色香味俱全的。

坐行风火轮

史铁生在世时,我曾发表《我眼中的史铁生》一文,后来他去世,这篇文章又被人翻出来,被数家报刊转载,但题目被改成《史铁生和〈我与地坛〉》。我能接受这种改动,原作的题目从"我"的视角出发,难免狭隘,而改动后的题目给人一种客观感,也显得不容置疑,无形中抬举我了。

不止一人看后对我说:没想到你是在他活着时写的,怎么看上去就像一篇纪念文章?有人干脆就认为是一篇怀念逝者的新作。这或许是史铁生个人的特质所致,他散发着生死一体的气息,生前身后,仿佛分别不大。

2010年12月31日那天清晨,刘庆邦和姚忠礼分别打来电话,说史铁生凌晨三点多突发脑出血去世了。当时我正坐在中医院的候诊厅，听到这个消息，我将目光望向四周的人，下意识地转移情绪，好像一细想就会确认这个事实，但他的形象还是顽强地冒出来，一个接一个。我一次次地截断它们，不让过去的岁月复原在自己的脑海之中。

当晚，上海《新闻晨报》的一位女记者打来电话，说要对我采访片刻。我感到她有些气促、激动，可能是个新手，提问有些凌乱，问题也极为普通。我只记得其中一个问题，问我听到这个消息时是否感到意外。我说很难受，但不觉得意外。一个月前我梦见他不太好，可能这也是个预兆。虽然我知道报纸不会刊登梦魇一类的细节，但我不得不如实相告。

那个梦很短暂，就是史铁生的半身正面照，证件照一样规矩，却是有呼吸的照片，他像过去一样笑着，突然间他的脸就变黑了，没有任何过渡，他的脸在我的受惊中变模糊了。

很凑巧，次日刘庆邦有事打电话找我，我就顺便问他史铁生的状况。刘庆邦说前不久看到过他，还可以，就是瘦了点。我听后有些惶恐，也有些自责，好像自己干了件坏事。记得陈希米1月份时写信给我，说史铁生肺炎刚见好。她的信总是不长，短句，明确，不拖泥带水。一年了，我也没再听到希米说史铁生有什么危情，刘庆邦的话也使我放下心来，我想，如果病情真有什么反复，他的轮椅也会越过这个坎，继续无碍地跑上长长的一程。这一年我和他们联系甚少——退休使我进入另一种生活，我不再有出差去京的机会，与文坛也似乎隔了段距离。可这真不应该呀，如果我有足够的警惕心，做过这个梦后，我应该去京看他。

年初，天莫名地阴着，或许是我们的心冷着。我不是刻意地拒绝接受这个现实，只是如失亲人般地恋恋不舍，要说疼痛，那是一种钝痛。我们共同的朋友严亭亭打来越洋电话，她因宗教信仰而显得平静，但依然能感受到她的忧伤。她说史铁生的去世，不单单是文学界的损失，更是我们这些人的不幸，他的友情是无可替代的。严亭亭真是说出了我的心里话，以前我上北京，总要去他家，见他是一大乐事，他走了，心里就空了一块，去北京的动力也减了一分。

史铁生去世后好长一段时间，我还是无法集中心力回忆相关的时光，不知为什么，一想就有股力量跑来截断，好不容易想真切了人就变得难受。有人劝我再写一篇纪念史铁生的文章，我想，这样好的一个人，不知结了多少善缘，有多少人要借文字去追述那些时光，纸媒阵地紧张，我没必要挤进去占有一席之地，我相信史铁生的大善定然趋于光明之境。我能做的，就是以自己的方式默默地祝福他。

现在，我能比较平静地回顾与他交往的点滴了。说起史铁生，我的思绪很容易回到1978年的时光，有人称此段日子是中国的文艺复兴时代。那时我尚年轻，正在北京电影学院编剧进修班学习，用"春光明媚"来形容周围的氛围并不为过，看到的文字和听到的声音都带着一种自由与浪漫，理想主义色彩浓厚。就在那一年，我听到了两个人的名字，一个是邓丽君，一个是史铁生。一个是从里面往外掏情感，一个是从外往心里反观。这是我的简约感受与理解。同学播放了偷录的邓丽君磁带，我第一次听闻这类缠绵入骨的歌声，感到世界很新嫩。记得几个岁数大一点的女同学迷得眼睛发亮，排队买饭都在哼唱邓氏歌曲。而关注史铁生却是小范围内的事，那时史铁生还未出名，班里有几个同学与史铁生交往甚深，比如刘树生、晓剑，据说他们经常去史铁生家聚会。七年后我做《上海文学》编辑，也开始跑这个地方，它就是雍和宫大街26号。站在院门口能闻到南面飘来的藏香味，往北不远则是地坛公园。他说住在这里好像一个宿命。我觉得这个位置确实有些象征意义。最早我是从文字上认识他的，从刘树生那里读到了一本内部读物，好像是崇文区的《文学沙龙》杂志，还有一些装订的油印册子，里面就有史铁生的文字。一开始我分辨不清，因为有两个写作者，都名铁生，只是姓不同而已。但很快地我分辨出来，史铁生的文字更见个人风采，它们干净纯净，极具思辨色彩。同学告诉我，史铁生是个双腿瘫痪的残疾人，我很惊讶，文字中看不出啊。敬佩之余，我生出见他的想法，同学也答应有机会带我去见他。很快地我离开了北京电影学院，一直没机会见史铁生，直到1985年我从上海美术电影制片厂调到《上海文学》杂志社，负责京津地区的小说编辑工作，终于顺理成章地和史铁生见面了。

以前发表过的相关文字在此不再重复，我只想说约到史铁生的第一篇作品是篇小说，名《毒药》。他的文字有种魔力，自然地将人带进阳光缕缕投射着的幽暗小岛的异域氛围，而自己的浅薄以及经历的简单，使我当时不能完全领略这篇小说的内涵。但在小说的结尾,我突然联想到那句"救救孩子"的呐喊,不同的是,这不是狂人的心声,主人公非革命志士,他甚至是恍惚的,行走都是隐蔽的,他找到的人,不肯承认过去的个人史,他们的对话隐现了杀戮与争斗的历史,而眼下却是风平浪静花红柳绿。史铁生似乎更具人文情怀,他没有多少激愤,也没有什么悲愤,他是宽厚的,小说布局也是有智谋的。我看出来,他化身《毒药》期间,那些对答竟有戏剧语言的质地——可能我以前学过戏剧创作,对台词有直觉——它需要一种精凝的内在动作,而史铁生的文字就有这份功力。现在再来看这篇小说,肯定不会像当时那样认为思想深刻,但他的文字仍是独一无二的,经久耐嚼。奇怪的是,这篇小说似乎不太被人提及,是因为寓言体小说不如现实题材的分量重吗?也许我偏爱它只是出于责编的缘故吧?《上海文学》两年一度的小说奖中也有它,史铁生很高兴,来上海时,还和李锐一起,各买了一盒西点,送给我和卫竹兰编辑。我到现在还记得,我们打开盒子时,他凑过头来看,还夸张地咽了下口水:哎,上海的点心就是漂亮。

那是1988年的事,我独自去北京接史铁生来上海领奖。史铁生说:姚育明,我想陪你去地坛走走,不知你愿意吗?人们习惯性地以为总是编辑陪名家玩,没想到史铁生偏偏不以为自己是什么角色,他动机单纯,希望与人分享地坛。谁陪谁,虽然一字之差,似乎也无伤大雅,但我看到的是他一贯为人着想的习性。那晚地坛夜风滑爽,我们谈到一个共同处,在静默中看到空中飘着美丽的花朵。我还说起自己的糊涂,将人家送我的一个木雕船舵看成法轮，他笑着拍拍身下的轮子，说：我这也是法轮常转。我说：也像哪吒的风火轮啊，童子也挺厉害的。说到这想起一个误会，有人写文章说，当年姚育明独自接史铁生到上海，一个人把轮椅扛上扛下，还把170斤重的史铁生背上背下，这在现在是不可想象的。这种场景用今天的话来说，就是个女汉子，我若真有这个力量当然好，可我不想掠人之美，借此文更正，当时同行的是蒋原伦教授，他好像得了个评论奖。这是个低调的人，是他背着史铁生上车下车，我则是用力提着轮椅随行而已。只要有站台停靠，他就背着史铁生下去透风。他和史铁生两人各怀自在，让我看了莫名地感动。

那次地坛行对我而言非常有象征性，根据史铁生标注的日期，《我与地坛》在1989年5月写成初稿，修改完成的日期是1990年1月。又用了一年不到的时间，史铁生才决定把它拿出来发表，可见他的郑重其事。

1991年1月，《上海文学》杂志发表了史铁生的新作《我与地坛》，尽管发表时没有标明这部15000字左右的作品究竟是散文还是小说，但因它与史铁生个人经历与生命的紧密关联而被视为史铁生的散文代表作。它被文学界公认为20世纪中国最为优秀的散文之一，是一个诗性散文的经典文本，是一篇经得起反复细读的作品。在《我与地坛》中，个人乃至全人类的遭遇和命运被反复叩问，生与死、时间与空间、有限与无限、命运与意义，这些重要的思想命题，也得到了深入的思考和细致的表达。

有人说《我与地坛》在1992年荣获"《上海文学》小说

奖"。可我一点也不记得，也许是我的潜意识自动地过滤掉了，因为从一开始我就没把它当小说读。史铁生也不愿意把它作为小说文体。有意思的是，众多报刊转载，有小说杂志的，也有散文杂志的，台湾也将它收进了教科书中，总之，它弹性极大，像碑一样立在了人们心头。

1989年第一次看到陈希米，是她正陪着史铁生从地坛回来，那个小门，像过去一样被一双手掀起了帘子，但不再是母亲苍老的手。一双女性的手，揭开了温暖的一幕，同时飘进一股地坛的清凉之气。不久听到他们结婚的消息，我还寄去了一条床单作为贺礼，那感觉就像邻家大哥有了好事，自己也会跟着喜庆。

1991年下半年史铁生搬到了水碓子东里，他很满足，对我说新居好过了梦想。他把座机电话告诉了我，还说如果我能找到打免费长途的地方，就可以远隔千里聊聊天了。我就过一段时间在单位打免费电话给他，但也不敢多说，怕占用他写作和休息的时间。他接到电话总是开心，说有个电话太好了，也是好过了自己的想象。他甚至想象，如果有朝一日电话费便宜了，可能会改变人的生活方式。史铁生没料到十几年后会有一个叫微信的通信软件，但他说的改变人的生活方式却言中了，史铁生确实有远见。

一般我去北京之前，都会打电话或写信给他们，问有什么事要办。史铁生从不麻烦我，只记得有一次托我寻觅废名的书，好像是《桥》，有一阵他对禅宗文化感兴趣，告诉我同时也在搜集废名的文字。作为贤妻，陈希米则直截了当，她会让我带些"那史"爱吃的东西。她称史铁生"那史"，听上去像"那厮"，我会忍俊不禁。虽然她曾在电话中数说史铁生这个那个，可我现在都想不起是些什么芝麻绿豆事了，只记得她的娇憨口气：他比我大哎，就应该让让我。实际上她对史铁生的照顾很费心血，她实在心疼史铁生，这样不能吃那样不能吃的。所以，我给史铁生带些海泥螺、腌制肉、多味豆腐干甚至上海玫瑰腐乳之类，也只是为了让史铁生的嘴巴有些许味道。

最后一次去北京组稿，年份我忘了。北京的作者多，跑起来费时，一般一位作者见一次就算多的了，有的人就是电话联系。但那回我竟跑了他家三次，这是从没有过的，或许冥冥之中有什么让我珍惜这次赴京机会吧。第一次是朋友刘树生和我同去的，史铁生问我住在哪里，我说住在刘兄家。史铁生就说：讲好了，下次你来，住我家。我说：不用不用，我能找到住的地方。陈希米大概以为我客气，补充说：你不嫌弃就住我们客厅，很方便的。我说：我当然愿意住你们家，好和你们多聊聊，可是没必要麻烦你们呀。史铁生又说：姚育明，只是对你哦，我们从来没叫过其他编辑住我家，这样你可以多点出差的补贴。我听了感动，原来他要为我省钱。我对他解释，是刘兄夫妇硬不让我住外面，其实我住宿的钱可以报销的。史铁生这才松了口气。第二次去他家遇见好几位作家，我们围着史铁生聊天。其间史铁生想起什么，指着书橱对我说：姚育明，有人送了我一堆贝壳化石，你去挑一块。化石有五六块，我挑了块最小的。结果，有一个作家说：我也要。话音刚落，几个人蜂拥而上，小孩似的抢起来。史铁生坐在轮椅上呵呵地笑：这一比不就比出来了？哪像姚育明，挑最小的，你们呢，抢最大的，贪心。听了史铁生的表扬，我很受用，而其他的人也不惭愧，他们嘻嘻哈哈的，竟然一块也没给史铁生留下。透过那种氛围，完全可以看出史铁生平日与朋友们相处的随意和大度。

2001年3月，我因私事去北京，像以前一样去看了史铁生。到的那天正是刘易斯与史铁生相会的日子，可我并不知道。去京之前，和史铁生通过电话，他并没有告知此事。其实他也不知道刘易斯将来中国，更不可能想到刘易斯会送他一双名牌运动鞋。

一切都是偶然的。史铁生曾说过一句话："刘易斯的脚是我的梦。"也许这句话使这位世界田径冠军动了情，以至他一到中国就急切地说："史铁生在哪里？我要见他。"

刘易斯说这句话时，史铁生正在医院透析，每星期他要洗血三次，那是不堪忍受的虚弱与重负——过滤病毒时将健康元素一起丢失，同时丢失才挣到手还没温热的钱币。在这样的情景中，两位"运动员"相见了。

史铁生一直在跑，在走，他的心魂早已脱离残疾的躯体，随心所欲地去到一切所在，从这个意义上说他也算得上冠军，与刘易斯的迅跑没什么两样。他们两人都触着大地，不同的是史铁生隔着轮椅在心地上奔跑。他们两人在某个空间和时间相遇了，这是必然的相逢，但瞬间又擦肩而过。刘易斯继续在掌声中奔跑，史铁生则在内心看着自己跋涉。

在我见着史铁生的时候，刘易斯刚离开中国。史铁生像往常一样坐在自己的轮椅宝座上，我的心神有些震荡，几年没见，他明显地黑了，瘦了，看上去十分疲乏，我甚至感到一丝婴儿般的软弱气息。我坐立不安，好像看到病魔在他头上欢笑。

他好像也没力气像以前那样放声大笑了，却依旧孩子气地浅笑着，对我说：你看刘易斯送我的鞋。于是我看到了那双放在书橱里的运动鞋。我打开橱门，取出鞋掂了掂，名牌鞋无疑，拿在手上都有感觉。但我不识牌子，不知为什么我对着这双名牌鞋提不起精神，甚至没兴趣询问刘易斯如何和他相见，说些什么，他又有什么感受。我的心全在脱了形的史铁生身上，世界田径冠军在这一刻似乎算不了什么。为了增加快乐的气氛，我故意说笑：他给你一双用不着的鞋，他可真是幽默。陈希米看上去也有些憔悴了，我不由得说：我要一边说话一边给老史兄按摩。我不知道除此还有什么办法可以使我定心。我感觉自己整个人被一种疲乏软弱的气息罩住。

是的，史铁生的心识是坚强的，可躯体却不服从人的意志。其间，我想搓一搓他的双腿，却仿佛碰不到它们。他那肥大的裤腿晃晃悠悠，里面似乎空空荡荡，我暗暗吃了一惊，手下不敢用劲，好像他的下半截是空的，他仿佛悬坐在轮椅上。

一小时后我向他告别，史铁生郑重地拿出一沓稿纸，他说：这是八篇小散文，我想你会明白我写些什么，你会接受我写的这些。我心里热辣辣地说不出话来，说实话自己根本没拿他稿子的奢望。乘上公共汽车，我再也忍受不住，眼泪夺眶而出，街面华灯在我的视野中变得模糊。认识史铁生十六年了，我从来没这样为他悲伤过。也许刘易斯见识了一个不屈的灵魂，而我，却不忍心看病魔将朋友的躯体一日日侵蚀。是的,我和他不仅仅是编辑和作家的关系,我们有真正的友情。我手里拿着他的散文,好像拿着他的一部分生命,我感到无以言说的沉重。

后来这组散文在当年《上海文学》第 7 期刊发了,里面有这样一段话:"人的故乡不止于一块特定的土地,而是一种辽阔无比的心情,不受空间和时间的限制,这心情一经唤起,就是你已经回到了故乡。"他的双足早已萎缩,他的大脑却一直在这辽阔的故乡上行走。

因为那次的相见,我一直担心着史铁生的身体。好在零零碎碎地听到他的消息,感觉他还是那样,虚弱却命硬。2004 年王安忆请史铁生来上海复旦大学演讲,很开心,我已经三年没见到他们了。正好我的美国朋友格格来上海,她是史铁生的崇拜者,提出来要请他吃饭。史铁生哪缺饭吃?到处都是吃请,根本应付不过来,但他善解人意,答应抽一个晚上和格格见面。格格也是个心善的,她说不要劳累史铁生,就在他们住的银星假日酒店吃。

那顿饭,与其说是宴请,不如说是请史铁生观看饭菜,他羡慕地看我们吃,然后抽一口烟,吸一口,再掐掉。他说:你们吃,我喜欢看你们吃。终于忍不住了,咽一下口水,说笑道:唉,眼睁睁地看着这一桌好菜,却不准你吃!简直是一场刑罚!我们小心谨慎地让他尝尝汤的味道,他用嘴唇沾了沾小勺,品味着:嗯,真好吃。过了会儿,又含了口水,却没咽下,片刻又吐出来。哎,哪怕让我多喝几口凉白开呢。多么低的奢求!我们看着他,说不出任何安慰的话来。史铁生察觉了我们的感受,反过来安慰我们：医生让少喝点的，是我自己不敢，没关系，实在馋了，我就喝一口。

那回，我看到陈希米也有了很大的变化，有着明显的疲惫，眼袋也出来了。我暗暗地心疼，她太辛苦了。我送陈希米一串红珊瑚，108颗，并告诉她，我的心意全在这些珠子上，拨每粒珠子我都念过好几遍"观世音菩萨"。她很高兴，捏在手里问：怎么戴呀？格格蹲下身，认真地在她手上套了几圈。陈希米举起手腕，眼神里又闪出娇美的小女儿态：好看吗？

吃饭时我们闲聊了各种话题，其中讲到人的面相问题，史铁生指着我对格格说：你看她，永远不见老。听了尽管很开心，可还是说了一句：不是不见老，而是早就老了，我20多岁的时候额上皱纹就很深了。他说那不算，许多小孩天生就有额头横纹，女人老不老要看嘴边的皱纹，连颈上的横纹也不算。我当时真有些吃惊，没想到老史兄还懂这些，更奇怪的是他在说这类话题时仍和往常一样，一副诚恳状。格格和希米也一起夸我，我很受用，嘴上却说：在这里尽听好话了，可在其他地方尽听批评，连佛友也要指责我。比如前一阵师父来讲经，妈妈正生病，我得照顾她，就有人说我不闻法不精进。史铁生身子往前半倾：姚育明，你不去是对的，修佛首先要讲孝道，否则你心里就会别扭，一个不孝顺的人修什么法都是入魔道。我说：老史兄，你怎么说得像佛经似的？佛就说父母恩重难报呢。他眯着眼笑：哎哎，不能这么说，我一凡夫，就是闲话，谈不上圣言。他像过去一样，宽厚地微笑，诚恳地言说，发言前总认真地想几秒钟。他的眼光是有温度的，看你一眼，就温暖到心里。

虽然话题轻松散漫，但史铁生明显的黝黑和陈希米黯淡的枯黄，让我和格格不忍心畅谈下去，格格主动表示散席。去客房的途中，格格在我耳边轻叹：别说写作，仅是对付这种生活，也不容易呀！

临走，史铁生硬叫我把冰箱里的粽子之类带走，他说全是人们送的，他们根本吃不了，也不想再带回北京，太重，拿去给我们兰天吃。

他还记得我女儿的名，让我高兴。记得有一年，他给我寄自己画的贺卡，向我以及我丈夫拜年，写到我女儿名字时后面用了个括号，里面是个问号。我后来告诉他，没错，就是这个名。他还真记住了。

这是我最后一次见他，回想起来，就是他靠在床头，疲惫而亲切地朝我微笑，而这微笑是被黯黑色的病态的肤色衬托着的。我和格格向他们摇手说再见，他坐直了一下身子，咧开嘴笑了一下，那笑是史铁生式的，永远宽厚和礼貌。而他的目光，我是多么熟悉，但此刻这目光有一种遥远性，他在这个空间行走，向着一种更为宽阔的愿景。我感到他正在渐渐远去。

六年后，他走了。我怎么回避怀想都没用，这个事实还是成立了。一位和他们关系密切的朋友告诉我，说史铁生已经皈依了基督教。我没去陈希米处求证，他已去天国，生前有什么信仰也许已不重要，重要的是，我看到他的眼光一直没离开过生命的问题：原罪、忏悔、救赎、苦难、爱。他的眼神很真挚，也深邃，这和他长期的思考有关。苍穹之上，光明互融，无论东西，他都开怀吸纳，并慈爱地反射出去，最后他成就了自己，成为一个光明体。

我从来没和他讨论过佛教的教义，事实上我对佛教教义也不感兴趣，我感兴趣的只是受用。但他曾主动对我说过，他说：我的腿成这个样子，按照佛门的说法，应该是前世造孽，后世我承担这个果，只是这个因果谁能说清？他那追究中带有一丝无可奈何的苦笑，瞬间之后，依然是宽厚的微笑，好像不忍惊扰我。我想，随便什么宗教，随便什么说法，只要能慰藉史铁生，我都以为是好的。

其实他早把一切都安排好了，灵魂乃至肉体——离世前将所有能用的器官捐献出去。他不需要什么慰藉，走的时候，他已经没有了自己。

人杰

当年我在北京电影学院进修班学习,同学中有几个已婚的大哥大姐,刘树生兄就是其中一个。当时他的夫人朱琪马上要生二胎了,他承诺生女儿就请全班吃大餐,结果又生了个光头。虽如此,仍有十几个同学去他家贺喜,我们挤坐在四合院那间十平方米的平房中,几乎肩挨着肩。大床上躺着一个胖婴儿,他就是小儿子刘溪,刘兄称他老咪。4岁的大儿子小涓在屋中央献技,他认真而起劲地扭着屁股,跳着乱七八糟的"现代舞",同学们被逗得哈哈大笑。

那次我们吃到了可口的汤面,里面荤素都有,颜色也是白的白翠的翠。早听说朱琪手巧,做饭、制衣样样拿手,今日果然尝到美味。让月子婆招待,同学们过意不去,一个劲地催她上床。

她是那种初见之下就会让人信赖、喜欢的女子，从长相到神态，真正称得上敦厚、善良，又不失爽朗、大气。

同学们"嫂子嫂子"地称呼朱琪，而我，则称她为大姐。也就是说，她在我眼里，不是同学之妻那样可以随便略过，她是独立的，和刘树生没有主次之分，大姐和兄长一样值得尊敬。

大姐对我的好真是多到不知从何说起。最初几年，我冬天出差到北京，由于不适应干燥的气候，加上整天吃泡面，每次都头晕神乏皮肤干燥，甚至鼻子出血。是刘兄一家安排我住附近晓剑空着的房子，怕我害怕和寂寞，还让刘涓来陪我过夜，这个10岁的男孩很聪慧，经常问我一些奇怪的形而上的问题。大姐每晚都要把我叫到家里，给我炒菜炖汤，就那一次，把我的敏感体质扭过来了。我有一张在雍和宫门口拍的照片，照片里我穿着宽大厚实的羽绒大衣，那次是去史铁生家，是大姐硬叫我穿上刘兄的大衣出去的，她说我衣服太薄会受冻。还记得快退休前去北京，想去雍和宫转转，刘兄嘱我在寺院抓一把香灰，他家的大香炉里积着全国各地寺院的香灰，偏偏没有雍和宫的。我邀他们一起去，大姐说她有事忙，树生血压高，还是少出门好。说着往我背的布袋里塞了一包东西。我已经习惯了她往我包里塞东西的举动。这天在雍和宫转，我完全被藏传佛教的艺术迷住了，每个殿都仔细地看，还一一拍照，中午时才发现雍和宫的小店竟然没有吃的卖。我不想出去吃了再进来，只得翻看大姐给我的东西，欣喜地发现里面除了一瓶水，还有黄瓜、西红柿、小面饼，真是雪中送炭。我结婚的头几年丈夫在外地工作，经济压力大，那回我带着3岁女儿去北京,丈夫则从石家庄赶来会面,大姐请我们全家吃饭,还硬往我包里塞了钱,我怎么收得下呢?她塞的可是整整一个月的工资!要知道大姐比我负担更重啊,但她的口气不容置疑,在她面前,我是只能听从的小妹身份。

  大姐对我的精神生活也很照顾,每次我到北京,都是刘兄或小涓接站,只有一次她和刘兄一起来了,原来那一天正是释迦牟尼诞辰日,北京佛牙舍利塔首次对民众开放。自建塔三十几年来,民众只能在塔外绕塔瞻仰,这次能让民众亲睹佛牙舍利,太令人振奋了。我说怎么这么巧,本来和北京的几个作家联系好见面时间的,买票时我突然改变了主意,提前了一天,售票员对我的退换还很不耐烦呢,这真是冥冥之中的安排啊,我们正好结伴一起去。大姐说:家里还有些事,要不你和树生一起去吧?刘兄说:这怎么行?两个旅行袋你一个人拎不了。我说这好办,把行李寄存在火车站,回头取。刘兄眼神一闪,也许有些动心,大姐却不容商量地对刘兄说,就让小姚一个人去,一个人看自在。原来大姐是特地来帮我拿行李的呀!我当即坐地铁去了西山八大处。那天灵光寺人山人海,很遗憾,我排了好长时间也没看到,好在这也成为有一天再去的憧憬,刘兄和大姐的真心诚意并没白费。

  最值得说的是那年去北京,张承志临时有事外出,将约定的见面时间推迟到第二天,刘兄说正好,带我去翠微山法海寺看一个宝贝。结果一个朋友,加上刘兄一家,不,除了大姐,我们五人租了一辆车去了。那时法海寺还没对外开放,许多老北京都不知山里隐着一座寺院，更不知道寺里还珍藏着十幅有着六百年历史的绝世壁画，这是"文革"中一位老校工以死抗争才保护下来的。刘兄说感觉那些壁画就像家里存放在法海寺的宝贝，隔一段时间就要去看，朋友来了更要带着去看。也不知刘兄是认识寺院值班人员还是常去搭上的关系。反正我欣赏了一次永生难忘的佛教艺术。翠微山空气清新，极幽静，不见人影与车辆，快到寺院时才在山道上见到两个拿着野花悠悠而行的女子，如画的场景！仿佛这是一个标志，我们已正式驶进了童话世界的道路，而法海寺是一个顶峰，大雄宝殿前的两棵千年白皮松让人眼前一亮，最震撼的是进入大雄宝殿，完全像进入另一个次元空间。

殿堂漆黑，没有任何照明设备，也没有僧人出现。刘兄打开手电筒，顿时光中浮现出泥金世界的光彩，还只是局部，需要移动着光源一点点看去，结果我看到了一支队伍在若有若无的弦乐声中从云端而来，人物、动物浩浩荡荡，每一个都那么立体，震撼！震撼！震撼！我不知道用什么语言形容一见之下的倾倒，这是我见过的线条最精致、色彩最金贵、神韵最丰富的壁画。宝冠、披巾、法器、饰品、荷花、牡丹、百合、飘带、云朵等等，到处都有金粉的运用，红褐色的基调上处处是亮金、紫金、赤金、青金、墨金、黄金、粉金等等。高超的艺术在宏观处，也在细微处，佛菩萨、各路护法、天龙八部和灵兽们各个不同的面相和神色栩栩如生，就是观音菩萨纱衣上的微小六菱白花也像实物一样，每一个花瓣都由四十八根金丝组成，纤毫毕现，柔软得我忍不住伸手触摸。我甚至真切地感受到他们拂袖舞步带出的微风，甚至鼻尖触及了他们的呼吸气息。多年后回想起来，我依然能感受到法海寺壁画满溢出的真挚感情，好像这是一支来欢迎我们的队伍。虽然画的是佛菩萨、天龙八部、灵兽，但又似乎隐着芸芸众生，我感动得差点掉泪，好像自己不自觉地进入里面，很自然地成为里面的一员。这个感觉太奇妙了，没想到进深山后享受了一顿精神大餐。回去的途中我还感慨，还真得感谢张承志了，幸亏他推迟了一天。

说了这么多这么细，和大姐有什么关系呢？没关系，一点没有，半点也没有，我们回去后，她为我们准备了可口的饭菜。但是真没关系吗？我越是强调自己的收获越是忆起难忘的时光也越是意识到对大姐的亏欠，怎么我们快乐时她总不在场？比如这次美好的翠微山行，对大姐的谢意也是最后才生起的，我们已经习惯了她的奉献。

大姐不仅仅是对我一个人好，她对所有的人好。听刘兄说，大姐从小吃苦耐劳，生性坚忍。她16岁就去工厂做工，中指曾被机床轧断，工伤后没几天就忙家务。结婚后流产三次，经过保胎才生下小涓。人到中年全靠她辛勤操持家庭，为了度过艰难日子，她精打细算，她的厨艺和女红水平就是这样练出来的。刘涓小时候穿的衣服比别人买的衣服都好看，邻居们羡慕夸奖是常事。北影一电影导演看到了她做的衣服赞叹不已，还想帮她调到中国儿童电影制片厂去做服装。只是机缘不合，没如愿。虽如此，她还是有机会参加了某剧组的服装工作，发挥了自己的特长，她待人真诚，人缘非常好，剧组人员都愿意和她做朋友。

刘兄朋友多，三天两头有人上门，每来人朱琪必留人吃饭，像对待自己的朋友一样。这样的开销更加深了经济上的紧张，但她从不抱怨。除了留人吃饭，还留人住宿，只为给朋友省下旅馆费，我们班的包川、沈虹光、严亭亭等女同学都和朱琪一起挤睡过。后来刘兄一家搬到文化部宿舍楼住，房子变成了两室一厅，这些在各自的专业领域干得风生水起的女同学，一旦来京还是像以前一样登门，大家一致认为，唯刘树生家可以吸引所有的同学。我认为这不单单是因为刘兄的魅力，他的眼里能容下沙子，也是缘于大姐做人的真诚。面对后来出名的同学，大姐既不攀缘也不自卑，当自己跟摄制组外出时，她还会叮嘱刘兄留外地来京女同学住宿，她的善良是天性中固有的，她的厚道大气是许多女人做不到的。

刘家就她一个女性，丈夫从不苛刻她，儿子们也爱戴她，但她身上没有丝毫的骄娇两气，她是有主张有担当的人，行事风格果断有男人气。一个粗心的人走进她家，可能都看不到一件特别女性化的用品，她把自己的关注全部化到家人身上去了，只要他们生活得好，她可以和他们共用擦脸油，穿中性的T恤，趿没性别的拖鞋，至于女性类的口红以及小零食，要那个干吗呢？她五官端正脾胃健康，不需要那些东西了。但她却照顾刘兄的身体，看到她吃饭时郑重其事地把一小瓶乳酸菌放到刘兄面前时我真的想笑，这有多少营养呢？但她的用心却令人感动。她还照顾家人的心情，有一次她批评老咪一回家就玩，不知道先做作业，此时的老咪已经是中学生了，他一本正经地说：我们家的气氛一直很好的,外人都羡慕我们,你这一说就破坏大家的好心情了。这位家庭厨师兼清洁工马上住了口,脸上竟然还有一丝隐隐的愧色。

刘兄对我说:有时觉得很对不起你大姐。这一辈子,很少让她享受舒适的生活。好不容易挣到一些钱,也都用在培养孩子,支持他们的事业上。刘涓毕业后,连续排两部话剧,拍了一部电影,都是家里出的钱。老咪拍的第一部电影缺经费,为了支持他,大姐果断地把辛辛苦苦买下的一套经适房卖掉了,自己的日子却过得紧张。大姐从不发怨言,她是真正能想得开的人,要做到这一点实在太难了,我太知道这方面的甘苦了。我家也有类似的情况,说起来我还算个大度的人,但心里也常常过不去,有时会在亲近的朋友面前发牢骚。王安忆很理解我这种心态,她曾说过:你们多不容易啊!就是在新中国成立前,也是要家里很有钱才能去搞艺术,她认识的一个大公司老总都在感慨,说他赚的钱都快被他学艺术的儿子烧光了,何况我们这种家庭。与大姐相比,同为女人,我的担当不如她,对孩子的爱也不如她这样纯粹。比较各自的生活境遇,我甚至感到一丝庆幸,这几乎有些可耻了,但这样的比较,也确实能减轻我时不时生起的一些郁闷。

大姐不仅仅是对人好,对别的生命也好,尤其是对流浪动物她总是怀着怜悯,走在路上,看到流浪猫狗总要喂上一把。有一年她和刘兄来上海,那时我刚收养流浪猫阿蓝不久,她走时悄悄地在我床头塞了两百元钱。她并不富裕,两百元不是小钱,自己家里也有猫狗。

那只名叫小点的山东长毛猫在大姐家也是受宠,它因为便秘多少天拉不出屎，大姐想尽一切办法，终于有一天它拉在了床上，大姐开心得像中了彩，一点也不嫌猫弄脏了床单。小点随着时光成为一只老猫，经常胃口不好，吃不下东西，大姐就天天烧黄花鱼给它改善伙食。那只猫极有灵性，经常在刘兄写字时趴在一边，刘兄每次写好字，它都会认真察看，那神情绝对像人。小点有十七八岁了，相当于人类的百岁，它的活动量明显减少，大多数时间在睡觉，或者眯着眼进入思考状，家里人摸摸它，它也只是动动耳朵，表示知道了。但大姐不同，她伸出手去，它会用脸腮轻轻地上下磨蹭，大姐一脸的幸福，她完全能够体察老猫的细腻情感。

还有那条名叫花子的南斯拉夫猎犬，是老咪初中同学的父亲从国外带回的。那狗性子暴烈，之前经常被主人用铁棍抽打，以致有强烈的自卫意识。听说那家人不想养了，大姐就让老咪抱回家来。结果他们一家也被它不小心咬过，包括大姐也被它咬得拇指直流鲜血，就这样他们也没遗弃狗。花子终于被感化了，变得越来越亲近大姐。我亲眼见到大姐买菜回家，花子冲上去又扑又抱，激动得当场尿失禁。听刘兄说，它保护大姐的责任心极强，遛狗时，不允许任何人接近大姐。

花子 15 岁时得了肺心病，平时就呼吸困难，一旦发病就喘不上气来，疼得浑身抖。因为极度虚弱，它已经不能像过去那样上床。大姐就打地铺，和花子睡在一起，并给它用上一个大氧气罐，还备着一台制氧机，整整三个月，每天二十四小时不停地给它吸氧。花子最终都不能行走了，只有用眼神表达依恋，他们一家决定给它安乐死。正在湖北的刘涓闻讯连夜开车赶到宠物医院，花子看见刘涓回来，挣扎着摇尾巴，在沉睡前几秒钟它还用舌头舔了舔刘兄。心碎的大姐在这时候还让家人先分享花子的至爱，她只是在刘兄身后默默地流泪。刘兄知晓大姐的不忍之心，独自将花子的一小部分骨灰埋在小区的松树下。一周后的一天，松树上突然缠满了绿色的细藤，上面开了一片小白花，耀眼得如同花子身上的白色斑点。花子走后，大姐一年多没缓过来，从此再也不愿在小区散步了，她不忍再见花子走过的路，也不忍承受流浪猫狗的眼神。吃苦耐劳、坚强勇敢的大姐的内心是柔软甚至脆弱的。

  大姐当奶奶后，依然很操劳，孙女小布丁是个聪明好学的孩子，最初几年上幼儿园，大姐每天坐公交车接送，很辛苦，她甚至带小布丁来上海参加一个芭蕾舞班。到了寒暑假，大姐还带她下乡，认识牛马羊，亲近大自然。我从微信照片上看到了大姐辛苦而丰富的生活，那些照片质量太高了。微信朋友圈中照片拍得好的不止一人，但拍到充满禅味的生活气息的唯她最好，没有之一。我一度以为是两个搞艺术的儿子或者刘兄所拍，当知道是出自大姐之手时，我不得不惊叹了。

  大姐娘家就在中央美术学院附近，邻居就是著名油画家侯一民。她一直很羡慕美术学院的学生们，对美术创作也很向往，只是家贫，没有进入艺术学院的机缘，平时也没有多少闲暇时光去钻研技艺。没想到手机给她创造了方便，常年艰辛的生活体悟使她自然地接近了艺术的真谛。

刘兄说大姐是受苦的命，到晚年也是多遇不幸，先是乘公交车遇急刹车，肋骨被撞断了几根，险些刺入肺部。后来在老咪家看管布丁，不慎摔倒，造成肩部肱骨骨折，动手术加了块钢板，还填加了一些敲碎的别人的骨头。医生告诫，如果不进行锻炼，胳膊就会永远抬不起来了。每次锻炼她都痛得满头大汗，恢复过程很痛苦，但她都咬牙扛过来了，一年后恢复了正常，连医生都说难以置信。前年又查出右肾恶性肿瘤，动了手术，拿掉了三分之一的肾，虽然现在已经恢复，但体力已是大不如前。当听到最后一个消息时，我更震惊了，那不正是她带布丁从上海返回北京的时间段吗？可当时她和我通电话时，我听不出一丁点患重病的感觉，她还说要上门来看我。我也不敢透露自己正腿痛行走不便的情况，怕她由此也拒绝我去看她，最终因艺术班那头时间安排太紧而不得见面。现在想来，可能大姐已经很难撑下去了，果然一回京就做了检查。她术后只休养了两个月便又开始了过去的生活节奏，好在老咪在布丁学校附近租了房子，免了母亲来回奔波的辛苦，大姐轻松了许多。大姐从不对人诉苦，亲友们都看不出她是个癌症病人，若不是刘兄告诉我，我还以为大姐是那个永远不知疼痛的女金刚呢。半年前，我动了个手术，术后伤口愈合一直不好，半年了还隐隐作痛，我难免担心，刘兄就对我说：没关系，两年了你大姐伤口还痛。刘兄的话又一次安慰了我，大姐就这样神奇，她哪怕不说话，也会有意无意地帮助到我，鼓励到我。

大姐自己很节省，可在家人的吃喝上却不吝惜，每天想着怎样做才好吃又有营养。有一次她一下买了十几斤肉回家，理由是难得看到这么新鲜的好肉。她做的饭菜太可口了，家人觉得不放怀吃对不起她的用心，结果全家人都超重，朋友笑称他们家是"胖子速成学校"。当然大姐自己也胖，我对大姐说过，我们是同类人，属于心宽体胖。他们家三天两头把减肥放上议事日程，大姐被公认为第一需要大力减肥的人。为此儿媳妇还特地送来一个电子体重秤，大姐也注意了饮食和走路，结果收效甚微。有一天晚上，全家人在一起分别称体重，想看看各自的减肥效果，结果悲观地发现所有的人有增无减。大姐安慰大家，说：还好还好，我比你们成绩更差。说着她站上电子秤，那指针像箭一样指向一个吓人的数字，仅仅几天，她的体重就暴长了几斤！全家齐呼，咋回事啊！是不是要看医了？大姐笑嘻嘻地从怀里掏出刘兄收藏的一块玉琮，全家顿时笑成一片。据说这是一块良渚文化玉琮，在刘兄眼里是宝贝，安置于书架上，在大姐是趣味道具，能起悬疑，也能压惊。大姐是深谙生活之道的人。

我和刘兄发微信，时不时地交流写字画画的情况。刘兄这几年在抄经，字越写越棒，凡见过他字的没一个不赞叹的。有时我问，大姐呢？在干啥？他总是说，在干家务呢。几十年下来，她总是这样一个吃苦耐劳的极其普通的劳动妇女形象。就是这样一个人，没有什么丰功伟绩，也没有什么大事业，只是一个最普通的妻子、母亲、朋友，但她活得平静而满足，想起她的种种，内心总是感动。我丈夫只用两个字形容她：人杰。

前几天，我看到大姐拍的一个视频，刘兄捧着一个收音机，背对着镜头坐在床上，猫咪小点静静地趴在一边。那是个阴天，屋里光线不太亮，刘兄的白发又多了一些，好像和小点身上深浅不一的白色相呼应，整个屋子里回荡着昆曲的韵律，是张静娴响亮的唱腔，好像歌手的灵魂陪伴着听者的灵魂。视频里呈现着一种奇特的令人心灵柔软的和谐。

在这本书成稿时，小点走了，之前他们家照顾它如待亲人，其中的细节说来都令人动容。小点有幸生活在这样一个家庭，它用特殊的方式作了回报：它留下了翠绿的美丽的舍利花。刘兄告诉我，大姐在第一时间买了鲜花，放在它的周围，他说大姐经过这些天的陪伴心情还算平和。我又一次立体地看到了大姐的心境，她也一直在成长，不是感情变淡漠了，而是在磨难与痛苦中更加超越。我想，真正的人杰当有这样的素质。

洞中老妇

　　杭州灵隐寺前有一片石山，不高，但曲折有致，壁上雕刻着许多古佛、罗汉，据说是全国元代造像最多、最集中之处。那回我手拈着一串从寺里购得的佛珠，边把玩边欣赏着山景。

　　一处山崖的上部凸出着，上书"栖凤"两字，边上刻有一行略小的字，写的是"听经台"三字。我不由得停住脚，想道：过去真有一只五彩的凤凰在这里听一位老和尚讲经吗？

　　正遐想着，一阵"喂喂"声传来，只见听经台左侧山腰上有一个山洞，洞里坐着一个短衣短裤的老妇人，她瘦得像猴，一个劲地对我招手，脸上带着娴熟的笑容。我有些惊讶，这个洞很小，宽一米左右，高不足一米半，而且它是透空的，也就是说，从对面也可以爬进这个山洞。

在我和老妇人之间隔着一条干沟,我不想跳下爬上地过去,便问她:"叫我干什么?"

老妇人仍娴熟地说:"你过来,让我看看你的珠子。"

我怀疑她神经有些问题,一个老妇人,爬那么高干什么?又不是坐在自家的床上,怎么能穿那样难看的短裤?更奇怪的是,我拿的珠子除了长一点,并没有什么特殊的地方,有什么可大惊小怪的?但我又不善拒绝别人,只好将珠子高高举起来,轻轻一抖,垂下珠串给她看,珠串来回荡动着。

老妇人看着来回荡动的珠串,脸上现出捉弄人的笑:"你怕什么呢?叫你过来你就过来,别人想过来我还不让呢。"

大白天的,我当然不怕,何况小路上不断有人走过,她能搞出什么花样?我鼓足勇气,跳过了沟。老妇人伸手拉了我一把,她的手凉冰冰的,我心中闪过一个念头,别是个猴精变的?

刚在老妇人边上坐下,一个外国人"哈啰"了一声,对着我们举起了相机。老妇人突然将手伸向横在山洞上方的一根竹竿,拉幕布似的,利索地将拢在一边的衣物横拉过去,她得意地摆了下头:"叫你们拍!"

对着山道的洞口虽然遮住了,可光线没暗淡多少,因为另一头的洞口照样敞开着。我探头看去,只见下面是挺直的山壁,山崖下是一道潺潺流动的山溪。环顾山洞前后壁,微微发白,凹凸不平,靠背的一面却很平整,像是太师椅的靠背。一阵清风拂来,感觉十分凉爽,我恍然大悟:"原来您坐在这里乘凉啊!"

老妇人拍拍我的腿:"对,叫你也来清凉清凉。凡是能到我这个洞中来的人都是与我有缘的。"

我悄悄抚摸着被她拍痛的腿，反问道："你的洞？难道别人就不能来坐吗？"

老妇人哈哈一笑："我已经73岁了，在这个洞中坐了三十个夏天，我是这个洞的洞主、洞霸、洞王、洞妖、洞太太，谁来抢我的地盘？！"

我开玩笑道："我不是来了吗？"

老妇人豪气十足："这不是抢，这是共坐。"

咦，真看不出，这个穿得灰扑扑旧乎乎的老妇人这么能说会道。我又问她："除了乘凉，你还干些什么呢？"

老妇人朗声回答："看人。"

"看人？怎么看？"我故意装傻，以为参透了她话中的禅意。

她把身子往左侧了一下，又把身子往右晃一下："这样坐坐，那样坐坐，就这么看，看累了打个盹，清凉洞里时间快。"

"天天来？不怕门票贵？"我探问着，总觉得老妇人有些与众不同，她脸上的笑好像凌驾一切，与她精瘦的身子很不相称。

"要什么门票？我不问他们要钱就算客气的呢！"见我有些发怔，她又补充说，"这儿的人都认识我，如果有人来得早，占了我这个洞，自会有人把他赶走。"

老妇人又拿起瓶子喝水，她仰首时脖颈处露出一截红绳子，我猜想下面一定吊着金佛玉菩萨，或者是护身符之类。

老妇人发现了我的眼光，提起那截绳子，一张老年优待证像被钓住的鱼一样提了出来。我忍俊不禁，这和小学生脖子上挂一把钥匙有什么两样？老妇人理直气壮地说："凭这个证，坐车、进公园，免费。我哪儿也不去，就来这个洞，溪水好喝，也可以洗碗……"

说着她把搪瓷杯和半瓶水朝我怀里一塞："你一定没吃饭吧？我去解个手，你一定要吃，否则你会后悔。"

老妇人像猴子一样灵巧地爬下山洞，跑过山沟，她的身影很快消失在热闹的人群之中。我打开搪瓷杯，里面是半干半湿的泡饭，泡饭上有半根酱瓜，留着她的牙齿印。想起老妇人的警告，我决心吃上一口，可是，无论我如何努力，嘴巴却不听使唤，怎么也不肯张开。算了，哪怕她是神仙所变，哪怕这是仙丹灵药，我也只好错过。

老妇人回来打开搪瓷杯，似笑非笑地哼了一声："我就知道你嫌我脏。"

我怕伤害她的自尊心，忙解释："我从来不吃别人的剩饭，连女儿的剩饭也不吃，有时自己的隔夜饭也吃不下去。"

老妇人点点头，意味深长地说："好极，连女儿的剩饭也不吃！"

我装着没听出她的讽刺，躬身向她告辞。老妇人扯下竹竿上的长裤穿上，不容反驳地说："趁我高兴，我来陪你，你还想看什么？"

真奇怪，还有硬陪人的？我只好说想看看传说中的再生石。老妇人说："那你还真问对人了，一般的人根本不知道再生石在哪里。"

老妇人带着我左转右转，一转转到了山上。在山道上，她向一位僧人打听，我才发现原来她也不清楚再生石的地点，可她却不肯承认，反用考我的口气说："你知道再生石的故事吗？"

我一边往山道上走一边有些气喘地说："知道啊，是唐朝时的故事，一个和尚和一个居士是好朋友……"

她得意地打断我的话，更正说："是圆泽禅师和李源居士。圆泽是惠林寺的住持。"

我只好重新说："对，圆泽禅师和李源居士相约去游四川峨眉山，李源要走湖北水路，圆泽要走陕西陆路，因为在水路上会遇到他下一世的母亲，所以他要避开她。李源不知道，坚持要走水路，禅师感慨，躲不开的命，只好随了居士，果然身亡，临死前……"

老妇人又打断我的话："是他投胎前，他深知因缘。"

我只好再说："没错，他结束的只是这一世的肉体，投胎前他告诉李源，十三年后来杭州天竺寺外相见。十三年后的中秋夜，李源果然见着了一个骑牛的牧童，十几岁的模样，唱着山歌……"

老妇人趸身下山，悠扬地甩着瘦胳膊瘦腿，显出一派非凡的潇洒，仿佛她就是那个牧童，兀自诵道："三生石上旧精魂，赏月吟风不要论。惭愧情人远相访，此身虽异性长存。"

我顾不上欣赏她，追问道："怎么不上山了？找不着了？"

老妇人自说自话道："走，我带你去下天竺，你应该去看看。"

我只好跟着她往下走，边走边感慨："那个和尚也真是的，自已约了人来见面，人家来了又不叙旧……"

老妇人长叹一声："禅师不是对李源说了吗，你我前途不相同，不能接近啊。虽然李源已经看破世情，但是未能了脱俗缘啊。"

我的心突然变得有些忧郁："阿姨，牧童最后念的那首诗很感伤啊！"

老妇人呵呵笑着："没什么啊，你能念出来吗？"

我老实地承认："只记得前两句，'身前身后事茫茫，欲话因缘恐断肠'，后面记不住了。"

老妇人呵呵一笑："难怪你感伤呢，你就记住了茫茫，却忘了后面的意境。我背给你听吧：'吴越山川寻已遍，却回烟棹上瞿塘。'你好好想想吧。"

我有些惭愧："阿姨你真行，这才是全诗啊。我怀疑这是双关语，过去不是有人称释氏族为瞿昙吗，乡音的关系，才被后人理解成地名了吧？"

老妇人总算露了点赞许的笑："嗯，你能这样想，说明还是可教，他虽然投胎做了牧童，志向上还是要寻回去……"

就这样一路闲聊着来到了下天竺门口，老妇人对守门人报出了自己的名字，又说要见某某师太。守门人说师太没空，不见。老妇人说："做师太就不见了？我可是看着她出的家。"守门人淡漠地"哦"了一声，不再理会她。老妇人又去套近乎，说："我的好几位朋友都出家了，都做了庵里的师太，你们师太原先是我好朋友呢。"守门人忍不住了，用嘲笑的口吻反问她为什么不出家。老妇人好像挨了一下闷棍,一愣之下冷笑道:"我出家干什么?做小尼姑吗?"

守门人也是个厉害的角色,反问道:"那又怎样?"

老妇人突然笑了,弯下腰去,凑到她的耳旁,用长辈的口吻说道:"妹妹啊,你以为这是很难的吗?"说着绾起守门人的乌发,"妹妹的头发真黑啊,想当年我也是这样的黑发。"

守门人白她一眼,不再理她。老妇人一屁股坐到长凳上,不慌不忙地褪下长裤,换上灰色的裙子:"太热了,还是穿裙子吧。"她从容地说着,当众换着衣裙,一点也不难为情。

守门人被她搞烦了,终于挥挥手放我们进去。她附在我耳旁说:"当我真要见师太啊,我只是想带你转一转呢。"她在前面走,我跟在后面,她半仰着头走,那神态说不上是散漫还是认真。她不合掌也不叩头,却对着佛像点点头:"这才是师祖,不语的师祖。"又问我,"你读过《维摩诘经》吗?这本书妙极,妙极!人不读它白活了。"说到这里她手舞足蹈起来,完全是一个充满诗意的老顽童。

我忍不住了,问道:"你原先是干什么的?"

老妇人说:"医生啊,你看不出来?"

我承认我看不出来,同时有些奇怪,为什么我一定要看出来?我倒是看出她与我认识的所有老太太不同,她的穿戴几近破旧,可她的言谈既锐利又天真。和她告别的时候,我说:"谢谢你陪了我这么长时间,需要我做些什么吗?"

她奇怪地看着我:"你说什么?我听不大懂。"

223

我递上珠子:"喜欢吗?送给你。"

她有些气恼:"真是莫明其妙,你以为我稀罕人一串珠子?这种东西算什么,我有的是!"

莫明其妙的应该是我,可我只能强笑着:"你当然不稀罕一串珠子,它算什么?你在乎的是缘分!"

老妇人似笑非笑:"你当然不相信啰,你不知道我,我可知道你。你走吧,我要回清凉洞了。"说着摆一摆手,看也不看我就踅身挤进了人群,她那精瘦的身影很快被人群吞没了。

隔了两年,我旧地重游,特地去看那个山洞,没有一丝人影。我失落地问扫地的清洁工:"那个老太太呢?"清洁工说:"什么老太太?没见过。"我说:"您是后来的吧?不知道有个坐了三十年山洞的老太太。"

扫地工很不高兴,说他扫了八年地了,从来没发现谁去坐那个山洞。我说我前年就上去坐过。扫地工反问:"你干吗去坐?难道周围的石凳不够你坐吗?"我没有争辩,说一个精瘦的老妇人把我拉上去他会相信吗?

望着这个透亮的山洞,我差一点怀疑自己做了个白日大梦,但她那自得其乐、自在无碍的形象却深深地烙在了我的心里。

疙瘩先生

在某所中学,有个教生物的先生,姓赵,脸白皙,身架瘦,衣扣整齐,一尘不染。他说话轻言细语,走路头一点一点,好像在随时附和别人。人们和他打招呼,他总是温和地回应,甚至做点头哈腰状。这样一个好好先生,偏偏有个充满贬义的绰号:疙瘩先生。

在沪语系统,"疙瘩"意为不随顺、过于考究、不好相处。赵先生疙瘩在什么地方呢?说起来也是简单,他清洁过了头。

比如和人招呼,可以客气到令人不好意思的地步,却从不与人握手,和人讲话也保持着一定的距离,眼神深处藏着隐隐的警惕,仿佛别人嘴里的飞沫会溅到他的身上;在食堂吃饭,他总是在餐桌上铺三张纸,左右肘下各一块,另一块垫在碗下;上公共厕所更是不会掉以轻心，马桶圈上要垫三张草纸，便秘时则放五层，理由是时间延长，会给细菌以可乘之机；他喜欢给小孩子发糖吃，但从不直接放到小孩手上，却像抛绣球似的扔过去，有时小孩没接住，从地上捡起糖时，他会叮嘱一句，快吹吹。他的宿舍里放着一大瓶酒精棉，他的手指擦得发白更是人人皆知的事实。

赵先生的疙瘩还体现在思想上，他一贯勇于自我批评，常检讨这儿做得不对那儿做得不妥。比如他正被一本书吸引，却有人不合时宜地来约散步，他会挥挥手加以拒绝，但事后一定会向人致歉，为自己的行为上纲上线，可笑的是他常常忘了目的，不知不觉地复述那本书中令他陶醉的段落。他说话向来和气，偶尔和人争执也不忘插进几句"对不起"，对方总是一愣一愣的，无法适应他的言谈方式，这是他的可爱之处，与他的好好先生形象非常吻合。

只是他过于谨慎了，有时就闹出些笑话。比如他有一顶法兰绒的贝雷帽，戴在头上挺像个神经质的画家，谁见了都会恭维几句，说他气质独特，他却剪掉顶上的那个圆疙瘩，说这个疙瘩有点洋气，不太符合国情。后来缝合的地方脱了线，顶上就像张开了嘴，吐出了赵先生的一撮头发。赵先生请女同事帮忙，偏巧女同事也不善针线活，不但没恢复原样，还把破口弄得更大，最后只好补了块歪歪扭扭的圆布。赵先生戴着这顶不伦不类的帽子显得有几分滑稽。

学校组织下乡劳动，赵先生请来清洁女工帮他整理行装。女工深知他的脾气，将自己的袖子捋到胳膊肘，并当着他的面用肥皂水把胳膊洗了又洗。谁知行李才捆绑好，赵先生又改变了主意，说和贫下中农一起生活，红被面不太合适，过于艳了，影响不好。最终清洁女工重新给他换了绿被面他才松了口气。这事真是令人百思不得其解，难道绿颜色比红颜色朴素？清洁女工后来背地里说，这样疙瘩的先生，讨娘子难。

但赵先生还是很争气地结婚了，只是没想到仅仅两周，标志着红颜色吃香的风暴年代到了。这个清洁到如此疙瘩地步的先生，依然逃不脱被人踩脏的命运。他被按倒在地，背上负着一只别人的脚。他做梦也没想到，这种过去踩在地主老财身上的脚会有力地踩在他的背上，在最初的一刹那，他的脸上出现了惊愕。人们看到趴在地上的赵先生也感到别扭，但很快地习惯成自然了。他被踩的理由是……唉，那个年代还提什么理由，什么理由都成。他被批斗的时候，嘴唸到了地上，清洁的本能使他闭上了眼睛，不看近在咫尺的肮脏。

从此他眼皮耷拉下来，像半个瞎子，他佝偻着走路，不再向人微笑，也不给小孩糖吃，更不主动与人打招呼。他的老婆扔下一大盆脏衣服回了娘家，他那两个星期的新婚生活像昙花一现。

四周的大字报被风吹得颤抖，破纸满地滚，到处是白纸黑字，好像大地戴了孝。他的面容也像被涂了糨糊，苍白得不太干净，却和环境有些配套。他不再注意身上是否干净，却时时注意脚下，生怕踩到不该踩到的东西。单纯而又高度集中的注意力使他离人群更远，他的表情也更寡淡了。

妻子最终离开了他。他好像不怎么悲伤，反而变得有些开朗了。时代风暴过去后，他也变得勤快了，天边刚泛白他就起身了，每天对着一丛竹子甩手，还把腰板往后仰，企图把身子扳正。他苍白的皮肤又变得干净了些，笑意重新浮上来，他像以前一样，对人微笑，施与孩子糖块。虽然他仍像以前一样不会主动与人握手，但如果对方先伸出手来，他也会迎上去握住并摇一摇。这是个进步，以前人们是碰不到他的肌肤的。

人们说，疙瘩先生不疙瘩了。听到这话他笑笑，不附和也不反驳，他以自己的言行表明他做事从不逾轨，是个普通得不能再普通的守法公民了。可细看总觉得哪儿出了差错，例如单位拍集体照，他也能坐在中间，和别人的左右肩相挨；再比如大家批评某个占公家便宜的同事时，他也会走过去拍拍那人的肩说上两句；他甚至可以在退休同事的欢送会上用公家的茶杯喝水，虽然他的嘴只是靠近杯把部分的杯沿。做这类事时他有些过于认真，却又总是比别人慢上一拍，也因此他的形象总给人分量不足之感。

赵先生倒是对第二任老婆能讲几句心里话，比如：名利是什么东西？从来就没使人长寿过；走路太快要摔跤，走得太慢会掉队，最好走在当中，又不要太引人注意。

老婆却不买他的账，常常尖厉而沙哑地反驳他：我看死你一辈子无能，钱赚不来，菜又烧不好，一天到晚只知道洗，洗这么清爽就变名牌啦？我下辈子嫁个淘大粪的也不嫁你这个冷血动物。

有时候邻居好几天没听到他老婆的嗓音，好事者就去打探，赵先生的太阳穴便放射出半哭半笑的皱纹：她这几天不舒服，回娘家养身体去了。有时他老婆回去会一住几个月，他也似乎不太在意，他更在意衣服前襟上是否有污渍。下了班他淘米做饭、搓洗衣服，磨磨蹭蹭要好几个小时，晚上坐在床上看书读报，慢慢吞吞也要很久才熄灯。

很快邻居中流传起赵先生的闲话：他结什么婚啊？童男子的辰光洗一双鞋要一个小时，做新郎官洗澡也要一个小时，弄得老婆猴急。有哪个女人像他老婆，眼睛花嚓嚓的，一天到晚瞟别人家的男人？还不是馋得？他还戆大大的，恨不得把男人味道都洗光，难怪越长越像太监。

可怜的赵先生，拼命清洁自己，仍不能提防泼来的脏水。

赵先生退休后又回聘了两年，最后彻底回了家。在这段时间，老婆几乎不见踪影。有人为他担心，这样下去怎么行？他无所谓地说：我不管她，她不管我，这样也好，自由。

赵先生和老婆分居了几十年，他早已习惯这种名存实亡的婚姻生活，老婆没给他带来什么温暖，也没留下多少悲伤，他和其他老人一样，渐渐地步履蹒跚起来。人们总在路上看到他谦恭的身影，也容易把他和其他老头搞混，他衣服的衣扣总是扣得整齐，却常常带着污渍，例如胸口的牙膏痕迹和袖口干了的菜汤，还有裤腿上的烂泥星子。他像其他所有的老人一样，不是不再爱干净，而是没有精力再干净了。

左邻右舍除了在路上和他打声招呼外，没人知道他在干些什么想些什么。他从不邀请别人上他的家，人们只能偶尔通过窗户看到他在读着什么写着什么，他把窗帘拉起来的时候，人们就不知道他在做什么了。但人们可以肯定赵先生不炒股，不上网，不看球赛，不搓麻将，不旅游，不喝老酒，因为他的嘴里从没那些话题。难道这个没有火气的疙瘩先生会关着门和哪个黄脸婆促膝谈心吗？更不可能了，他的心早清洁得不带色了。左邻右舍感到赵先生有些神秘，他整天在家忙什么呢？

后来他的左邻换了一家，新搬来的是一户热情洋溢的人家，家中大小个个充满阳光，见面都会赵先生长赵先生短的，见他出门也会询问去什么地方。盛情难却，赵先生也会说几句自己的事情。邻居们这才知道，赵先生并没与世隔绝，他还与社会保持着联系，联系最密切的地方是中山医院，当他背上老式的咖啡色皮包，拄着拐杖出门时，邻居就知道他又去看他的老烂脚了。这是他当教师的职业病，也是留给他的退休纪念。除此之外，他的身体还算硬朗，他骄傲地对医生说：我的内脏很健康，一点毛病也没有。

这真算得上奇迹了。在他周围，到这岁数的不是内脏出了问题，就是血管有了毛病，像他那样身体所有指标都正常的真是凤毛麟角。赵先生将此归结为每日喝的净水。

他说在净水还没推广前他就注意这个问题了。过去他烧开水，先在烧壶里积好水，再把壶盖打开，放过夜，让水里的氯气跑掉，隔天再烧，烧开两分钟再沉淀一下，灌热水瓶时持壶的手要稳，不能随意晃动，因为壶底的水脚中也有肉眼看不到的杂质。洗澡、洗脸时水里放把金银花，清凉解毒，有时也用米汤水，效果相当于现在的洗面奶，又干净又有营养。这几年有桶装水就更方便了，打个电话就成。人过日子，什么都可以节约，喝净水不能省。他说他每天要喝几大瓶水，可以有效地冲洗内脏的毒素。

有一天我在路上碰到他，他笑眯眯地说：我看到你写的文章了，写得好啊。我一直关注你的。我说：谢谢赵老师。赵老师，你怎么还是这样年轻啊？面孔上一块老年斑也没有。

赵先生显得高兴，说：去我家里坐坐吧，我可是好久没看到你了。

我不可能拒绝赵先生的邀请，他很少对人表示亲近。这也是我第一次进他的家门。在他餐桌前坐下，他很抱歉地对我说，因为家里不大有客人来，所以没准备一次性杯子。我说不用不用我不渴。赵先生说：这怎么行呢？一杯茶总归要喝的。他用微波炉给一只杯子消毒，我向四周看看，他的书桌有些乱，上面有几张剪报，另有他自己写的一张纸，只是一个开头："我这一生……"

看样子这个头开了很久了，因为圆珠笔的字迹已经有些化了。

赵先生给我泡了茶，茶味陈旧，但那茶叶袋是从抽屉里取出的，看得出他还是珍藏了不少时间。我们面对面地喝着各自的茶，他问了我的创作情况，我也问了他的身体状况，赵先生摇了摇头：惭愧惭愧，我徒保表面的年轻了。其实大自然都老了，人怎么会不老呢？我现在什么也做不了，只能看看国外的环保文章了。我顺着他的手指看过去，墙角竟有一摞剪报。他说全是环保类的。我说：赵老师这么关心环保问题啊？

他突然来了激情：你看现在的人，排污水放废气，把自然界改变了。你还记得过去路上爬的螃蟹吗？还有校园里飞来飞去的蝴蝶？晚上萤火虫飞，银色的光，蓝色的光，好看啊！草地上的蚂蚱还要多，走过去惊起一片，全是弹跳的声音，嗒嗒嗒响。还有灰颜色的野兔，还有满身烂泥的刺猬，篱笆边上的水沟里游着水蛇，还有黄鳝。黄鼠狼大家不喜欢，见人就放臭屁，你现在想闻也闻不到。哎，就不说这些小东西了，那时的豌豆花、蚕豆花、油菜花，颜色多鲜艳，清清爽爽，不落一点灰尘，一点也不比现在植物园的花展差。你说自然界的基因发生变化了吗？如果没变化，是什么变化了呢？

我头一次听到赵先生讲这种话，就好像是我们小时候的玩伴一样，他看到的竟然和我们小时候看到的一样。我叹口气说：赵老师你不是说了吗？现在的人不好啊。

赵先生也叹口气：是呀是呀，现在的人哪！过去的人哪！

我给赵先生杯里加了点热水，希望他再说些有趣的话，他却不说了，只是一个劲地摇头：哎哎，都不重视环保啊。

我鼓起勇气，笑着说：赵老师，听说过去人家叫你清洁大王？

赵先生有些窘：哪里哪里，比这难听多了，不过我不太在乎。

我指着书桌问：赵老师，你要写自传啊？

赵先生有些感慨：什么时候的事了！写着玩玩的，早忘了。我现在没事就瞎想，想想也是的，我怎么就这样怕脏呢？再想想自己干净了一辈子，也没干净出名堂来，眼睛一眨 79 岁了，明年八字打头了，可是不甘心又能怎么样呢？除了收集些剪报，我还能做什么有用的事呢？

我有些奇怪，他收集这些剪报到底要派什么用场呢？我不敢再贸然地问下去，也许这种无用的爱好和他的职业习惯有关？在他过去的授课中，他要对学生讲，也要自己理解，他能客观地了解自己的身体吗？他能看明白世界发展是怎样改变人和环境之间关系的吗？他有重新恢复动物、植物、自然界的假想吗？也许这种收集剪报的行为只是一种潜意识？隐藏着他人生的最后希望和憧憬？

一晃 20 多年过去了，没再见到赵先生。我们很早就把妈妈接出来了，也没机会再去旧宅玩。和赵先生同辈的邻居大多不在世了，少数的也搬家了。我母亲在世时也只是和几个老姊妹煲电话粥。有一次我问妈妈赵先生还在吗，她问哪个赵先生，我说：我也只知道姓不知道名，就是你们叫他疙瘩先生的。妈妈说：没人知道，他比我岁数都大，大概不在了吧？

赵先生是否在世是个未知数。如果他现在还活着，也是百岁老人了。我对丈夫说起他，他说这好办，国家对百岁以上老人都会记录在册的，对他们有照顾政策，去查一下便是。我懒得做这种事，真见了赵先生说什么呢？不知道他是否听说了厕所革命？听说是全国性的，前一阵社会上传说粪便也能传播疫情，搞得人心惶惶，有的人紧张得走楼梯遇到邻居会背过身去。可看周围，心大的人也不少，不戴口罩还继续聚会餐饮，人和人不一样啊。

突然觉得赵先生很可能活在世上，但愿他的梦中常开豌豆花、蚕豆花、油菜花，在这些鲜艳的花朵之上，飞着美丽的蝴蝶，跳着嗒嗒嗒响的蚂蚱。

孤寡男女相邻

我家住镇宁路还是许多年前的事了,那是一排三层楼的旧公寓,是上海解放前银行职员的住宅,造好没几年上海就解放了。原本一个门洞是一户人家,相当于现在的联排别墅。轮到我们住时,这种情况就变了,比如我们那个门洞,共八户人家,二楼和三楼都是齐全的家庭,只有一楼住着一个单身老太和一个单身老头。进门洞右手就是他们各自的家门,在一条线上,对面是开放式的公共厨房间,他们俩的煤气灶也是并排放着。在他们的斜对面,还有一户常年锁着门,多少年来,我也没见过这家户主,不知什么情况。

按理说,我应该视那个 60 多岁的老太为老妇人了,但我和丈夫都不约而同地称她为小妇人,当然是背地里称。她讲话小声小气、柔曼绵软，白白净净的肤色，娇小玲珑的身材，好像一切与老搭不上关系。一直不知道她姓甚名谁，只看见她一个人冷冷清清地烧饭、洗衣，至于她关了门干些什么就不得而知了。她从不串门，也不和人搭腔，如果别人和她打招呼，她也只是客气地回应，没有多余的第二句话。她只有做饭和洗东西时才出来，平时就缩在家里，那扇门永远关着。

和她紧邻的老头则相反，五短身材，粗壮的身躯上耸立着一颗结实的脑袋。他已过80了，但很健康。一般老人到这个年龄脸颊会塌陷，下巴会削尖，皮肉也会松弛；他不，圆鼓鼓的脸面上始终涌着笑，像弥勒佛，永远没个疲倦的时候。我不说堆满笑，堆字有些人为，而涌来自心间。他整日笑，笑得嘴形变成了半开的形状，也不知有什么事值得他这么快乐。他的声音有些沙，但中气足，喜欢站在门洞口和人说话，无论认识的还是陌生的，他都乐意和人家打交道。碰到隔壁门洞吵闹，他都要去劝架，他也说不出多少理来，只是反反复复地说：好好交，好好交。如果双方都不听劝，他还会很疑惑地自言自语：做啥呢？做啥呢？

有一天丈夫突发奇想，我们把这对老人撮合到一起吧，小妇人做饭，老伯伯洗衣，房间重新安排还可以腾出一间客厅，多好。

我说不可能，他们俩完全不搭调。我之所以这样肯定，是从细节中看出的。最初老头还企图和老太搭讪的，每当老太从门里出来，老头的眼神会忍不住瞟过去，说几句天气热啊冷啊的话，可是老太只有一个"哎"字应对。有时老头的子女或单位的人来看他,他的脸上总是洋溢着骄傲和自得,请这个嗑瓜子,请那个喝茶,整个场面红红火火,在厨房的老太却并没露出什么羡慕或者失落的表情,她轻柔而又谦恭地给老头的客人让出空地,神色不乱地回到自己屋里。她的表情和她身上的阴丹士林蓝布上装一样,洁净中有些冷意。最初我以为老伯伯退休前是在工厂干的,后来才知道是营业员。太奇怪了,营业员不是很会观人的吗?他却显得拙。等他搞懂邻居对自己完全无意后,他的笑便变得僵硬,肌肉的牵动也只是表层的事了,他也开始做出自尊的样子,努力地平淡,努力地不经意,这种努力使他更显得笨拙。老太多年不变,无论老头笑不笑,她都视而不见。

我们管老头叫老伯伯。他几乎是个能一眼看透的人,就如他永远不关门的家一样,一目了然。他的房间只有6平方米,狭长形,床只能顺墙放。那是张没有床头的床,说白了就是一张铺板,稍弯腰就能看到架铺板的两条白皮长凳。床头是一只庞大的木箱,一看就是自己做的。木箱有年头了,箱面上棕红色的漆剥落了不少。箱子上还架着一台工业用扇,能吹出非常雄壮的风来,声音也洪亮。老伯伯还有一只开裂的五斗橱,上面放着一些笨头笨脑的东西,例如大海碗、白酒瓶、秃了头的鸡毛掸。老伯伯的东西和他本人很配套,都是粗粗糙糙壮壮实实的。这些东西将这小小的屋子塞得满满当当,好在他是一人住,随便怎样总转得开。

老伯伯吃得也很简单,经常是干饭、青菜。有时也会改善一下，买些小虾吃吃，而那时节的虾总是便宜，几乎所有的人家都将它当成日常小菜。老伯伯穿得也差，无论衣服还是裤子，都是人造棉或者粗布，而且已经洗得发白。只是我有些不明白，他既然这么省，为什么裤腿总做得那么肥大？像舞台上的戏装晃晃荡荡。

我们家住二楼。楼梯台阶和房间一样，全是很好的木材，但光线太暗，尤其转角处几乎不透光，更不称心的是台阶太窄，根本放不下一只脚，需将脚斜过来才行。我女儿曾一脚踩空从楼梯上滚下来，吓得直哭。从此老伯伯一见我女儿回来，就将房门打开，并拉亮家里的灯，那微弱的灯光斜照过去，隐在黑暗中的楼梯就有了可见度。老伯伯的好心令我不安，他却笑眯眯地说，不碍的，阿姨。

这是老辈上海人在称呼上的客气，他叫我阿姨，却叫我丈夫弟弟，而我女儿在他嘴里又成了妹妹。就如老太对我的称呼一样奇怪，她客气地称我大姐，叫我女儿妹妹。我丈夫不太和她说话，所以也免去了称呼上的混乱。

那时候，八户人家共一个公用大电表，大家轮流抄各家的小表，再加到一起，一般情况，核下来总是差不多，但也有过对不上的情况，这时候大家就得按人头分摊这亏空的钱。在这种情况下，二楼、三楼人家多有怨言，认为一楼两位老人占大家便宜。那时候有人为了省水费，会在水龙头下放一个水桶或脸盆，水龙头拧开一点点，仅滴水珠，这样就不会转动水表。根据这个逻辑，大家认为两个老人每月只用半度到一度电也是一种变相偷窃，他们的电表不转了，公用电表还是会根据实际用电量计数。

两个老人肯定感受到大家的怨气了。老伯伯赔着笑脸对大家解释，没重要的事情用不着开灯，他已在黑暗中练出了本事，什么东西在哪里一摸就能摸到。小妇人则不解释，却把门关得更紧，必须出门时眼光都是朝下的。他们并没有由此结成联盟。我觉得他们太不容易了，为了省一点电，把日子过得毫无光明。

那次终于轮到我抄表了。借着小妇人屋里那只三支灯管的节能灯，总算能勉强看清她家的大致轮廓了。难怪房间这么暗呢，她用一块板把北面唯一的一扇窗堵上了。其实外面是个小小的天井，除了她和老伯伯，没有什么人会去那里，看来她不想让任何人窥视自己。她睡的是一张大床，但撑着蚊帐，看不清具体的样子，好像是红木的质地。空中还吊着一只迷你吊扇，玩具似的玲珑，我去的时候吊扇还在转，细小的风像她在暗中操纵一样。

小妇人从一个手帕包里数出钱来，她苍白的手指显得郑重其事。那些不多的钱叠得整整齐齐，连硬币都是干干净净的，好像水洗过一样。那时一度电是三角几分，她用半度，我只收她一角多，拿的时候却觉得这是一笔大钱。

我收好钱出门，只两步就听到身后的门关了。而老伯伯早已在门口快乐地等着我了。抄他的表不用开灯，因为他的门窗都是大开的，足以看清表上的数字。

有一回小妇人没像往常那样出来做饭，问老伯伯，他眼神迅速地一瞥说：不晓得，我不管闲事。

我怕她出事便去敲门，小妇人声音微弱地请我进去，只见她

239

躺在床上，桌边放着一杯水和几粒药。她两颊微红，好像上了妆，虽然是一种病态，总算比平日好看。我问她饿不饿，她说姚大姐哎，没关系的。于是我去给她端来了一碗稀饭，上面放了些肉松。她过意不去地撑起身说：哪能吃妹妹的东西呢？

那回她叫住正欲走的我，说：姚大姐哎，你能不能坐一会儿？我就坐下了。坐下她却没话说，于是我东张西望起来。我发现了一台老式唱机，还有一套颜色偏红的景泰蓝茶杯；墙上的镜框里是一些发黄的照片，里面男人很少，都是女人，都是她，年轻、俊俏、妩媚，一个标标致致的小妇人。只有一张是她和一个男人合拍的，那个男人身穿制服，那制服有些像军服，我吃不准这是她的丈夫还是儿子。

我很想知道她家里还有什么人，终被她的客气挡住而不敢发问。从不见什么人来看她，她的身世是个谜。小妇人柔软而坚强地守着她的秘密，将自己保护在 10 平方米的住所里。她避免着一切是非，社会似乎对她没有伤害，也没有恩惠，有的只是一日复一日的平静。

两年后我们搬离了镇宁路，在大卡车旁，小妇人冰凉的手抓住我的手指，声音轻细地说：姚大姐哎，你们怎么说走就走？她白皙的脸有些抽动，眼角挂着一滴清泪。我第一次看到她动真情，心里一阵难受。我向她许诺，会抽空回来看她。车子开动后我朝后看去，那个乐观的老伯伯依然笑呵呵地向我们挥手，好像我们去公园游玩还会回来一样。

数年后，我向住在那里的同事打听两个老人的情况，他说：

你不知道吗？老太早没了，她在自己房间里悄悄地走了，一个从没见过的男人来处理她的后事，所有的邻居看着他，没有人问他一句话，他像老太一样，也是沉默寡言。

老伯伯的故事则喜庆一些，在他91岁高龄的一天，他离开了自己的家，沿着马路一直走到了中山公园。他看着公园里的孩子们笑，毫无来由地笑，然后笑着走到了一辆车的车轮底下。公园领导是个好心人，将这个大难不死的老人送回了家。老人醒来还对别人笑，他一点也不记得自己的出走了，他不相信自己走了那么多路，我去公园干吗呢？又不是小朋友。不久，他的在外地的女儿来把他接走了，毕竟他不能像以前那样照顾自己了。

那两间屋可能和那间一直挂着锁的人家一样也封起来了吧？我觉得有些对不起小妇人，没在她最后的几年去看望她。后来我多次梦见回到那里，我甚至梦见王安忆叫我买回那里的房子，她说那里适合我搞创作。也许是日有所思夜有所梦吧？我和王安忆曾经住得很近，串门是经常的事情。现在我们都搬离那个区域了，我知道在那个地段，新造的公寓大楼如雨后春笋一样地冒出来，那里的房价也很高了。而过去的老宅老日子老邻居也一去不复返了。

我叫百鸟炒饭就炒饭

　　王星野是谁？是我一个年轻朋友的女儿。王星野的妈妈喜欢康德，那些看上去形而上的格言，对她而言却是真实的生活信条，比如康德说："世界上唯有两样东西深深震撼我们的心灵：一是我们头顶璀璨的星空，一是我们内心崇高的道德准则。"这么一说，就能看出形成王星野之名的一些端倪了吧？康德还有一句"自由不是你想干什么就干什么，而是你想不干什么就不干什么"。不知道她是否联想到自己的女儿，王星野似乎很接近这种自由境地了。

　　作为一个幼儿，星野并不懂得康德，但她无师自通，转换角色自如，一派天生自主的气质。因为自小长得白，昵称玉儿、玉宝宝，有时家里人也称她王宝，所以她知道自己有好几个名字。

她会视情自称不同的名字，很少会搞错。我第一次看到她的照片，觉得奇怪，哪像个一岁多的女娃，少说也超三岁了。这么说不仅仅指体形大，脸上的神色也特殊，有一种活泼而果断、幽默又不服输的霸气，就是四五岁的幼儿也少见这种神色啊。后来发现，单人照是很容易被误导的，必须有参照物才不失真。一个参照物是他们家的小黑，一只好脾性的扁脸黑猫。当她撅着屁股使劲抱猫或毫无顾虑地把头枕在猫背上时，我反而奇怪猫为什么如此肥大，这只十多斤重的猫看上去竟然和小小的女宝差不多大。还有一个参照物是他们家的布丁，一只眼神憨憨的金毛犬，看上去更是比王星野大了几倍。她也喜欢差遣它，习惯把狗当马骑，只是她人太小了，一边往狗背上爬一边往下滑，得到大人的扶助后，她就"嘚儿驾"地喊得山响。

星野是日益成长的小霸王，她把家里的一切都当成了自己的坐骑，猫狗，甚至父母。她不仅用小屁股骑，还用手，用脚，用嘴，甚至用气势骑。如果驾驭不顺，她就立即撤换坐骑，役使被骑者按照她的神逻辑走，人（父母）不听话就换朋友（猫狗），猫狗不听指挥，就借他人取胜。她永远有理，哪怕处于下风。比如暑日妈妈令她睡午觉，爸爸、猫狗都不帮她，在被迫睡在妈妈背后时，不得不闭上眼睛的她照样会在脸上用劲挤出欲改变格局的一块块肌肉和深刻的线条。

过年期间，爸爸小王先生闲得无聊，教星野防身术：如果有人欺负你，你就要说，揍你！星野认真地学舌：揍你！爸爸很满意于自己的教学成就，决定当场实践，他一把推倒宝贝女儿：我

243

现在欺负你了，你应该怎么说？星野哭唧唧地说：呜呜，揍我……

爸爸忍俊不禁，把她拉起身：小笨笨，应该说揍你。星野扭着腰说：爸爸，不揍你了，我带你去小舅舅家玩。

星野称对门的邻居为小舅舅，对他特别亲，主要是他家养了只不大不小的乌龟。她拉着爸爸一块去看乌龟，并一口气往乌龟盆里扔了七八只小虾，可是乌龟无动于衷。星野很奇怪：乌龟，七（吃）啊！乌龟怎么不七啊？小舅舅告诉她：乌龟不认识你，不熟悉的人给的东西就不吃。星野站直身，清了清嗓子：乌龟你好，我是玉宝宝，大名王星野。

她爸爸见了又笑起来：你这个小猪。星野摆着小手，踩着小碎步回了家，嘟着嘴告状：妈妈，爸爸说我这个小猪。妈妈像发现了新大陆：哟，这么快就把人称代词搞清了。星野没完全理解妈妈的意思，但听懂了妈妈的赞赏，于是转向爸爸：爸爸，你说得对，我就是个小猪。我是只家佩奇。又指着衣服上的佩奇图案说：它是只野佩奇。

爸爸妈妈又乐了一回。妈妈递给她一本图画书，是讲章鱼故事的。星野不知道怎么想的，突然很庆幸地说：还好，我爸不是一只章鱼。妈妈问：那你的爸爸是什么？星野几乎蔑视地说：这都不知道啊，爸爸就是一只爸爸啊。

她情绪转得快，说兴奋就兴奋起来，边唱边举起两只手，左右晃动着：两只老虎，两只老虎，跑得快，跑得快，一只没有眼睛一只没有耳朵一只没有尾巴一只没有嘴一只没有鼻子一只没有

244

脚一只没有鞋……爸爸两眉尖往下垂，脸上却是笑：小老虎可怜死了，什么都没有了。

　　星野就是这样，出口都似乎不经过大脑，但又有她的一套逻辑。有一回她洗澡，小黑悄无声息地走进洗澡间，妈妈玩笑道：小黑，别看妹妹洗澡。星野抹去脸上的水，指着猫说：宋小黑，出去！妈妈很意外：宋小黑是谁？王星野说：是小黑呀！星野在这一刻，让小黑姓了自己妈妈的姓，问题是平时没有谁连名带姓地称呼过这只猫咪呀。等妈妈反应过来，也就想逗一逗女儿了：它和妈妈亲，是宋小黑，那你是谁啊？星野没有像往常一样自称玉宝宝，却理直气壮地说：宋小宝！妈妈扑哧一笑，小娃娃竟然成了那个黑不溜秋表情贱贱的搞笑名人了。星野却不笑，反问说：你笑什么？玉宝宝宋小宝都是一家人。妈妈继续逗她：你觉得什么是人？星野答：有头发的！妈妈又问：那光头呢？星野一秒钟思考都没有，斩钉截铁地说：光头是肉！

　　一说到肉，星野的频道迅速就转到吃饭去了，她催妈妈动作快一点，妈妈先前还承诺叫一份好吃的外卖呢。因为一直爱看《小猪佩奇》，她知道了比萨，所以每当妈妈点外卖时，她统统要求比萨，妈妈故意玩花样：可是宝宝也喜欢吃鸭血呢，那你中午想吃鸭血汤还是吃比萨？只能选一样哦。这难不倒星野，她回答：鸭血比萨！因为憧憬比萨，小黑的继续在场也让她忽略了，她甚至对小黑说：到时候我也分你一口。

　　随着星野的年龄增长，她对小黑的管理意识加强了，为了处理好关系，还会用上怀柔政策。比如她想和小黑玩，正看电视的小黑不理睬她，她便想拍打它的脑袋，刚伸出手又缩了回去——她怕一不小心被它抓了。于是她挪着屁股移过去，和它并排坐着，但她并没有和它一起看电视的意思，反而侧身对着小黑开始做思想工作：小黑，我喜欢你，你知道吗？我都不嫌你黑，你黑得好看，你的爪子也听话，不出来，爪子伸出来不是好孩子。我小时候就很听话，从来不伸爪子。小黑，你想不想听我小时候的故事？诸如此类，星野太入戏，自己都当了真，她的郑重其事，使得场景发生变化，变成猫听故事了。

星野对布丁同样随心所欲，抱它、拍它、亲它、抓它背、掀它尾巴，真可谓不把它当人，不，不把它当狗。但狗全忍受，因为狗把她当人，人是它的主人，尤其是说一不二的小主人。有一回她爸爸出门扔垃圾，布狗子以为男主人出去玩不带它，在家呜呜地叫，叫得委屈。女主人便对它说：布丁别叫了，你爸出去扔垃圾，一会就回来。星野竟然吃醋了，对布丁说：不是你爸，是我爸！

布丁后退一步，不知道小主人为什么对自己不高兴，它只是摇着尾巴示好。星野气平了，便对布丁说：我两岁了，已经长大了，我可以给你讲我爸小时候的故事。他小时候呀，被苍蝇咬了一口，然后他咬了乔治一口。

布丁眨着眼睛，仿佛在问：乔治是谁？是另一只狗狗吗？

星野点了一下布丁的额头：笨笨，乔治是小猪佩奇的弟弟，这都不知道呀？

布丁当然不懂现实和动画片的区别，更想不到小主人会给自己的爸爸编故事,所以继续亲热地摇着尾巴,在星野眼里就是称赞了她的故事。其实她自己也真是分不太清的,要不她不会在超市肉摊那里说:妈妈,我要吃佩奇的脚。

佩奇是猪,猪脚当然也属于佩奇,她的逻辑似乎合理。

那天夜里妈妈很困,星野用手拍打妈妈,要求她讲故事,妈妈说:宝宝,你把妈妈打死了你就没有妈妈了哦。星野说:再去商店买一个!妈妈说:那你是哪里来的?你不是妈妈生的吗?她回答:我是好玩的商店买的!

外面下雨了,雨声很大,星野见妈妈还是不肯讲好听的长长的故事,就趁机说自己害怕,要布丁到房间陪睡保护她。妈妈拗不过她,就答应了。睡之前,星野又给布丁进行了一番教育:布布,你要多吃饭多吃肉,多吃蔬菜水果多锻炼,我小时候就是这样,所以不拉肚子!温驯的大狗用沉默鼓励她,和她一起入梦。半夜她醒了,叫了一声妈妈,然后是一串含糊的话。妈妈惺忪着眼答应了一声。星野又叫了一声妈妈,还是一串喃喃自语。妈妈困得伸出一只手拍了她两下,话没出口又睡着了。星野也迷糊着说:妈妈不理我,布布……跟着是一串听不懂的火星语……布丁也是第一次听到小主人说外星语,耳朵一支棱一支棱的,最后竟恐慌了,逃跑是上策,它从床边地板上爬起来,一串嗒嗒嗒嗒的爪子声顿时把妈妈惊醒了。

次日,星野经妈妈提醒才记起自己被鄙视了,但她立马想出了一个逻辑:我不喜欢它,它臭,我让它走开。她说得也有道理,下雨天布丁身上总有股狗臭味。而布丁自己却浑然不知,它还像过去一样凑过来亲热。星野用手一推，一本正经地宣布：走开！你不是我的好朋友，你太臭了。

妈妈说：我现在带布丁去洗澡，你还和它做朋友吗？星野用宽大的口吻说：只要洗干净了，布布还是我的好朋友。果然，她兴高采烈地在门口迎接洗澡归来的布丁。她张开双臂说：布布我好喜欢你呀！你洗香香啦，好可爱呀！布丁往后退一步，星野便对父母说：布布也喜欢我！爸爸问：你怎么知道布布喜欢你呀？星野说：布布看着我，笑得牙齿都露出来啦！妈妈叹口气，宝宝忘了先前的事了，都把布布的警告看反了。

这天妈妈有事出门，星野不想放她出去，就追问妈妈出门干什么。妈妈逗她：想把玉儿卖了。星野眼里有了泪花。妈妈改口说：那把小黑卖了。王星野的泪花变成了泪珠。妈妈继续逗她：那就卖布丁吧？星野的泪珠变成了泪流：不卖不卖一个也不卖。妈妈假装发愁：那你说卖谁吧。小小的人儿一点也不上当，她擦着眼泪说：卖垃圾吧。

星野其实很爱布丁，主动要求承担喂狗的工作，每次都颠儿颠儿地端着狗盆送到布丁跟前：好好吃吧，不要让我操心，小乖狗。爸爸关照挖两勺狗粮足够，她总是答应得好好的，但只要大人不在跟前，她一定给狗盛满一大盆。妈妈发现了，说：宝宝你搞得太多了。王星野将心比心地说：少了哪够吃呢？唉！她还招呼猫狗和自己一起去给花浇水，浇的时候她温柔地说：小花，你们喝吧，不要担心水不够，我会给你们加的。

布丁和小黑都很认可小主人，把她当成自己的同类。她也一样，搂着布丁时，会觉得自己和狗关系很铁，一旦兴奋起来会忘记它是四条腿的，布丁玩疯了也忘了她是两条腿的，结果有一次双方滚在一起玩过了头，布丁下嘴的时候分寸没掌握好，不小心把她的胳膊咬破了。爸爸要带她去打狂犬疫苗，妈妈有点心疼，这么小的娃要挨五针，星野立即站在妈妈一边：我没事，没事打什么针？不打！爸爸说不打针不放心。星野扭着身子坚持说：我是被布布咬的，又不是被大灰狼咬的，不打！爸爸吓唬她：不打针万一得了狂犬症，乱咬爸爸妈妈怎么办？星野从来没见爸爸的脸这么严肃，也有点害怕了，结果打针时差点把医院哭炸了。有人在边上笑：这个娃嗓门真大，像套了喇叭。谁知一打完针星野立马挺起了胸：我已经长大了，打针也不怕。

回去的路上，爸爸妈妈许诺她回去就看《小猪佩奇》，她很高兴，早知这样就早点打针了。爸爸和她开玩笑，问她为什么讨厌乔治，还编故事让爸爸小时候咬它一口。她的理由很鲜明，说他太爱哭。妈妈插嘴说：那么佩奇喜欢乔治吗？回答也不喜欢，理由是乔治在佩奇这里也是哭个不停。爸爸妈妈一起追问她：那谁喜欢乔治呢？星野毫不含糊地回答：猪妈妈才喜欢乔治呢！

她很自豪，自己家里的人都不喜欢哭，爸爸没哭过，妈妈没哭过，小黑没哭过，布丁也没哭过。自己虽然哭过，但那是小时候的事情。

一到家里，布丁摇尾巴，小黑蹭脚，亲热地欢迎小英雄归来。布丁甚至斜眼看了星野的爸爸一眼，让他有了一种多事的感觉。爸爸用胳膊肘碰碰妈妈：你看它们默契吧？妈妈笑着说：它们早和玉儿结成同盟了。之后，妈妈拿了一根星野的奶酪棒吃，突然感觉异样，一看，原来一猫一狗正用看小偷的眼光盯着她。她一下心虚起来：我不就偶尔吃一下她的东西吗？你们至于这么看着我吗？

小区里不少人知道这个聪明好玩的小女孩。有一次在小区路上碰见一个小姐姐，小姐姐已经读书了，问她：妹妹你叫什么名字？她回答：王星野。小姐姐又问：你几岁啦？王星野老实回答：我不知道。外婆现场教学：两岁。她便回答两岁。小姐姐又问：那你会数到一百吗？王星野毫不打顿地说：一百两百三百四百五百六百！小姐姐笑着说错了错了，倒是外婆会解围：我们宝宝数得真快呀，一下数到六百了。

星野和其他小朋友一样，酷爱看《小猪佩奇》，一看就停不下来，几乎每次要和妈妈拉锯战，妈妈一催她就说：我看完一集《小猪佩奇》就睡觉。妈妈问她：你如果赖皮怎么办？她说：我不赖皮，我看一集就睡觉。妈妈追问道：那你保证不赖皮。星野说：好，不赖皮。一集很快结束了，还没等妈妈说，星野就先下手为强：赖皮！妈妈忍俊不禁：赖皮有什么好处？答曰：可以再看一集。妈妈说：如果你再看一集，以后你再说不赖皮，妈妈就不相信你了，你觉得哪个好？星野坚决地说：相信！

搞文字工作的妈妈被她乱七八糟的说话系统搞昏了，竟然一时找不到合适的话了，片刻才找到一个说辞：其实你心里是知道错的对吗？只要说声对不起就行。星野问道：是 sorry 吗？妈妈高兴了：对呀对呀，我们玉儿还是讲道理。

在他们家，有这个习惯，有谁做得不恰当时，会主动说一声 sorry，星野很熟悉这个词，并经常运用：婆婆你做错了，快说 sorry。外婆便说：好好，我说 sorry。星野又强调：你要说 good sorry。意思是要你好好 sorry。可现在轮到自己，她却没反应了，因为下一集开始了，当她沉浸在动画片中时，外界任何声音她都是听不进的。等到看完电视，她才回答不理睬妈妈的原因：我的耳朵近视了。

睡前照例是听故事的时间，她抱着玩具熊说：大熊也要听。妈妈说：好的，听完一起睡觉。一个故事讲完了，星野把玩具熊举起来：大熊说它还想听一个。妈妈说：好，那就再讲一个，但是这个故事听完就一定要睡觉了，能不能做到呀？星野说：大熊说它做不到！妈妈说：我们玉儿不是大熊，所以能够做到，对吗？

星野把大熊挡在自己脸前，表示自己就是大熊。爸爸咳一声，暗示自己来改变格局，因为好几次，星野把他当成救星，比如妈妈说：你不洗脸就变成小臭咯，小臭可没人喜欢哦。她就会把屁股一扭去亲爸爸：爸爸，你喜欢小臭吗？小王先生果然受宠若惊，他以为自己在女儿心里的位置很牢固，于是抱住女儿进行引导术：大熊哪有猴子聪明？猴子可讲道理呢，我是大猴子，你是小猴子对吧？星野才不上当，她说：不对！你是爸爸，我是宝宝！

看吧，讨好也没用，宝宝不买账。其实爸爸在女儿面前败下阵来可不是第一次，那回他陪她一起看书，星野评论道：这个鸟漂亮，它能飞高高。爸爸趁机说：那宝宝也努力吃饭，以后飞高高好不好？星野说：爸爸，我是人啊，怎么飞高高呢？爸爸语塞了。女儿没说错呀，可凭什么她能在童话与现实世界自由穿梭，自己小试一把都不行呢？

星野何止在爸爸面前这样呢，对邻居同样不让步。比如阿布奶奶家有一条小狗，星野告诉老人，自己家里有条大狗，不牵出来就是怕它欺负她家的小狗，她还奇怪地问阿布奶奶，为什么这条小狗没有尾巴。阿布奶奶就伸出手来：玉儿有尾巴吗？让我摸摸。星野有些气愤：人怎么会长尾巴？！她扭头就走，也不管老奶奶怎样在身后叫她。

继《小猪佩奇》之后，星野又开始痴迷《金刚葫芦娃》，关上电视后她马上宣布爸爸是蛇精，她是蝎子精，妈妈则是葫芦兄弟。爸爸说：那我俩不是给打死了吗？你这个小傻子。"蝎子精"不为所动。第二天"蝎子精"又不知道受到什么启发，突然说爸爸是大娃。爸爸毫无怨言地同意做这个娃，又问女儿是什么娃，她回答自己是老爷爷。妈妈在一旁笑得肚子疼，对丈夫说：是不是怀孕那会儿总听德云社，胎教起了作用，女儿成了多变娃？

星野问：什么是多变娃？妈妈说：孙悟空啊。星野说不是，妈妈说：变来变去的不是孙悟空是什么？星野说：猴子侠！瞧，她就是赞同你，也要比你高出一着。

星野还不到上幼儿园的年纪，所以平时除了去一个绘画班学习外，就是和外公外婆相伴。她画的一幅尖辣椒图，都得到老师的夸奖，因为这只红辣椒不是循规蹈矩地躺着，而是脚尖立着，扭腰跳着劲舞,更可爱的是它的眼睛,像星野一样,既调皮又甜蜜,让人感觉这不是一只尖辣椒,而是一只红润的水果椒。

外公外婆也经常带她出去散步,每次外出,外公都要装束一番,外婆对她说:玉儿看外外(外公)多帅,像个西部牛仔。外公得意地等着外孙女夸奖,他觉得自己确实有那个派头:足蹬耐克鞋,着修长牛仔裤,穿天蓝色T恤,头戴黑色牛仔帽。没想到星野说:像小马佩德罗。佩德罗是《小猪佩奇》中的一个角色,典型标志——戴一顶黑色牛仔帽。

周五妈妈下班去外婆家接星野回家,问她今天开心吗,回答开心,外外婆婆(外婆)带她去杨庙了。问她好玩吗,答好玩;又问玩了什么,很干脆地说,什么也没玩。有时候她也会表示:我需要休息休息,放松放松,好好过个周末了。

她的话让妈妈感到,小孩子其实日子过得也很认真,对玩有自己的定义,并且知道日子和日子的不同。其实星野说的放松和大多数成人一样,就是看电视。但是,妈妈觉得不太合适,哪有一到家就看电视的?便问她在婆婆家都干吗了。她说:首先,看电视,然后再看电视,还看电视,一直看电视。

两个老人听说了乐不可支,小家伙太会用词了,首先、然后、再、还、一直,厉害。可见了她面,却故意装严肃:你不喜欢在我家待,我们也不会赖着你。星野也变得严肃起来:你怎么能说这样的话呢?外公问:那说什么话呢?星野说:好听一点的话不会吗?外公又问:什么话好听?我不会,你教我吧。星野只好老实回答:我也不会。

吃饭时她突然想起,问外公:你老婆是谁?

外公憋住笑:你说呢?

星野有点沮丧:我也不知道。

外公大笑:原来我家玉儿也有不知道的时候。

星野承认自己有许多不知道的地方,但不妨碍她那些自我生长的道理,也不管逻辑通与不通。比如她想进姨的房间,房间没开灯,黑着,她就去找外婆:宝宝要找姨,姨房间黑,害怕。外婆有些奇怪:你找姨干吗?星野说:干架!难道星野和姨关系不好吗?那可是冤枉她,上回吃蛋糕时姨从边上走过,她还把勺子递给姨,请她也吃一口。当姨做个假动作,嘴巴张了一下称赞真好吃时,星野还感到了奇怪,问姨是不是小时候没吃过蛋糕,怎么都不懂得进嘴?

星野是喜欢姨的,还常趁外公外婆不注意悄悄去姨房间玩,曾经有一回出来时手上多了个东西,那是姨的眉镊子。外婆问她要这个干什么,又不是小孩子用的东西,她得意地说:我要剪指甲。这回,估计她又想进去寻觅一些自己想象的东西了,见灯暗着感到了害怕,但怕大人说她,就随口说了个搞笑的理由。

再比如,她理直气壮地说:妈妈拿钱来!妈妈问她原因,她说:我把婆婆家的东西搞坏了,你拿钱赔!妈妈说:又不是我搞坏的,为什么要我赔?外公说:对啊,你搞坏的让你妈妈赔,道理在哪里啊?星野说:道理在我口袋里!外公说:那你是美国人啊?!星野真是个活宝,是全家人的开心果,总能把全家人逗笑。

妈妈叫星野上床睡觉,她理直气壮地说:我都陪你一整天了,现在应该工作了!她的工作是什么呢?就是黏在爸爸身上看他玩游戏,趁爸爸妈妈去洗澡或干什么事时,拿起他们的手机来乱按,美其名曰研究。元旦前那天,奶奶来家里照顾她,她不知怎么搞的,竟然弄清了奶奶的手机密码,趁奶奶在厨房烧饭之际,打开手机自拍了一张,然后发给在家照顾老爷爷老奶奶的爷爷,并发了一段语音。因为她的声音太小,爷爷听不清,看照片也不常规,大半个身体斜着,仿佛被谁胁迫了一样。爷爷顿时紧张起来,忙给奶奶拨电话,奶奶这才发现是孙女所为,再仔细听语音,才分辨出:爷爷,我发张照片给你。此时她才两岁十个月,这件事太匪夷所思了,没人教她,她是怎么把这中间的环节搞清楚的?

最近,只要开车出门,星野必要求循环播放《阳光彩虹小白马》。这天像往常一样,一上车她就说:我要听《阳光彩虹小白马》!小王先生不知心里有什么火,很冲地说:你听个屁,狗东西!星野竟然如此告状:妈妈,爸爸说,不行不行。妈妈有些意外,随即笑道:我没听见啊,爸爸到底怎么说的?星野又一次创作:爸爸说,你听什么听,小狗!小王先生绷住的脸松弛了:你倒是会翻译。妈妈把这个笑话说给朋友们听,大家一致认为,玉宝宝适合当编辑。

星野和妈妈最亲,因为妈妈从来不嘲笑她。晚上,妈妈陪着星野一起搭积木,看她玩得很投入,问她话也不回答,就偷偷去卫生间刷牙。没一会儿,听见哭声,妈妈含着满口的牙膏沫沫出来:怎么啦?星野很委屈:我以为妈妈去遛狗了,留我一个人在家。此时狗正无辜地围观她们俩对话，星野也不看狗一眼。妈妈问：狗呢？星野说：狗在看我搭积木。妈妈说：那我怎么遛狗？星野说：妈妈不带狗遛狗……

这弯转得也太快了！妈妈倒想不通了，我没带狗，那我出去遛的是什么呢？遛了个寂寞吗？不对，遛什么寂寞，我明明是在刷牙！

说穿了，就是王星野的随机应变能力强，哪怕她出了洋相，也能显出超越这个年龄的才智。比如听到妈妈告诉爸爸朋友康冬冬生日到了，她马上插嘴道：我要为她唱一首祝你生日快乐……等见到了正主儿，妈妈提醒她：王宝，你不是要唱歌吗？星野已经忘记原先准备的歌了，憋了半天，唱了一句：鞋儿破，帽儿破……爸爸妈妈面面相觑，这是生日祝福吗？

再比如她不当心拉裤子了，感到很内疚，觉得自己没有提前报告。妈妈就安慰她：宝宝以为是个屁，是不是？星野说：嗯，它伪装了一下。还有一次，因为当众放了个响屁，她说：我刚才放了个气泡音。她外公听到了感慨地说：这让天下练唱者情以何堪啊？说起唱歌，她也觉得自己懂得一些，比如，听到外婆评论某人歌唱得太干了，她用权威的口气说：多喝点水就行了。

星野关爱爸爸妈妈的方式也独特，比如，有一次妈妈不知为什么显得烦躁，她就呼喊：妈妈快来，陪宝宝搭积木！妈妈在一边心不在焉地看着，没想到王宝搭出一个像模像样的滑滑梯。妈妈忍不住夸奖她：真不错嘛，棒棒！星野看着妈妈：这下你开心了吧，妈妈？爸爸问玉儿：你中午想吃什么？叫妈妈去做。星野拉着妈妈的手说：玉儿什么都吃，好感人吧？

星野恨不得每时每刻和爸爸妈妈在一起。自从她知道了只有退休才可以不上班便紧着提议父母退休。妈妈问她：那谁去上班挣钱养你呢？她很干脆地说：外外婆婆呀。外公憋住笑：好呀，好呀，我们很愿意上班，只是不知道去哪里上班？星野小手一挥：出版集团！

她还爱唱歌，但没一个字在调子上，惹得全家哈哈大笑。妈妈无奈地说：怎么办？我都绝望了。外公跟着说：怎么办？外外也绝望了。星野不管，无论你们怎么说，都不影响她唱完整，每首歌唱毕，她都非常满意地说：大家鼓掌。外公对自己的女儿说：但玉儿很自信啊！

星野听歌，听见"盛开吧"一句，深有感触。爸爸是盛开爸，妈妈就是盛开妈，自己呢，当然是盛开宝！多么妙的盛开，盛开，盛开，全面盛开，全家人的快乐气氛都被她盛开出来了。

小孩子就是快乐的灵兽，对有些形而上的观念是模糊甚至不懂的。比如她对将来要进的幼儿园很抵触，理由是进去后一百年出不来。对生死大事也非常好奇：妈妈，死是什么？妈妈说：死就是一个人离开了，除了做梦你再也看不见他了。那妈妈会死吗？会。爸爸会死吗？会。外外婆婆呢？会。爷爷奶奶呢？会。姨呢？会。那布布、小黑呢？也会。

如此平静的问答，好像在说苹果是红的香蕉是黄的一样。星野最后的反应不是忧伤惧怕，却是一声叹：那我好孤单啊！她没想到这个结果也会轮到自己头上。妈妈倒有了些微微的忧伤，亲爱的孩子啊，人生注定是一个人的旅途，希望你一生吉祥顺利。

星野刚过完三岁生日，家人告诉她：你长大了，到 9 月份就该进幼儿园了。她伸伸胳膊：是的，我长大了，我有力量了，谁不好我就把他打死。家人瞠目，怎么最近动辄就要置人于死地呢？小王先生觉得这种想法有些危险，决定进行严肃谈话：王宝，你想打死别的小朋友，别的小朋友也会打你，怎么办？她瞪着眼：王宝狠狠地打他！做爸爸的贴心地问：爸爸担心你打不过他，到时候怎么办？星野摆了个姿势：那我用降龙十八掌打。小王先生惊呆了，几秒后又问：要是还打不过呢？星野动作没那么夸张了：唉，那我只好用锤子剪刀布了。

父女俩对话时，妈妈躲在一边偷笑：这哪跟哪啊？这做父亲的失败是明摆着了，玉儿根本不跟着你的逻辑走。做妈妈的虽然看得清楚，但也常常对付不了小人儿的逻辑。比如早上小人儿发脾气扔杯子，她呵斥道：玉儿你为什么扔杯子？星野竟然理直气壮地反问：不扔杯子扔什么？玉儿没有东西扔。做妈妈的只能命令女儿把杯子捡起来。星野仰着头顶嘴：就不捡。妈妈连问三遍，皆答不捡，不得已拿出吓唬狗的棍子：捡不捡？星野马上说：捡！然后她走到布丁前，指着它说：布布，看见打狗棍了吗？去帮我捡！结果妈妈被布丁的蒙脸逗笑了。

星野的"功夫"也实在太厉害了，"降龙十八掌"是她常用的武器，有一次妈妈想抄袭她的话术，结果星野用最本能的办法扭转了局面。经过是这样的：妈妈接她回家，拍着娃的屁股说：老要我抱老要我抱，累死了，我用降龙十八掌拍你屁屁。星野立即举起小爪子：我有九阴白骨爪。妈妈笑了：呵，你又学会了新招，那我还会九阳神功呢。星野还是说：我会九阴白骨爪。妈妈又说：我还会七伤拳。王星野仍说：我会九阴白骨爪。妈妈词多，又加一条：我会乾坤大挪移。说着哈哈大笑：你除了九阴白骨爪还会什么？今天叫你知道妈妈的厉害。谁知星野大吼一声：我会……我会打你！然后哇哇大哭。这下宝妈傻眼了，她还是斗不过这位小人儿。

星野对世界的理解都是从自己的经验出发的。比如她听故事《百鸟朝凤》，然后反馈给妈妈：我在听百鸟炒饭。谁听了都要笑，不知她怎么想的，以为是炒饭？小孩子的思维逻辑引发一场戏剧性的场面：她欢快地指挥百鸟炒饭。想想这个拟人化的场面吧！谁敢说星野的快乐不是发自内心不是自主的？

星野有一个幸福的家庭，爸爸妈妈都是开朗的人，他们给了孩子自由的天地，在他们嘴里，没有这样不行、那样不准的命令。王宝活得很快乐，她的快乐又加强了家庭的和睦气氛，爸爸很乐意和她一起大声喊着绘本《小猪节快乐》里的台词，边喊边快乐得大笑：呜喂呜喂呜呜喂！父女俩的笑声几乎要把房屋震翻。星野甚至把周末称为"呜喂呜喂呜呜喂的日子"，她呜喂呜喂的时候脸膛润泽闪光，像染上红晕的国光苹果，也像蜡笔画出来的太阳。她太快乐太自信了，当她被人问到是否漂亮时，她大声地回说漂亮，当再问这漂亮来自谁人时，她没有像别的小孩那样说妈妈或者爸爸，她毫不犹豫地指向了自己。

终于，我听到了王星野本尊的声音：姚奶奶……一个细小稚嫩甜蜜的声音从话筒里传来，我惊呆了，完全不是我想象中的声音。它应该是大声的、无所顾忌的、气势磅礴的，像汹涌的海面一轮朝阳破浪而出，可现在，我听到的是一只蚂蚁一只蜂鸟一只小蝴蝶的声音，那个呜喂呜喂散发着炫目光芒的形象是怎么来的？冉冉升起的朝阳怎么瞬间就成了飞舞着的小小精灵？原来我的想象全是缘于王星野的自信啊。

要说我没见过星野也不算最准确，我好歹在梦中见过她两次。一次是她头顶铜色大圆盘向我走来，盘里装满了鲜艳欲滴的水果。类似这种场面我在印度也遇到过，我们欲以鲜花供佛，卖花少女就头顶鲜花盘走进殿堂……国内幼女能顶得这样稳的，也就是梦中的三岁玉儿了。第二次我梦见牵着她的手去郊野游玩，总有人来和我说话打岔，等到我顾上她时，她竟然已经超出我头变成一个大姑娘了。梦境可能有两个象征：一是潜意识如此，这是孩子的智力形象；另一个是时间过得太快了，一岁到三岁在我看来都是一眨眼的事，一生也将如是。我和她妈妈一样，期盼她一生润泽如玉，永具有趣的力量，即便遇到苦难坎坷，她也会有善巧的功夫，化各种困境、窘境为呜喂呜喂呜呜喂的快乐。

一个人的春天

　　韦晨星的小名是艾黎,取黎明前艾草之意,她比王星野大一岁,她是我的外孙女。有一阵我总是把晨星和星野的名字搞混,大概除了名字里都有一个"星"字外,还共有一个能联想到大自然的意境。

　　艾黎自出娘胎就莫名地情重,婴儿时请来阿姨带她,不知道怎么搞的,听到摇篮曲中的"妈妈"字眼,她就会流泪。能坐稳了就要看动画片,照例地,小动物摔一跤她要哭,大灰狼追兔子她要哭,甚至剧中角色哭泣她也会陪着流眼泪。吃饭前必定要让大人先喂周围的一切,玩具、灯、花瓶,甚至衣服上的花朵,等它们"吃"过再来第二轮,外公吃,外婆吃,爸爸妈妈吃,大家嘴巴咂巴做出吃的样子,她才心满意足地张开自己的嘴巴。害得她妈妈一直强调那些没嘴的物品不会吃饭，大人也不用吃小孩的饭菜。一岁多的时候，有一次她要求坐小凳，又拍了拍边上的另一只小凳叫阿姨坐，阿姨说：那外婆坐哪呢？她想了一下，摇晃着站起来：外婆坐。真是人之初性本善啊。弄得外公担忧了，说这样的孩子长大后会被人欺负。我说不见得，人缘好也是优势。

还有一点就是胆小，比如春晚舞蹈般的杂技表演，五彩缤纷、龙腾虎跃的画面，把她看得呆住，眼神里满是惊讶和敬佩。我就说：艾黎长大了也学这个舞好吗？她马上说：我不喜欢跳这样的，我喜欢跳普通的舞。孔明珠发她外孙女啦啦看春晚舞蹈节目的视频，是同一个时间段，啦啦也是看得惊讶和敬佩，甚至发出一声呼叫，但啦啦是怎么说的？她说：我长大了也去跳这个舞。啦啦的反应令我羡慕，也让我失落，艾黎你的胆子怎么还不如一个比你小一岁的小朋友啊?！我转个弯问她：那你长大了去当空军好吗？空军是在天上飞的，空军也跳舞，和刚才跳的人不一样。她看了几秒钟，说：我也不想在天上跳，我还是喜欢在地上跳。我发现凡是那种难度高的事情，她一律会说我不喜欢这样的，我喜欢普通的。想起她妈妈小时候，一直讲普通话，上海话说不好，我就说：你是上海人，应该学会上海话。她强词夺理：我是普通人，就应该讲普通话。母女俩的诡辩术真是如出一辙啊。艾黎的爸爸评价女儿胆小是天生的，基因里的问题。这一说我这个做外婆的有点不开心了，这话说得好像就是艾黎自己的问题。如果真是基因的问题，那就得溯源，和你们有直接的关系，你们难道不应该以身作则从后天去改变她吗？艾黎的外公当过兵，特别能吃苦，生活独立，勇于面对各种困境。也因此他喜欢勇敢的开朗的小孩，偏偏艾黎重情，又那么胆小，使他暗暗着急。

其实，仔细想想，这重情和胆小里，也是有闪光点的。比如她从来不说我怕、我笨、我不行之类的话，只是用一个形容词"普通的"来婉转地表达自己的能力不够，至少她很机敏吧？再说了，她的这种"普通的"定位未必不是好事情呢，在处处争利的社会里，她不认同那闪亮的荣耀目标，对自己胆小的肯定也是一种勇敢吧？至于她的重情，未必会在以后的生活中百分之百地伤害自己，至少她的亲友会接受她的爱意，对于做父母的来说，有一个孝顺的孩子珍爱自己，这是多么大的福分啊。后来连外公也承认了，这孩子的重情是出于善良，虽胆小也善于变通，讲话有逻辑性。

其实小孩子的喜欢是不定性的，一直在变。她刚开始学走路时，莫名地喜欢一切圆形的东西，也因此顺理成章地爱上了看球赛。看的过程中，嫌大人在电视机前走来走去遮挡视线，看不了一会儿就从沙发上爬起来，侧身扶着沙发背看，还经常不自觉地抬起一只脚做踢球状，有时看得忘形，弯到半空中的脚会定住，脚尖往里勾，一动不动如同雕像，任人在一边笑她都听不见。阿姨说奇怪了，人家这个年纪只看动画片，她还爱看成人球赛。其实她并不懂比赛规则，只是喜欢那个圆圆的被踢得飞来飞去的球，带她去商店，必定要买球，大球小球、皮球、篮球、乒乓球、绒球，房间里滚了一地的球。问她是不是长大当运动员啊，却说：我不要抢来抢去的，我要去超市，卖水果、卖冰激凌。有一次看到一张她的背影照片，竟然是用力而快速登楼梯的样子，差点不相信自己的眼睛，这完全是一个胆大孩子才有的形体动作，看来，只要环境得当，小孩的可塑性大着呢。

艾黎逻辑思维强，直感也好。比如我端着盆去洗衣服，途中掉了一个灰色东西在地上，她指着说：外公。这是一只卷成一团的袜子，如果不打开，我都不知道是谁的呢，她怎么知道的呢？再比如，她妈妈从橱里拿出一只从未用过的盖子，她竟指着一只口杯说：盖盖。房间里五六只杯子，她怎么知道正好是配这一只的呢？她还能指认洗澡间的拖鞋，爸爸、妈妈、阿姨、宝宝。能认出爸爸的和自己的鞋算不了什么，但妈妈和阿姨的脚一样大，她们也只在洗澡时穿，洗澡时又关着门，她怎么就分得清呢？还有一回上阳台，刚打开阳台门她就捂着鼻子说臭，我们找了一圈也没发现异物，她走过去指着栏杆，我们仔细找才发现是一个极小的污点，再看地上有细碎的蛋壳，一定是哪只飞鸟憋不住生下了这只蛋，又摔碎了它。阿姨说她是人精，小诸葛，能掐会算。

两岁左右她成熟多了，有了物产自主权的意识，不像过去那样把自己喜欢的东西与家人分享了。比如外公问她讨棒棒糖，她把糖放在背后，郑重其事地说：外公，你已经长大了，能自己找食材了。她虽然不肯轻易送出自己的东西，却无师自通地懂得了交换。比如别的小孩骑着童车过来玩，她拿着自己的小扇子，跌跌撞撞地走过去，不由分说地把扇子往那个小哥哥手里一塞，然后揪住那个莫名其妙的男孩让他下车，自己理所当然地坐上去，结果落座了脚还够不到轮子。在小区里，只要她看中了别的小朋友手中的玩物，一定是先把自己手上的玩具塞给对方，也不管别人愿意不愿意就强行交换。终于有一天，一个胖弟弟死活不愿松开手里握住的一把沙铲，艾黎大感失望，放声大哭，哭声震天，完全不像她平时轻声轻气的脾性。这种放怀大哭倒让我们惊喜了一番，原来她并不算特别胆小。她父母第二天给她买了把超大号的沙铲，足有一米长，与其说补偿，不如说奖励。再用手推车推她出去，她就横拿着那把铲子，气势磅礴地前行，可是有什么用呢？小区里又没有沙滩，有她也挖不动。

她指挥阿姨去那个最爱去的地方，在这一点上也是奇怪，最初阿姨只带她去过一次，她就记住了曲里拐弯不断分岔的小区道路，后来她指挥我们左转右拐直行再左拐的，从来没有搞错过。那是某家养鹦鹉的院子，一到那里她就迫不及待地向大鸟问好。那只脚上拴着链子的五彩大鸟也认识她，常常大声地回谢。艾黎伸出沙铲：你要玩吗？鹦鹉好像对此物不感兴趣，艾黎问了几遍，它突然兴起，大声说：玩，玩！艾黎就想再近一些，那家人家伸出头，眼光警惕，以为这个小孩要用沙铲打鸟。艾黎又掏出点心：你要吃吗？鹦鹉学舌：你要吃吗？她就说要吃，就往自己嘴里塞了。她总能在那里和大鸟阴差阳错地交流好一阵才再见，后来那只鹦鹉莫名不见后，她沮丧了好久，总是问它是不是回奶奶家了，什么时候回来。

疫情刚暴发那段时间，她知道外面有一种细菌叫新冠病毒，不能随便出去，可时间长了憋得难受，就和她妈妈商量：我出去和新冠病毒玩一会吧？后来听说要去医院打疫苗，她开心极了，我问她：你不是怕打针的吗？她急切地说：我不怕，我保证不哭。为了放风宁可打一针，想来也算一种勇敢了。果然打针时她没有哭，连吭一声也没有，医生都表扬了她。自此她总是说不舒服，不是肚子痛就是牙痛，或者脚脖子痛，哼哼叽叽说要去医院看病。她妈妈总要费一番工夫才能搞清真假，弄得外公感叹，这样不好，小小的年纪就学会了撒谎。我倒是能理解小孩子的心思，我们小时候不也是这样走过来的？艾黎很有意思，如果她同意大人的说法，会轻声轻气地说对的，是的；但如果不同意，则是礼貌用语，谢谢，不了。在餐桌上，给她夹不喜欢吃的菜，她也不说拒绝的话，而是说谢谢，然后打个响亮的饱嗝。只要她不想吃，一定会端坐着发出一连串的嗝声。

她最喜欢的颜色是黄色，也因此最好看的花是黄花，最好看的衣服、鞋子是黄色的，最好吃的水果是香蕉。为了避免她盯着一种水果，我们当着她的面会说，快把那个长长的黄色的东西藏起来。她妈妈下班回来则会问今天 banana（香蕉）吃过多少，以决定是不是再给她吃。几回下来艾黎就搞明白了，结果大人们弄巧成拙，只要一使眼色或口气有异，她立即识破：我有点饿，要吃长长的黄黄的 banana。

上年纪的男客人来家，让她叫外公，她哭：我有自己的外公、爷爷。后来知道了，凡是上年纪的男人都应该叫爷爷或外公，这是礼貌。有一次正吃着饭，窗外走过一个人，她放下手中的勺子，疑惑地说：刚才影子一闪，什么人？大家被她的形容词惹笑了,她却不笑,认真地问外公:你认识他吗?外公逗她:认识不认识和你有什么关系?她继续追问:他是外公的朋友吗?我说:是,来割草地的。她更奇怪了:外公为什么不出去打招呼?用大人的话来说,小屁孩,爱管闲事。

其实艾黎也追究自己。比如有一次她玩到一半突然不响了,呆在那里。问她怎么了,她说:我心里难受,我的影子不见了。她妈妈便引她到有反光的地方:看,这里能找到影子。她大惑不解,来回地跑,来回地比较,然后恍然大悟:原来影子在和我躲猫猫。

有一次我们看到路当中爬着一只蜗牛,正商量着把它放到什么地方,听到一个"牛"字,艾黎兴奋起来,大叫一声:快拿回家蒸了吃。她妈妈说:蜗牛妈妈还在家里等着呢,怎么能吃它的孩子?我第一次看到小孩子的尴尬是什么样的,它真实地在艾黎的脸上停驻了几秒,然后她愧怍地说:我以为它和牛排一样呢。又讨好地对她妈妈说:它家在哪里?我来送它。她妈妈摘了片树叶,将蜗牛包起来放在灌木丛后面:小蜗牛会自己找回家的。艾黎蹲下来,歪着头朝里看,又挥着手:再见,小蜗牛,我会想你的。

有一次在外面吃饭,吃好我们带她去餐馆边上的小游乐场玩。那个场地不大,只有一座滑滑梯,几个小孩正争先恐后地往上挤。艾黎脱了鞋走进去,大声说:嗨,大家好!没有人理她,这些小孩一看就比她大,并不把她当回事。她似乎也没在乎,老老实实地排队上滑滑梯。总有人插队挤到她前面,她嘴里说着什么道理，却没什么反对的动作。轮到她，她倒滑下来，我急眼了，大声阻止她：不能反身以背着地，磕着后脑勺会变傻子的。她马上听取了，非但自己改正，还站在滑梯边上做小纠察劝阻别人：不可以的呀，摔跤要变傻子的。小哥哥小姐姐们照样不听她的，而她又挤不过这些横冲直撞的玩伴。我总觉得她在游乐场太谦让，也喜欢分心管别人。过去一个胖男孩掉进彩球池里喊救命，她就去"救"他，双手使劲拽，还差点被男孩拉下去。我们都说还好还好，幸亏是游乐场，若在生活中，自己都不会游水怎么救人？这一次，她又成了个吃力不讨好的孤家寡人。幸亏新进了一个男孩，走到她跟前突然一屈膝，一摊手，做了个邀请的姿势，她伸出手去，小男孩左手握住她的手，右手搂住她的腰，两人就在滑滑梯旁的空间像模像样地跳起了交际舞。男孩还把手一扬，艾黎顺势转了个圈。她还有这技能？我们大大地吃惊，家里从不看这类节目，难道是阿姨带她时看手机学会的？她妈妈叫她回家，说该回去睡午觉了，她这才恋恋不舍地穿鞋，临走还反身挥手：再见，我会想你们的。没有一个小朋友回应她，连那个"小王子"也只顾满脸通红地往滑滑梯上挤了。倒是边上围观等候的家长们都笑起来了，说这个小女孩真好玩。我只好打趣道：人家都不睬她，自作多情。外公说了句话，特别地煞风景：长大一定是讨好型人格。我当然不同意外公的结论，因为善良的外化就具有取悦他人的特质。

　　她好像特别爱表达感情，家人离开半天，再见面她都会上前抱住，半哭半笑地说：我好想你啊。当然，也有比较正能量的，比如把一个心形玩具围在脖子上，一气呵成地说：我叫它爱爱，它是我的发射器，我发射爱心。

最让我感动的是艾黎和猫咪阿蓝的友谊。还在她被毛巾兜着学走路的时候，她就经常追着阿蓝亲近。阿蓝因为年老有病，又依赖我，一会见不到我就要叫，她就会说：你为什么不开心？来，送给你，别叫了。她伸着手臂，把手上的点心、小纸片之类的东西往阿蓝面前扔。她也会很温柔地对阿蓝说：你妈妈马上来哦，别着急。阿蓝最初害怕她，总是躲在屏风后面，她就皱着眉头说：阿蓝好可怜，一直待在没有阳光的地方。后来知道阿蓝有病，就很照顾它，见阿蓝趴在我膝上，她会轻轻抚摸它，把脸轻轻地贴在阿蓝背上，或者拿起医疗玩具，给阿蓝听诊、打针。晚上回房间睡觉，她总要拿逗猫棒和阿蓝玩上一会。有一次她又想来和阿蓝玩，见阿蓝正睡得香，便轻手轻脚往外走。我说：没关系，去摸摸它吧。她轻声说：我不善于惊吓阿蓝。时间长了，阿蓝也不怕她了，经常抬头看着她，时不时还从她身边走过，故意蹭她一下表示亲近。她一高兴起来还会为阿蓝表演节目，是自编的乱七八糟的舞。阿蓝离世了，艾黎很伤心，我只好告诉她阿蓝的家在天上，它是到我们家做客的，现在它回自己的家了。她执着地问它没翅膀怎么飞上天的。半年多过去了，艾黎已经上了幼儿园，还时不时地走到那个小间，手扶着玻璃门轻轻叫一声阿蓝。我在阿蓝生前常卧的木板凳上画了阿蓝的形象：来，艾黎，上阿蓝凳坐坐，它也想念你。抱她上去后，她会把两只手贴在我画的猫掌上，笑着说：我和阿蓝握手了。走的时候又向凳子挥挥手：阿蓝，再见。她也想念离世的院猫白鸟，看到我画的白鸟，用手摸了摸说：白鸟在我心里。

艾黎最盼望的是过生日。一岁的时候她不懂，是她父母代吹的蜡烛；两岁的时候，她还是没力气吹灭蜡烛，也要父母补吹，但学会了合掌许愿，只见她结结巴巴地也不知道说些什么；三岁的时候，她嚅动着嘴唇没让我们听清愿望，也没人向她打听，人们对小孩子的心愿并不当回事。初春的一天，带艾黎去亲眷家玩，她和小朋友菠萝结伴而行，来到小区河边，她跪在木条椅上叹道：这么多海洋垃圾啊！其实这条小河还算干净，水很清，也没几块漂浮物，只因她的眼睛特别尖，平时在家里也是，地板上掉粒芝麻都会被她说成垃圾。鼻子也好，一点点异味就能闻到，为此我都希望她长大去搞环保工作。当时我对两个小孩子说：你们向龙王鱼虾问好后，可以许愿。小菠萝对着河面大声地说出了心愿，希望有一房子的糖一房子的点心。多么务实的小孩子心愿啊！艾黎还是默默地合掌，不出一声。我终于忍不住了，问她到底有什么心愿，她说希望春天快快来到。我感到奇怪，现在不就是春天吗？她像没听明白一样，表情有些发怔。更可笑的是，一坐上亲眷家的餐桌，她马上礼貌地对女主人说：谢谢你们的点餐。她妈妈忙教她，在家里吃饭不叫点餐，是奶奶自己做的菜，应该说奶奶辛苦了，于是她照说了一遍。临走，人家给她抓些车厘子带走，她一本正经地说：拿两个草莓吧，它是我妈妈的最爱。我总是被她逗笑，她父母不笑，他们听惯了，说她一直这样，嘴里词特别多，你还没见她临睡前给自己讲故事呢，高兴起来还编各种歌。大年夜这天，她果然给我们唱了一首长长的曲调平平的歌，自编的，"大家都快活：走到草地上，青草绿绿的，不停地长啊长，长到天上去。"嚯，还挺有画面感的。我问她还会唱什么，她说摇滚。我让她表演，她马上倒在沙发上，来回地滚，撅屁股扭腰，嘴里还含糊不清。我以为小孩子随意，又去玩了，谁知她滚了一阵突然爬起身，手一挥，高喊一声"一起来！"，这动作确实有几分舞台明星的做派。大家在那里看电视，她看了几眼觉得无趣，就走到画板前去了，迅速地一起笔，就是迷人的线条，我真是佩服小孩子的自信。她画得一派斑斓，不像上一回，大大小小的圈，每个圈上一条直线，她解释树下掉了一地的苹果。可这一次却抽象，我问艾黎画的什么，她说红红的天，地上许多花，很多很多烟火，这画的名字叫《大家新年快乐》。

　　终于到了她过四岁生日那天，戴上一顶尖顶生日帽，一脸的幸福憧憬。这回听清她低声的许愿了，还是那一句：春天快快来到。然后拿起叉子，故意把一小块蛋糕弄到地上，还向父母解释：这是我送给蚂蚁的礼物，它们会切成一小块一小块搬进窝里分享。

　　趁她父母不在身边的时候，我问艾黎：你为什么总希望春天快来到呀？春天不是早来了吗？她说不出话来的样子，好像被我问倒了。我启发性地问她：你认为春天是什么样的？她说许多花开了，树上长出许多嫩叶子，小鸟飞来飞去，空气很香，小朋友随便玩。我理解了，在她眼里，春天是鲜活的、快乐的、自由的，现在的春天是不够格的，至少她不能自由地在草地上奔来奔去。

前几天我们在西贝聚餐，我骗她：今天外公过生日，你代他许个愿吧。她说：我不想代外公许愿，他已经长大了，不用别人照顾了。我说：那你自己许个愿吧。我正等着她再说春天快快来到好取笑她一番时，她竟轻声说：我希望晚上不要做噩梦。我问她梦到什么害怕的事情，告诉外婆，外婆到时候会来梦中解救你。她又不吭声了，在她的不吭声里，我感到她又长大一些了，她有了自己的思想和顾忌。于是我说：再碰到噩梦，你就嘴里开大炮，轰轰轰，轰走它。没想到有一次她主动给我说了个半荒诞半恐惧的梦，第一天做了半个梦，第二天又连着做了下去。她的结论是：我终于在两天中完成了一个梦。这个句式真欢乐，我发现小孩子特别容易让我发笑。

和丈夫说起艾黎做噩梦的事，他说没关系，是这个年龄段孩子在长身体的正常现象，可我还是莫名地心疼。我拿起一个牛角号，吹了一下，艾黎马上被这洪亮的声音吸引住了。她说喜欢这个牛角号，我就送给她，并告诉她每晚临睡前吹一下，保证晚上不做噩梦。

过了一段时间，我问她：还做噩梦吗？她没回答，却说：等我下次过生日，我还要许愿，希望春天快来到。我哑口了，我已经听到她三次许愿春天快来到了，小孩子的心空多神秘啊。也许她也奇怪我们对于春天的定义，这个节气是多么变化动荡，立春、雨水、惊蛰、春分、清明、谷雨，它们都是春天，但都不是她心里的春天，她所见的春天都是不合格的。

艾黎的外公对我说：你还是不太理解小孩子，她认可的春天是在动画片里的，是加工过的艺术春天。那么，让她自己来慢慢发现多元的春天吧，春天是活泼泼的，用不着别人定义，只要她喜欢，完全可以是一个人的春天。

但对我来说，艾黎就是春天，她一直给人新鲜快乐的感觉。去幼儿园接她，别的小孩一拥而出，她却不忙着走，左手牵着我的手，右手举起，五指并拢像礼宾司仪一样摊向老师：外婆，她是李老师，她是王老师，她是我们幼小一班的同学叶敏敏……人家都快走光了，她还在恭敬地介绍，连门口保安都看着她笑。她的礼貌总是有点不合时宜，别人不重视，她自己当回事。她妈妈说没人教她，也不知道她怎么会这一套。我怕她肚子饿，给她一块巧克力，并帮她撕开，她一本正经地说：外婆，不能乱来，要有正确的打开方式，否则会破坏包装纸的图案。我同意她的意见，是的，方式很重要，对于美丽的图案，我们不能随意地破坏。

我有一个梦想

1959年三年困难时期开始,那时我七岁。生长发育期,偏偏碰上了饿肚子的时光。在我的感觉中,饿肚子的时间很长,不止三年,这可能和家里孩子多有关,那时候一家生几个孩子是常态。

大地母亲对我们这一代来说,是非常贴切的认知,我们都知道米面是地里长出来的,菜和瓜果也是地里长出来的。有一回老师组织我们去农村捡麦穗,许多同学都挑大粒的捡,我老老实实,无论大小,连秆带穗地捡,右手捡到交给左手攒紧,左手满一把时,就像抓着一把带刺的干花,我不由自主地举起来自我欣赏。一个同学说:有什么呀,你的最难看!我这才发现,其他同学手中的麦穗粗大饱满很有力量。劳动结束后我回家,一个路人说:

小姑娘，你的手上怎么全是拉伤？我抬起手来看麦芒拉出的条条血痕，这一举，胳膊肘戳出来一枝麦穗，它在衣服上粘得牢牢的。那人说：你很精啊，会这样藏东西。我感到冤枉，脸一下红了起来。他凑到我耳旁说：快搓搓吃吧。我好像听到了他咽口水的声音，猜出他其实很馋。我不再理他，摘下上面的麦粒在掌心中搓动，又吹去麦芒外壳，放进嘴里嚼起来，真好吃啊，一股清香，还微甜。正享受着这一小把麦粒，突然听到几声叫，知道肚里的小馋虫也开心了。

那时候，居民的生活比农民还苦，农民至少还有几分自留地，居民门一开，样样花钱。记得班里的农村同学在课间吃零食，比如晒过的胡萝卜干和山芋干，我偶尔得到一条两条，就觉得是世界上最好吃的点心。饥饿出灵感，那时候我们就知道去向大地母亲索取。

比如卷心菜收割后还有根留在田里，拔出来，甩掉泥，削去皮，啃当中的芯。还有就是去玉米地寻找，有时农民会扔掉长僵且被虫蛀掉的玉米，可以剥出几粒尚嫩的颗粒，带虫屎的脏乎乎的颗粒也不放过，嫩的玉米须我们也不会放过，放嘴里咬咬再吐掉，甜丝丝的味道就留在舌头上了。我还在学校花园趁人不备拔取美人蕉之类的花，直接吸取里面的汁水。那是一种清凉的蜜甜，味道纯正，每次吃我都会想起蜜蜂，羡慕它们有那样细长的尖嘴可以探进花心，比人吮吸得彻底。而篱笆墙旁的枸橘子，更是我经常惦念的水果。我们管它叫野橘子。其实它并不好吃，咬一口酸得牙齿都要掉下来。枸橘子颜色越绿越酸，如果发黄甚至有点阳光红，那种酸味就会减轻。只是大家都怕别人先摘了去，所以不等枸橘子长熟就摘掉了。这种树浑身长满了又硬又尖的刺，农村里的人称它为防贼树，人走过不是衣服被挂破就是皮肤被拉伤，这种树连动物都要绕着走的。有一次我发现一棵枸橘子树顶竟然挂着一颗黄中透红的果子，激动得心都要跳出来了。我看了又看，才明白它为什么没有被人摘掉，因为它长的位置，无论从哪个角度去采都会被尖刺戳伤。为了采到它，我找了一根棍子，用力扒开枝条，小心翼翼地钻进有限的空隙中，一手挡着身边的尖刺，一手举起棍子拼命敲打，花了好大的工夫，终于把它敲下来了。这一次手臂没刮伤，眼角却划了条很大的血口。我把枸橘子放进书包，直接向医务室奔去。那真是一次幸福的受伤。

我弟弟和他的那群伙伴被人视为小饿死鬼，他们更像泥沙人，身上永远脏乎乎的。有一次他们去农田偷蚕豆，当时蚕豆已经熟了，一捋就能从壳里挤出来。那时候男孩子也穿有两只口袋的中山装，他们把两只大口袋装满，互相发誓，绝不告诉任何人，包括家里的姐妹。他们捡了一只别人扔掉的铝盆，那盆曾经调过石灰浆，粘在底部的石灰已经发硬，他们将盆反过来在石头上拼命敲，无奈怎么敲也敲不干净。怕时间长了被别人发现，他们就急不可待地在盆下架起了火，用树枝当勺子炒起了蚕豆，直到那根树枝着了火，才慌慌张张地把炒熟的蚕豆装进口袋。那种味道他们一辈子都不会忘记，入口又凉又辣，是石灰味渗进去了，就这样也比饿肚子强。几个人正嚼得香呢，却闻到了一股焦味，正互相寻找焦味来源，只见爱民的口袋动起来，哗的一声，蚕豆全掉在了地上——他的口袋烧穿了。也怪他们太着急了，有的蚕豆还带着火星就放进了口袋。

偷甜露粟的事更具情节性。甜露粟实际是一种高粱秆的变种，很甜，在我们眼里，就是上海本地甘蔗。附近的聋哑学校有一大片甜露粟，他们窥伺已久，无奈有一堵篱笆墙挡着，篱笆里面还有一道水沟，偷窃难度高。绰号"猫"的少年大哥脑子灵，带领大家先在篱笆墙下面挖了个洞，他在外面望风，其他人钻过洞，跳过水沟去行窃。没想到那些甜露粟又粗又高，这些六七岁的男孩别说拔，连摇也摇不动。绰号"羊"的男孩想出一个办法，首先要把甜露粟分量减轻，于是他们把甜秆使劲弯下来，把叶子从上撕到下，然后几个人一起使劲，终于拔出了一根甜露粟。就这样，一根又一根甜露粟从那个洞里塞了出去。

他们在里面拼命时，猫在外面吭哧吭哧地猛吃，等小伙伴返回，猫就说，太甜了，太少了。他们一起坐在地上吃，一边吃一边同意猫的意见，他们就从来没吃过这么好吃的甜露粟。等到每人脚边积起一堆白渣渣时，他们好像更饿了。猫就说，再去偷几根带回家藏着慢慢吃。

他们像先前一样，钻过篱笆洞，准备再一次从沟上跳过去时，只听一声吼，泥水飞溅从中沟里跃起一个人，几个横扫，小毛贼们被一一放倒，一个少年郎当场吓昏了过去。猫见势不好，拔脚就溜。那个突然出现的泥人其实是个哑巴，见一个少年被吓昏，又手忙脚乱地抢救起来，拍脸、抚胸、哇啦哇啦大叫，小伙伴们发着抖，也一起哇啦哇啦地叫着他的小名，当时的场面够混乱。总算把这个胆小鬼弄醒了，泥人哑巴只肯放他一个人走，哑巴拍着膝盖哇啦哇啦，意思让他去通知家长来认领。来领小毛贼的家长们全一个样，点头哈腰地向哑巴认罪，有的还在自己孩子头上拍一巴掌。哑巴虽然对家长们指手画脚地发火，但没有任何经济制裁。时至今日，小毛贼们成了花白头甚至全白头，谈起这件事还是赞叹这位哑巴，放今天还太平啊？肯定要加倍地罚钱。

　　小孩子也有自力更生的时候，比如去捉知了壳卖，我到现在还记得药店收购价，二角八分一斤。我们会跑到很远的朱行镇药店去卖，每次能换几角钱，有时卖得好，可以得一元以上。拿到钱的兴奋总是在回家的路上一点点泄掉，饥饿年代的小孩走不了长路，很快就没力气，腿发软。有一次喜谱哭丧着脸说：谁背我？我送你一截甜露粟。他的甜露粟一直追加到三截乃至整整一根，还是没人理他，大家连说话的力气也没了。喜谱往地上一坐：谢谢你们，拜拜你们，求求你们。外号"糠饼"的小伙伴总禁不住诱惑了，答应去背他，结果刚上身两个人就一起摔倒了。就这样大家休息了好长一段时间，才一步一挪地回了家，到家天都黑了。家里的大人早急坏了，以为这帮小讨债在外面闯什么穷祸了，看到孩子们拿着钱回来，既高兴又恼火，结果每人都挨了顿揍。喜谱最幸福，虽然他妈妈叨叨了好一阵，他爸爸却塞了一颗糖作为补偿。

　　那时候知了壳在我们眼里就是金钱的象征，我们走路都习惯昂着头，视线在树干上扫来扫去。我的知了壳收入父母并不清楚，也不问我要，除了买铅笔、橡皮、头绳我还会买芝麻饼，八分钱一块，香得不得了。记得有一天半夜里，我突然惊醒了，天色很亮，我以为时间不早了，就急急地起了身。那时候没有空调，大家都在外面搭床板睡，怕惊醒小伙伴，我屏住气走过一张张邻居的床。可是到了那片熟悉的林子，竟然什么也看不清，好不容易看到一棵树上有一团发亮的东西，以为是知了壳，谁知伸手一摸，竟是水蚰蚰，滑叽叽的，恶心坏了。再抬头看天，还是那个天色，才知道起早了。又不甘心马上回家，便坐在一棵大树底下，趴在膝上等天亮。不知怎么搞的，我睡着了，直到听见说话声才被惊醒，睁眼一看，林子大亮了，同伴们全出来了，我跳起了身，心里懊丧得要命。那天我起得最早，可捉的知了壳最少。

有一个少年是不合群的，很小他就长皱纹了，额角上深深的几条，平时也是寡言，不和任何人交谈，人家主动和他说话，他最多嘿嘿一笑，一副傻呵呵的模样。大家称他"老乌笋"，也不知道这个绰号怎么来的。其实他并不笨，那么小就有经商头脑。那时候国家不让做小生意的，也不知道他用了什么办法，总是能逃过这一关，他的床头有一只自己做的木头储蓄盒，每天他都往里面塞硬币。

有一天一位阿姨上早班，走过一个池塘，当时四周静悄悄的，突然水面上升起一个人头，人头上还顶着一只破脸盆，那人头对着她呵呵笑，声音又破又粗。阿姨以为遇见落水鬼，吓得回头往家逃，好在遇到知情人才知道潜在河里的是摸螺蛳的老乌笋，他为了换硬币也起了个大早。

三年困难时期过去，日子好过一些，轮到农村同学来羡慕我们了，居民每月有豆制品票供应，农村没有，居民还常常从职工食堂买馒头、花卷带回家给孩子吃，农村同学就说，你们真开心，有白馒头吃。一个绰号叫"大头"的男同学，经常瞪着圆圆的大眼睛看我吃馒头。有一次他实在忍不住了，对我说：你掰一块馒头，上面涂上墨汁，我保证吃下去。我傻呵呵地真在一块馒头上涂了黑乎乎的墨汁，他兴奋地抓过去，一口吞了下去，又笑嘻嘻地说：再涂一块吧？我心扑扑跳，赶紧躲开，在走廊上匆匆地把剩下的馒头吃完。我还有个女同学，在河边淘米，不小心撒落不少，她哭着说：我今天晚上一定少吃半碗米饭。我当时佩服得五体投地，放在自己头上，只会本能地害怕，害怕父母的惩罚，根本想不到这种补救办法。我发现，在吃的问题上农村孩子要比我们居民孩子务实得多。

到我们中年的时候，大家说起自己的子女，竟然发现一个共同的特点：儿女们讨厌我们叫他们吃东西，他们的理由是一天到晚吃吃吃，吃这么重要啊？！

这就是饱食的一代，不知父母辈有过饥肠辘辘的年代。等到我们有了第三代，更是搞笑了，我们依然叫小孩子吃吃吃，这时候，第二代就出来捍卫自己孩子的权利了，不要听爷爷奶奶外公外婆的，他们太重视碳水化合物，糖分摄取太多，也不懂食品成分，蛋糕买的是含反式脂肪的，看不懂能量比重，不知道小孩在三岁以前要控制好体重，否则以后就是胖子体质，等等，等等。

没有办法，我们只好自己吃。我曾经写过一篇文章，说如何喜欢粮食。结果引起同辈人的共鸣，好几个人写信给我，说和我一样，跑到超市，眼睛盯着的总是食品柜。这个情结是过去的日子造成的。但要说我们的下一代不孝敬老人也是不对的，他们也会经常给我们买吃的，比如我女儿，只是她买来的东西贵不说，还严格地计算过什么能量，让我吃的时候感觉是为脑子而吃，胃没受到尊重。

现在的食品太丰富了，那么多品种的米，那么多点心，从精致的到刻意粗糙的，多到好像和大地没有关系。对于第二代甚至第三代来说，"锄禾日当午，汗滴禾下土。谁知盘中餐，粒粒皆辛苦"仿佛只是一种传说，他们并不放在心上。我们看重食粮的举止在小辈们眼里甚至成了一种笑话。我能够理解年轻人怕长胖不愿多吃米饭的行为，但我痛恨所有的浪费，尤其是粮食。你胃口小，可以少烧少买，实在吃不了剩几口也可以拿出去喂小鸟，随意地倒进垃圾桶不心痛吗？曾经看到大学生吃少买多随意倒掉米饭，甚至因为懒得洗碗，特地买一两热米饭来刷碗，使我几乎对年轻的一代失去了希望。

袁隆平老人离世的消息，唤醒了多少人的良知，我的少年记忆又一次浮上来，看着桌上白净的大米饭，就像看到了庄严的史诗。这位令人尊敬的杂交水稻之父为了让众生摆脱饥饿奋斗了一生，他的"禾下乘凉梦"是多么纯真啊，他才是真正的不老的少年，永远的奋斗永远的憧憬。比起他的一生，我们是真正的凡夫，只关注自己的肚子，而他的眼光，望向了大众的基本生存。在沉痛的日子里，我意外地看到了送别袁隆平的队伍中大多是年轻的面孔，此画面一下改变了我过去的片面看法，这个世界比自己想象的要温柔许多。

值此，我也有个梦想：在我们不再饥肠辘辘的年代，愿我们的心灵大地也长出丰足的精神食粮，滋养我们每一天，每一时。

动 物

五百罗汉救小鱼

一行朋友结伴云游至天台山石梁瀑布处。山道上，隔几步就是一个摊，饮料、食品、山珍等。小张一路挑拣着山货，好不容易买了野生猕猴桃，又硬又小，在我看来就是猕猴桃侏儒。但他看见水产品就兴奋，总会仔细打量。我对鱼类兴趣不大，只是随意问价，并不顶真。

一个精瘦的高个汉子殷勤地招呼我们，他的瓶瓶罐罐里全游动着扁头扁脑的小鱼，小鱼身长 10 厘米左右，看上去滑溜溜的。他竭力地游说着，这是娃娃鱼啊，城里贵得要死，山里便宜，四元一条。

小于开始杀价，小张一旁助威。我很奇怪，提着活鱼怎么玩啊？

山民固执地摇着头：我们山里人赚的可是辛苦铜钿。这条大的，会像娃娃一样哭叫，大的清蒸，小的油炸，不想吃也可以养着玩，看它们多灵气啊。

小方有些急眼了：我们不解馋，也不玩弄，我们放生，你可不能斩我们！

没想到这些比我年轻的小伙子小姑娘竟然是放生人。我马上起劲起来，自以为聪明地说：一元一条我们就全部买下，怎么样？

小张眼光迅速地扫了我一眼，我就知道自己不会压价。果然，山民咕咚地咽了下口水，明显在掩饰暗暗的激动：快两百条了，算一百五十元，你们捡便宜了。说着他将容器中的小鱼悉数倒进一只水桶，水顿时搅成了黑色。

小张拿出一沓钱，严厉地说：就一百元，要你就拿着，不要一分也不给！国家禁捕娃娃鱼，你本来就是非法的。山民有些心虚，蘸着口水数钱，手背上的青筋一跳一跳，颜色有些像小鱼的脊背。

我们沿着溪水继续往深山走，无意间发现山民竟跟在后面。外甥丁丁对着他喊：你跟着我们干吗？想重新捉回娃娃鱼啊?！

山民嘟嘟哝哝的，意思是我们还拿着他的桶呢，水桶也是钱啊。

我们很不屑，真是小人之心，谁要你这只褪色的旧塑料桶啊?！我们不再理他，他却始终跟在后面，无论谁一回头，他就停下脚步，我们开步他又紧跟上来，始终保持着一段距离。

正不知怎么甩掉他，突见不远处的绿树丛中露出一块杏黄色彩，我们登上路旁的山坡一看，原来是座寺院。寺院山墙上写着"五百罗汉道场"。

小张满面生彩：走，进去问问，出家人应该知道哪里放生最保险。

山民突然喊了一声：不要进。我们全回头看他，山民的脸急得有些赤红。

小张嘲笑道：你说不进就不进啦？此刻山民好像也不黏糊了，竟然紧跟着我们进了寺院。

院子很大，小径旁皆是树木花草，风微微吹着，寺院静悄悄的，空无一人。尽头的殿堂和小楼也没有任何声息。我们放下桶，四下里察看，心里充满了疑惑，僧人们哪里去了？怎么不见半点香火？

突然山民冲上来，一把夺过小方手上的桶，疾步向小径旁的一只方形垃圾桶奔去。小方急了：你想干吗？山民理直气壮地说：把鱼倒进去，我要回家了。

丁丁动作更快，一下挡到垃圾桶前，两手叉腰说：不行，小鱼不是垃圾。

面对这个高大的十几岁的少年，山民有些畏缩了，他换了副可怜的表情，说老娘在家病着，他得取了桶赶紧回去熬药。

总不能抬着个垃圾桶去放鱼吧？我大声喊道：有人吗？仿佛从天而降，一个年轻的僧人突然出现在我们面前，他说：我在。

很奇异的出现，很奇特的回答。我说明了情况。僧人向山民呵斥：财迷心窍！放生人会贪你一只水桶?!

丁丁天真地问道：师父，你是方丈吗？年轻僧人一笑：正是。

山民脸色一变，诺诺而退，他似乎很害怕方丈。我看了倒有些于心不忍，追上去说：你放心，完事后我们会把桶还你。

方丈探头看了眼桶里的鱼，叹了口气：自古以来，这里就有人放生，从来都是捉了放，放了捉，无论如何小鱼儿逃不脱这个命运。

这我就不明白了，政府部门为何不采取有效的措施？如果娃娃鱼受到保护，又何用游客多事？

方丈摇头：你们受骗了，他们利用你们的好心，这是山涧中普通的小鱼，小的一毛一条，大的也只卖两毛。它们虽然长得像娃娃鱼，但没有娃娃鱼聪明，它们看见人只会躲到石子底下，脑袋钻进沙子，以为人看不见。它们很笨，不知道往远处逃，你们前脚走，山里人后脚就会轻而易举地把它们重新捉住。这些鱼可能已被放生多次了。

小张有些困惑：这么说我们干了件无益的事情？

方丈充满含意地一笑：与其这般折腾，不如什么也不做，大家都不放生，他们卖给谁去?! 你少了功德，小鱼多了自由。只是谁来提倡这件事呢？如果佛门来说不成笑话了吗？人们会说佛门不是讲慈悲吗?!

我们一时无语：现在怎么办呢？让它们再度落到捕捞者手里吗？

方丈突然抬头对着小楼叫了一声：来啊，替它们三皈依，再送得远一些。

一声浓重的北京腔应道：好嘞。

一个满脸络腮胡子的年轻僧人三步并作两步地跳下了楼梯，于是空荡荡的场院里出现了第二个僧人。他的脸面似乎不太光润，僧衣也不甚整洁，然而他身上却弥漫着奇妙的脱俗气息。

他并不过来看鱼，却仰头对着上面喊了一声：喂喂，快下来，又有人买刁民的鱼了！

那小楼仿若云端，僧人们全从那里"降"下来。刹那间，下来了五个年轻的僧人，其中一个将鱼拎进了殿堂。

我们跟着一起进去。我第一次看到《西游记》里的情节在现代社会演绎了。罗汉道场以郑重其事的仪轨将小鱼收为佛门弟子，众生平等的理论在这里具象化了。

我为这些小鱼庆幸，如果我们没有看到这个罗汉道场，看见了没有走进来，走进来又没有碰到僧人，碰到僧人又不愿救度它们，那么它们也只是从一段水路移到另一段水路而已，而现在，它们的生命注进了新的意义。

僧人们向小鱼传完法，将它们倒进另一只桶，由那个很有气质的僧人拎着攀上了庙后的山壁。他身手矫健，动作敏捷，像一个武林高手。

当他的身影在岩石后消失时，我们才发现，殿堂内外又变得空空荡荡了，那些僧人像突然出现那样又突然消失了，四周复归于寂静。看着周围的五百罗汉塑像，我真有些恍惚，这些山林中的僧人是不是罗汉们的化身？他们怎么说来就来，说去就去，转眼就剩了空空的殿堂？

我们仰脸对楼上说：师父，我们走了，谢谢你们救了小鱼。

楼上没有声音，静悄悄的，好像罗汉们不屑于回应世间的客套。

丁丁拿起井边的那只水桶，刚想走，楼上传来一个声音：这只桶是我们罗汉道场的，什么时候跑到外面去的？

仔细观看，啊？果然桶上隐隐露出"五百罗汉"的字迹，先前怎么没发现呢？

我们快乐极了，物归原主了。小张兴高采烈地说：这叫哪里来哪里去，怪不得他怕失去水桶，本来就不是他的嘛。

香樟花落了一地

　　黑白双色的猫被人称为"奶牛"，它们的双色组合都很随意。白鸟也是，不一样的是白鸟背上的图案像两颗惟妙惟肖的爱心。完全是白鸟一生有爱的诗意写照：顶着"爱"的耳根处处听闻善意，背着"爱"的脊梁担负着仁义的责任。白鸟还有一对丹凤眼，作为一只公猫太妩媚太缺乏雄风了！却符合它的性情，太糯软了，以至于任何猫都可以拿捏它、欺负它。

　　白鸟是院猫中的全才，捕捉、登高、游水样样俱佳，游戏技艺也高超，比如将吓得半瘫的小鸟抛甩向高空，再跳起身准确地接住，然后再抛，就像投篮一样。为了和它争夺可怜的小鸟，我称得上殚精竭虑。别的猫会去捕捉小鱼小虾放到我家门口，白鸟却想不到送礼，它有点清高，只管自己快乐，比如抓一只蟹养在自己的水碗里当宠物，没事就用爪拨着玩玩。更罕见的是天生一副好嗓门，宽厚、敞亮，且婉转起伏余韵缭绕，一群猫同时开口也压不倒它一个，它是猫界的帕瓦罗蒂。它完全可以骄傲成王，偏偏天生气短，见谁都喜欢伸出舌头去舔，尤其疼爱新进的小猫，不是把好吃的让给小猫，就是把小猫拢在怀里，或者陪着小猫游戏，它就是个标准的奶爸。小猫进院子第一眼就会认准白鸟，它们从来不会搞错。母猫们也是一个德行，开心时就贴到白鸟身边，蹭它，要求白鸟给自己梳理毛发，不开心时就把它当出气筒，它们只打白鸟耳光，却不会对别的公猫动手。但要说白鸟没有一点性子也不准确，有时它会驱赶某些来抢地盘的外来公猫，它没有打架的本领，极致的愤怒也只是扯开嗓子叫，由于嗓音过于好听，吵架也像唱歌，怎么看都是一个"娘娘腔"。但它的灵性也超于其他猫咪，它独处的时候，总是趴在高危处，凝眸沉思，如一巨鸟敛翅，最超出常理的是它的命终时刻，这点我会在最后叙述。

由于我在院里收养了一群流浪猫，丈夫的养狗计划泡汤，这些猫顺理成章地成为他眼里的障碍，一旦遇到什么不快，他就有意无意地把气出到它们身上。但白鸟是个例外，丈夫莫名地欣赏它，说一群猫唯它纯正，是个自由战士，其他的猫都让我宠成了狗。我不明白他的意思，哪只猫不爱自由呢？何况白鸟的尿包形象和战士之称相差甚远。

随着时间流逝，院猫们一个个地离世，或者莫名地消失，直至我们卖房离开这个小区，剩下的五只院猫又一次沦为流浪猫。

好在它们同病相怜，大姐大啊呜对白鸟产生了少有的温情，它不时把尾巴环绕在白鸟身上，每次我回老小区喂食，都看到它们躲在一起。新房装修好后，丈夫开恩，但只允许接回两只猫，我就接了啊呜和白鸟，于它们来说，这是一个更大更安全的院子。遗憾的是啊呜因为突然放松而提前衰竭，没享几天福就离世了。白鸟郁闷了几天后，突然变得黏人，只要我出现在院子里，它马上扑通一下倒地，仰身勾腿，黄绿色的眼睛充满了渴望，你不去揉它几把就走不过去。丈夫偶尔也会直接踩到它身上，恩赐般地来回搓几下。白鸟并不在乎身上的泥垢，只管眯着眼嗯嗯呀呀享受，它太容易满足了。女儿说，这是白鸟老了的表现，只有心有余而力不足了才会和人亲近。

哪个小区没有流浪猫呢？我家和它们的关系就是铁打的营盘流水的兵。在新家院子里，白鸟重新面临猫际关系，它独自一个，一次又一次地被陌生的公猫咬伤，也被母猫抓伤，连宠物医院的医生也认识了它，怎么又来清创缝针了？

终于我收下了小狐，只因它的五个小孩先后遇难身亡，不忍心它继续坎坷下去。这只玳瑁猫，一身的杂色，也一身好本事，飞檐走壁，捉拿老鼠，与白鸟十分相配，白鸟很喜欢它，又有了舔毛的对象了。然后，雪虎来了，豹咪来了，金鼠来了，呆鱼来了，小熊来了，还有些无名氏猫轮番出没于院中，它们和白鸟一样，各具性格。除了小猫，所有的大猫都比白鸟凶，白鸟一次次被扑咬得滚在地上，四脚朝天、浑身哆嗦，惊恐引起的尿失禁让我看了都替它脸红。有时我从外面回家，看到地上湿漉漉的一大片尿渍外加几团白毛，就知道白鸟又受欺凌了。我很心疼白鸟，丈夫却说白鸟其实挺幸福的，有地方住，有猫粮吃，有大院子玩，比关在家里的猫自由多了，除了被别的猫咬，那也没办法，谁让它性情懦弱？

有一天，我改变了看法，与其说白鸟尿，不如说它是在忍辱，一只猫，能以自己的伤口和疼痛钝化同类间的攻击与利益争斗，容易吗？也或许它反复表态不做猫老大的立场起了作用，经过一段时间的磨合，蛮横的公猫、刁钻的母猫都能和白鸟和平相处了。

但是，流浪猫太多了，不可能来一只收一只，我只能在家附近设了个喂猫点，猫粮、净水每天不断，天冷还会安放自制猫窝。但是，那些猫怎么甘心？凭什么有的猫能住在院子里，而它们只能行脚？！其结果是它们经常闯入院子挑衅，白鸟永远没个安心的时候，它总是缩头缩脑地躲避或者逃开。有一次丈夫冲我发火了，说：你管得过来吗？这么多猫！你不知道给白鸟造成多大压力吗？！我只好对白鸟说：你是主人，院子就是你的家，你害怕什么？！

白鸟是不是觉得被我小看了？终于有一天，它不但逼退了一只强壮的年轻公猫，还追赶了出去，片刻，它那嘹亮的嗓音在院墙外响起，那只公猫的叫声同样狂暴，它们的对骂惊天动地，间杂着凄厉的撕打声。那混战持续了好长一段时间，我觉得再不出面白鸟要被咬死了。等我赶到隔墙的公共场地，只见白鸟和那只满身栗子肉的黄猫面对面地站着，但白鸟前腿弯曲矮了对方半头，黄猫弓着背，一副随时扑压上去的样子，白鸟抬着下巴，略仰着头，双耳后展，显然它的气势不如对方，然而，它的嘴里竟然有一口黄毛，这简直是个奇迹！我拍了下手，黄猫逃走了，白鸟盯住它的背影看了几秒钟，才缩着右腿一跳一跳地踅身离开。我这才发现它的脸上头上全是抓痕，渗着血，右腿关节处撕掉了块皮。

第二天，它的嗓子完全哑了，只有张嘴的动作，却发不出声，几天以后才挣出一些声音，却不再有过去的辽阔、透亮，直到它离世，它的嗓音都没恢复过来，一直是低弱嘶哑的。我知道白鸟拼着命吵架，把声带叫坏了。白鸟终于在有生之年向我证明了它的勇敢。

白鸟的这次拼搏一定在猫界传开了，之后再来的公猫明显有了戒心，不再像过去那样肆无忌惮，它们一进院子，首先望向趴在垃圾箱上的白鸟，看它是躲避还是追逼。过去，白鸟不等对手走到跟前就会从垃圾箱上跌落下来，一路逃跑一路遗尿，而如今它就像什么也没看见一样，连胡须都不动一根。它们吃碗里的猫粮也好，跑到它面前飙尿也好，它都不动声色，既无所畏惧，也不骄横自得，白鸟完全淡定了。

一般来说，猫越年轻越单纯越喜欢快意地竖起尾巴，尤其在跑动时，那简直像扛着一面胜利的旗帜。有一天突然意识到白鸟的尾巴很久没翘起了，追忆起来，早在我们住出租房的日子里，它的尾巴就垂下了。搬到新家后，白鸟恢复了体力，虽然贵为院猫长者，也照样灵活地爬树登墙，可它的尾巴还是泄露了内心，

295

它见过太多生死了，亲眼看着同伴们一个个离世，或者熟悉的小猫被送养出去，它的心早已是沧海桑田了，从它眼里的一丝忧伤就可以看出。珍贵的正在于此，虽然白鸟已没了多少激情，但它的爱依然不减，它似乎知道小狐的不幸，很是照应它，小狐也喜欢贴着白鸟的身体走路。天冷时它们宁可空着自己的猫窝也要挤到对方的猫窝中，以至于白鸟的半个身体总是悬空在外面。但情况还是发生了变化，自小猫金鼠进了院子，白鸟的奶爸本色又出来了，不是帮它清理毛发，就是让出自己的点心。金鼠也撒娇到极点，像影子一样黏着白鸟，白鸟到哪它到哪，连睡觉也搂着白鸟的腿。这也罢了，这只小小的黄虎斑还恃宠而骄，对所有的猫伸爪子，尤其见不得小狐，人家好好地从边上走过，它都会冲上去抓一把。小狐本就有点吃醋，这下更加气恼，一看见金鼠马上跑开，一秒钟也不犹豫，哪怕猫粮吃到一半；它甚至对白鸟也疏远起来，再也不肯走到这个曾经疼爱自己的猫哥哥跟前了，有时白鸟想过去舔它，小狐动作幅度很大地跳开，或者身子一扭逃走。发展到最后，它干脆都不进玻璃房了，天再冷它也蜷缩在外面，幸亏它原先长得胖，"自虐"的结果倒使它的肥肚缩减了不少。小狐很倔强，也有点怪僻，它远离白鸟和金鼠，也不和别的猫咪搭腔。也许它想为自己找个可靠的朋友，它频繁地跳到我家窗台上朝屋里看，眼神里充满了想与阿蓝为伴的渴望。阿蓝病重时期住在二楼，我家二楼比普通二楼高，等于二楼半，小狐竟能利用墙壁的各个角度攀登上来。它多次在细窄的窗沿急切地呼唤阿蓝，幸亏是双层玻璃窗，隔音效果好，阿蓝又沉睡着没有听见，否则我真怕小狐一激动摔下楼去。白鸟肯定体察到了，但是，它分身无术，满足不了每只猫对自己的情感需求。它甚至离开吃到一半的猫罐，示意小狐来吃，小狐宁可熬住嘴馋也不接受白鸟的好心，倒让金鼠占了便宜。白鸟呆呆地看着赌气的小狐，眼里有些无奈的神色。

十几年来，白鸟的胃口一直很好，从不挑食。给猫们喂药，它也是最省心的一个，其他的猫把包在外面的猫点心吃了，吐出里面的药，白鸟连掉在地上的药渣都舔得干干净净。抚摸白鸟，或者给它梳毛，它都满足地呼噜呼噜，半眯的丹凤眼看上去像笑。有时我没关好家门，猫们会趁机溜进来玩，有的甚至会跑进厨房探险，只有白鸟站在门外，没有进来的意思。曾经我把它关在书房养伤，它就像个机器猫叫个不停，吵着要出去，它好像不羡慕家猫的生活。白鸟满足于现有的一切，春夏秋冬，它卧在落花、枯叶和绿茵茵的草地上，也卧在我给它准备的温暖的猫窝中，同样，它也不弃在泥地上打滚的快乐，毛发上不是沾着泥屑就是草叶。它的快乐具有一种感染性，不仅给同伴带来友爱，也给我们带来快乐，每当它颠着略为外八的四肢向我跑来时，我都会忍不住笑出声来。

文文姑娘也是个猫痴，第一次进我家院子，就对白鸟赞誉有加，她说：这只猫怎么看上去仙仙的？我像一个家长一样假谦虚了一番：仙什么呀？大块头一个。文文说：虽然胖，可不是蠢肥，体形很特别，到哪里我都会认出它。我和她感觉一样，白鸟的流线型的轮廓也是我所熟识的，尤其从楼上看下去，白鸟的体形就像一滴水。我每天看,也看不厌这滴毛茸茸的"水"。这滴神奇的"水"同样滋润着其他院猫的心,连丈夫都说,白鸟使我家院子有了一股活力。

这段时间,白鸟没有胃口,连猫点心也不馋了。我以为它又犯尿道炎了,赶紧给它买了处方粮。可它拒吃,我掬在掌心拼命哄它,它才勉强吃了几粒,完全是看人面子的意思,最后连最爱的罐头也不碰了。白鸟就这样瘦下来了。

它连续几天不食,只是偶尔喝些清水。它的眼神黯淡了,叫声也变了,我从没听过这种音调,重复着三个音节,带着一点伤痛与深切的不舍。丈夫听到的却是另一种声音,他说白鸟连续三天趴在他书房的窗外,发出一种像人说话的声音,他学给我听,是从喉咙那里振动出的一串变化的音调。我意识到白鸟可能要走了,它毕竟有十五六岁了。

这段日子我正在治疗膝关节炎,这天上医院打针前去玻璃房看,白鸟尿了一大泡,身下的垫子湿透了。我摸摸它的鼻子,还是凉爽的,没发烧。我匆匆地给它换了干净的垫子,对它说,等我回来。

回来看到白鸟趴在我种的金荞麦后面,心里生出感激,白鸟知我心啊。第二天早上,它又尿了一大泡,我还是给它换了干净的垫子,心里却担忧起来,这完全是要走的节奏啊。第三天,它身下的垫子是干的,我心里又升起了希望,于是按照过去的经验,用针筒强行给白鸟嘴里打进去 AD 猫罐,一般情况,两三次猫就会恢复胃口,但白鸟每次都挣扎着拒食,整个过程都像受罪。我心里很矛盾，不灌食它会饿死，灌食又徒增它的痛苦。也许它已衰竭，打进去的微量营养并不能解决根本问题？灌食五天之后，我硬着心肠放下了针筒。尽管如此，我还是将猫粮、猫罐头、净水放在它身边，虽然这只是为了安慰自己。我还放了三只纸箱，铺了厚薄不一的垫子，矮台面上也铺了一件旧毛衣。为了白鸟不受打扰，我不再让其他猫进去，白鸟可以安静地根据需要选择不同的卧处。

我又找出外壳已经略微磨损的咖啡色念佛机，这个念佛机曾经帮助过我父亲、母亲以及猫咪鹿鹿、阿蓝，现在，我要拿它来帮助白鸟了。念佛机里只有一首歌，那就是观世音菩萨的《大悲咒》。只要打开，它就会循环地唱诵。佛门曰，佛以一音声，有情各随类解，也能显一妙色身，使众生随类见。在这忧心的时刻，我愿意理解这种境界，就是我们听到的梵语，在白鸟耳里就是猫语，在这种声音中，它可能见到猫形象的菩萨。

白鸟就这样听了整整两个晚上一个白天。它像以前一样，晚上睡在玻璃房，白天走出来，我看着它几乎把院子走遍了，在不同的方向停留片刻，好像在向整个院子告别。大多数时间它趴在金荞麦或冬青树旁，看上去它很乏，眼睛也有些睁不开。有一次，它甚至伸出舌头试图去舔走近的金鼠，然而它的动作显出了一丝犹疑，似乎怕吓着金鼠。院猫们都感觉到白鸟的异常了，它们不再靠近它，身姿都显得落落寡欢。

那天，白鸟正趴在栀子花丛旁，小熊过来了，这是只新进的黑狸花公猫，机敏而又凶猛。它跑到白鸟跟前，嘴里发出奇怪的声音，白鸟一动不动地看着它，也不发一声。我连忙挥着手跑过去，如果这时候它进攻白鸟，白鸟必死无疑了。事后我想，也许是自己多虑了，没准它在询问白鸟怎么啦，猫鼻子好，可能闻出了死亡的气息。

最后那个晚上，我刚把草地浇好，白鸟就走上去趴在了那里。我说，白鸟，地上湿，别趴在那里，它不理我。第一次看到这种趴法，除了脑袋，整个身子是扁平的，像一张画摊在那里，背上的心形图案触目惊心。我走上去，双手抄到它腹下，轻轻地捧它回玻璃房。它的腹下湿漉漉的，沾着草地上的水，整个身子很凉。我的心也凉起来，预感到它时日不多了。

我给白鸟清洁了一下，用湿巾擦了它的脸颊和眼睑，临离开时，我摸了摸白鸟的头说：白鸟，你是不是要做小天使了？如果你走时妈妈不在身边，你一定要跟着阿弥陀佛、观世音菩萨走。

白鸟背对着我，并不转过头来，却轻轻地回应了，还是短促的三声。我真想多叫它几声，好多听到它的声音，但我不敢多叫，不忍心它费劲地呼应我，它的呼应明显在消耗体力。

我把念佛机的声音拧小了，在距白鸟一米处放好。关门的时候，小狐和金鼠走过来，我第一次看到它们隔着玻璃门探头探脑地朝里看，还以为它们好奇呢。现在我知道了，这是它们的最后一别，不知它们隔着玻璃门是否互道了珍重？

次日早上，我打开了玻璃门，念佛机依然响着，可是白鸟却没了踪影。我震惊了，但还是不相信。我边叫边找，所有的纸箱、缝隙，甚至头顶的空间，连白鸟的影子都没留下。这怎么可能呢？门窗未动，完全是我昨晚关上的样子，难道白鸟像空气一样化为乌有了吗？

家里的挂钟也莫名地停了，停在三点四十一分处。我心里有些乱，好像充满了念头，又好像空空的，无处依着。我想过白鸟离世的样子，想过自己腿痛再也挖不了深坑的问题，想过去哪里火化的问题，想过在院子的什么地方安置它的骨灰的问题，想过剪哪些花朵悼念的问题，想过自己一定会伤心泪洒这方新土的情景，却怎么也没想到，白鸟什么也不劳我做！

可是，谁能相信一只猫会在房子里凭空消失呢？女儿说一定是从哪个缝里溜出去了，文文也猜测是从哪个地洞钻出去了。倒是丈夫明白，玻璃房的下水道插着洗衣机的管子，除了跳蚤可能钻进去外，没有哪个四脚东西可以下到阴沟洞，而细窄的窗缝连老鼠都钻不过去，遑论一只病到虚弱的老猫。虽如此，丈夫还是关照我出去寻找白鸟，他说猫科动物临终都会避开人的。

我脑子里还是那个迷惑，既然白鸟能穿墙而出，它一定是往高处飞了，怎么可能还在我家周围？虽如此，我还是一点点搜寻过去，邻居花园、小区绿地、河边芦苇丛、花草灌木丛，白鸟白鸟白鸟，我一遍遍地叫着，没有熟悉的回应。风吹着我的头发，像白鸟的爪子拂挠而过，只听见一片沙沙声，香樟花如雨般地洒下来，头上、肩上、脚下、小路上早已铺了碎金般的一层。空气中满是香樟花的气味。我第一次发现，香樟树竟然有这么多的花朵，千朵万朵，无以计数。

白鸟你在哪里？香樟花是不是已经将你盖住？

我空空地回来，推开院门，过去跑着白鸟的草地让我的心神一荡，我永远失去你了，白鸟。你的离开，也使我失去了一部分过去的自己。白鸟白鸟，你不是一只鸟，也不是一只猫，你拥有属于自己的全部灵魂。你竟有如此强大如此神秘的处理生死的能力，你令我忧伤，也令我肃然起敬。

当天晚上，我们都没法安睡。半夜里丈夫起身用手电扫过院子，光束划破了黑暗，像一把长剑，努力地切割着我们的妄念，他还是不相信白鸟就这样莫名地消失了。我意识到白鸟拖延着离去是为了让我有思想准备而减轻痛苦，我也以为自己会平静地接受这个现实，可是，相伴十几年的感情还是酿造出无法抹去的甘苦，像一个很深的水潭，慢慢地泛上一些细微的水波，持续地动荡着。我像生了一场大病，浑身的力气被抽走了，人软得直想躺在床上。白鸟怎么能够走得这样决绝？像从来没来过一样，留下了永远的空。

这是无法弥补无法填充的一段空。在这个世界疫情蔓延的时间，白鸟创造出了一段纯正洁净的空，隔绝了新冠病毒带来的焦虑、担忧、烦恼，我们所爱的白鸟就一直在这个真空里飞翔。它那三下短促的连续叫声化为"我爱你"的音波，震动着我易感的心，我无法理解一只猫为何能传达比人更强烈的情感力量。

但是，我看到白鸟的爱在继续发挥作用。在它消失后的第二天，小狐和金鼠的敌意就像冰块见到了太阳，当即就融化了。小狐站在玻璃房前，温和地看着金鼠，金鼠走过去，它们同时伸出鼻子轻轻地吻了一下，它们似乎有点不好意思，小狐别转身去，金鼠走上前，用腰身蹭了小狐一下。我知道，因为共同的思念，它们的友爱萌生了。

我不知道小狐是不是心生悔意，只知道它一连几天趴在白鸟原先趴的地方，而金鼠不停地在院子里东闻西找，它甚至扑上来打我，尖锐地叫着问我讨要白鸟。

猫们还需要适应一段时间，就像我也需要适应一段时间。

我的感情就像失灵的车还在惯性滑行，想起白鸟还会不自觉掉泪。亲友劝慰我，说白鸟悄然而逝就是为了照顾我，我应该想得开。这样的劝慰更让我伤心，倒是朋友刘兄、小范、小陈之言让我有所解脱，他们说白鸟是一位尊者，它以猫身说法，完成任务后归去，如龙飞凤舞妙有，梦幻露电真空，它如水分子无处不在。他们还说物犹如此，吾辈理应奋进，到时俱会一处，同聚香樟花芳法界。

昨夜谁叫我

　　半夜里,我的耳旁一片细小的声音:姚育明好……姚育明好……

　　一群蟑螂问候我?半睡半醒中,我的念头也迷糊。事后想来,肯定是在梦中了,只是意识中以为醒着。后来睡沉了,又入了梦,有头无尾,但很奇特。

　　梦见一群熟人,从我家穿过,丈夫说他们要去唱歌跳舞。我说:你们不是一伙的吗?你怎么不去?丈夫说:无聊才去呢,不去。

　　就在这时,那片叫我的声音又响起来了,叫声有些怪,类似人声,又异于人声,好像嘴里充了气,听上去声音呱呱的,而且有节奏。

那声音越来越响，形成了声浪，起伏着，震撼着我的床。我从被窝里钻出来，摇摇晃晃的，站立不稳。我惊奇地朝外看去，视线穿墙而过，只见北面站着一群男女，他们手上拿着锣、钗之类的打击乐器，在阳光下黄澄澄的。我忙出了屋，迎着他们走去。

最前面的是一个穿着虎皮纹大衣的大胖妇人，她说：喂，你们这儿有没有叫姚育明的？我说我就是。胖女人回转身对人群说：她就是姚育明啊！

那群人一下围过来，其中一个说：我们叫得那么响，你没听见吗？！

我不由自主地跟着他们走，走了几步，发现自己竟然穿着红色的棉毛裤，就说我要回去套条长裤。一个男人说：我们觉得很自然的，红裤子很好看。

我只好跟着他们走。到了一个广场，他们停下来排队形，队未成形又倏忽不见，眼前满是跳扇子舞、打太极拳的人。

我正愣着，胖女人又出现了，对我说，这儿人多，得换地方。

我迷惑不解地跟着他们走。他们在一处光线较暗的地方停下来，说：好了，我们就在这儿叫吧。那呱呱的充满节奏的声音又响起来了，直到把我叫醒……

清晨，小区池塘突然响起一片高低不齐的蛙鸣。真新鲜，青蛙白天也会叫？突然想起昨晚的梦境，那些人的叫声多么像蛙鸣啊！是不是过去放生的青蛙在梦中化成人形来致谢了呢？又一想，不对，他们明明在责怪我。我意识到是有青蛙向我求救了！我想去南门菜场查看，丈夫说：国家禁捕青蛙，你什么时候看到那里有卖青蛙的？

他没说错。但我依然坐立不安，如此清晰又怪异的梦撞击着我，说不定真有一群青蛙正命悬一线呢！

想起来了，曾在莘中路小菜场附近看到流动摊贩活杀青蛙，马上坐车过去。途中经过一家饭店，玻璃门上有一个醒目的菜谱上面写着"网红蛙腿"。我马上进去问他们卖不卖活青蛙。一姑娘说不卖活的；另一姑娘白她一眼，纠正说，不卖青蛙，卖癞蛤蟆；第三个显然更懂事，说：青蛙癞蛤蟆都禁食的，我们卖的是牛蛙。

来到莘中路，没找到卖青蛙的。我想，干脆进菜场买些野生泥鳅去河边放一把吧，也算没有虚行一趟。

这个小菜场我曾来过几回，从没见过青蛙。谁知竟在东南角看到一袋青蛙，刚才行走在大太阳底下，还没完全适应室内的光线，还以为自己看花了，蹲下身使劲看，啊?！网兜里是真真切切的青蛙啊！

它们很有感觉地看着我，好像受尽了委屈。一开始我没注意到网袋边上的一堆污垢，等眼睛适应了才发现是血迹斑斑的青蛙皮和剪下的三只青蛙头。两个女人同时走过来问价，我一急吵架似的说：我全要了，快称。

女摊贩突然拍了下我的肩，一个劲地笑，笑得我莫名其妙。她说：我认得你呀，我原先在莘西路菜场摆摊，现在装修，刚搬到这儿来。你买过我的黄鳝,忘了?

我虽然记不得她了,仍顺势说道:老客户了,零头抹掉吧。

女摊贩道:它们大啊!小青蛙倒便宜,但弄不到,不瞒你说,这么多年来,我还是第一次进到青蛙呢,很难进的。她丈夫侧身坐在里面的小板凳上,头扭过来说:算了,她是做好事,就按她的价算。女人不肯,说:又不是卖不掉!

她当然不知道我为什么会执着于这一袋青蛙。放生青蛙好多年了,最初缘于朋友小高的一次叙述,她看见一个人按住一只青蛙,在它头背部下刀割开一个口子,像扯拉链一样地用力撕剥整张青蛙皮,那只青蛙痛得一下抱住了自己的头。小高当场汗毛都竖起来了,从此不吃青蛙。而我被再次触动心境源于一次吃请,菜中有一例清蒸蛙,不知是牛蛙还是青蛙,反正剥了皮形态都一样,它们端坐着,上肢被绑在背后,没有头,像古时被斩首的死刑犯,不要说吃,多看一眼都心惊肉跳。不忍想象它们临终时的无助与痛苦,作为人类,我感受到一种良心的鞭挞。之后我又从父母那里听到活杀青蛙以及癞蛤蟆的故事,以至于生起刀下救蛙的决心。眼前的这袋待宰青蛙,我怎么可能不救?

虽然我嘴上一个劲地说贵,但心里并不计较,今天铁定要救青蛙,再贵也会买。我不想和她磨嘴皮子,再不快点青蛙要闷死了,不打折就不打折吧。

青蛙十斤半重,女摊贩大方地说,零头不要了。我说:你还是不如你老公爽气啊。女摊贩终于不好意思了:好好,今天就称你心。最后女摊贩又充满希望地问:你光要青蛙啊?牛蛙要不要？

　　我轻轻说不要，它们是外来物种，对本地青蛙不利。牛蛙好像听懂了我的话，鼓起的大泡眼显得沮丧。我只好再加一句：对不起，希望你们下辈子不做牛蛙。

　　一出菜场，我就拎着袋子侧着身体狂奔起来。太阳光晃眼，汗直流，内衣黏得不舒服，今天真不该穿棉毛裤啊。啊?！确实是梦里的那条红棉毛裤哎。梦里"它们"还说：我们叫得那么响，你没听见吗?！我突然意识到它们没有叫声，忙放下袋，哦，摊主把袋子扎得太紧了，这样密不透风的，瑜伽士也受不了吧？我把里面的一层袋子打开，果然蛙们很不精神地混挤成一堆，好像要昏过去的样子。我取出钥匙在塑料袋上端戳出几个洞，一会儿，它们呱呱呱地叫起来了。其中一只小蛙特别有意思，竟挤出了半个头，我惊讶地看到，它的眼神竟和猫咪鹿鹿的一模一样。蛙和猫同一个眼神?！这个发现太让我激动了。我喘着气安慰它们：别急别急，马上到地方了。

　　在公园找到一处池塘与小河相接的区域，非常理想，小河隔半米处是高高的围墙，围墙那边是新建的小区，围墙旁的泥地仅几十厘米宽，长满野草和小灌木，九十度的陡岸，青蛙爬上来不易，人要下去同样艰难，这是一道天然的屏障。

　　我的心定下来，刚打开袋子，几个性急的已经弹跳起来了。我忙合拢袋子，它们仍在里面把袋子撞得嘣嘣响。刚才我一眼看到几只翻了肚皮，情势危急，我就对它们长话短说了：听好了，以后一定要注意安全，见人早点跳走。更要紧的是下辈子不要再做青蛙了，一不小心就进入肚子。我又说：我给你们一个观世音菩萨的"救急电话"，记牢啊！唵嘛呢叭咪吽！唵嘛呢叭咪吽！唵嘛呢叭咪吽！我打开袋子，青蛙们像喷泉一样出来了，60厘米左右的高度啊，它们竟能直线弹跳出来！我从来没见过蹦得这么高的青蛙。以前放生的青蛙都很乖，由我捧着一只只放归到河里，可眼前的这些虽然虚弱，性子却急，行动也不统一，看得我眼花缭乱，根本不知道有多少只，按照过去的经验，大概一百多只吧。等它们全出了袋子我才反应过来，怎么和过去放的青蛙不一样啊？过去同一袋的青蛙总是差别不大，每次放生都像放一个家族，这回却像来自五湖四海，宽的、窄的、胖的、瘦的，圆润的、凸出凹进的，颜色也不一样，青色的、黄色的、黑灰的、暗蓝的、白底黑条的、黄底绿圈的，有的皮肤光滑，有的则有许多疣，有的疣上还有一根根小黑刺，真是见所未见，一场青蛙秀。而趴在我脚右侧的一只青蛙更是大得离谱，比牛蛙还大，颜色却呈土黄色，背上布满了像老虎纹一样的深色斑纹，我有些奇怪，怎么混进来一只大癞蛤蟆？

一群人在桥上观看，其中一个中年男人很肯定地说这是只胖母蛙，不是癞蛤蟆。他还说它们都是野蛙，不是家养的，家养的不可能有这么好的弹跳力。边上一个女人附和道，这么杂，肯定是从不同的地方收购来的。

我摸摸这只大母蛙的背，这些看上去像疙瘩的斑纹果然是平的。我向桥上的男人竖起大拇指，他很是高兴。

另一个满脸聪明相的男人却说怎样操作才能使青蛙成为佳

看。很扫兴，怎么到哪都能碰到这样的吃货？我实在不想听。

一个胸前挂着志愿者牌子的妇女走到我身边，她手里拎着一只马甲袋，里面装着烟盒、空瓶、废纸之类的垃圾。她感慨地摇着头说：又不是饥饿年代，什么都吃，说起来青蛙还是益虫，是应该放掉。

我对她点了点头，听到有人赞同总是开心的。大多数青蛙已跳进河里，我把少数趴着不动的一只只放到河里，仅留下那只大块头母蛙，由它继续待在我脚边。河里全是新生的小浮萍，绿油油的、嫩生生的，蛙们的脑袋露出来，身子全隐在绿萍下。奇怪，它们怎么可以停在原地而不下沉？是不是在下面暗暗地踩水？或者打开了气囊把自己变成了球体？

接着，有趣的事发生了：几只青蛙努力地往上爬，但是岸太陡了，它们一边爬一边跌落下去。那位慈爱的妇人说：它们舍不得你，还想上来见你。

有一只青蛙特别聪明，竟顺着桥墩边的直角借力撑爬了上来，它披着一身的圆形绿萍朝我爬来，好像驮着一堆青铜钱。你真聪明啊！我一边夸奖它，一边轻轻抓起这位攀岩冠军，将它放在自己左掌上，然后又用右掌铲兜起胖母蛙。就这样，我蹲着，双手平托着它们，为这对恋恋不舍的青蛙再次读了观音菩萨的六字大明咒。它们一动不动地蹲伏在我掌心，我熟悉它们光滑的皮肤和柔软的肌肉，熟悉它们对我的信赖。我的心中荡漾着温情。

桥上的游人全惊讶起来，它们都不知道逃跑?！我知道他们肯定第一次看到这种场景，我希望他们能因此认识到青蛙的灵性，不去虐杀它们。"稻花香里说丰年，听取蛙声一片。"我们的生活中应该有更多的诗意。

　　最后，我将手掌伸向河塘，再见了，回家吧。它们随着我送出去的掌力先后跳进水里。片刻，河塘里一片蛙鸣，好像合唱开始。那呱呱的美妙的合唱啊！我浑身轻快，这才发现刚才狂流的汗也止了。

"汪星人"

搬家到新小区，认识的第一个新邻居竟是一只成年斗牛犬。主人唤它奶酪。它全身乌黑，连一脸的褶皱也不例外，胸口却长着一撮醒目的白毛，近似心形。初见我忍俊不禁，它急切地辩白：不要嫌我黑，我有一颗洁白的心，我有一颗洁白的心！

奶酪被关在用木条和铁丝网隔出的五六平方米空间里，狗棚紧挨着两家界墙，界墙由铁栅栏和一溜冬青树组成。据说最初它像小区里其他狼狗一样，经常跟着主人散步，自从它咬伤了小区里的一个邻居之后（不知起因），就被关了禁闭。

每次我们推开院门，奶酪都会迅猛地拱开冬青树丛，扑在摇摇欲坠的铁栅栏上看过来。铁栅栏黑漆斑驳多处锈蚀，被它一压一推，更是摇摇欲坠。

这是一幅怎样的场景？像圣诞节画卡，一张庞大的狗脸被冬青树叶装饰着，挂满皱褶的老人脸上偏偏长了一对儿童的圆眼，天真而又单纯，它呼哧呼哧，嘴里好像要喷出热情的问候。它表示自己是斗牛犬不是斗人犬，人是用来爱的不是用来斗的，它就是爱爱爱一见就爱。我不害怕也不行，真怕栅栏倒下的一刻，它一跃而起向我扑来，说实在的，我受不了这样强烈的亲热。

奶酪的天地太小，只能关注有限的世界。它那么渴望与人类交往，无论主人家的哪个成员从它面前走过，地上都会旋起一股透明的旋风，将它裹住，变成一个人狗连体的婴儿。它被情感掀离地面，刹那成为小荧星舞者，旋风消失，它又变成抛弃物跌落下来，徒剩下一双痴望的眼。奇怪的是，主人一家经过狗棚时都不看它，没有谁流露出亲热的表情。也对，它是狗，不是人。主人家用一只铝盆给它当食具已经够给面子了，绝美品相的老铝盆啊，这可是许多家庭户外野炊时用的餐具呢。但是奶酪不懂这个待遇，它只是一遍又一遍地行注目礼。气宇轩昂的男主人偶尔会停下脚步，粗声命令它趴下。它乖乖地趴下，耳朵柔软地向后倒去，双眼充满了期盼。男主人把手机放到耳边，发出一连串的商业用语，奶酪试探着起身，却受到更凶的呵斥，它只好呆住，眼巴巴地摇着尾巴。他们的儿子，一个10岁左右的男孩倒经常与奶酪互动，只是行为比狗还要粗鲁，明明铝盆就在栏杆边上，他偏偏将狗粮哗哗泼进去，遇到下雨天，奶酪就像猪一样在污泥中拱食。奶酪并不计较，每次看到男孩还是会快乐地迎上去，它甚至从铁丝网豁口中挤出脑袋去吻男孩。男孩迅速拿起竹竿，不是捅就是抽，奶酪缩着身子躲来躲去，男孩还余怒未消地骂道：臭狗！坏奶酪！

我一直想不明白，他们家为什么给狗起了这样一个名字？这个名字那么甜蜜，充满了爱意，还带着几分洋气。可是我看到的不像宠物，甚至不如农家散养的土狗。不知为什么，我总觉得这副皮毛之内居住着一个跌跌撞撞正学走路的人类幼儿。我尽量朝另一方面想，也许这户人家有着不为外人所知的困境，痛苦包围着他们，他们连自己的压力都化解不了，没有多余的感情来关爱自家的狗了。

好在天从人愿，也从狗意。围墙旁的这排红果冬青茁壮而又茂盛，它们给鸟儿提供了方便。一对娇小的白鹡鸰常在树枝间跳来跳去，不是啄食冬青树上的红色浆果，就是突然斜飞出去。它们的飞像冲浪，忽高忽低，一旦落到地上，便像舞台上的古代女子，走着急促的碎步。奶酪会突然喝彩，真假嗓音混合，鸟们常常惊起。好在时间长了它们也看明白了狗的友爱，改舞为唱，"机灵、机灵、机灵"，既自赞也夸狗。奶酪显然想加入合唱，可是怎么努力也模仿不了清脆的唱腔，只是增加了一番热闹。

在奶酪周围，万物自由，人类走进走出，小鸟飞来飞去，蚊蝇也舞姿翩跹，只有它被关在禁地。有时它太憋闷了，会突然往木栏门上蹿，企图跳跃出去。它甚至冲我急叫，好像乞求我帮助它逃出这个狗牢。半夜里，我经常被咣当声惊醒，知道奶酪又在摔打那只坑坑洼洼的老铝盆了。如果是人类，对着自己的脏饭碗发泄也是能够理解的，何况一只狗，我觉得这只狗快被关疯了。

一开始我很想逃避这种声音，后来一想，如果我不倾听，谁来承受它的一次次发泄呢？这样一想，就能忍受了。但是又有了副作用，听的次数多了，竟然产生了一种暗暗的嗔意，我不知道邻居姓甚名谁，他们是一群无名氏，只有这只可爱又可怜的斗牛犬有名有姓，还有白天连着黑夜的滚烫的孤独。

时间流逝，奶酪仿佛被自己的粪便熏傻了，它不是长久地趴在地上一动不动，就是来回快速地走，粗糙的呼吸声像醉汉打的呼。偶尔它也会大惊小怪，听到远处的同类的叫声，便大声地唱和酬对；或者昂头冲着天叫，声调苍凉悠长，像一头失群的狼。

奶酪奶酪奶酪，我不得不叫它，因为它又一次咬住了铝盆，铝盆在它脸上变成了第二张嘴，歪斜着，大张着，却是封闭的，看不到牙齿，也望不到喉咙，好像铁了心从此不再发声。我很心疼，真想帮奶酪把这只盆打碎，可是，它是铝制的，不是瓦盆。我的思绪如翅，飞进民俗里，它的主人活得好好的，没死呢，就是死也轮不到一只狗来摔盆，它想当孝子也没资格……

奶酪眼睛湿湿地看着我，嘴里发出含糊的咕噜声，好像说，我想和你说话，可我笨，不会说人话。我越发觉得奶酪可亲，它虽然是条狗，但一点也不生疏，倒是它的主人不可捉摸，明明不疼爱狗，却给它起了个可食的名字，色香味俱全。

自从我亲眼看到奶酪嚼食自己拉的一坨臭屎后，便想法在一次性碗中倒上猫粮，卡在两根铁栅栏之间喂它。奶酪偏着脑袋，努力伸出嘴巴，困难而又愉快地进食，呼哧呼哧，边吃边评论，好吃好吃太好吃了。丈夫多次让我不要滥情，说一旦奶酪生病或者死去，它的主人会以为是我投了毒饵。我理直气壮地反驳，这是天然猫粮，经得起联合国卫生署的检验。虽这样说，我还是做贼似的行动。而这一刻常常会衍生出新的快乐，小鸟会出其不意地飞下来抢食，奶酪晃着脑袋驱逐它们，它们一左一右，总有一个会得逞，"机灵、机灵、机灵"，它们灵活地啄食猫粮，边吃边欢叫。奶酪虽然用脑袋甩它们，其实并不真的生气，它只是喜欢这种追逐的游戏。

看一只狗和一对鸟嬉戏，虽然也有乐趣，但那里的臭味令我不敢久待。邻居也太不讲卫生了，任奶酪到处拉屎撒尿，十天半个月也不清理一次。奶酪不管这些，只要看到我，它一脸的皱襞都会颤抖起来，显得它更丑，也更动人。

有一次我隔着栅栏墙对这家的保姆说，该清理一下狗棚了。于是这个走路带跑的保姆拿起了铲子，一边铲一边骂狗：光知道吃吃吃拉拉拉，养你有什么用?!奶酪很紧张地缩在一边，眼睛却瞪得大大的。它完全明白自己的地位在住家保姆之下，好在保姆并不想用铁锹打它，她只是嫌臭而已。

我丈夫对奶酪好像没什么感觉，照理说，他对狗应该比我更敏感才是，他曾经还想买一条大狼狗呢，因为我的强烈反对，他才作罢。我们俩倒是有一点相同：喜欢花草树木。不谦虚地说，我们家的院子和邻居家的院子天差地别。

终于我丈夫恼了，准备买一卡车砖，欲砌一堵高墙挡住臭味。我当然反对，高墙挡不住臭味，却会遮蔽一截天空，使自己的视野变窄。还有条理由我没敢出口，砖墙一挡，奶酪看不到我，岂不更加憋闷？

我想不通，既然邻居不喜欢狗，为什么不送走呢？丈夫说：又不是小狗，大狗认主人了，养不熟的。我试探地说：它喜欢我，我们领养吧？丈夫放粗了声：它的主人都不敢送出去，你还主动去招事?!

不养就不养，我也没特别的遗憾，毕竟比起流浪狗来，奶酪还是幸运，有主人，还有自己的名字。

有一天，他们家院子里钻进了两只小狗，其中一只掉进了鱼池中。落水小狗拼命攀爬水池中的假山，却一次次地滑下，岸上的小狗吓得狂乱地惨叫。我隔墙急呼邻居救狗，不巧的是一个人也没有，奶酪在狗棚里团团转，发出奇异的叫声。他家和西邻的界墙很矮，攀爬容易，结果那家人的主人也不在家。住家阿姨虽然开了门，却非常凶悍，她质问我知不知道这是什么地方，怎么可以随便闯进来。我按捺着性子交涉了好一阵，她才骂骂咧咧地让我进去，结果耽搁了时间，仅差半分钟啊！等我捞起小狗，它抬起头，身子抽了一下，吐出了最后一口气。那天我的心情一直沉重。唯一使我感到慰藉的是奶酪，当我骑在墙头往邻居院子里放梯子时，它突然跳起来，像人一样立起身子趴在栏杆上。我说：奶酪你别吓我，我是来救小狗的。奶酪像听懂了似的，眼睛紧张而温情地看着我。我用旧衣服包着小狗的尸体从铁门下面塞出去时，奶酪鼻子微微抽动着，自始至终没发出一声狂吠。那只无名小狗的命运，除了我和奶酪没人知道，只有奶酪陪着我紧张担忧。有时一只狗比一个人都懂得道理。

有一段日子，邻居家突然热闹起来了，不断地有陌生人造访。奶酪对各种人发出不同的吠声，声调变化，狗语丰富，可惜人们听不懂。但我却知道了一件事——邻居要卖房了。

卖房原因有各种传说，其中之一是他们家的风水不好。

这天我从外面回到家，丈夫告诉我，邻居搬家了，搬家公司来了三辆大卡车。我很惆怅，奶酪也一起搬走了？

丈夫有些诧异：你没发现它已经不见好几天了？我这才意识到，是有好几天没听到它的声响了，我还以为正巧遇到它睡觉呢。我同时没想到的是，丈夫对奶酪的关注其实并不比我少。

我问道：它到哪里去了？丈夫说：还是不知道的好。

我只能祈祷，希望奶酪是去了一户好人家，那户人家将它当成宝贝，宠爱如同小孩。

我经常不由自主地看向奶酪经常趴着的那个地方，那些曾摩擦它脸颊的冬青树叶依然油绿，一只抽象的狗在那里立起来，并探出了头，簇拥着它的树叶们围成了一个花圈，它在花圈正中不舍地看着我。我的心一抖，奶酪，奶酪……

没多久，我家突然出现蟑螂军团，大的像知了，小的像蚊蝇，它们源源不断地来访。我纳闷它们从何而来，听到隔壁装修队的抱怨才恍然大悟，他们说这户人家的厨房太脏，踩进去鞋子都会粘住，下水道也全被油污堵住了。这才想起来，那个男孩曾经说过，他妈妈是开网店的，专卖比萨、蛋糕、奶酪饼干等手工点心。

啊，奶酪，原来你香甜的名字是这样来的啊……

我难受了好长一段时间。后来看到另一条狗，冲淡了我心中的阴影。在没见到它之前，听主人说是条土狗，但长得很帅。当时我不太在意，主人夸宠是自然而然的事情。见到后，我的欢喜一点也不亚于它的主人。

它是丁汀农家小院里的狗，农家小院在周庄，名字叫品悦苑。丁汀夫妇每周去一次，他们不在时，就请当地的老乡照料院子里的树木菜蔬，同时喂食鸡鹅狗。鸡鹅一群，狗就一条，名哈利。哈利，哈利，他们的口气像称一个小孩子，我想起银幕上令人着迷的哈利·波特，这只狗竟然与这个戴着眼镜、拥有一把飞天扫帚的男孩同名，想想也很可爱。后来才知道那是母犬，应该写成哈莉。

丁夫人说，他们每周要去小住两天，哈莉一看到他们就激动得发狂，而他们离开时它那失落沮丧的眼神让她不忍直视。无奈丁汀要赶回上海工作，否则为了它真想多住几天。

哈莉令人难忘，那次我跟在丁夫人身后，院门一开，一道金黄色的影子伴随着铃铛声扑面而来。哈莉的叫声充满狂喜，它那本就粗大的尾巴像一朵盛开的巨大菊花，快意地竖着摇着，它全身的毛都在快乐地颤动。丁夫人弯腰摩它头顶，啰啰啰啰哈莉，乖囡。她的声音里充满了疼爱，人与狗的眼睛都在闪闪发亮。

这是一只混血土狗，毛色漂亮，尾巴确实长得好看。但我以为，好看不好看还有一个因素，那就是情绪的作用，幸福感会使一个丑者也变得动人，何况它快乐得像喝醉了酒。

丁汀是个真性情的人，小院完全符合他的理念。猛一看，院子里满是绿色，深深浅浅，来不及细看，眼光就被哈莉牵着走，它跑得飞快，像一道活起来的五线谱，满院子都是金黄笔触，满院子都是清脆的叮当声响。主人来了，它定心了，开始发泄长久以来的思念之情，一周的等待于它是太长了，它像一个孩子玩追逐的游戏，追逐着自己无法形容的快乐。从没见过一只狗能这样快乐，它快乐得几近疯癫，难怪人们将狗称为"汪星人"，这时候看它，完全就是一个与父母久违的小孩子。不知道它从院子奔到屋里，又从屋里窜到外面多少圈了，它竟能连续奔跑半个小时以上，这真是少见的狗欢，一路挟风带雨，一路热力四射，似乎每一步都带着电，我都被这种快乐感染了。

它总算平静下来了，开始和主人带来的另一只小狗亲热。几只结实的母鸡颠着有力的脚步在院子里觅食，几只公鸡雄赳赳地展现着身上的紫金羽毛，这是一幅极其健康的农家景象，充沛的生命力是完全可见的。

这时我才得以静心地观赏周遭的环境。品悦苑里长满了植物，橘子树、枇杷树、芭蕉、樟树、葡萄、黄瓜、刀豆等。它们高低错落，似乎组合得随意，却充满了原生态的趣味。丁汀说院子里的大多数树是原先就有的，他没有动它们，只是在搬来时补种了几棵。太赞赏这种适度的随缘方式了，我心里一下跳出了"真性情的小院"几个字。是的，主人真性情，小院也真性情，人与物配合得天衣无缝。这个小院有着自由自在的气息，哈莉就生活在这样一个环境中，无拘束，无恐惧，有的只是一天天地盼望与主人聚首。

哈莉的快乐似乎有股涤荡的力量，它让我担忧奶酪的郁闷得到了清洗。哈莉哈莉，我伸出手去，它毫不犹豫地走上来，伸出舌头舔了舔我的手指。丁夫人惊喜地说：它从来不舔陌生人的，它喜欢你。

　　是的，"汪星人"是富有灵性的，它能感受到"蓝星人"对它的态度，它能看懂人的眼神。但是，它能想象一只名叫奶酪的同类的命运吗？尽管那是只标准的纯种狗。不像幸运的哈莉，和主人之间没有物种的隔阂。

　　"汪星人"各有命运，它们的命运和"蓝星人"的喜怒哀乐有关。我祈望在以后的日子里，能多多地看到品悦苑这样自在的绿色家园，以及哈莉这样幸福快乐的陪伴。

飞去又飞来

晚饭吃得早，我们出小区北门散步。我提议从莘松路绕到场西路、新南路去，菜场边的那条河前几天在清理，不知现在怎么样了，心里一直惦念着。原先它太脏了，远远地就闻到一股臭气。

没走多远，看见一姑娘正在前方弯腰捕捉什么，她终于捉住了，刚直起身，手掌上的东西又飞落到地上，原来是只麻雀。麻雀在扑腾，好像受伤了。她走过去，重新捕捉，它则跳跃着、滚动着、翅膀乱扑着，一看就是在努力地逃避，它的逃避显得吃力。

丈夫说：这只小鸟中毒了！

我很奇怪：你怎么知道它中毒了？

也许丈夫有这类经验吧,他很肯定地说:那还用说?一看就知道。

我当即急了,加快脚步抢在姑娘前面把麻雀捧起来。麻雀在我左掌心中瑟瑟发抖,我努力地用手掌的温度去暖和它。姑娘异样地看着我,意思是你怎么随便抢人家的东西?我不看她,不给她商量的余地。它是麻雀,野生的,又不是和平鸽,你能抓,我也能抓。大概看到我身边还有个男人,姑娘只好忍了。

这只麻雀很聪明,知道我想救它,在我手上很乖,根本不像先前那样,一个劲地要从姑娘手中逃脱。它只是窝在我掌心中抖个不停。

我问丈夫怎么救小鸟,他说,先想办法给它喂水。

我托着它快步走到前面的洗车行,打开水龙头,在右掌心中放了些水。麻雀果然张嘴喝起来,它不停地喝着,一口接一口,好像在拼命自疗。

加油加油!多喝点,排毒啊!麻雀可能缓过来了,安静地躺在我的掌心,不再像先前那样发抖,但仍半闭着眼睛,一副虚弱、痛苦的样子。我想返回家,丈夫不肯,说还是按原计划走,它能不能活下来,有它自己的命。我只好一路走一路抚摸它,叫它撑住,我说:回家就给你冲奶粉吃哦。

到了场西路拐弯处,看到路边的围墙上垂挂着几串葡萄,只是还有些发青。我高兴了:我们采一只吧?挤点汁给它吃,维生素C排毒,也好增加点营养。

丈夫说:人家要骂的,再说你不是犯了盗戒吗?

我只好催丈夫走快点，他平静地说：没用的，中毒的小鸟肯定活不长的。

丈夫走到马路拐角处的地摊前蹲下来，我急得要命，他却在那里笃悠悠地挑起了黄瓜。我突然想起来，黄瓜有清热解毒的作用呀！我赶紧拿起他脚边的一根黄瓜，顶在地上折断了它，也顾不上摊主的怀疑、丈夫的瞪眼，捏住黄瓜用尽挤，好不容易挤出眼泪水似的一点黄瓜汁，一滴，又一滴。淡绿的汁就在麻雀嘴边，我劝它赶紧喝上两口，麻雀却视而不见。几秒钟它后突然站了起来，像一只健康的鸟，半闭的眼睛也用力睁大了，我以为它懂得了我的意思，开心极了。我从来没这么近距离地看过一只小鸟的眼睛，晶亮得不可思议，以至于我看不清它的眼睛究竟是乌黑的还是棕色的，只知道它的眼睛太漂亮太精神了，像玛瑙宝珠一样透着光，刹那，世界流光溢彩。

丈夫还在慢条斯理地挑着他的黄瓜，我忍不住对他叫道：快看，它多好看啊！话音刚落，小鸟的头低了下去，像个小小的幼儿，一下侧躺下来，慢慢地闭上了眼睛。它的羽毛凌乱地覆盖了我的掌心，它的身子一下变重，压得我手腕都有点承受不起。我又一次惊叫：快看，它怎么啦？

丈夫叹道：回光返照啊！

我疼惜地用手指梳理抚平了它的羽毛。麻雀安静极了，温驯极了，我从来没有见过一只死鸟如此安详。我的心里充满了柔情，也充满了感动，我感受到它对一个人类的信赖，也感谢它给我一次至诚祈祷观世音菩萨的机会。我跟着丈夫的步速走，不再催他了，但我的眼睛一直没离开麻雀，我一路走一路轻轻念着六字大明咒。它在我掌心躺了五十分钟左右，在这段时间里，它甚至随我们一起去了河边。河水被抽去了大半，河床袒露出丑陋的胸膛，工人正用长杆网罩在浅水中打捞着垃圾，岸旁杂乱地堆积着黑色污物。因为打捞引起的搅动，河水的臭味比平时更重了，但我知道，腐臭终会过去，河水会焕然一新。麻雀一直安稳地躺在我的掌心，它已经闻不到香臭了。也许它的神识在我们头顶飞翔，一路伴着我，直到我将它埋在院子里的含笑树下，它的身子依然带着一丝温度。

这只普通的小鸟躺在土坑里，完全像睡着了似的。它的脸那样平静，灰褐的羽衣一尘不染，好像生前并未经历痛苦。第一次发现麻雀是这样耐看，真不忍心将土盖上。

飞吧飞吧，可爱的小麻雀，愿你的神识从有毒的世界中解脱出来，飞向无碍的清净国土。

之后多少次，我看到一只又一只活泼的麻雀，它们在地上跳跃，从一棵树上飞到另一棵树上，或者停歇在人类的屋脊上；有时它们也出现在画家的笔下，晶亮的眼睛里无一丝杂质，有的只是澄明。它们永久地展示着鸟类的健康、天真。每次我都仔细地看，有一种熟悉的感觉，好像那只在我手心躺倒的麻雀复活了，一次又一次飞出去。那回它只是和我玩了个游戏，它有大誓愿，它要代鸟类饮尽一切毒饵，那是悲；它要化为天真、轻盈、欢实的形象，一尘不染，活生生的，那是喜。那闪亮的双眼，映着看到的世界，这世界一片珍宝之光，无有毒害。

猫头鹰的眼

十几年前,我和同事斤夫在朋友朱樵、陈双虎的陪伴下去了南北湖云岫庵。此庵又名"夜普陀",源于一个民间传说:观音菩萨在普陀山日夜操劳,连晚上也不得安宁,她听从龙女之计,晚上跨海来此休息,结果走漏消息,这里的香火也随之旺盛起来。在去这处名景的山路上,看到了山坡上那些近乎透明的网,那些坚韧如刀刃的尼龙丝上面尽是鸟毛,在风中零落地飘抖,完全能想象鸟们的痛苦与无助。双虎粗鲁而心疼地骂了一句,还试图把网扯破。我想,双虎真是爱鸟啊。相比较,朱樵站在一边没有动作,一副漠然置之的表情。也许他见惯了,已经懒得动手了?

快到寺院时,山道上多了许多摊贩,不是卖成捆的香火,就是卖扎着脚的鸟兽。我很愕然，在佛门前做这等生意真是煞风景啊。双虎说电视台曾来拍过一次，曝光了山民乱捕滥杀的行为，过一阵又这样了，总断不了根。

一只冲撞着鸟笼的小鸟引起了我的注意，它看上去像只麻雀，叫声脆滑，颜色却比麻雀漂亮，橄榄绿、深黄、淡黄，使它显得特别娇嫩可爱。

我想，按照佛门众生平等的说法，鸟当然也有佛性，只是它的鸟性被囚禁了，一时不得自在。我买下了它，提着鸟笼进了寺院。

殿堂里有一群人席地而坐，在念经。我从他们中间穿过，把鸟笼放在佛台上。斤夫正伏身拜佛，以罕见的严肃表情合掌。我在一边偷笑，他可是连菩萨带鸟都拜到了。斤夫发现了，哭笑不得地摇摇头，大概觉得这三个头叩得不纯粹，被小鸟占了便宜！

出庵后我们去停车场。一阵不同寻常的声音在寂静中爆发，只见山道口仰躺着一只被捆绑的猫头鹰，身形很大，它一边挣扎一边激动地大叫。它竭力地要引起我的注意。我从未见过这样的场景，由于它翅膀着力地拍打着地面，那些腾起的尘灰竟像沸腾了一样，我的心一下热了起来。

我疾步走过去大叫：人呢？人呢？这只猫头鹰是谁的?！

这只猫头鹰立即停止了叫唤，淡黄色的眼睛温驯地看着我。

一个男人从雨棚后走出来。我立即和他讨价还价起来，他嫌卖得太贱，我嫌卖得太贵，我和他嘴里滚动着数字。

那只猫头鹰微微震颤着，眼神显得不安，天哪，它竟然能看懂这个场面。偏偏他们在停车场等我,斤夫大声地催我,我想,如果再拎一只鸟笼,他们会不会觉得我过于异类?再说这个卖鸟的心也太黑了。

我犹犹豫豫地朝停车场走,猫头鹰发出一阵凄惨的叫声,双翅又一次用力地击打着地面。

我心一哆嗦,反身走了回去。我向摊贩摊牌,只要他有诚意,哪怕降五毛甚至一毛,我立即就带它走。猫头鹰再次停止了叫唤,又充满希望地看着我和那个摊贩。我的头晕起来,世上怎么有这样的鸟类?它完全懂得我们在争执什么呀!

按照我的购物经验,在这种情况下,卖主总会顺势让步的,谁知这个男人是个铁脑袋,他说一分钱也不降。他的这张脸丑陋极了,我头一热,拔腿就走。

猫头鹰哀切地叫着,比先前还要绝望,我又闻到了尘灰的味道。我硬着心肠走过它的身边,它顺着我的方向,在地上用力地拧转身子,它的头随着我的走动而转动,它的目光紧紧地追随着我。多么令人心酸的场面,为了能抓住这个最后的希望,这个有可能救它的人类,猫头鹰竟然挺起胸脯,抬起下巴,脑袋后仰,它的身子拱成了一座小小的桥,那哀求的眼睛倒看着我,那伤痛的目光越过自己的额头,一步不离地追上来,伴随着它震颤的哭声。

我像被鞭打了一样,加快了逃走的速度。

一路上我沉默着,胃在隐隐地痛。前方灰蒙蒙的,天也灰蒙蒙的,好像猫头鹰还在奋力地击打地面,冤屈之尘与号啕大哭冲天而上。

云岫庵越来越远,朱樵建议在一片山林前放小鸟。我放出小鸟后它并不飞走,一直停在那里。双虎捡起一块石子扔过去,并用浓重的当地普通话喊道:飞远些,小心再被人捉去!

当这只美丽的小鸟振翅飞向远处的丛林后,所有的人都轻快地笑了。只有我心神不宁,我完全可以坦诚一些,向同行者道出自己心里的过不去,既然一只猫头鹰向我发出了求助,我怎么可以辜负它的信任?可是我怕车子返回去耽搁大家时间,也怕别人嫌我多事,只能默默地祈祷,赶紧出现一个好人吧,将它救下,他将是它的恩人,也是我的恩人。

回到家受到丈夫的呵斥,他说:你太患得患失了,管别人怎么想呢,你应该救下它的!这下我更悔恨了。可怜的猫头鹰啊,你被人使计捕捉了,又受到粗暴的捆绑,好不容易看见了得救的希望,谁知你看错了人,你碰到的是一个同样冷酷同样吝啬的人,你的苦难实在太深了。

没多久,我在花鸟市场看到一只麻雀,它不停地撞着鸟笼,把头都撞破了,露出细小的头骨。我花十元钱买下它放生了。回到家里才发现,我错把五十元当十元付给了老板。我想回去和他理论,丈夫说:你别去,去了保证吵架,会吵掉你的好心情的。你想一想,如果你不买下这只头破掉的小鸟,事后你会后悔死的,你忘了那只猫头鹰了?照我说,五十元也值啊!

丈夫的开解很管用,只是又一次刺痛了我,那个伤疤再次被揭开,我将一生背负着对那只猫头鹰的内疚了。

没想到在日后我还有一次减轻心病的机会。数年后，缘于一次笔会，我又一次来到了南北湖。会后我又去了云岫庵，同行者中有老师、作家、大学生、政府官员以及她的女儿，这是个小学生，身穿红色风衣，名金子。

在路上，我激动得呼吸都粗糙了。当看到那条熟悉的山路时，我差点奔跑起来，好像当年那只被捆绑的猫头鹰还在那里等我。

没想到那些鸟摊消失了，所有的摊位都卖香烛木鱼佛珠之类。在这个美丽宁静的地方，没有苦难的生灵入眼毕竟是值得欣慰的事。但我仍有一丝微微的失落，那只猫头鹰的双眼破空而来，我忍不住朝当年它躺的地方看去，那里空空荡荡。

即将走过最后一个摊位时，一个老年妇女突然拿出藏在雨棚后的两只未成年猫头鹰，在尼龙袋里，它们像抹布一样被团得乱七八糟。

我一下看到了它们的眼睛。它们的眼神惊惶失措，虽如此，黄眼珠仍像淘气的孩子那样滴溜溜地转动。

金子惊叫了一声，她那白净的面容因气愤而浮起了红晕。我也心痛地提高了声音：你怎么让它们团成这样?! 快拿笼子来，我要放掉它们!

女人奇怪了你要放生啊？那还要笼子干吗？

我说：至少让它们现在舒服一些。

女人有些舍不得，只肯给我一只笼子，将它们两只一起塞进去。这才发现其中一只已经奄奄一息。徐老师说：它马上要死了。女人骗我们：它在睡觉，猫头鹰晚上才醒。我很生气：你放心，死了我也要它。你为什么虐待它们?！快拿点吃的给它们。

女人很无辜的样子：哪有吃的给它们呀？

我太心疼了，就是捕了来卖钱，也要给吃的啊，你的小孩被捉了，还饿着，病着，你心疼吗？还有没有？我全要了。

女人又从背后拿出两只猫头鹰。看她的表情，仍有埋伏，我欲进柜子后面察看，女人忙说：真没有了，还有一只老鹰，你要不要？

金子的母亲掏出钱包，说要为女儿买下老鹰放生。我抢着付了钱，这是父亲给我的钱，父亲肺癌晚期。他说你看见什么放什么吧。我说：我代大家一起放了。

一个大学生在庵门前挥手，催我们快点进去。我说：不进了，我们自己来做观音，放猫头鹰去喽。

我明白无误地感受到了鸟们的恐慌，它们无一例外地全在发抖。那只奄奄一息的小猫头鹰已经瘫痪了，它那偶尔睁开的眼睛，眼神几乎涣散了；而那只未成年老鹰，心脏跳动得那样剧烈，整个身子在我手心中震颤，它渐渐平静下来的温驯同样为我真切地感知。

怕人们再捕捉到它们，我们专拣无人走的山路。一路上，我打开了念佛机，让它们听听观音菩萨的声音。念佛机也是朋友送我父亲的，父亲说你带上，给救下的命听。谁知山路上竟有一条大狗窜出来狂吠，吓得金子大叫救命，三个姑娘吓得逃回公路，剩下我和徐老师、金子母女鼓足勇气往山上走。

刚避开一个采茶人，金子又惊叫起来，蛇！我也吓了一跳，平生最怕这路瘟神，以前走路，看见草多的地方都会哆嗦，猛一听喊，心里也抖了一下。只见一条小蛇快速地扭动着往草丛里逃，是一种害怕的情状。小蛇也害怕人吧？

刚拐了一个弯，一个怪里怪气的人跳了出来，哦，原来是稻草人。金子慌得又喊了一声，这个小姑娘如此地受惊，却始终没有扔掉手上的鸟笼，真是一个有善根的孩子。

我们选定了一个隐蔽处。那只病弱的猫头鹰终于断气了，由先前的颤抖变成了平静。山上有许多长条叶子草，一簇簇一团团的，突出在地面上，很像东北的乌拉草。我们在近处找了一丛最大的草团，将它藏在中间，金子还扯了一大把草盖住了它，猫头鹰的神识也需要这种温暖的掩蔽吧？

我又打开老鹰笼子，它极其迅猛地飞了出去，双翅差点擦到我的脸。好矫健的飞行啊，很快它就没了影，不愧是鹰族一员。

三只猫头鹰也被放出来，它们滑行般地飞出去，在七八米远停下了。它们从三个不同的方位不约而同地扭头凝视着我，那大大的圆眼睛亮晶晶的，盈满了感情。徐老师激动地对我说：你看啊，它们都在看你！

我心地大震动，震得我差点落泪。多么熟悉的眼睛！那带着电的凝视，那透视我灵魂的判断，猫头鹰的眼睛啊……

就在我们相互对视的时候，远处传来云岫庵隐隐的钟声，那么深远，那么庄严，那么温柔。我们四人全像中了定身法，入神地倾听着。仿佛回应母亲的召唤，它们展翅朝着钟声响起的地方飞去了。云空澄澈，天路通畅，没有什么比此刻更有诗意的了。这些获得自由的鸟儿啊，翅膀上一闪即逝的光，多么美妙！我们一起合掌，飞吧，飞吧，早点飞回你们的家。

等它们的影子完全融入远处的天色中时，我才想起来，只顾着为它们高兴，却忘了祈愿了，我本该回向父亲早日恢复健康的。

十几年后，在微信上见到了陈双虎和朱樵，聊起来我才知道，南北湖的鸟类很丰富，一年四季都有留鸟，它们在此栖息、安家、繁衍。还有几十种冬候鸟、夏候鸟在此暂住，根据季节往返两地。更有大量的过境鸟在此歇脚、取食，其中包括不少猛禽，比如猫头鹰、老鹰。南北湖已知鸟类在一百六十种以上，是真正的鸟类天堂。

可我想起来的总是那条小路上待售的鸟类。陈双虎请我放心，说现在当地对鸟类的保护工作做得很好，人们的环保意识也有了提高。他提起一位姓方的退休女性，之前是赤脚医生，已经巡山十年了，每年 10 月开始，天天跑四个山头，很感人，受伤的鸟、病死的鸟她都会一一记录。他说还有一个鸟类爱好者，也是鸟类土专家，也很了不起，出了本书，里面全是南北湖的鸟类照片和文字。

为了让我了解更多，陈双虎还把那本书中的南北湖鸟谱给我发了过来。经过仔细比照，我才知道当年放的那只小黄鸟是黄鹡鸰，而那只迅猛飞走的是游隼，并不是我以为的未成年鹰。至于那只让我愧疚了一辈子的囚徒倒没搞错，是标标准准的猫头鹰，国家二级保护动物。

说起那次我们埋猫头鹰的草，双虎很肯定地说，南北湖没有乌拉草。我说：那会是石菖蒲或芨芨草吗？双虎又否定了，他说：山上是有很多一簇簇一团团的草，我们当地有个很不雅的称呼，叫擦屁股草，禾本科的，学名我还真不知道；还有一种和你说的也像，就是野麦冬，不过它是百合科的。没想到双虎不但爱鸟，还懂这么多植物科属分类。

最没想到的是朱樵对我说的话，他说我逃离那只猫头鹰后，有一个朋友把那只猫头鹰买下放了。我一时呆住，这个意外的好消息来得太晚，晚了十几年。但我只开心了几秒钟就明白过来，他在骗我，当时他们三人在停车场等我的场景我记忆犹新，我们是一起坐车离开的，他怎么可能看到什么人放生了呢？他完全是出于安慰我的目的啊！他又说，有山民说了，放了也飞不远，还是活不了多久。我听懂了这种翻过来的说法，放不放它都活不长，他想让我由此减轻心上的重负。说着说着，文人的诗意就出来了，他说：你看你放的，一直在你身边啊。更有意思的是，朱樵的画作中，一多半是鸟，他画了几十年，画得实在太好了，画纸上这些鸟活生生的，有股不受拘束的灵气，仿佛一触便要离纸而飞，他笔墨清简，画面干净，看上去很是舒服。用业内人士的话说，这不是随便画的，用笔需讲究速度、力度和精度，难怪人称"画鸟大师"。过去我认为无视鸟类痛苦的朱樵其实对鸟深有感情啊。我对鸟以及对人的了解其实还是浅见啊。

感恩朋友们，他们带来的好消息和抚慰驱散了我胸膛的雾障，让我的心空更辽阔、清明。对不起，请原谅，我曾辜负的猫头鹰，你一直以那种痛苦的姿态活在我心间，你不应该一直被那样捆绑着，我想把你和我一起解缚。我相信生命中所有的遇见都有它的必然，在与其他异类遇见和相处的岁月里，我尝到生命互相给予的欢乐，也许其中便有你的再来。因为我被愧疚痛苦囚禁得太深，才不会认出你换装后的新容。谢谢你，我爱你。

给大龟起名

　　海年因为搬家，没法处理家中的大龟，问我有什么办法给它自由身，我说放到河里去呀，他说龟太大了，怕贪心的人捉走杀了吃。我把熟悉的河流在脑子里过了一遍，也不敢确定哪一处安全。

　　提到龟我想起胡建宁先生了：一个朋友请客，火在烧，汤在沸，地上是一只被绑住的大龟，头脚一直缩在壳里。胡先生对女主人说：它的死活都在你的手里，你放它，就是观音菩萨，一刀下去，就是罗刹恶鬼，全在你一念了。女主人被说动了心。第二天大家把这只龟抬到了上海动物园，缩了几天的龟一下就伸出了头和四肢。胡先生在一旁不停地念观世音菩萨，旁观的人被大龟的灵性和胡先生的慈心感动得都掉了眼泪。唉，谁敢保证海年的大龟会遇到胡先生这样的好人呢？

我总算想起来了，七宝寺有一方池塘，里面养着不少龟和青蛙，估计都是放生者所为。我建议海年也放到那里去，那里保险，没人会在庙里垂钓。

海年请我帮忙，他说我在场他就定心。完全能够理解他的心情，一件劳动工具，用的时间长了都会有感情，何况是一只活生生的大龟。我平时懒得社交，不知拒绝过多少宴请，也不在乎因此得罪人，但对于人们邀请去放鸟放蛙之类的活动我却很乐于参加，我喜欢看到生命恢复自由后的欢快。

海年开车来接我，一上车我就看到了它，趴在一只大盆中，这只看上去很温和的大龟偏偏头上一道红斑，好像画出来的假眼。你装凶狠啊？我逗它。大龟嘴巴紧闭着不吭声，鼻孔两个洞，针戳似的小，但青黑色的壳看上去非常坚固，也非常干净，整个形象如同工艺品。难怪海年不放心呢，我还是第一次见到这样漂亮的大龟。我又摸摸大龟脑袋：你叫什么名啊？

海年说：惭愧啊，都把这只龟养到五斤多了，就没想过给它起名，现在要分离了，还是个无名氏。请你帮我起个名吧，也算留个纪念。

我脱口而出：你养它，是有缘；我和它相见，也是有缘；它乔迁寺院池塘，是和佛门有缘。就叫有缘，行吗？

海年马上"有缘有缘"地叫起来，声音充满了感情。确实啊，他与大龟有缘。20世纪末，海年在菜市场遇到一个贩子正托着一只龟叫卖，那只龟一斤左右，贩子说是从黄浦江里捕到的。

有几个人围着看，有一人愿出一百元，说可以炖了滋补身体。海年见它安静地趴在人掌中，不知将丧身人腹，不由得鼻子有些发酸，于是主动出了一百五十元赎下了它。大龟由此得救了。那时候，一百五十元可不是小钱。在家养了七年左右，现在，大龟又一次到了前途不定的关头，海年一遍遍地叫它，既留恋又担忧。有缘在大盆里抬起头来，好像听懂了似的。我也俯身对它说：恭喜啊，你有了自己的名字。

到七宝寺门口，收票的人说：人好进去，龟不好进。海年的脸一下发白了。我戏谑地说：不是众生平等吗？佛又改金口啦？收票的一愣，不知怎么应答。海年趁机客气地说：师傅，我们不是玩，是放生的。收票的回过神来，放生不可以，拜佛可以。这下我耐不住性了：师傅，为什么别人可以，轮到我们就不可以呢？七宝寺是出家人当家，不是在家人当家吧？他们如果不让放我们就不放，你不要自作主张啊。

这位守门师傅觉得我有些难缠，便很有把握地说：不信你们去见知客僧，保证不让你们放，都来这里放怎么行？

海年一脸担心地端着大盆，我心里也有些嘀咕，是不是放的人太多了，"龟"满为患？我们先到池塘边看了看，还好啊，再养十几只也没关系。于是打定主意，一定要放在这里。

进了两道门，经人指点找到了知客僧，他正在和另一位僧人说什么。我走到他面前，双手合十恭敬地说：阿弥陀佛！听说师父慈悲，特让大龟来拜见师父，然后我们再去放它。

边上的那位僧人看了看大龟，笑笑走了。知客僧唔唔着整理桌上的纸，他并不抬头。我不知道知客僧是个什么职位，但知道有缘的命运掌握在他的手里。

我坚持合着掌，用更加恭敬的口气说：我们知道巴西龟会伤害本地的龟类，所以不会随便放；这只大龟是本地龟，请师父放心。谁都知道师父慈悲，这只大龟遇到师父也是福气。

知客僧这才抬头看了看大龟，挥挥手说：你们去放吧。

我们同时松了一大口气，一起真心地谢了知客僧。在池塘边我为有缘念了几句佛号，又叮嘱了它几句。海年站在一边，比有缘听得还认真，那样子就像参加家长会一样。

收票的师傅过来了，笑着说：这只大龟运道好啊，破例了。放在这里不造业的，因为寺里不给它们喂小鱼小虾，都是从超市里买来的鱼干粮。

海年郑重其事地捧起大龟，在石栏上探身向下，一字一顿地说：有缘啊，再见了，好好照顾自己哦。

有缘一下沉到水里，一会在几米外的石头旁露出了头，那块石头上有两只龟趴着。不远处的石头上也有龟在晒太阳。我们一起唤有缘，它听懂了，直直地游过来，两爪趴在水墙上朝海年看。一只小龟也游过来，蹬着爬到有缘的背上。我看得笑起来，这只大龟好性情啊，也有菩萨精神，一到新环境就做奉献。谁知海年很忧郁，他说：别看有缘块头大，其实很老实，胆子小得要命，我有些担心，你看，连小龟都敢欺负它。

我笑了起来：什么呀，你完全说反了，你应该高兴才是，有缘多么受欢迎多么得人心啊。哦，应该说得龟心，如果它是个难接近的,才会受到冷落排挤呢。你看小龟多么喜欢它。

海年一听也笑了:嗯,我还没想到这一点呢。我们又观看了一会放生池,聊了一会放生的意义。追溯起来,我国从皇室到民间在南北朝、唐朝就开始有放生护生的资源保护意识了,而上升到生命平等意识,恐怕还在于佛门的理念和文人的宣传作用。

临分手海年告诉我,今天放生有缘给了他灵感,他的长篇《线人》即将收尾,他将把感悟到的东西写进去。次年,这部长篇出版了。大龟有缘也许并不知道自己在无形中贡献了一份力量。

过了几年,海年又去七宝禅寺,特地去池塘处看望有缘,结果一只龟也没看到。他想肯定是时节不对吧?龟们正在冬眠。虽然没有见到,但他放心,这是一个安全的环境。提到有缘我就想起小龟爬到它背上的细节,也许现在有更多的小龟争着爬上它的背脊嬉戏了吧?这只庞大而温和的大龟有这个驮游的力量。

老甲鱼

　　我拎着一盆花去娘家,途经菜场,看见了一大盆甲鱼。它们有的趴着不动,有的探头张望,有的爬到同伴的背上,滑下来摔了个四脚朝天,其中一只顽强地往上爬,下面的那只努力地驮着同伴往盆沿上拱……

　　爸爸有些迟钝了,明明看见我把花拿进家的,片刻又惊奇地问花从哪里来。妈妈叹口气,真是老糊涂了,上下午搞不清,吃饭也经常忘记。

　　我的心扑地一跳,医生曾说过,癌转移到大脑,会出现记忆丧失不认亲疏的现象。爸爸是不是已经到了最后的关口?

　　爸爸没有察觉我的担忧,脸上依然是往昔的微笑。只是他特别疲倦,没讲几句话眼睛就闭起来,身子往前一倾差点跌倒,振作一下，随后又差点跌倒。他说晚上没睡好，三个晚上做同一个噩梦。

我很奇怪，爸爸已经这么健忘了，怎么偏偏把虚幻的梦境记得这么牢呢？

我鼓动爸爸说出了不堪回想的梦境：在一个荒废的长满野草的大操场，他弯腰翻动一些泥块，每个泥块下都趴着一只甲鱼，一排排地趴着，它们的头和四肢完好无损，唯胸腔被掏空了，血淋淋地敞开着。

我本能地意识到此事所蕴含的特殊意义，问爸爸是否杀过甲鱼。爸爸叹口气，不但杀过，还钓过呢。

我安慰他：你不是和月月放生过一只小甲鱼吗？

爸爸惊慌地看着虚空，好像梦境重新出现在眼前：唉！只放过一只，可杀过好几只啊。几只甲鱼肚子里都有一串串蛋，生出来的话不知多少小甲鱼呢。

我说：这些甲鱼真可怜，到爸爸梦里了还要受苦。菜场那里有一盆甲鱼，我代爸爸去解救它们吧？

爸爸突然坐直了身体，孩子气地嚷了一声：我也要去。他的精神在刹那振作起来，我不由得暗暗惊喜。

没想到当爸爸提醒摊贩不要给死的甲鱼时，摊贩竟然自作聪明地说：放心，全是活蹦乱跳的，我挑年轻的，年轻的活得长。老甲鱼没意思的，活不长久。

我心里恨恨的，这张臭嘴！说话这么没轻重，什么叫老甲鱼活不长？上海人都知道有些人就喜欢用老甲鱼之称来骂年纪大的男人，这是要触我爸爸心境吗?！幸亏爸爸的思维能力已减弱，只把注意力集中在那只黑色的大马甲袋上，他叮嘱摊贩不要扎得太紧，以免闷坏它们。

付好钱我们刚想走，盆里的甲鱼堆中突然直立起一只甲鱼，眼睛朝我看着。我问它：你想跟我一块走啊？甲鱼又重重地掉回到死气沉沉的同伴中了，不知是无力摔倒还是主动趴下。我又大声问了一遍，这只甲鱼重新直起身来，可很快地又滑下去了，这回它埋着头彻底不理我了。

爸爸催我快走。摊贩对这只甲鱼说：唉，你运道不好！

这句话让我的心动了一下，这个笨家伙看上去比其他甲鱼有点力道，宰杀它时的样子恐怕更惨。我决定不计较它的态度，临时又将它买下。

摊贩笑了，拍拍它的头，好像为它高兴。我趁机又问摊贩讨几条别的水产放放，说顺便帮老板积点福气。摊贩很高兴地奉送了四条泥鳅，不过还是小的，理由依然是：小的生命长。

二十几只甲鱼提在手上沉甸甸的，我将它们分别挂在轮椅车的左右把手上，透过松开的袋口，我看到它们不安地挣扎着，也许它们以为正赶赴刑场吧？

有人在植物园那面圆湖泊里划船。爸爸有些惭愧地对我说：我在那里钓过鱼。

我完全明白爸爸的心情，几年前亲戚从美国带回了一根粗壮的钓鱼竿，上面一个按钮又一个按钮，充满了机关，连那包钢化钓鱼钩也是青光闪闪，质量上乘。过去爸爸视它们为宝物，生病后他把钓鱼竿放在床下,钓鱼钩藏在了抽屉里。有几次我整理抽屉要扔掉这些东西,爸爸不准,他心里还有着憧憬,指望着有一天腿脚利索地走到河边,再过一过垂钓的瘾。那一天,小妹给爸爸打胰岛素,针头往外拔时他疼得发抖,使劲拉出来一看,细小的针头竟然弯成了标准的鱼钩,爸爸这才惊悸地说:我再也不钓鱼了,过去没想到鱼钩也是凶器啊!

我也感到惭愧,过去我还写过爸爸拷浜(上海话:把小河里的水舀干后捕鱼)的狗屁打油诗呢:他要舀尽千万斤水,押着鱼虾进厨房,我们享受着色香味,爸爸的手艺无人比……不仅如此,我还像野小子一样在河边钓过鱼呢。我清楚地记得鱼儿上钩时震颤出的水纹以及自己的快乐。是的,当时只有自己的快乐,却没想到此快乐是建立在鱼类的痛苦之上。

谁说钓鱼捕虾是休闲事呢?鱼儿在鱼钩上痛得变了形,爸爸为儿女累弯了脊背,小河见证了世事的甜酸苦辣。爸爸可以往嘴里扒下隔夜的泡饭,却不忍儿女的胃里没有营养,从本能以及最单纯的动机来说,那些鱼竿、渔网、拷浜用的木桶并非凶器,疼爱需要这些工具。爸爸钓鱼捕鳖、杀鱼煮虾,手上沾满了鲜血,然而,这一切并非出于对异类的仇恨,实在是疼爱儿女的一片慈心啊。爸爸啊,我们对不起你,正因为我们的贪嘴,你才去宰杀甲鱼的啊!

鸽子棚附近有条小河,小河旁是一片草坡。白鸽子、灰鸽子在边上飞来飞去,振动的翅膀带过细长的微风。一群幼儿园的孩子在草地上游戏,幼稚的嗓音一声声像空中开放的花。

草坡并不陡，可我没掌握好，轮椅车突然向小河冲去。爸爸往前一倾，差点跌下去，他本能地伸出了拐杖，用力撑着了地。我吓出了一身冷汗，用力地压下刹把。爸爸吸口冷气后低下了头，他沉默着，好像在想什么心事。阳光照着他的病容，他的脸色是蜡黄憔悴的。好像还是昨日，爸爸在河边垂钓，他每钓上来一条鱼我们都为他欢呼，他的眼里闪着喜悦的光。而现在，同一双眼已经黯然失色了。

当甲鱼们从敞开的袋口抬起头时，我看到了造物主的公平，体现生命和情感的标志就在它们惧怕与忧伤的眼神里。

念佛机在反复地诵唱，声韵悠扬而和谐，像吟唱着永恒的摇篮曲。我把马甲袋倾斜过来，甲鱼们拥出来，好像地上爆出的一个礼花。大多数甲鱼一出袋就直奔河流，到了岸旁一下窜入河中，拼命划动；个别的手忙脚乱，互相碰撞着往前赶，挤得差点翻身，下水时甚至会仓皇地叠跳到前者的身上；也有的慢悠悠地前行，到岸边会像铅球似的突然垂直地掉下去，一下就没了影，中间没有任何过渡；最有趣的是一只浅色的甲鱼，干净得好像被刷洗过一样，它不停地朝一个女孩子脚上爬，好像认准了一个理想的目标，吓得女孩子往后直退，不停地说：你干吗不游泳啊？

最机灵也最不老实的就是那只大甲鱼了，它体形饱满，线条流畅，俊雅的青黑壳，只是脖子上有个很深的伤口，肉白乎乎地翻着，还横着几道红血丝。它自己倒是一副浑然不觉的样子，还不时伸长脖子去咬别的甲鱼。我轻轻拍打它的头，都这样了，还不老实，忘了痛吗？！

爸爸心疼地说：你不要打它，不要打啊。

它把头缩了缩，眼神撒娇地朝爸爸看着，我忍不住笑了，它马上朝我爬来，身子一颠一颠的，好像在不停地讨饶。到了我脚前，它像个陀螺似的突然在原地转起圈来，转一阵后又围着爸爸的轮椅车快速地爬，像个疯孩子。

一个3岁左右的女孩走过来，举着手里的一截树棍抽打这只甲鱼，一边打一边咯咯笑。她的脸蛋像红富士苹果，红通通的。我忙夸张地说：甲鱼哇哇啦，哇哇啦！

女孩脸上果然有了紧张的表情。我趁机问她：你摔跤哇哇不？

女孩马上扔掉了手中的树棍，并把手举过来给我看，只见那嫩嫩的大拇指上贴着创可贴。女孩一边哇哇啦地叫着，一边朝甲鱼看着。这一刻她以自己的痛理解了甲鱼的痛。

"哇哇啦"是幼儿语，形容疼痛。月月小时候摔跤，因为"哇哇啦"而大哭，结果外婆教授一招，用脚去跺地，将"哇哇啦"转移过去。结果她很快领会，并活学活用，比如自己撞在门上"哇哇啦"，便用脚踢门，门坏！门坏！或者从床上摔下来"哇哇啦"，用手捶床，床坏！床坏！在如此的怪罪之后得到了安慰。一开始我还发笑，觉得这种转移法有些阿Q，但不久就意识到它的荒谬，自己粗心，还怪罪于环境？自己"哇哇啦"要别人也痛？人们潜意识中埋伏着怎样的自私和不肯省悟的心啊！

这只甲鱼好像笑起来。我说：你怎么还不走啊？爸爸说：这是只老甲鱼，头颈的伤是过去抓捕时弄伤的，它已经逃过一次了。

我说：它应该谢谢小菜场摊贩，是他偷偷把它塞进马甲袋的。我把它抓起来，举到爸爸面前，对甲鱼说：你还要谢谢我爸爸，是他救的你哦，谢谢他吧。

没想到这只甲鱼一下伸长了脖子，上下点了三次。我惊讶了：咦？它还真听懂了？爸爸，它说谢谢你。

爸爸的眼睛活泛起来。我一下对手中的老甲鱼充满了感激，它的三点头比药还灵验呢，当下就给病痛的父亲带来了快乐。

爸爸伸出手中的念佛机，轻轻碰了碰它的头，声调慈爱地说：小东西，快去逃生吧。

疼惜自己的生命，也痛惜别的生命，这样的疼惜才值得称道。我心里生起一股敬爱之情。是的，爸爸的病痛在继续，但他的生命得到了升华，因为爸爸的生命里增长了慈悲。

我推起轮椅车，缓慢地跟在这只老甲鱼后面。爸爸心有余悸地说：不要离河太近，你会把我推到河里去的。

我说：爸爸放心吧，你又不是老甲鱼，我不会把你放生的。

爸爸无声地笑了。久病的他早就丢失了生动的表情，他是该笑一笑了，他已经从噩梦中游出来了。父亲的笑多珍贵啊，像补药，滋补着我忧伤的心。

这只受伤的老甲鱼终于入了水，它游动时身边震动着活泼的水波，一圈一圈，像是水的光芒，让我想起小时候跟着爸爸学游泳的情景，爸爸的大光芒罩着子女的小光芒，我们在水中弄出的光芒层层相叠相融，水像爸爸延长的手臂环抱着我们，多么快乐的过去啊。

金鼠

　　由迪士尼诞生的米老鼠，是人们喜欢至今的鼠代表。它完全不是我们观念中的"四害"之一，它毫不自卑，吹着口哨，哼着小曲，又贪玩又调皮，既助人又闯祸，完全是个可爱的人类孩子形象。

　　艺术作品中的鼠具有教化功能，佛教里的鼠则具有表法作用，它被抓在多闻天王手里，称为吐宝鼠，在我看来，就是老鼠精，也算有一番修行功夫的吧，否则就不容易成为法器。比如《西游记》中住在陷空山无底洞里的老鼠精，她不但偷吃佛祖的香花宝烛，还想吃唐僧肉，如果没有些本事，贼心也不至于这么大吧？

　　无论关于老鼠的传说有多么传奇，我们对鼠的认识总是大同小异，可是有一回，我差点上了鼠当。那是在拉萨旧城，一次随意行走，我碰到了一座不大的古庙，墙上的壁画都有些剥落了，但那些造像同样极尽了藏地的特色，青面、暴眼、突额、尖牙等。

一个年轻喇嘛很热情地向我一一介绍，除了财神和他的夫人，那些看上去可怕的全是护法神，有本寺的护法，有统管藏地的护法，还有龙女。他强调说，龙女也是护法，但不是汉地的龙女，而是藏地的九头龙女。

我忍不住乐了：怎么你们寺院有这么多的护法呀？汉地就一个，韦驮菩萨，有时两个，加个关公大将。

他骄傲地说：对啦，我们寺护法就是多，都很灵的。

正说着，香案上插着的一枝麦穗类植物突然往下缩去，像科技片或者说动画片。我目瞪口呆地看着，以为麦穗后那位形迹怪异的护法神向我显灵。那麦穗越来越矮，眼看着要沉到香案下面去了，一阵吱吱声从麦穗处传来，紧接着，几只肥大的老鼠爬上来，又跳到这位青面护法神肩上，在他身上快活地追逐，甚至拉屎。

原来是老鼠在作祟啊！我忍俊不禁，这些老鼠真不恭敬，把人们供养青面神的麦穗当成了玩具不说，还把神的身体当成了厕所。

谁知年轻喇嘛不但不理会我的戏谑，反而用亲昵的眼光看着老鼠说：对啦，护法神喜欢这些鼠的，它们和他有缘分的，是眷属关系。

我半信半疑，问佛经上是否有此记载。他说有，他说了一通藏语，可是我听不懂。他又用手指比画着说，以前这里有许多小鼠，连头带尾两寸长，就生活在这尊护法身边，死了寺里会拿出去埋掉，老百姓还会挖出来做药吃。现在这种小鼠都吃光了，绝种了，再也看不到了。我问他眼前这些肥大的老鼠是怎么回事，他说这是内地来的。我一时怀疑他有什么影射，但他却一本正经，表情自然。于是我又问这些大鼠来藏地的因缘，是不是也准备给人做药方的，他有些愧疚地说，这就不知道了，不知道的事不能乱说，反正老鼠都喜欢这位护法神的。

我注意了一下，果然老鼠们只爬到这位护法神身上，并不侵犯其他神像。没法解释的现象。

自从看到这样奇特的一幕，我又增长了一个知识，并不是所有的老鼠过街时都被喊打的。

尤其我做了一个奇怪的梦后，更发现不仅是鼠类不同，人心也是有种种的不同。这个梦是这样的：我梦见自己在一个仓库整理东西，有人来告诉我，说某某在某某地方放毒药，我一下急眼了，那个地方有流浪猫啊。我便对着某某哭喊着说：猫也是生命，你为什么要去毒杀它们？！他惶恐地说：不是的，我是用馒头包着维生素喂老鼠，它们很可怜，没有吃。我被这个逻辑打蒙掉了，醒来后我还在感慨，比起我们怜悯流浪猫来说，梦中的这个人慈悲更加纯粹，他竟然没有"四害"的概念。

一年前，我家院子里来了一只黄色的幼猫，一个月左右大，它很饥饿，竟然咬嚼我泼在树根上的茶叶渣，那小小的身姿和怯生生的眼神，完全就是一只老鼠。于是我给它起名金鼠。怕丈夫赶它，我故意说吉祥语：不要赶它哦，它是金鼠，财神爷啊。

给猫起鼠名并不降低它的身份，鼠辈的聪明不亚于猫，即使一只小如鸡蛋的幼鼠，也知道如何顺着水管或者通过电梯井进出人类家庭以及全身而退。十二生肖，猫还挤不进呢，老鼠却排首位。流转到鼠年，全是它们的市场，无论年画、塑像、玩具，不是呆萌就是搞怪，个个讨人喜欢。在这一年生的人，常常脖子上垂挂着一只金铸的小鼠，又宠萌又吉祥。

毒蛇咒语

我愿意放生所有的生命，哪怕是鱼虫、鼻涕虫，甚至传说中的龙和凤——虽然只是观想，但也是一片真诚。但是对于蛇我却觉得没有必要，虽然它们被捕被杀也很可怜。我常常不忍直视被杀动物的眼睛，比如牛、羊、狗、狐狸、貉子等，可蛇类不同，看看它们那狠毒的小三角眼，好像都能把人的灵魂摄走。我认为好心人应该随缘，看到铁笼里的蛇真心祝它下辈子不再做蛇就可以了，蛇身死亡，灭了它再造恶的机会，而它的灵性却得到了解脱，这难道不是两全的事情？

小方温和地反驳我：这个你如果觉得它有毒，就该死，那么，一些人类也是很丑陋很可恶的，我们都有贪、嗔、痴三毒，我们也互相咬来咬去，是不是也该死呢？

我承认她说得有理，但对于纯粹毫无功利心地放生蛇类，尤其是放生毒蛇，我还是做不到，至少我不能欺骗自己的心，说已经达到不惑的境地。

后来有机会遇到一位高僧，我想解开这个困惑已久的心结，我的提问几近挑衅：蛇是有嗔心的物命，放了它再咬人我们是不是有过错？放生蛇到底是止恶还是留恶于人间？

他似乎感到棘手，在片刻的沉吟之后，反问道：要放生的物命多了，为什么偏要去放生毒蛇呢？为什么不好好修自己的心却去做惊吓众生的事呢？

我恭敬地退下，他的回答出乎我的意料。应该说，他的话更接近自己所想，可为什么我竟有了些忧伤，似乎增添了一分不快乐？

后来我又遇到一位高僧，我又请教了放不放毒蛇的问题。他反问我：你为什么要放生呢？

我一愣，答案不少，但我还是挑最常见的作了回答：培养自己的慈悲心呀。

他叹了口气：那你为什么对鱼慈悲对鸟慈悲却对毒蛇不慈悲？为什么放生时还要去分别有毒没毒？难道没毒的需要救度，有毒的就该死吗？无始劫来，人类打死了多少蛇？为什么我们就不能好好检讨一下自己的残忍？本来这个世界是自然天成的，万物和谐，不需要你去放什么生，但正因为人干预了自然，到处是屠杀，放生就应运而生。有杀毒蛇的，就会有放毒蛇的，这很公平。只是放生时注意一下地理环境就是了，比如到没人的山林里去放。

　　这个回答很佛化，但我仍解不开那个死结：即便在人烟稀少的地方，被放生的毒蛇还是咬了人，这不是善因结恶果了吗？

　　但我没有继续追问下去，觉得这样不依不饶的是不是太刁难对方了？过了段时间，我又遇到第三位高僧，我说：尊者，对于放生毒蛇，我一直有着疑惑，我曾请教过一位师父，他说不用放；又请教第二位师父，他说要放。您觉得毒蛇应该不应该放呢？

　　尊者很风趣，他回答道：不知我回答你以后，你会不会再找第四个？第四个解决不了会不会再找第五个？

　　这一说我有些发窘，但我不想放弃这样的机会，继续硬着头皮说道：如果放生的毒蛇又咬了人，是不是与佛教的慈悲背道而驰呢？

　　尊者收住了玩笑，认真地说：诸功德中放生第一，佛没说过不能放生毒蛇。毒蛇当然应该得救。我们不能保证毒蛇被放了以后不咬人，就像医生不能保证他救的犯人出去后不再犯法。毒蛇也不是见谁都咬的，它其实也是怕人，以为人要攻击它。即便毒蛇咬了人，于放生者是无罪的。因为放生的人在放毒蛇时的愿望是救它，而不是为了给它咬人的自由。主要还是看放生的发心，蛇咬人也是有它的因缘的……

　　这天晚上，一个年轻女子说自己发现了三个不知被什么东西吃过的蛇蛋宝宝。"宝宝"两字让我看到了一个女性的真切母性。在这个世间，雌性有情的悲伤总是要沉重些。自然界弱肉强食是生命的需要，但人类的有意伤害完全可以避免。其实人与毒蛇在受到伤害时的痛苦是一样的啊！曾经看过一篇文章，说美国有一份调查，那些关在牢里的刑事犯，青少年时代百分之百地有过虐杀动物的前科。这个统计数字太有说服力了，应该将尊重生命列为一个不可忽视的课目，对生命的尊重要从全世界的少年教育开始。

真正开始与蛇结缘，是做了与妹妹对应的噩梦，我梦见一个女人手里按着一条蛇，我还没看清蛇的模样，那蛇已经像箭一样朝我飞过来了，我吓得本能地蹲下，蛇一下隐形了……醒来后我一头冷汗，庆幸只是场噩梦。

次日下班回家，丈夫对我说：告诉你件事，你先别急。你大妹妹眼睛出了些问题，她的左眼视网膜脱落了。

大妹左眼的视力在几天内急剧下降，看东西只有模糊的影子，而五官科医院床位紧张，最快也要两星期以后，连医生都说非常危险，再拖一个星期视力可能就保不住了。在这种情况下，我不顾一切地找到住院处，据理力争，博得了他们的同情，三天后她入了院。爸爸刚离世，大妹又得了这样的病，怕妈妈着急，我瞒住了她；弟弟在单位开车，非常繁忙，为确保他工作的安全，不再增添新的精神负担，我也没告诉他。我只通知了小妹，小妹非常虔诚，我请她为大妹念诵观世音菩萨的《大悲咒》。

大妹是个完美主义者，无论单位工作、家务劳动还是孝敬父母、照顾弟妹，都做得出色，不知道的人总以为她是老大，她看上去比我苍老。一个人的精力毕竟是有限的，拼命的结果就是透支,大妹是累狠了,累垮了,我早就担心,生病是迟早的事。

手术很顺利,只是恢复极慢,一个星期了,大妹左眼看出去仍是白茫茫的一片,什么也见不着,血压也低,低压四十,高压八十。医生说她眼睛有炎症,需要多住些时间,出院后最起码三个月不能工作,平时眼睛也不能累着。大妹的工作就是用眼的,何况她是个劳碌命,不让做事岂不憋死她?她可不想做窝囊废,更不要说由此带来的经济损失了。大妹的思想包袱就这样背上了。

一天后半夜,我又做了个梦,梦里弟弟和大妹紧张地告诉我,前面有条蛇。只见一只红色的马甲袋里面有条索状的东西在动,隐隐可以看见一些色彩。

我上前小心地提起袋子,对弟弟说,再套个袋子吧,省得它钻出来。

弟弟说杀了这条毒蛇煮给小阿姐吃,她的病才会好。我说相反,只有放生这条蛇,她的病才会好。

大妹在一旁不发表看法,只是缩着脖子恐惧地说,真吓人啊!

我在红袋子外又套上一只黑色的袋子,拎着它往前走。前面是一个亭阁,下面有流水,我对他们说:我们就在这儿放生吧。

就在这时候,那个袋子忽地一抖,我的手猛然感到了蛇挣脱时产生的分量,只见一条蛇蹿了出来。我从没见过颜色这样艳丽的蛇,白底上布满了翠绿、橘黄、大红的色斑,连它嘴里吐出的芯子都像火焰,它像从我半个月前的梦境中蹿出来似的,一下朝大妹扑去。啊!我腿抽搐了一下,惊叫着醒了过来……

一醒来就听到丈夫声音异常地说：我正做噩梦，被你叫醒了。

我惊魂未定地擦去额上的虚汗：啊?! 我也在做噩梦啊！

丈夫声音清晰地说：我梦见一条剧毒的蛇，有颜色的，它的尾巴上还长着一只毒牙，我知道这只毒牙的汁喷到谁谁就要遭殃。它像箭一样飞过来，我怕它咬到人，就拔起刀子朝它挥去，鲜血一下溅出来，就听到你惊叫了一声。真奇怪，我很少做梦的，做了也记不住，这次怎么回事?!

我浑身一激灵，太恐怖了！夫妻俩同时梦见彩色的毒蛇，也太巧了！

我迷迷糊糊地又睡了，没想到连续剧似的，梦接着来。我梦见弟弟背着大妹在路上走，大妹脸浮肿着，看上去精神很不好。我很着急，说：她病还没好，怎么能出院呢？弟弟说：医生让她出院的，要不我到前面去拦车，重新送她去医院。我一边扶大妹坐下一边问她：你是怎么得病的？她说参观苏州工业园区时被一条蛇咬了一口。我竟恍惚记起了前面的梦，便说，哦，一定是那条鲜艳的毒蛇了。

醒来后我浑身不舒服，怎么接二连三地梦见蛇？

从小我就怕蛇，母亲下班回家稍晚些，我第一个念头就是妈妈被蛇咬了。平时不要说盯视活蛇，就是印在纸上的蛇画也不敢看。记得一回吃请，突然发现小勺顶端刻有蛇的图形，我吓得尖叫着甩了小勺，把一碗汤也打翻了。因为我对蛇类的强烈恐惧，母亲一直安慰我，说她就是属蛇的，蛇不会伤害我的。可我的恐惧仍莫名增长，它始终侵犯着我的心灵。这是一个没法解释的恐惧。大妹从小就乐善好施，印象最深的是她在内蒙古兵团务农时，竟把唯一的棉袄从身上脱下来捐给了灾区，与人无争的大妹怎么会和毒蛇纠缠不清呢？

我在网上请教，有人说，梦的指向如此明确，应针对性地做功德，放生蛇类为第一选择。现在我面临的不是蛇该不该死的问题了，而是救不救自己亲人的问题了。我陷入了两难的境地。

去医院探望大妹，她的神情有些恍惚，说这几天头痛恶心，还说昨晚睡觉时，感到有条东西顺着垂下的床单爬上了被子，她吓得惊叫一声，用手使劲一拂，开灯后查看，地上并无东西，可她感觉是蛇在攀爬。

我听得汗毛都竖起来了，还有什么可犹豫的呢？我已经顾不上那些理论问题了，救大妹要紧。可到哪里去买蛇呢？我从没在超市里看见过蛇，不知一些大的餐馆会不会有？为了提醒自己，我特地在备忘录上写下了"眼镜蛇"几个字，仅这几个字就让我浑身紧张起来，好像它们喷射着毒液。

没想到在百色路上竟然碰到了卖蛇的，一溜的玻璃瓶，每只瓶里都有一条蛇，体格都不大，细细的，青色的，彩色的，但没有一条如我梦见的那样鲜艳。卖蛇人说这些蛇是泡酒用的，能治病。我克制住恐惧和恶心，拼命提起正念，蛇虽可恶但也可怜，救蛇救大妹，一举两得，有何不行？可是我的恐惧仍有增无减，怎么拿它们呢？像梦中一样装在马甲袋里吗？它们会不会像梦中一样，从马甲袋里挣扎着飞窜出来？解袋子时它们会咬我的手吗？放生时被人碰见又怎么解释？

我越想头越晕，身子不由自主地微颤着，最终还是离开了。当时马路上来来往往的人很多，没多少人对那几条蛇感兴趣。那几条蛇将被泡死时一定是扭曲抽搐的吧？唉，生命在临死时的感受应该是一样的，无论活着时有毒无毒。

终于想起了那个叶姓姑娘，在网上联系她并寄去 300 元，并请求最好放彩色的毒蛇。她是个很有意思的四川人，专修放生法门，鱼啊爬沙虫啊獾啊狐狸啊什么都放，但对莲君尤为关注——她称蛇为莲君，只要看见就会买下放到深山中去。

她告诉我，现在是卖蛇淡季，听说有一个流动摊贩在两个月前收购到一条蛇，有人想把它买下来泡药酒，他没同意，说留着卖给放生人。姑娘找到他后按过去价给了 20 元，不料他说给 10 元就行，他是 7 元收购来的。当时全市场只有这一条蛇，他能不哄抬物价真是难能可贵。姑娘说这个摊贩很诚实，是个有善根的人，也说我大妹善缘成熟得快，能顺利地结缘到第 156 莲君。也就是说，这是她即将放生的第 156 条蛇。

这是条无毒蛇，当地人管它叫白麻子蛇。从照片上可以看到，这条蛇白底黑绿花纹，不太粗，但挺长的。她先让它在家里听了一下午的佛号，傍晚时分才和一位同事一起去深山放了它，那位同事正好要为老公庆祝生日，欲借此为老公培植些福分。叶姑娘在放好生后祈愿一切众生增福慧，也回向我大妹及被她伤害过的一切蛇类，愿它们与她解怨释结。

看了叶姑娘的话，我心惊肉跳，便问大妹过去是否伤害过蛇类。大妹想了想，说小时候曾随弟弟一起打死过一条蛇。

我感到这事真有些奇特，没想到更奇的事还在后面。第二年的某一天，大妹的电脑要重新安装系统，我帮她保存一些工作资料，无意中发现一张表格，题头是"松江工业园区投资咨询"。我问大妹这个资料还有没有用，大妹本能地用双手捧住脑袋：删了删了！我就是做好这个项目视网膜脱落的，它太复杂了！

我目瞪口呆，原来这条"蛇"是松江工业园区，而非我梦到的苏州工业园区。都是工业园区，只是地域不同。更巧的是，大妹作为人才调入上海，最初便是在松江工业园区，但她出于生活考虑还是去了浦东。这个凑巧中暗含着什么天机呢？我对一位好友提起这件玄乎的事，没想到他竟知道一些历史，说1958年初华东局撤销松江专区，将其并入苏州专区，到了年底，包括原松江专区的十个县划归上海直辖市。朋友说，吴江的下游就是松江，流过上海的这一段不是叫苏州河嘛，本来这两个地方就有些因缘。

我最终也没搞明白复杂的因缘，但蛇类的灵性太足了，足到都可以入梦隐喻。看叶姑娘，她已经放到第600莲君了。她发的照片非常清晰。我强迫自己盯着蛇看，慢慢地发现对蛇的嫌恶心淡了，尤其是看到蛇在听闻佛号时的安静样子，还觉得它们挺乖的呢。

有一天我试着伸手摸了一下蛇照片，心并未剧烈地跳动，这才发现自己的胆子大了不少。直到有一回，电视里播放一种毒蛇，我竟然觉得那艳丽的花斑有着夺目的美。我意识到自己增长了无伪的怜悯，也增长了平等的欣赏。

德国兔小西

还是天冷的时候,发现一家水果摊前多了只笼子,里面有只肥滚滚的灰色垂耳长毛兔。我见了脱口而出"蓝兔"。

其实它并非蓝色,而是灰色,和英国蓝猫的毛色一模一样,只有黑白两色掺了微量的宝蓝,才能调和出如此沉着而又雅致的灰色。

水果摊老板很年轻,二十七八岁的样子,脸容和善,他说这是别人送的德国兔子,名小西。那人搬家了,把宠物兔送了过来。他还说:你喜欢吗?喜欢就送给你,德国兔哎,价不便宜。

我们在对答时,小西一直抬头看着我们,好像能听懂似的,它的眼神显示着温和的好脾气。

铁笼里有吃剩的半只苹果,皱巴巴的,还有它自己拉的屎,在铁笼角落的兔厕里，满满的，也不知多长时间没打扫了。

再次去买水果，又看到小西，身上的毛有些凌乱，也有些板结，但神情依然温和。我问小老板能不能给它洗澡，太脏了它会痒的。小老板说：哎呀，我忙得要命，哪顾得过来？

看到一米之外的台阶上有一蓬青草，我拔下来塞进铁笼。小西激动得眼睛亮闪闪的，像猫狗那样站起身子，可惜笼子高度不够，否则人立都有可能。它啃吃青草的速度飞快，差点咬到我的手指。

我对小老板说：小西喜欢吃青草，你给它拔一些吧。

小老板说：我哪有时间给它弄青草啊？我每天给它吃三只苹果呢，苹果是什么价钱？野草是什么价钱？一分不值。

对人来说，苹果的营养价值是比青草强，从金钱的角度来说，苹果也完胜青草，可是对小西来说，肯定青草强过苹果。我小时候养过兔子，每天放学都会去挑青草，青草的汁染绿了手指，也浸染了美好的记忆。现在的兔子真可怜呀，连吃青草都那么难，听说条件好些的兔子可以吃到一粒粒的兔粮。

五六米之外就有一片旺盛的青草，还有毛拉拉的藤草六指叶，这些都是兔子的美食，可是小西只能在铁笼里眼巴巴地看着，看了也是白看。

每次我路过那里，都会拔一把青草去喂它。小西都能表现出强烈的情感，我几乎能听见它的一声欢呼，它耸动着鼻子，津津有味地吃着，吃得一根不剩。

幸亏今年夏天不算最热，但小西的毛发还是打结了，原先的蓬松不见了，变得有点像癞蛤蟆，一疙瘩一疙瘩的，连颜色也变了，灰色上面铺陈开一片片浅咖啡色，典型的营养不良，而且它明显瘦了。我在考虑，是不是拐个弯不要经过这里？实在不忍心看小西呀。

世上小可怜太多了，你没精力一一收下它们。小老板也不容易，看他那样，估计家里的环境也不会比小西的铁笼子强到哪里，他没遗弃或者吃掉小西已不错了，何况为了它，每天损失三只苹果。

天又凉下来了，刮起了秋风。路过那里，特地拔了一把饱含嫩汁的青草，塞进铁笼。小西一如既往地快乐，它温和的眼神令人莫名地感动。我发现它身上那些打结的毛没了，显得干净了一些，问小老板是不是剪过毛了，他说不是，是天热自己脱掉的。

我招呼小老板的女儿，请她来握住青草，因为我有急事不能久待。这个五六岁的女孩像个大人一样地说，扔进去就可以。说着她熟练地打开铁笼门，扔进了青草。小西俯首吃起来，从背后看去，它好像在狂热地吻着青草，那背脊一抽一抽的，仿佛在欢乐地哭泣。

我所能做的，就是每次看到这个女孩都要夸奖她长得美丽，和小西一样美丽，我说：小西肯定喜欢你呢。她听了很高兴，说：是的是的，小西喜欢我。

龙虾

以往的父亲节,我们做子女的只是买一点糕点或酒回家,但常常不讨好,爸爸总是说我们瞎买东西,浪费钱财。今天爸爸什么也不说了,因为我们没有隆重的表示,桌上的一束白底红边百合是大妹提前送来的,比起花店里的五彩缤纷,它显得有些忧伤。当天底下许多父亲在享受子女的孝敬时,我们的父亲还同时承受着病痛的折磨,即便在这个节日里病魔也不肯离开他片刻。

我回来陪爸爸,他说想出去放生。这几年风行吃龙虾,小菜场很容易买到,我们就买了一袋,还是去了植物园。植物园人不少,怕放了被人再捉走,我们就找偏僻处,结果转到幽静的百草园。它是园中之园,中间有个小池塘,里面还生长着数百种药草,气味芬芳。只是铁门永远关着,不对外开放。大妹试着拨动铁锁，竟然是虚挂着的，显然是工作人员疏忽了。我们取下铁锁，还是推不开门，原来里面也扣上了。我从门的缝隙中伸进手去，试着拨动里面的插销，没想到一下拨开了。大妹笑容满面：谢天谢地，好像这扇门是特意为我们留的。

百草园静得像一幅画，池塘水亦无一丝波纹，池塘不远处的竹凉亭也像画中一景，完全地空着。池塘边一溜花草，开得细致而又温和。爸爸似乎感受不到这番诗情画意，只是催我们快快放生。

大妹扶爸爸下轮椅，让他坐到凉亭里看看风景。凉亭很旧了，我拿出一块软垫让爸爸坐在上面，简陋的竹片座椅朽坏了不少，断面露着空，可以看到下面毛糙的水泥地。

我们解开袋子，龙虾顺着倾倒的袋子爬了出来，略微数了一下，有一百六十几只。它们个头很大，黑红色，像刚烧红的铁质铸件，样子挺威风。还有三只中等大的青蟹，它们收着双钳，很不屑地瞪视着这支红色的邻邦部队，气定神闲地踱出来。青蟹是我硬讨来的，自从学会放生，我乞讨得理直气壮。

有两只龙虾在袋里没出来，它们已经死了，一定是摊贩混进去的，龙虾生命力强，不会因为这点路程闷死的。好多年前，我在居士林听动物园专家上课，知道了龙虾属于节肢动物。那时候，我只是记些属类名词，比如软体动物、节肢动物、恒温动物等，只有放生后才将它们视为等同的生命。

这些穿着红盔甲持着红铁钳的战士被绿草衬托得色彩饱满，而且在我们眼前，颜色迅速地变化，变得更加艳丽，很像儿童画。由于饱满的个头和威风凛凛的爬动,它们很具龙虾纵队的气势。我们屈膝检阅着这支队伍,心里充满了成就感。

我脚旁的三只龙虾突然直立起前半身,举起两只大钳子,好像欢呼,又像要拥抱。我抓起最前面那只放到左手掌上,它由立正变为稍息,放松得像过去在我掌心待过的青蛙、癞蛤蟆一样,一动不动地由着我抚摩。我顺序摸了这三只龙虾的头顶,像"摩顶"一样,赐予它们最衷心的祝福:愿你脱下赤色战袍,穿上洁白的法衣;愿你穿越世间污染的河流,直上金沙铺地净水荡漾的莲花香池。

最后那只龙虾或许领略了我的祝福,竟激动地伸出了钳子,准确地夹住了我的右手食指,一下又一下,好像一次又一次地握手,非常恋恋不舍。

三只青蟹很快在池塘里安顿了自己,大多数龙虾也跳进水里或跌进水里,只有少数迷了方向,在岸边乱爬,甚至朝石子路上而去。我捉起那只朝凉亭方向爬的龙虾,朝爸爸举了一下,才把它放进池塘。

爸爸说:我看不清,我只看到一丁点红色。他的脸一直朝着池塘,对于他的垂钓史,这儿曾是一块禁地;而放生,这个乐园向他开放了。

有一年冬天,我无意中发现,院子里那棵白玉兰树竟然爆出了三个红芽。走近仔细一看,不禁哑然失笑,原来树杈间竟然骑坐着三只大大的龙虾,它们全部面向我家客厅。

太奇异了,它们为什么爬上高高的树杈?它们为什么要朝我家的客厅张望？一天过去，两天过去了，三天过去了，它们身姿不动。我恍然大悟，原来它们向往人类生活啊！真不易啊，从河里爬上岸，再攀登上树……

丈夫又一次嘲笑了我，一定是鸟捉了龙虾，想在树上享用，可能受了惊吓，弃虾而走，因此保留了完整的大虾。

我觉得丈夫的话很有逻辑，但我更愿意想象龙虾央求飞鸟，飞鸟仗义帮助龙虾实现了聆听的愿望。不知多少次地仰看它们，一次次赞叹，多么无畏的龙虾！脱离河流，脱离泥土，骑坐在高高的树上，向着人类，向着天空，向着超越肉体的所在。如此一想，就觉得龙虾在死中得到了升华。

看到龙虾总是亲切，植物园百花园中的那群龙虾还好吗？想到它们就同时想起父亲，以及空中那团强烈的紫金色光照。

香港小鸟

因为心切，好几回看到墙上的"雀"字招牌而白开心一场，比如"桌球雀会""财神爷雀会"等，没想到港人挺自谦的，把游戏场所和求财联盟都说得那么小。

最初我想去维多利亚港放生鱼的，小高说现在水质不太好，不利放生，他平时都是去水库放的，若今天不参加职业考一定陪我去了。今天是我生日，铁定要放生的，不放鱼就放鸟。小高也不能确定现在鸟市有没有野鸟卖，他说港人没有吃麻雀的陋习，人们买了也只是养着玩。我想，放野生鸟算不上救命，但给它们自由也是好的。

总算找到了传说中的雀仔街，原来那是它的旧称，现名是园圃路雀鸟花园。名副其实啊，穿过一条花团锦簇的鲜花店铺后，就看到了它的入口，一座高逾十米的石牌坊巍然耸立，路两旁栽满绿树、红花、修竹、葵丛，月门内传出各种参差不齐的鸟叫声，唱歌比赛似的。走进去忍不住赞叹，所有的鸟店都显得干净。令人惊异的是空地上竟有不少野生鸟在跳跳蹦蹦地觅食，它们和笼中的鸟共享着这方天地。看来这儿的摊主并不贪心，没有设下捕捉它们的机关。

一一看过，果然没有麻雀。发现了红嘴相思鸟，它们在笼里不停地跳动和鸣叫着。其中一只可能是雄鸟，它微耸着双翅，一边抖动一边响亮地叫着"回归——回归——回归——"，它是不是香港回归时出生的鸟呢？竟然发出这样的叫声。

卖鸟的妇人讲着一口生硬的普通话，但态度极和蔼，她向我推荐一种名观音鸟的小鸟，说香港人都喜欢放它们。第一次看见这种鸟，体态玲珑秀美，比麻雀稍大些，有的偏黑色，有的偏白色，有的灰白中带小斑点，腰部的颜色不是浅白就是灰黄，黑色的尾巴收得紧紧的，看上去像画家勾出的完美线条。它们的转身、跳动都显得优雅，叫声却活泼，像女高音般颤鸣，还千变万化。我越看越喜欢，由此理解了养鸟人将它们关在笼里的爱好。但为什么给这种鸟起了个菩萨名呢？可惜我听不懂这位摊主的解说，枉费了她的一番口舌。

摊主很善良，主动给我优惠价，还送我一只观音鸟。相思鸟和观音鸟各买了十五只，还记下了摊主的名，放生后同时祝福了她。放生款中有王慧玲小姐的一百元。我是在飞机上认识这位姑娘的，王小姐的母亲也爱放生，她本来也想放生的，但因为在港时间短，想多走些地方，便请我回向给她母亲身心健康。还有我乡下姨妈出的一元钱，她一生坎坷，丈夫和两个儿子先后去世，没有什么经济来源，自己也疾病缠身，用她的话来说，将一副棉纱手套拆成线，线再打成绵，绵再织成线，也说不完一生的磨难。然而她憨厚善良，从不和人计较，有人偷摘她田里的菜她都要回避，生怕别人尴尬，每日劳碌之后便是念佛。她根本没有条件来香港，来上海一次也非常不易，听到我去香港顺便要放生便满心欢喜，我怎能不衷心祝愿姨妈身体健康，早日脱出贫穷之境呢？

事实上，这活蹦乱跳的三十一只鸟不是我一个人放的，它们和五个人的心念有关，等同于培植了五个人的善根和福报。

摊主帮我把鸟笼拎到市场背面幽静处的一只垃圾箱上，又关照了几句什么，等摊主走后我才明白过来，摊主是怕鸟们把屎拉在地上。

我在两只鸟笼的饮水槽里倒上了甘露水，鸟们叽叽喳喳叫着，急不可待的样子。一个小伙子急匆匆地走过来，他好像有些意见，指着鸟笼对我强调着什么，我怎么也搞不明白，只听见他的话里有"一桶水"的字音。难道要给这些小鸟喝一桶水吗？或者用一桶水？这不是撑死它们淹死它们吗？肯定不是这个意思，那么他的"一桶水"到底要用在何处呢？我很认真地问他到底想说什么，小伙子的比画中透着焦虑，最后心有不甘地走了，还一边走一边回头朝我遗憾地看着。

我放出了它们，除了几只鸟立即远走高飞外，大多停在了离我一米之远的绿竹丛上。竹丛在微风中飘摇自如，修长的叶子互相摩擦出婆娑之音，营造出一派优雅的气势。这些聪明的鸟儿似乎懂得审美，它们停在上面，又被早晨的阳光照着，羽毛显得更加柔软细滑。

不知为什么，有三只相思鸟躲在鸟笼里缩成一团。在上海我也放过相思鸟，受到过被啄的待遇，可在这儿它们却显得胆怯，我只好伸手进去捉出了它们。这时候竹丛上只剩了七只鸟，它们朝我看着，亮晶晶的眼睛像幼儿一样。我忍不住对它们念了一句"唵嘛呢叭咪吽"，没想到它们竟同声回应，音律节奏丝毫不差。

我分外惊喜，多么聪明的鸟儿啊，这些会发妙音的灵巧的小舌头啊！应该说，这样的奇遇是第二次了。第一次在黄河小浪底水利枢纽风景区，我对着草地上一只漂亮的小黄鸟大声念了声六字大明咒（我习惯这样问候鸟类），它不但不飞走，还清脆地回了我一句，我很惊讶，因为它发出的是一音不差的六字大明咒。于是我和鸟心心相印地你一句我一句起来，同行的张重光当时就被惊到了。没想到第二次更让人惊喜，何曾听到七只鸟同时整齐地回应六字大明咒呢！

放完鸟才发现鸟市的墙上贴着预防禽流感的告示，让大家不要接触鸟类，接触了一定要将手清洗干净。放鸟时我根本没有想到这些，等看到告示，我才有些后怕。墙角那里有个水龙头，我用清水仔细地洗了手，一厢情愿地想，万一这些鸟儿真患上了此等恶病，刚才的念诵无异于一场虔诚的法会了，我和鸟齐诵观音菩萨咒语，她老人家会无动于衷吗？突然想到那个小伙子，他刚才说的"一桶水"是不是就是这个好意呢？

母鸡精神

陪母亲去溧阳见娘家亲戚，乡下表弟拎来一只母鸡，说送给母亲煲汤吃。我们再三推辞，表弟面红耳赤，不得已遂收下。

当时母亲住在我家，我提议在当地卖掉，理由是我不会杀鸡。结果大家一致反对，说我家有这个条件，可以养在院子里，生蛋给妈妈吃。其实大妹家也有院子，只是小区风气不好，养在那里等于为贼准备。

从后车厢拎出母鸡时，它在剧烈地发抖，我顿时心生怜爱。丈夫却露出痛苦的表情：嗨，看样子，这只鸡又要养到老死了。

欲扔麻袋时发现里面竟有一只鸡蛋。没想到，它竟然在半途生了一只蛋。表弟不是说，刚生过蛋，要到大后天才会生蛋吗？也许它的求生愿望起作用了？

母鸡很胆小,一出袋就欲逃跑,米和馒头都不肯吃。它的左腿被拴着的绳子拽得直直地伸向身后,就这样也不肯退后放下,一连半个多小时独脚站立,是一个痛苦的芭蕾造型。

不忍见它如此挣扎,干脆解了绳子。它立即伸伸脖子拍拍翅膀,昂首阔步地在院子里走来走去。好精神的母鸡,我就叫你精神吧。

精神胃口很大,一天要喂三四顿,从家乐福买的最便宜的大米。丈夫说,现在鸡蛋便宜,喂米成本超过了鸡蛋。

那没办法,总不能让精神去吃沙子。它好像知道自己逃过了一劫,越来越欢天喜地。我发现它来这里有两项使命:生蛋和除草。

精神没来之前,我每天都要蹲着拔除草地上的杂草,草的生长速度永远比我拔的快,精神一来草就来不及长了。它从早到晚,东吃一棵,西吃一棵,虽然随心所欲,但卓有成效,我一下省劲不少。它仗着自己有功,对我毫不客气,啄草完毕,就把嘴伸到我的腿上左右刮擦,直到除净嘴上的草屑。它看到我的手总是兴奋,经常出其不意地啄过来,头上的红色鸡冠也随着它的力气抖颤。以前我只知道公鸡有大大的鸡冠,看到精神的鸡冠我才知道,母鸡也可以有,只是小一号而已。精神下巴的肉垂大而鲜红,像漂亮的领结,它大力跑动时,红色的"领结"便威风地抖动着。有时它还会拢起双翅掐腰走路,一副骄傲的样子。

它太爱缠着我了,我只好一手拔草一手上举,不让它有可乘之机。就这样它还不罢休,围着我团团转,总能瞅准机会稳准狠地啄上我的脚面、膝盖，有时还会叼住我的衣服用力往后拽。我如果进屋，它就追过来，把玻璃门啄得当当响。我如果在窗口出现，它就激动地扇动翅膀跳上窗台，把一张大红脸贴上玻璃窗。一旦我开门出去，它就幅度很大地左右颠跑着飞奔而来，脚步声咚咚的。

搞绿化的园林工见了都笑，说：这只鸡怎么和你这么亲？丈夫摇着头说：竟然把一只鸡养成了宠物。母亲则说：乡下就把它当只鸡，哪像你，当宝贝。只有妹妹为精神高兴，说：它到你家太幸福了，没人跟它争食，还睡干净的鸡窝。我说：它也没闲着，天天花力气生蛋。

精神很低调，不像其他母鸡，生好蛋会高声地炫耀。它只在蛋即将出来的刹那站起身，轻轻地叫两声，好像在召唤自己的宝贝快点出来。一旦蛋滚出来，它马上哑口，温柔地把蛋放在肚下捂一会，然后随意地走出鸡窝，看到我取蛋也一声不吭。精神很率性，也贪玩，好几次来不及奔到窝里生蛋，就直接生在了草地上，有一次还掉在水泥地上，把蛋摔碎了。

有一次，精神隔着玻璃门看到家里的猫咪阿蓝。那是它们第一次相见，两者都吓了一跳，阿蓝惊得低吼一声，转身就逃，精神则大叫一声，原地腾起，翅膀刹那参开，体形大了一倍。我安抚了这个又劝慰那个，它们才惊魂稍定。后来它们成了好朋友，经常隔窗相望。

我喜欢看精神在草地上奔来奔去，喜欢看它吞食花苞，也喜欢丈夫的误会，他以为它在消灭花枝上的小虫。它在千叶飞鸟草花丛中蹚出了一条秘密小道，经常在里面钻来钻去，自得其乐。它是一只好奇心很强的小母鸡。

说它小也有一岁多了，它的体形明显变大，羽毛也润泽了。但生蛋的频率却慢了，这段时间隔几天才下一个，还有一次连续六天没生蛋。我一点也不怪它，暑热天，再像过去那样天天生，太辛苦了。

精神还喜欢跳高，有一天盯上了我家玻璃房里的洗衣机，来回看了几次，便跳了上去。它像个喜欢新鲜的小孩，从此不上鸡窝睡了，晚上不是睡洗衣机上，就是睡边上的水池连体搓板上，全凭它兴趣。

这天傍晚，像往常一样，它将我给它的一大把米吃得一粒不剩，然后抖抖翅膀跑进了玻璃房，熟门熟路地跳上了水池。晚上，母亲对我说：黄梅天到了，鸡淋了雨要生虱子，关在玻璃房也不行，味道重，叫你妹夫来把它杀了吧。我一惊，好好的说什么杀不杀的?! 母亲说：迟早要杀，你整天清扫鸡屎，也累，他也不高兴。我说：他不高兴和我有什么关系？我又没用他的时间他的精力他的钞票，好好的干吗害人一条命？母亲说：它不是人啊，天生给人吃的。我说：反正我不杀，我也不叫别人杀，除非它老死或者自己生病走掉，否则我会一直养下去。

次日早晨，竟然发现精神一动不动地躺在洗衣房的地上，它的双眼闭着，鲜红的鸡冠有些褪色。我抱起它，发现它已经死了，但肚子却是暖融融的。

精神精神你怎么啦？昨晚你还活蹦乱跳的，怎么说走就走？

母亲跟过来看,大概一脚踩空摔死的吧?

怎么可能呢?这点高度算什么?精神每天跳上跳下,都不用我担心。我宁愿相信这是精神的自我了断,它昨晚知晓了我的困境,不想为难我,它把自己撞死了,走得干净利落。

精神精神,我整整叫了六十二天,突然地,不再有这个称呼,我的心一下变空了。我抱它到玫瑰花前,又剪下一朵开得正盛的红花,放在它的头上,代替了它过去的红冠。我默默地为它祈祷,然后惊讶地发现,头上的那块红竟然扩大了,再仔细一看,那已灰白的鸡冠重新鲜红起来。我几乎不相信自己的眼睛,忙摸摸它的身体,分明开始冷了。

这是怎么回事呢?好像没法解释,也许我们小看了其他物种的智慧?它用喜庆的红色告诉我,它将去新的家换新的身体。我站起身,好像看到精神从四面向我跑来,跑得欢天喜地。那么多的回忆,那么恍惚的形象,最终全融入眼前这个侧躺着的形象里了。

几天后我清理院子,整理到千叶飞鸟花草丛时,惊讶地看到里面有一片被压倒的花叶,花叶上有一堆鸡蛋。真没想到,在我们以为精神不生蛋的日子里,它其实仍在秘密地生蛋……

泥鳅专场舞

小玲说：我们很久没见了，一起去放生吧？顺便把那个铁饼带给你看。也许是湖南口音与上海口音结合的关系，她总把"碟片"说成"铁饼"，初闻我莫名其妙，不知道为什么要让我看"铁饼"，难道这是一块不可思议的铁板？好长一段时间我仍不习惯，总要在几秒钟后才转过念头。这种发音属小玲独有，也是一种幽默——她的胃口果然与众不同，享受的不是普通的歌舞升平，啃的是坚如铁饼的大善义理。她善，她认真，她爱追究人生至理，我们相识就是缘于她对山区孩子的资助。

我们把菜场的两盆泥鳅全买下了，摊主说既然是放生，就每斤便宜一元。我深切地体会到，放生总是能启动善心。大多数摊主听到放生都会随喜。而我，照常蹭摊主，讨到一条黄鳝。摊主满脸喜色地说这条黄鳝算是自己放的。我请摊主取出一条翻白肚的泥鳅，她说放心，死的她不会给我们，说着扔到地上。小玲很细心，说好像没死呢。那泥鳅好像听懂了，竟拼命扭动了一下。小玲说：你看，它想活，请我们带走。就这样，它也进了我们的袋子。

　　临走时，小玲又买了两条黑鱼，说是丈夫给了她五十元放生钱，让她顺便帮着放一条黑鱼。我有些感慨，听说她的婆婆不喜欢这个媳妇，她的家庭行将解体，关系有些微妙。放生黑鱼这个细节蕴含了多少信息？人们若能秉承万物同体的处世原则，信赖、感恩、宽容、原谅这些抽象的字眼就会变成实实在在的美好感情，而放生岂能用一个"善"字便演绎尽夫妻间欲说还休的关系？

　　在公园河边，小玲用手掬着泥鳅数数，又宝贝似的捧着放到河里。周围有几个人观看，一个男人很赞叹地说，泥鳅是应该放掉，现在的人太贪，这么小的鱼也要吃。小玲说一共有190条泥鳅，加上1条黄鳝、2条黑鱼，一共193条生命。

　　等全部放完了才发现，没有一条死的，这么说来，先前那条垂危的确实活转过来了。我们高兴地击了下掌。今天的泥鳅很有灵性，入水后久久不走，它们不停地"泼啦""泼啦"折身跳着，发出的声音好像一片此起彼落的响指。有的只留尾巴在水中，整个身子都竖立在水面上，它们优美地在水面划过，那沉在水中的尾巴恰似把持方向的船舵，水面被它们划出一个个圆圈，技艺之高，令人叹为观止。

多么喜庆，又是响声，又是水花，又是圆圈，好像一场泥鳅专场舞。哦，这不是泥鳅献艺，而是发自内心的兴奋，是逃生后的欢喜相庆。

几个游客和我们一起开心地看着，水面上荡开的每个涟漪都化出一朵朵水花，好像空灵的莲花在层层绽放，泥鳅们位于"水莲花"上，如同跳上了宝座。小玲说：育明啊，我笨，没法形容心里的感觉。

我也无法精确地形容眼下所见，可心里起伏着最真挚的激情和欢乐。

突然小玲叫了起来，我抬起头来，结果看到惊人的一幕——坦荡无云的西天上竟有一条大鱼，金黄色为主，边沿少许橘红、青紫，整条鱼形透亮透亮的。

我忍不住指给旁边的人看，人们也惊叹起来，所有的人都眉开眼笑地看着，哈哈，老天爷也放生啊？一个人说：大概是老天爷奖励你们吧？小玲说：老天爷不奖励也无所谓，我们已经很享受这些泥鳅舞了。

中头彩的蟹

丈夫的一位北京朋友经过阳澄湖,特地买了五只大闸蟹,打的送到我们家。

朋友一走,我就对丈夫说:我们放生吧?

经常支持我放生的丈夫这回不高兴了:你是不是太过分了?哪有这样对待别人心意的?

我摇着他的手臂:我知道老公很讲理的,我可以处理自己那一份对吧?

他嘲笑地说:你哪有份?你本来就不吃蟹。

妈妈正坐在沙发上看电视,我故意说得很响。前几天妈妈生日,我本来要为她放生的,结果下班太晚了,没放成,心里一直很抱歉,现在补救的机会来了。再说妈妈今天肚子不舒服,蟹凉性，吃了会拉肚子……妈妈果然中计，竟然站起来声明：我不吃，随便你们怎么办吧。

我装可怜状：要不算我和妈妈两个人一起放的吧？可怜啊，一人才放半只。其他人不吭声，他们表示中立。

我只好蹲在桶前看它们，它们和我小时候看到的螃蟹长得像，只是螃蟹小好几号，腿上多些毛。我一直觉得蟹类的壳像关公脸，那些凹凸的线条勾勒出威严的五官，看着威武的红脸、青脸在地上爬，我总是有几分敬畏。现在，这几张"关公脸"又在我面前晃，我怎么也下不了手，瞅来瞅去都觉得内疚，放哪一只也对不起另四只啊！唉，还是看因缘吧，我婉转地问：你们谁跟我去河边？去的举一下手。

结果，没一只举起蟹足，它们全吐着沫，好像涌出千言万语，只有一只大闸蟹的眼睛转动得飞快，好像在进行激烈的思想斗争。我抓住它，谁知它死劲夹住袋子不放，我感觉再用力它的蟹足就要掰断了。这情景挺像我小学时的同学大头，当老师往外拖他时，这个调皮的男生总是紧紧抓住课桌，课桌都被拖动了也誓死不放。我想大闸蟹和小孩子一样，也具有同样的恐惧心啊。

我对着它说：真笨，这么害怕干吗？我是放你啊！

它还是不松开。一个念头忽地在我心中一闪，会不会是它们互相谦让啊？我们不知道异类的想法，但能看到它们有许多地方与人类的情感表达相似，一切都有可能啊。

妈妈走过来，蹲在桶前很起劲地帮我挑，还强调说，挑一只大的，最好是活泼的。我很感慨，今天若没妈妈的这一份奉献，它们就全进蒸笼了。如果在以前,即使她当天不能吃也会藏着过后吃的。妈妈的慈心确实增长了。

结果发现五只大闸蟹中只有一只是雌的。我们一致决定放那只雌的,放一只等于放一群啊。妈妈的眼睛里有一种异样的光,她的眼神令我感动,愿母亲的这份善心得到身心健康的果报。

妹妹走过来看了看,评价说,这只蟹真幸运,中头彩了。

我家门口就是河,当初中介对我们说,每户人家有个亲水平台,坐在上面喝茶钓鱼多悠闲啊。而我想到的是,在亲水平台上放生多方便啊。这么多年来,我们不知在这个亲水平台上放过多少鱼、虾、螺蛳、蟹了,每次都使我们开心。

这次,照样在这儿欢送大闸蟹回家。奇怪的是,我打开袋子,它不像以前放生的蟹会在地上爬动,它一动不动,好像入定了。我把它拿出来,放在地上,它突然站起来,举着双钳,微小的嘴巴一动一动,吐出极细微的沫,好像在说什么。

一声咳嗽传来,隔着冬青树篱障,两米之外有个钓鱼人,再隔两米远,又是个钓鱼人。也许大闸蟹感受到危险了?我又想到一个问题,水泥把河岸砌满了,蟹怎么打洞呢?两栖动物老浸在水里行不行呢?没有专家好问,只好让它自己决定命运了。青蟹啊,你愿意去河里还是待在我家院子里?

蟹一声不响,却爬动起来,爬到那棵紫槿树下,停了一会儿,夹起地上的一朵粉紫落花,又反身朝我这里爬来,一直爬到我右脚板内侧,然后偎在那里不动了。

我再次仔细地观看这只懂事的蟹,它的两只大钳子规规矩矩地合在一起，好像捧着那朵花，片状的嘴精巧可爱，一副甜蜜相。我拨了一下它的身体，难怪你会中头彩，真聪明，是给我献花吗？它的一只钳子忽地捂住了嘴，好像一个姑娘害羞了。

我取下那朵花，插在衣襟上，然后去河边观察。一会儿回过头，只见它正往我家的台阶上爬呢。不行啊，丈夫不批准的，他不想养什么宠物。我小心地抓起大闸蟹，告诉它，我家西邻的院子不能去，因为主人没住进来，那里尽是钓鱼人，不安全；东邻的主人不常来，外人进不来，比较安全。怕它分不清方向，特地把它放在自家和东邻相隔的树荫下，那里种着一棵白玉兰和三棵含笑，地很湿，曾经还有青蛙在这里打洞冬眠，我也可以给它挖一个小小的浅溏，如果愿意，就在这里安家吧。

头几天还能看到它，后来就不见了踪影。只好祈愿它自求多福了。

蚌蛤

小时候蚌蛤很多，随便到河边摸一下就是一只。它也是日常的一道菜，虽然它的壳又黑又脏，但它的肉却洁白鲜嫩。有时爸爸从河里摸来，有时妈妈从菜场买来，我们在家剖杀。到现在我还记得开壳的过程，刀刃插进蛤壳缝，用力一压一撬，开壳后再用刀剜下连在内壁上的肉。有时会碰到死也不肯开壳的蚌，它紧紧地闭合，像一个硬汉咬紧了牙关，我能感受到明显的对抗，但最终总是我们人类取胜。有一次碰到一只顽强抵抗的蚌蛤，谁都打不开，恼得我往地上摔，还用刀背砸它，结果蚌蛤壳砸碎了，我看到那块肉在里面颤抖。那时我毫无感觉，根本没有想到它是个生命，只知道它是美味的肉。而大人们置它于死地的办法更是简单，将它整个往沸水里一扔了事。

父亲得癌症后，朋友传授我放生法门，弘一法师关于放生的开示又加强了我的信心，我们全家都有了改变，不但能理解动物的疼痛，也增长了不忍它们疼痛的慈心。更有意思的是，在放生中，我还经常看到它们的聪明美丽，甚至它们的品格。

比如蚌蛤，这群沉默的水族生命，属于最低调的群体，就是在菜市场，也是放在最不起眼的地方，一般都是装在蛇皮袋里扔在地上，敞开的袋口露着它们黑乎乎、脏兮兮的身体。也有对它们稍好些的摊贩，会把它们放在塑料筐里，看上去稍微有些地位。

在水产市场，蚌蛤边上的水箱里，鱼类们至少还被打着氧，蚌蛤享受不到这个待遇，它们只能相依为命，默默地倾听着邻居水箱的动静，好像通过那轻微的扑落落声回忆着水乡的生活。

也许它们认命了，也许它们坦然承受自己的苦难了，它们在给贩卖自己的摊主们换来利润的同时，甚至不去浪费摊主们的水。它们永远靠在一起，层层叠叠，不吵，不闹，不挤。如果我们懂得蚌语，一定会听到它们的互相鼓励、互相安慰。正是它们这种团结、安静、坚忍的品质，使它们能在恶劣的环境下存活数天。

我们走过水产市场，可以从死气沉沉低着脑袋的黄鳝身上看到绝望，从一些鱼身上零乱剥落的鱼鳞知道它们的苦楚，从蟹类断掉的脚足了解到它们所受的折磨。可蚌蛤似乎从来不想让人们看到自己的痛苦，它们的外壳永远坚固，身形永远不变，它们的沉静越发加重我心底的沉重和敬佩。

在厨房，杀鱼杀龟甚至剪虾，它们都会挣扎，可蚌蛤不会，最多拼命缩紧自己。小时候，看到大人将它们扔进锅中的沸水，会看到非常神奇的景象，它们在滚烫的沸水中会慢慢地打开一直保护着自己的外壳，绽放出一朵朵白色的肉莲花。

父亲去世后，不少朋友为他老人家念佛放生，其中有从未谋面的樱霓。心里除了感恩还是感恩，为了答谢他们的关爱，我也决定去放生祝福他们。

我在家里玄关处放了两只水盆，将从菜市场买来的蚌蛤分别放在里面。门旁是我的一双蚌壳棉鞋，棉质，黑色。小时候妈妈给我们做的就是这种棉鞋，她称它为蚌壳棉鞋。第一次发现蚌壳棉鞋不仅暖和，还简单好看，原来我们早就沾了蚌蛤的光，利用了它的外形。长辈们还喜欢把蚌蛤的壳磨出洞来，当作厨房刮皮利器。过去从没想过这坚硬的壳里住着怎样鲜活的柔软生命啊。

一小时后，水盆里的蚌全启开了缝，有的吐出柔软的"舌头"，好像露出柔软的心。更有趣的是，一会这儿，一会那儿，不断地有泡泡浮上来。我从来没见过蚌蛤吐泡泡，像放节日气球。

更没想到的是，它们竟然变干净了，不像在摊位上那样全是黏稠的脏乎乎的泥垢。没有洗刷它们，怎么就变得洁净光滑了呢？而且色彩也变得漂亮，外壳近乎半透明。由于蚌壳的格外洁净，我竟发现它们有着不同色彩，有的泛青，有的偏黄，有的于黑灰中露出丝丝的草绿，有的甚至有丝丝的金色甚至偏红的镶边。我蹲下和它们说话时，它们还会调皮地吐一下小"舌头"。

这个奇迹使我明白过来，原来河蚌知道自己得救了，它们的心舒展安定了，才能呈现出美丽的身姿和色泽。而过去我误会了它们，以为它们在水产市场是淡定的、无畏的。其实面临生死关，它们和鱼虾一样，也是紧缩着、恐惧着的呀。

我每天给它们换清水，喂面包屑，蚌蛤变得越来越好看，好看到像换了一个物种。虽然它们在盆里显得非常安逸，但还是要放它们回归水乡，河里有泥有微生物，比待在人类的家宅中好多了。

几天后，我将它们投进了门前的河里，入水的扑通声仿若大声的再见。我祈祷江河母亲抚慰它们受损的心灵，祈祷江河母亲保护它们不再受到伤害！祈祷它们在水乡平安度日，命终之后，回到自己真正的故乡，开出洁白的莲花。

同时回向给亲爱的朋友樱霓，许多如她这样善良而普通的女子，是值得敬重和爱护的，她们虽然像蚌蛤一样默默无闻，但有着自己的德行馨香。祝愿她们像蚌蛤一样坚忍，也像蚌蛤一样素净美丽。

蚯蚓

　　这是读大学时发生的笑话。我们在操场边拔草,一位徐姓男同学突发惊叫:蛇!蛇!蛇!

　　只见他跳着脚逃到一边,脸上的眼镜也震颤得几乎落下。我离他不远,虽然很害怕,还是壮着胆看了,这一看就笑喷了,什么蛇啊,大诗人,它叫蚯蚓。

　　大学读书期间能发表作品的同学几乎没有,这位男同学是个例外,听说他经常在午休甚至半夜去敲同学寝室门,兴奋地报告喜讯:校样来了校样来了!

　　不愧有诗性思维,对蛇的模糊认识使蚯蚓升级为蛇。不知他真看到一条蛇时,会不会以为自己碰到了龙?

　　多年后,又遇到一个笑话。一个年轻的清洁工说被蚯蚓咬了一口，很痛。她把那条身体细长有着椭圆头的"蚯蚓"放在掌心给大家看，结果我倒吸一口冷气，哪是蚯蚓，标标准准的一条小蛇。一听说是蛇，她一下甩出去，而且马上出现头晕的症状。幸亏是条无毒蛇，她手腕上的牙痕是浅浅的细小的几枚，毒蛇的牙齿可没这么客气。医院也只是常规清创，涂了涂碘酒，配了几粒消炎药。

把蚯蚓和蛇搞混的人还真有啊，区别只是男同学大惊小怪，清洁工掉以轻心。而在我眼里，它们的区别实在太大了，虽然外形那么相像，可蛇的阴毒凶狠和蚯蚓的软弱无害是鲜明的对比。

我对蚯蚓的认知是小学里来的：生活在泥地里，长相简单，一层环形皮包着一根肚肠，吃烂树叶、野草以及其他动物的粪便，自己拉出的粪便很细腻，是上等的肥料。它还能翻地，使泥土变松，对庄稼有利。蚯蚓很规矩，不像那些毛毛虫要吃植物，它也不像蛇那样会咬人，在我心里就是一种很温和的小动物了。

很多年后，我家猫咪鹿鹿得癫痫症，我竟然发现了一服蚯蚓偏方，但需活着时剖肚洗净晒干。蚯蚓在药方里被改了名字，叫作地龙。非常夸张，它还不是徐同学的蛇类提升，而是两级跳，直接进入龙族范畴。小院里蚯蚓有的是，可一想到活杀就怎么也下不了手。一个朋友得知我要蚯蚓就出了个主意，说不用自己掘土找，有专门卖活体蚯蚓的，也不贵，一斤几十元钱，做药和鱼饵都行。我说自己干不了剪杀蚯蚓的活啊，他又灵机一动，说下不了手没关系，现在有卖仿生蚯蚓的，样子和气味都像蚯蚓。这脑子转得都偏道了，我家猫咪又不是鱼，需要去诱骗它。最终蚯蚓药方只好放弃。

在院子里锄草、翻地总会伤及蚯蚓，完全是下意识，我会马上用土盖起那些血糊糊的断躯，然后拼命给自己找安慰，没关系，蚯蚓是神物，身体断成两截会自我修复，最终会变成两条完整的蚯蚓。早忘了这个认知的出处了，选择相信也只是为了减轻自己的内疚。

它们平时藏身在泥地里，碰到大雨天，泥里的空隙充满了水，蚯蚓缺氧，只好纷纷出洞，因此大雨后路上处处可见蚯蚓。碰到太阳出来，一些笨蚯蚓来不及爬回泥地，太阳光就像抽水机一样将它们体内的水分一点点抽干，它们拼命蠕动也爬不快，原先光润饱满的身体迅速缩水，干涩起皱直至变成了蚯蚓干。

在这种天气，我总要去院子里捡蚯蚓，将它们放到路边的草丛或树根下，碰到干涩得几乎扭不动的蚯蚓，还得先给它们浇点水，就像医生给重病患补充各种液体一样。在小区路上拾的蚯蚓也是随手扔到邻居家的菜田里。一直坦然，没本事救火灾或溺水之人，但可以随手救蚯蚓。

一直认为蚯蚓是温和的，后来看到它们对鸟的抵抗，我就知道了，它们也是很坚毅的。多少次鸟从土里把它们啄出来，它们都不甘心地挣扎，好几次看到蚯蚓逃脱的，当然也有被鸟啄断身体的，但那还活着的残体依然顽强，迅速地往土里躲，大地真是庇护它们的母亲。

最难忘的是那一次，我正在厨房洗菜，透过窗户看到路上有一截小"树枝"，然后看到一只跳跳蹦蹦的黑色鸦科类鸟，丈夫管它叫黑八，黑八突然停下脚步，朝这截"树枝"看去。我有些疑惑，它对这根"树枝"有什么兴趣吗？鸟突然果断地走上去，用力地下了嘴。那"树枝"在它的黄色嘴里弯了一下，我这才发现，这哪是树枝，明明是一条蚯蚓，我从来没有见过这么粗大的蚯蚓，一定是蚯蚓王了。

黑八叼着蚯蚓飞起来，仅两三米远，蚯蚓从它嘴里掉了下来，正好落在草地上。黑八马上飞下来，头歪来歪去地找。草地上的草有七八厘米高，蚯蚓落到草丛里就被掩护了。我一直盯着那个地方，紧张得气都透不过来了，毕竟那不是湿润松软的菜地，蚯蚓要钻进草根密布的空间要用多大的力气啊，何况它已经半枯了，又被鸟嘴叼过受了惊吓，要逃过这一劫几乎不可能了。

没想到奇迹竟然发生了，蚯蚓突然像根铁棍一样竖起来，然后像一根钻头，笔直而有力地戳了下去。一秒钟的时间！

我愣住了。鸟也愣住了，一切都太快了，快得像道闪电。最终黑八枉然地扒拉了几下，扫兴而去。

谁能相信，一条蚯蚓的求生欲望是如此强烈，在刹那间爆发出金刚钻般的力量！

蓝世界

　　流浪猫阿蓝的出现有些奇特。一日傍晚，我正蹲在小区某一偏僻处喂猫，突然天降一物，噗的一声直直地落到我脚尖，它四肢朝外扁着身体，像一只深色大龟。一惊之下才发现这是一只成年蓝猫，5岁左右，只是它的嘴脸有点往前伸，像熊。我们小区也有人遗弃品种猫了？我顾不上感慨，忙从瓶里倒出猫粮。它惊惧地看我一眼，刚低头想吃，一只几个月大的小流浪猫冲过来哈了一声，它忙矮下身子，像一条大蛇一样扭着身子贴地而逃。后来的几天都一样，它怕其他所有的猫，无论来去都屈膝伏肚，连吃猫粮也没直起过身子。吃相也怪，虽然张开口，下嘴唇却像铲子，把猫粮往前铲，上嘴唇同时把拱起的猫粮往嘴里扒，其结果是猫粮不断地从嘴两侧掉下，笨拙得像妈妈没教过吃饭的孤儿。

它的出现非寻常，以至于我白天特地去它掉下来的地方细细观察，附近的屋宅和树木离它的落脚地都有一定的距离，就算从高处对着我飞过来，也不会形成直落的姿势，难不成它从云端凭空落下？又一想，也或许那天我身边停了一辆大卡车，正在车上的它发现了我，认定我是它余生的依靠，便毫不犹豫地飞身而下？当时只顾着惊讶了，没想到观察它的来处，它的出现便像一团紫色的迷雾，显得有些神秘。

　　我开始在网上给它找领养人，结果辗转五处，先后咬伤三猫、两狗、四人。它不但使用重磅武器尖獠牙，还以到处乱拉的方式显其戾气，比如拉在人家米桶上、浴缸里、洗菜池中。真没想到一只可怜巴巴的蓝猫进入人类家庭后变得蛮横，那种以腹部着地扭着爬的步态消失了，不但直起了身，还软硬不吃，嚎叫起来声震四野。历经两个月的周折，它摧毁所有好心人的信心，最终强硬地绑定了我。尘埃落定。

　　当家的见我违背誓约带回一只猫，差点气晕过去，我说了无数的对不起也没用，在我们的婚史上，他创造了整整两周不和我讲一句话的奇迹。没办法，我只好把阿蓝关在自己朝北的书房。之后，我也被它咬过三次，它也是屎尿到处拉，但情有可原啊，除非是修行的大成就者，作为一只平凡的且吃过苦头的流浪猫，烦躁、紧张、不安是正常的，何况它一身的病，时时感受到痛楚，就是一个病弱之人，恐怕也难以保持宁静感吧？过了一段时间，它的熊性子改了不少，虽然为了镇住别的猫它会发出老虎一样的吼声，但对我却温柔得不可想象。它会抬头半闭着眼咩咩地叫，鲜红的小舌头一半露在外面，叫的时候颤动着，又嗲又萌，声音完全像羊。只是有一样让人头痛，它竟然变成一只有洁癖的猫，甚至矫枉过正，如果不及时清理它的猫砂盆，它能一个劲地急叫，甚至于从书桌上推下我的电脑。

它的目光不离我左右，有时看得呆涩，像个花痴。我想，再铁心肠的人，被一只猫这样地看重，恐怕也会软化成棉花了。深秋，我在院子里画一棵落光叶子的石榴树，感到有人看我，回头一看，却是阿蓝的目光，它蹲在二楼窗台那里注视着。我心一动，就在画到一半的石榴树西南侧添了一只蓝色的猫。那时它已确诊癌症，尾巴溃烂得厉害。怕它去院子里沾上泥尘，我再也不给它放风了，它只能眼巴巴地望着院子。终于宠物医生也失去了每周给它清创的耐心了，我也来了次赌博。庆幸它闯过了手术关，成为无尾猫后，又多活了一年。

阿蓝一直喜欢我们的床，过去我午睡，它一定跳到床上相伴，每次先把脑袋顶着我的掌心来回地辗转，表示把自己交给我了，然后才枕着我的手臂或脚踝睡觉；后来它渐渐年老，无法直接蹦到床上，便借助沙发、床头柜几级跳实现愿望；直到连最矮的小凳子也跳不上了，只能眼巴巴地睡在床脚。只要能看到我，感受到我在场，它就安心。丈夫说，我一旦出门，家里就回荡着它焦虑不安的叫声。

最后半个月，它不要说跳了，连走路也是跌跌撞撞，不能平衡，好像一个幼儿刚刚开始学步。它所有行走的目标就是我，我如果在书房，它一定趔趔趄趄地走到书房门口趴下；我如果下楼，它也是连滚带爬地跌下楼去。我不得不缩小运动轨迹，增加抱它的次数。

在最后几天，它许多时间都在我怀里，一直抬头看我，眼里满是依恋。那天我抱着它站在阳台上，它随着我的转动看院子。我指着东侧开满蓝花的马兰说：阿蓝，你看，马兰花开得多好看啊。它软弱而坚韧地趴在我怀里，无法再像过去那样，随时随地往我肩上、头上爬，也无法再像过去那样，站在我电脑键盘上，执着地挡住我看屏幕的视线，和我一次又一次地玩头顶头的游戏。

分离不可避免地到来，最后那个晚上，我有了预感。我抱它去阿弥陀佛像前礼拜，请佛到时一定要帮助它。我像怀抱婴儿一样抱着它在所有的房间慢慢走一遍，让它向自己熟悉的空间告别。我轻轻地拍打着它，告诉它我是多么喜欢它，感谢它陪我走过了这些岁月，我说我会永远地怀念这些美好的日子。最后，我把它送回朝南的小房间，那是我的画室兼它的卧室。我把它轻轻放到靠窗的软垫上，它站立不住，一下侧翻了。我摸摸它的头，一边叮嘱它不要害怕，一边在书桌底下清理出一个窄窄的通道。第二天凌晨我起了个大早，阿蓝已经爬到那个窄道安睡了，永远地安睡。它头朝西，右侧身，左腿略弯曲，搁在右腿上，面容平静、干净，毫无悲伤之色。它完全领略了我的用心，走得这样默契。

屋里静悄悄的，家人们还在睡觉。我轻轻抱起阿蓝，在它脖子上系了条红带子，并在胸前打了个漂亮的结，这根红绳原先一直垂挂在阿弥陀佛塑像的手掌上。我又用白烛布包好它,只露出头脸,看上去就像一个熟睡的婴儿。然后我在书房里点上了香,轻轻关上了门。一小时后,家人们先后起身。我听到了楼上的动静,3岁多的外孙女在房间哭泣,她的眼泪把枕头都打湿了,问她是不是做了噩梦,她伤心地说:阿蓝太可怜了,一个人走了。我问她阿蓝临走前是不是对她说什么了,她说阿蓝没有讲话,一级一级台阶地走下去,开门出去了。

我的心微微震动,软弱无力的阿蓝太通人性了,竟然托梦给一个喜爱它的幼女,在她的梦中阿蓝顺着楼梯一级一级稳步地走下二楼,安然地出了家门。屋外下雨了,老天也好像疼惜阿蓝,要开雨花来迎接它。

我给田师傅发了个短信,请他雨停后来帮我挖个深坑——丈夫指定在枇杷树前埋葬阿蓝,我同意了。几个小时后雨停了,太阳一下变得清亮,我抱着阿蓝来到了院子里,这是阿蓝最向往的地方,它在没得癌症前,曾多次在院子里游玩,和院猫们互闻。现在,我抱着它围着院子慢慢地走,让它和这片花草树木以及院猫们做最后的告别。在那片旺盛的马兰花前我停步了,多么纯美亮泽的马兰花!我感到晕眩,它们多像满天的繁星,它们应该开在天上而不是凡间,我看向这片强盛的粉蓝、紫蓝,如同仰首看到天的深处。我看向了阿蓝的来处。

我和阿蓝曾无数次在阳台上仰望夜空,阿蓝和我一样似乎有所思考,不知一只猫的脑袋里会有些什么念头?此刻我相信,仰望高远之处才会增加勇气,才会离开死亡的恐惧。阿蓝你看,多么好看的马兰花啊！阿蓝活着时我这样说，现在我依然这样说，只是更充满感动。这时我才意识到，阿蓝僵硬的身体竟然在我怀里变柔软了，像生前依偎般，我全身心地环抱着它，很平静，我知道这一天终会来到，它已经得到了深切的祝福和护持。

田师傅已经来了，他正在石榴树旁边挖坑。我有些奇怪，不是说埋在枇杷树那里吗？田师傅说：我认为这儿好，这儿地势高，不容易被水淹掉。

埋好阿蓝，我又移过来几棵马兰花种在上面。阿蓝，你的灵魂已经飞到敞亮的蓝星空了吧，就让你的肉体安息在石榴树旁吧。突然我醒悟过来，我曾经在纸上画了一只蓝色的猫，这只猫就趴在这个地方。这是怎样的巧合，竟然丝毫不差，仿佛冥冥之中的安排，连不知情的田师傅也配合了这样的步骤。

阿蓝走后半个月，我终于去医院做了个一直拖延着的手术。休养期间，我重新找出那张画，久久地看着，心里全是阿蓝的形象，我决定让这棵石榴树四周开满马兰花。丈夫走过来看了一会儿，指着那只蓝猫说，用花盖住它。我听取了他的建议，于是画面上一片铺天盖地的紫蓝色、粉蓝色。

次年初春，我参与了在醉白池举办的四人画展，我的猫咪系列引起了人们的关注，而最受赞赏的一件作品就是《阿蓝椅》。阿蓝生前在这只椅子上卧睡过，这是一把粗糙的质量不甚高的松木靠背椅，我在上面画了阿蓝呆萌的形象，两只扶手是阿蓝摊开的手臂，整个身姿在说：请入我怀。孩子们都喜欢这把椅子，都不顾"请勿触摸"的警示，吵着要上去让猫抱一抱，成年人则称赞创意，甚至有人提议将它做成衍生产品，而我只看到阿蓝隔空望过来的眼神，它也在信赖和忆念之中。

初夏的某夜，我做了一个梦，梦见一条长满了芦苇的干河，阿蓝竟在河对岸，我大声喊叫，阿蓝像小马驹一样向我奔来。我大受震动，心神激荡的感觉数天不退，我不得不拿起画笔，当这幅画完成时，梦才似乎刚刚醒来。

春天大地一片绿意，在阿蓝长眠的地方，嫩绿的马兰丛竟然长出了一个心形的图案，让人感到连泥土、植被都是充满灵性的。你永远不知道，一个生命会带给另一个生命怎样的哲思。想起遥远的儿歌：马兰花，马兰花，风吹雨打都不怕，勤劳的人儿在说话，请你马上就开花。

太平有象

我家有四只象,准确地说,是四只工艺品象。一只是妹妹去泰国带回来的银象,小巧精致;一只是文友巧手编织的玻璃球红象,背上彩色披毯,头顶粉紫、宝蓝相间的桂冠,十分俏丽;还有一对是我买的金色树脂象,一垂鼻、一扬鼻,跪姿凳面造型,我们只是放在玄关欣赏,从不去坐。

对大象的好感是从小培养出的,读书、听故事,甚至老师带我们去动物园看它们,所有的孩子都热爱这种体态庞大、性情温和的动物。成人也喜欢它们,觉得它们诚实忠厚且憨态可掬。童话或神话故事里,大象从来都是正面形象,英雄形象,救人或动物于危难之中。大象在佛教文化中也有着重要的位置,比如普贤菩萨的坐骑就是大象,让人看到要向目标而去,需要大力而稳固地行走。摩耶夫人梦见白象入怀而孕生了释迦牟尼，更是印度世世代代的传说。

二十多年前，我在北京翠微山法海寺欣赏到六百多年前的古壁画，其中有一头白象，它的眼神充满感恩，眼角闪烁着隐隐的泪光。何曾见过动物能有如此动人的美丽泪光？完全是人的感觉啊！这个细节我记了这么长时间，直到前几天听一部有声书，说古印度的提婆达多棒打大象，大象痛得跪了下去，悉达多王子止住了堂弟的暴行，并心疼地抚摸大象受伤的鼻子，大象流出了感恩的眼泪。原来壁画上大象的眼泪是有出处的呀。

人们常说"太平有象"，就是取其吉祥之意。我国前几年枪毙了几个猎象者，很有效地制止了偷猎行为。西双版纳的亚洲象在20世纪只有二百头不到，因为保护得力，现在已经增加到三百头左右了，这本是好事，可是，去年，两群野象一南一北出走，便感觉有些不太平了。专家和百姓各种分析猜测，也没权威定性。它们牵动着国人的心，尤其是北上到后来只剩十五头的"短鼻家族"大象，它们暴走了500多公里，现在已经进入了昆明市辖区。我很心疼它们，它们什么时候才能找到可以停留的栖息地呢？这已经成了个悬念。

不管怎么说，生命都有相同之处，谁愿意离家出走呢？也许它们居住的环境发生了明显的变化，这种变化使它们无法安居下去了。这不是西双版纳大象和当地百姓之间的问题，这是人类和动物之间相处的问题。

如果说，原先的家园对它们的生存产生了威胁，就如同提婆达多所施行的客观伤害，好在政府和民众共同努力，采取跟踪、投喂、引导等一系列保护措施，如同悉达多的慈心，大象仿佛处于安全的防护罩中。我们与大象这种有距离的互动与保护，是世上最美的生命关系。